W0414204

## À PROPOS DE L'AUTEUR

Don Winslow est l'auteur de vingt et un best-sellers internationaux, acclamés tant par le public que par la critique, dont *Corruption*, *Cartel*, *La Griffe du chien*, *Savages* et *L'Hiver de Frankie Machine*. Son roman *Savages* a été adapté au cinéma par Oliver Stone, lauréat de trois Oscars. La trilogie de *La Griffe du chien*, *Cartel* et *La Frontière* est en cours d'adaptation télévisuelle par la chaîne FX, et *Corruption* sera porté à l'écran par la 20th Century Fox. Ancien consultant pour la justice, enquêteur et formateur dans le domaine de l'antiterrorisme, Don Winslow vit aujourd'hui entre la Californie et le Rhode Island.

# La cité en flammes

DON WINSLOW

# LA CITÉ EN FLAMMES

*Traduit de l'anglais (États-Unis) par*
JEAN ESCH

HarperCollins NOIR

*Titre original :*
CITY ON FIRE

Ce livre est publié avec l'aimable autorisation de HarperCollins Publishers, LLC, New York, U.S.A.

© 2022, Samburu, Inc.
© 2022, HarperCollins France pour la traduction française.

© Art by Michelle/Adobe Stock, yuplex/Adobe Stock, Vinoverde/Adobe Stock, Beppe Castro/Shutterstock, Inc.

Tous droits réservés, y compris le droit de reproduction de tout ou partie de l'ouvrage, sous quelque forme que ce soit.

Toute représentation ou reproduction, par quelque procédé que ce soit, constituerait une contrefaçon sanctionnée par les articles 425 et suivants du Code pénal.

Cette œuvre est une œuvre de fiction. Les noms propres, les personnages, les lieux, les intrigues, sont soit le fruit de l'imagination de l'auteur, soit utilisés dans le cadre d'une œuvre de fiction. Toute ressemblance avec des personnes réelles, vivantes ou décédées, des entreprises, des événements ou des lieux, serait une pure coïncidence.

**HARPERCOLLINS FRANCE**
83-85, boulevard Vincent-Auriol, 75646 PARIS CEDEX 13
Tél. : 01 42 16 63 63

www.harpercollins.fr

ISBN 979-1-0339-0975-0 — ISSN 2551-0096

Aux victimes de la pandémie
*Requiescat in pace.*

*Et enfin*
*je vis Ilium sombrer dans ses cendres…*

VIRGILE, *L'Énéide*, Livre II

PREMIÈRE PARTIE

# Le *clambake* de Pasco Ferri

Goshen Beach, Rhode Island
Août 1986

*Prends ton repas, maintenant,*
*nous nous préparons au combat.*

HOMÈRE, *L'Iliade*, Livre II

# I

Danny Ryan regarde la femme sortir de l'eau telle une vision émergeant de ses rêves d'océan.

Mais elle est bien réelle, et synonyme d'ennuis.

Comme souvent avec les femmes aussi belles.

Danny le sait bien. Ce qu'il ignore, en revanche, c'est la quantité de problèmes qu'elle va lui apporter. S'il l'avait su, s'il avait su tout ce qui allait se passer, peut-être serait-il entré dans la mer pour lui maintenir la tête sous l'eau jusqu'à ce qu'elle cesse de respirer.

Mais il ne le sait pas.

Alors, sous le soleil éclatant, assis sur le sable devant la maison de Pasco au bord de la plage, Danny mate la femme, à l'abri de ses lunettes noires. Cheveux blonds, yeux d'un bleu profond et un corps que le maillot noir souligne plus qu'il ne le cache. Le ventre est plat et ferme, les jambes musclées et fuselées. On ne l'imagine pas dans quinze ans avec des hanches larges et un gros cul, dus aux patates et aux spaghettis à la sauce bolognaise.

La femme sort de l'eau, le soleil et le sel font briller sa peau.

Terri Ryan donne un coup de coude dans les côtes de son mari.

— Quoi ? demande Danny, faussement innocent.

— Je vois bien que tu la mates.

Tout le monde la mate : Danny, Pat, Jimmy, et leurs épouses également : Sheila, Angie et Terri.

— Je ne peux pas t'en vouloir, dit cette dernière. Vu sa paire de nichons.

— Joli langage.

— Parce que tes pensées sont pures, peut-être ? réplique Terri.

— Je ne pense à rien.

— Pense à ça, dit Terri en montrant d'un geste son propre corps.

Elle se redresse sur sa serviette pour mieux voir la femme.

— Si j'avais des nichons pareils, je mettrais un bikini moi aussi.

Terri porte un maillot une pièce noir. Danny trouve qu'il lui va très bien.

— J'aime *tes* nichons, dit-il.

— Bonne réponse.

Danny regarde la belle femme ramasser une serviette et s'essuyer. Elle doit passer pas mal de temps à la salle de sport, pense-t-il. À prendre soin d'elle. Il parierait qu'elle travaille dans la vente. Un truc cher : les bagnoles de luxe, ou peut-être l'immobilier, ou bien les investissements. Quel type oserait lui dire non, essayer de marchander, au risque de paraître radin devant elle ? Jamais de la vie.

Danny la regarde s'éloigner.

Comme un rêve dont vous ne voulez pas vous réveiller, c'est un rêve si agréable.

Il n'a pas beaucoup dormi la nuit dernière, et maintenant il est fatigué. Ils ont braqué un camion de costards Armani, lui, Pat et Jimmy Mac Neese, à Perpète-les-Oies dans l'ouest du Massachusetts. Un tuyau que leur avait refilé Peter Moretti. Le chauffeur était dans le coup, et tout le monde a bien joué son rôle pour qu'il n'y ait pas de blessés, mais ça faisait quand même une sacrée trotte et ils ont regagné la côte à l'aube.

— Ne te gêne pas, dit Terri en se rallongeant sur sa serviette. Elle te met dans tous tes états, et c'est moi qui en profite.

Terri sait que son mari l'aime, et de toute façon Danny Ryan est aussi fidèle qu'un chien. Il n'est pas capable de la tromper. Elle s'en fiche qu'il regarde d'autres femmes du moment qu'il rapporte son excitation à la maison. Un tas de types mariés éprouvent le besoin de faire des trucs bizarres de temps en temps, mais pas Danny.

Et s'il la trompait il culpabiliserait.

Ils en plaisantent, d'ailleurs. « Tu irais te confesser à un prêtre, lui disait Terri. Et tu te confesserais à moi. Peut-être même que tu passerais une annonce dans le journal. »

Elle a raison, songe Danny en caressant la cuisse de sa femme avec le dos de l'index, pour lui signaler qu'elle a raison sur un autre point : il est dans tous ses états, en effet, et il a hâte de regagner le cottage. Terri repousse sa main en douceur. Elle aussi est excitée, elle sent le soleil, le sable chaud sur sa peau et l'énergie sexuelle dégagée par cette femme.

Elle flotte dans l'air, ils la sentent tous les deux.

Mais il y a autre chose également.

De la fébrilité ? se demande Danny. De l'insatisfaction ?

Comme si, en voyant cette femme sexy sortir de l'eau, ils étaient mécontents de leurs vies tout à coup.

En un sens, c'est vrai, se dit Danny.

Tous les ans au mois d'août, ils quittent Dogtown pour se rendre à Goshen Beach, parce que c'était ce que faisaient leurs pères et qu'ils ne savent pas quoi faire d'autre. Danny et Terri, Jimmy et Angie Mac, Pat et Sheila Murphy, Liam Murphy et sa copine du moment. Ils louent les petits cottages situés en face de la plage, de l'autre côté de la route, si proches les uns des autres que vous entendez le voisin éternuer et qu'il vous suffit de tendre le bras par la fenêtre pour emprunter quelque chose dans la cuisine d'à côté. Mais c'est ça qui est chouette, cette proximité.

Ils ne sauraient pas comment meubler leur solitude. Ils ont grandi dans le même quartier que leurs parents, à Providence. C'est là qu'ils sont allés à l'école et qu'ils vivent encore ; ils se voient presque chaque jour et ils partent en vacances à Goshen ensemble. « Dogtown-sur-Mer », comme ils disent.

Danny estime que l'océan devrait se trouver à l'est, mais il sait que la plage est orientée au sud et décrit un arc de cercle subtil vers l'ouest, sur un peu plus d'un kilomètre, jusqu'à Mashanuck Point, où des maisons plus grandes sont perchées en équilibre sur un promontoire au-dessus des rochers. Au sud, à vingt-deux kilomètres de la côte, se dresse Block Island, visible par beau temps. Durant la saison estivale, des ferrys partent toute la journée, et jusque tard dans la nuit, des quais de Gilead, le village de pêcheurs situé de l'autre côté du chenal.

Autrefois, Danny se rendait souvent sur Block Island, pas avec le ferry, mais quand il travaillait sur des bateaux de pêche, avant d'être marié. Quand Dick Sousa était de bonne humeur, ils s'arrêtaient à New Harbor pour s'enfiler une bière avant le trajet du retour.

C'était le bon temps, la pêche à l'espadon avec Dick, et Danny le regrette. Il regrette le petit cottage qu'il louait derrière Aunt Betty's, le petit restau de palourdes, même s'il y avait plein de courants d'air et qu'on se gelait les couilles en hiver. Il regrette de ne plus pouvoir marcher jusqu'au Harbor Inn pour boire un verre au bar avec les pêcheurs et écouter leurs histoires, profiter de leur sagesse. Il regrette le travail physique, qui lui donnait une impression de force et de pureté. Il avait dix-neuf ans, il était fort, pur, et maintenant il n'est plus rien de tout ça : une couche de graisse enveloppe son ventre, et il n'est pas sûr qu'il pourrait encore lancer un harpon ou ramener un filet.

Quand on regarde Danny aujourd'hui, à l'approche de la trentaine, avec ses épaules larges qui rapetissent son mètre quatre-vingt-trois et ses épais cheveux châtains aux reflets roux qui lui font le front bas, il semble un peu moins intelligent qu'il ne l'est en réalité.

Assis sur le sable, il contemple la mer avec envie. Désormais, il se contente d'aller nager ou de faire un peu de bodysurf s'il y a des vagues, ce qui est rare au mois d'août, sauf à l'approche d'un ouragan.

Quand Danny est loin de Goshen, l'océan lui manque.

Il vous coule dans les veines, de même que l'eau salée. Les pêcheurs qu'il connaît aiment et détestent la mer tout à la fois ; ils la comparent à une femme cruelle qui vous fait souffrir, encore et toujours, et vers qui vous retournez malgré tout.

Parfois, il se dit qu'il devrait peut-être reprendre la pêche, mais ça ne rapporte rien. Plus maintenant, avec toutes ces réglementations, et les bateaux-usines japonais ou russes qui rôdent à treize milles des côtes et raflent tout le cabillaud, le thon et le flet, sans que le gouvernement fasse quoi que ce soit, à part imposer sa loi aux gars du coin.

Parce qu'il a le pouvoir de le faire.

Alors, Danny se borne désormais à venir ici au mois d'août, avec toute la bande.

Le matin, ils se lèvent tard, ils prennent leur petit déjeuner dans leurs cottages respectifs, puis ils traversent la route pour passer la journée sur la plage, tous ensemble, devant chez Pasco, une des maisons en bardeaux (il en existe une douzaine) qui reposent sur des pylônes en béton près du brise-lames, à l'extrémité est de Goshen Beach.

Ils s'installent sur des chaises pliantes ou s'allongent sur des serviettes ; les femmes sirotent du vin maintenu au frais dans des seaux à glace en lisant des magazines ou en papotant, pendant que les hommes boivent de la bière ou mettent une ligne à l'eau. Ils sont toujours un petit groupe : Pasco et son épouse, les enfants et les petits-enfants, et tous les Moretti : Peter et Paul Moretti, Sal Antonucci, Tony Romano, Chris Palumbo, leurs épouses et leurs gamins.

Et il y a toujours un tas de personnes qui passent ; ça va et ça vient, tout le monde prend du bon temps.

Les jours de pluie, ils restent à l'intérieur des cottages, où ils font des puzzles, jouent aux cartes, piquent des roupillons, discutent le bout de gras et écoutent les commentateurs des matchs des Sox occuper l'antenne en attendant que la partie débute. Ou alors ils se rendent en ville, à trois kilomètres à l'intérieur des terres, pour aller au cinéma, manger une glace ou acheter des provisions.

Le soir, ils organisent des barbecues sur les rectangles de pelouse entre les cottages, et chacun apporte des hamburgers et des hot-dogs. À moins que dans la journée un des gars ne soit allé faire un tour sur le port pour voir s'il y avait des trucs frais, auquel cas ils font griller du thon ou du tassergal, ou cuire des homards.

Certains soirs, ils se rendent à pied au Dave's Dock et s'installent à une table dehors, sur la grande terrasse qui domine Gilead, de l'autre côté de la baie étroite. Dave n'ayant pas le droit de vendre de l'alcool, ils apportent leurs bouteilles de vin et de bière, et Danny adore s'asseoir là pour regarder les bateaux, les pêcheurs de homards ou l'arrivée du ferry de Block Island, pendant qu'il mange de la soupe de poisson, un *fish and chips* ou des beignets de palourdes trop gras. C'est beau et paisible lorsque le soleil se fait moins violent et que l'eau rougeoie au crépuscule.

Après le dîner, ils regagnent le cottage des uns ou des autres pour jouer aux cartes ou continuer à bavarder, mais il leur arrive également de prendre la voiture pour se rendre à Mashanuck Point, où se trouve un bar, le Spindrift. Là, ils boivent quelques verres en écoutant un groupe du coin et ils dansent un peu, ou pas du tout. Généralement, toute la bande échoue là, et c'est toujours la grosse rigolade, jusqu'à la fermeture.

S'ils sont d'humeur plus ambitieuse, ils s'entassent dans plusieurs voitures et roulent jusqu'à Gilead – à cinquante mètres par la mer et à vingt kilomètres par la route –, où on trouve des bars plus grands, qui pourraient presque passer pour des clubs, et où les Moretti savent qu'on ne leur présentera jamais l'addition. Après quoi, retour aux cottages, où Danny et Terri s'écroulent, ou bien s'envoient en l'air *avant* de s'écrouler. Le lendemain, ils se réveillent tard, et ça recommence.

— Faut que je remette de la crème, dit Terri en lui tendant le tube.

Danny se redresse, presse un peu de crème solaire dans ses paumes et entreprend de l'étaler sur les épaules constellées de taches de rousseur de sa femme. Terri attrape facilement des coups de soleil avec son teint d'Irlandaise. Des cheveux noirs, des yeux violets et une peau comme une tasse à thé en porcelaine.

Les Ryan, eux, ont la peau mate. Le père de Danny, Marty, affirme que c'est parce qu'ils ont du sang espagnol. « À cause de cette armada qui a coulé là-bas. Certains de ces marins espagnols ont réussi à atteindre la côte et ils ont fait leur petite affaire. »

Ce sont tous des Irlandais bruns, quoi qu'il en soit, des gens du Nord, comme la plupart de leurs compatriotes qui ont atterri à Providence. Des hommes endurcis par un sol rocailleux et la défaite permanente du Donegal. À cette différence près, se dit Danny, que les Murphy s'en sortent plutôt bien. Il s'en veut aussitôt de penser ça, car Pat Murphy est son meilleur ami depuis l'époque où ils portaient des couches, sans parler du fait qu'ils sont beaux-frères maintenant.

Sheila Murphy lève les bras, bâille et dit :

— Je rentre pour prendre une douche, me faire les ongles, des trucs de fille, quoi.

Elle se lève de sa serviette et se frotte les jambes pour ôter le sable. Angie se lève à son tour. De même que Pat est le leader chez les hommes, Sheila est la meneuse chez les femmes. C'est elle qui donne le *la*.

Elle toise son mari et demande :

— Tu viens ?

Danny regarde Pat, et tous les deux sourient : les couples vont rentrer faire l'amour, et personne ne cherche à le cacher. Il va y avoir de l'animation dans les cottages en cette fin d'après-midi.

Danny est triste de voir les vacances s'achever. Comme toujours. La fin de l'été signifie la fin des longues journées qui se déroulent au ralenti, des couchers de soleil qui se prolongent, des cottages au bord de la plage, des bières, des parties de rigolade, des rires, des beignets de palourdes.

Ça signifie retour à Providence, retour sur les quais, retour au boulot.

Retour dans leur petit appartement situé au second étage d'une maison à pignon, une de ces innombrables constructions qui ont poussé dans toute la Nouvelle-Angleterre durant l'âge d'or des fabriques et des usines, lorsqu'il fallait fournir des logements bon marché aux ouvriers italiens, juifs et irlandais. Les fabriques et les usines ont presque toutes disparu, mais ces constructions ont survécu et elles ont conservé un peu de cette image prolétarienne.

Danny et Terri ont un petit salon, une cuisine, une salle de bains et une chambre, avec une terrasse derrière et des fenêtres de tous les côtés, ce qui est bien agréable. Ce n'est pas un palais – Danny espère leur offrir une vraie maison un jour –, mais ça leur suffit pour le moment et ce n'est pas si mal. Mme Costigan, la locataire du dessous, est une vieille femme tranquille. Le propriétaire, M. Riley, vit au rez-de-chaussée et il fait en sorte que tout soit bien entretenu.

Malgré cela, Danny envisage d'aller vivre ailleurs, peut-être même loin de Providence.

— On devrait aller habiter dans un endroit où c'est l'été toute l'année, a-t-il suggéré à Terri pas plus tard que la veille au soir.

— Où ça ?

— En Californie, par exemple.

Elle lui a ri au nez.

— En Californie ? On n'a pas de famille là-bas.

— J'ai un cousin germain, ou un truc comme ça, à San Diego.

— C'est pas vraiment de la famille.

Justement, se dit Danny maintenant. Ça leur ferait peut-être du bien d'être débarrassés de toutes ces obligations : les fêtes d'anniversaire, les communions, les dîners dominicaux. Mais il sait que ça n'arrivera jamais : Terri est trop attachée à sa famille nombreuse, et son père a besoin d'elle.

Personne ne quitte Dogtown.

Ou alors, quand on part, on revient.

Comme Danny.

Dans l'immédiat, il veut rentrer au cottage.

Il a envie de baiser et de faire une sieste.

Il a besoin de dormir un peu s'il veut être en forme pour les beignets de palourdes de Pasco Ferri.

# 2

Terri n'a pas envie de préliminaires.

Elle entre dans la petite chambre, ferme les rideaux et tire le couvre-lit. Elle ôte son maillot de bain et le laisse tomber par terre. Habituellement, quand elle revient de la plage, elle prend une douche pour ne pas mettre de sable dans le lit. Et elle oblige Danny à en faire autant. Aujourd'hui, la douche passe à la trappe. Elle introduit les pouces sous l'élastique du maillot de Danny, sourit et lâche :

— Cette salope sur la plage t'a excité.

— Toi aussi.

— Peut-être que je suis bi, plaisante-t-elle. Oh ! ça te fait de l'effet quand je dis ça.

— Parle pour toi !

— Prends-moi.

Terri jouit rapidement, comme toujours. Au début, elle en était gênée, elle craignait de passer pour une pute, mais elle en a parlé à Sheila et à Angie, qui lui ont dit qu'elle avait de la chance, au contraire. Elle remue les hanches et ne ménage pas ses efforts pour que Danny atteigne l'orgasme à son tour. Elle dit :

— Ne pense pas à *elle*.

— Pas besoin.

— Dis-moi quand tu vas jouir.

C'est un rituel. Depuis la première fois qu'ils ont fait l'amour, Terri veut savoir quand il va jouir, et là, quand il sent que ça monte, il le lui dit et elle lui demande, comme toujours :

— C'est bon ? C'est bon ?

— Très bon.

Elle le serre en elle jusqu'à ce qu'il cesse de donner des coups de reins et laisse les mains posées sur son dos.

Lorsque le corps de Terri s'alourdit et s'assoupit sous lui, Danny roule sur le côté. Il dort quelques minutes, puis se réveille et reste allongé près d'elle.

Il l'aime autant que la vie.

Et pas, comme le croient certains, parce qu'elle est la fille de John Murphy.

John Murphy est un roi irlandais, à l'image des O'Neill de la mère patrie. Il siège dans l'arrière-salle du pub Glocca Morra comme s'il était à Tara. Il règne sur Dogtown depuis que le père de Danny, Marty, est tombé dans la bouteille et que la famille Murphy a succédé aux Ryan.

Oui, songe Danny, j'aurais pu devenir Pat ou Liam, sauf que c'est pas le cas.

Au lieu d'être un prince, Danny est une sorte de petit duc. Il est toujours recruté par les patrons du port sans être obligé de leur graisser la patte, et Pat veille à ce qu'on lui propose d'autres petits boulots de temps en temps.

Les dockers empruntent du fric aux Murphy pour soudoyer les patrons, et ils n'arrivent pas à rembourser, ou alors ils parient leur paye sur un match de basket qui finit mal. Alors, Danny, « un gars bien bâti » pour reprendre l'expression de John Murphy, leur rend une petite visite. Il essaye de faire ça au pub ou dans la rue pour ne pas les rabaisser devant leurs familles, inquiéter leurs femmes ou effrayer les enfants, mais parfois il est obligé d'aller chez eux, et il déteste ça.

Généralement, un bon conseil suffit, et ils établissent ensemble une sorte d'échéancier, mais certains sont des mauvais payeurs, des pochetrons qui boivent l'argent du loyer et du remboursement ; et Danny est obligé de les bousculer un peu. Mais ce n'est pas non plus un briseur de jambes. D'ailleurs, c'est une chose qui se produit rarement, car un type qui a la jambe pétée ne peut pas travailler, et un type qui ne peut pas travailler ne peut pas rembourser, même pas les intérêts. Du coup, il arrive que Danny leur fasse mal, mais pas trop.

Cela lui permet de gagner un peu de fric en plus ; et puis il y a les marchandises qu'il aide à faire sortir du port, ou les camions que Pat, Jimmy Mac et lui braquent de temps en temps sur cette route mal éclairée entre Boston et Providence.

Pour ces boulots-là, ils travaillent avec les Moretti. Les frangins leur filent le tuyau et le feu vert. Les cigarettes détaxées se retrouvent dans les distributeurs des Moretti et l'alcool dans leurs clubs, ou bien au Gloc ou dans d'autres bars de Dogtown. Les costumes comme ceux qu'ils ont fauchés la nuit dernière sont vendus à la sauvette, dans les coffres des bagnoles, et les Moretti prélèvent leur part. Tout le monde est gagnant, sauf les compagnies d'assurances. Qu'elles aillent se faire foutre : elles vous entubent de toute manière et elles vous font payer plus cher dès que vous avez un accident.

Danny gagne sa vie, mais rien à voir avec les Murphy, qui rackettent les patrons du port et prélèvent une commission sur les emplois fictifs, les prêts, le jeu et les dessous-de-table provenant du Ward 10, qui englobe Dogtown. Danny a droit à des miettes, mais il ne siège pas à la grande table dans l'arrière-salle à côté des Murphy.

C'est humiliant.

Même Peter Moretti a évoqué le problème avec lui.

Ils se promenaient sur la plage, l'autre jour, lorsque Peter a dit :

— Je ne veux pas te vexer, Danny, mais en tant qu'ami je suis obligé de me poser la question.

— Quelle question, Peter ?

— Bah, le fait que tu as épousé la fille et tout ça. On s'est tous dit que ça allait te filer un coup de pouce, si tu vois ce que je veux dire.

Danny a senti ses joues s'enflammer. En imaginant les Moretti et toute la bande assis dans leurs locaux de Federal Hill, au milieu des distributeurs automatiques, en train de jouer aux cartes, de siroter des expressos et de causer. Danny n'aimait pas que son nom soit cité, surtout à ce sujet.

Il ne savait pas quoi répondre à Peter. En vérité, il avait espéré bénéficier d'un coup de pouce, mais ça ne s'était pas produit. Il s'était attendu à ce que son beau-père l'entraîne dans l'arrière-salle du Gloc pour une « petite conversation », à ce qu'il le prenne par les épaules pour lui refiler une part du gâteau, une place à table… quelque chose.

— J'aime pas m'imposer, a-t-il répondu finalement.

Peter a hoché la tête et regardé l'horizon, au-delà de Danny, là où Block Island semblait flotter tel un nuage bas.

— Attention, comprends-moi bien, j'aime Pat comme un frère, mais… je sais pas, des fois, je me dis que les Murphy… Tu vois, quoi. Étant donné qu'avant c'étaient les Ryan, hein ? Peut-être qu'ils ont peur de te faire monter en grade, au cas où tu te mettrais en tête de restaurer la vieille dynastie. Et si Terri et toi vous avez un fils… un mélange de Murphy et de Ryan ? Imagine.

— Je veux juste gagner ma vie.

— Comme nous tous, non ?

Peter a éclaté de rire et n'a pas insisté.

Danny l'aimait bien, il le considérait comme son ami, mais Peter ne changerait jamais. Et Danny devait reconnaître qu'il y avait une part de vérité dans tout ça. Lui aussi, il y avait pensé : le vieux Murphy le tenait à l'écart parce qu'il avait peur d'un Ryan.

Venant de Pat, ça l'embête moins, car Pat est un brave gars et un bosseur, qui gère bien les docks et qui ne regarde pas les autres de haut. Pat est un leader-né et, s'il veut être honnête avec lui-même, Danny est plutôt du genre suiveur. Il ne veut pas devenir le chef de famille, reprendre la place de son père. Il aime beaucoup Pat et il le suivrait jusqu'en enfer avec un pistolet à eau.

Ce sont tous les trois des gamins de Dogtown – Pat, Jimmy et lui –, ils se connaissent depuis toujours. École primaire St Brendan, puis lycée St Brendan. Ils jouaient au hockey ensemble et se faisaient massacrer par les mômes franco-canadiens de Mount St Charles. Ils jouaient au basket ensemble et se faisaient massacrer par les gamins noirs de Southie. Peu importe : ils étaient coriaces et ne reculaient devant personne. Ils dînaient presque toujours ensemble, parfois chez Jimmy, la plupart du temps chez Pat.

La mère de Pat, Catherine, les appelait à table comme s'ils étaient une seule et même personne : « *Patdannyjimmyyyyyy !* » Dans la rue, d'une courette à l'autre. Quand il n'y avait rien à manger chez lui parce que son père était trop ivre pour faire quoi que ce soit, Danny s'asseyait à la grande table des Murphy et il engloutissait du rôti, des pommes de terre à la vapeur, des spaghettis et des boulettes. Le vendredi, c'était toujours *fish and chips*, même après que le pape avait déclaré qu'on pouvait manger de la viande ce jour-là.

N'ayant pas de véritable famille (Danny était une anomalie : un Irlandais enfant unique), il adorait aller chez les Murphy. Il y avait là Pat et Liam, Cassie et, évidemment, Terri. Tous accueillaient Danny comme l'un des leurs.

S'il n'était pas réellement orphelin, il n'en était pas loin : sa mère avait fichu le camp lorsqu'il était encore bébé, et son père ignorait quasiment son existence car tout ce qu'il voyait en son fils, c'était elle.

Alors que Martin Ryan s'enfonçait dans l'amertume et la bouteille, il ne pouvait jouer son rôle de père auprès de Danny qui, de plus en plus souvent, trouvait refuge dans la rue avec Pat et Jimmy, et chez les Murphy, où il y avait toujours des rires et des sourires, très rarement des cris, sauf lorsque les sœurs se disputaient pour la salle de bains.

Catherine Murphy voyait en Danny un garçon solitaire et triste, mais comment lui en vouloir ? Même s'il était un peu trop souvent chez eux, elle ne manquait jamais de lui offrir un sourire ou un câlin maternel, des biscuits ou un sandwich au beurre de cacahuètes, et à mesure qu'il grandissait et que l'intérêt qu'il portait à Terri devenait évident… eh bien, se disait-elle, Danny Ryan était un gentil garçon du quartier, et Terri pourrait faire un plus mauvais choix.

John Murphy, lui, était sceptique.

— Il a ce sang en lui, dit-il un jour.

— Quel sang ? demanda Catherine, qui connaissait la réponse.

— Le sang des Ryan. Un sang maudit.

— Ne dis pas de bêtises. Quand Marty allait bien…

Elle n'acheva pas sa phrase car, lorsque Marty allait bien, c'était lui, et non pas John, qui régnait sur Dogtown, et son mari n'aimait pas songer qu'il devait son ascension à la chute de Martin Ryan.

Aussi John ne fut-il pas mécontent lorsque Danny, après le lycée, partit à South County pour devenir… pêcheur, nom de Dieu. Mais si c'était ce qu'il voulait faire, libre à lui, même s'il ignorait combien il était difficile de dégoter un boulot sur un bateau. S'il avait réussi à se faire engager sur celui-ci, c'était uniquement parce que son propriétaire avait cru que les Celtics allaient l'emporter à coup sûr contre les Lakers à domicile. À tort. Du coup, s'il voulait garder son gagne-pain, le jeune Danny Ryan aurait une place à bord désormais.

Mais il n'y avait aucune raison pour que Danny le sache. Pourquoi lui gâcher son plaisir ?

Pat ne comprenait pas, lui non plus, le choix de Danny.

— Pourquoi tu veux faire ça ? lui demanda-t-il.

— Je sais pas, répondit Danny. J'ai envie d'essayer autre chose. De travailler au grand air.

— Les docks, c'est pas au grand air ?

Si, c'est juste, reconnut Danny, mais ce n'était pas l'océan, et il parlait sincèrement lorsqu'il disait qu'il aspirait à autre chose. Il savait déjà à quoi ressemblerait sa vie à Dogtown : il prendrait sa carte du syndicat, il travaillerait sur les quais et se ferait un peu d'argent de poche en jouant les gros bras pour les Murphy. Le vendredi soir, les matchs de hockey au P-Bruins. Les soirées du samedi au Gloc. Le dîner dominical à la table de John. Il voulait quelque chose de plus – de différent, en tout cas –, il voulait tracer sa propre voie. Se dégoter un boulot dur et réglo, gagner son argent tout seul, avoir un endroit à lui, sans rien devoir à personne. Évidemment, Pat et Jimmy lui manqueraient, mais Gilead n'était qu'à… trente, quarante minutes de voiture, et de toute façon ils viendraient au mois d'août.

Et donc, il se fit engager à bord de ce bateau de pêche.

Au début, c'était un vrai nigaud, il n'avait aucune idée de ce qu'on attendait de lui, et Dick avait dû se casser la voix à force de lui expliquer ce qu'il devait faire et ne pas faire. Il le traitait de tous les noms et, pendant plus d'un an, Danny crut que son prénom était « Bordel de merde ».

Mais il apprit.

Il devint un bon membre d'équipage et réussit à surmonter les préjugés de la plupart des anciens, aux yeux desquels toute personne qui n'était pas issue d'au moins trois générations de marins pêcheurs ne pouvait pas travailler sur un bateau. Et surtout il adorait cette vie, nom d'un chien. Il avait son petit cottage bourré de courants d'air, il avait appris à cuisiner – des œufs au bacon, de la soupe de palourdes et du chili –, il gagnait sa vie et il allait boire avec les hommes.

L'été il pêchait l'espadon, et l'hiver il s'embarquait sur des bateaux qui partaient à la recherche des poissons de fond – morue, haddock et flet – et de tout ce qu'ils pouvaient rapporter dans leurs filets, ce que les Russes et les Japs n'avaient pas encore pris et ce que le gouvernement voulait bien leur laisser.

L'été, c'était chouette ; l'hiver, c'était l'enfer.

Le ciel gris, l'océan noir. Un seul adjectif pouvait décrire Gilead en hiver : lugubre. Le vent pénétrait dans son cottage comme s'il l'avait invité, et la nuit il devait dormir avec un sweat-shirt à capuche. Lorsque les bateaux pouvaient sortir malgré tout, la mer faisait ce qu'elle pouvait pour vous tuer et, lorsque vous deviez rester à quai, l'ennui prenait le relais. Il n'y avait rien d'autre à faire que boire, regarder votre ventre grossir et votre portefeuille se vider. En contemplant le brouillard à travers la fenêtre, comme si vous viviez dans un flacon d'aspirine. Vous traîniez un peu devant la télé, vous retourniez vous coucher, ou bien vous enfiliez votre bonnet, vous enfonciez vos mains dans les poches de votre caban et vous marchiez jusqu'aux quais pour voir votre bateau amarré là, aussi misérable que vous. Vous alliez au bar et vous bavardiez avec les autres gars. Et le dimanche, il y avait les matchs des Patriots, comme si vous n'étiez pas suffisamment malheureux.

Mais les jours où ils pouvaient enfin sortir en mer, quel froid, nom de Dieu, malgré toutes ces épaisseurs de vêtements qui vous faisaient ressembler au bonhomme Michelin. Caleçon long et maillot de corps à manches longues en Thermolactyl, grosses chaussettes de laine, pull en laine, sweat-shirt, doudoune, gros gants, et il avait quand même froid. Sur les docks à 4 heures du matin, il brisait la glace qui entourait les amarres et le matériel, pendant que Dick, Chip Whaley, Ben Browning, ou quelle que soit la personne pour qui il bossait ce jour-là, essayait de faire démarrer le moteur.

Ensuite, c'était la traversée du chenal, puis le Harbor of Refuge, les vagues qui frappaient les rochers givrés du brise-lames, puis le West Gap, ou bien l'East Gap, en fonction de l'endroit où se trouvaient les poissons. Parfois, ils restaient absents trois ou quatre jours, voire une semaine quand ça mordait ; comme ses camarades, Danny volait deux ou trois heures de sommeil par-ci, par-là entre deux quarts, quand il n'était pas en train de mettre les filets à l'eau ou de les relever pour déverser leurs prises dans la cale. Il descendait sous le pont pour serrer entre ses mains grelottantes une tasse de café amer et brûlant, ou avaler un bol de soupe ou de chili. Le matin, c'était toujours œufs au bacon et toasts, à volonté, car les capitaines ne lésinaient jamais sur la nourriture : un homme qui travaille aussi dur a besoin de manger.

Lorsqu'ils avaient la chance de remplir leur quota, le capitaine, quel qu'il soit, décrétait alors qu'ils pouvaient rentrer au port, et un sentiment magnifique les habitait, celui d'avoir accompli leur travail et d'en être récompensés. Ils toucheraient un gros chèque, dans lequel se reflétait leur contribution à la cale pleine, et ils retrouveraient leurs femmes ou leurs petites amies, fiers de pouvoir déposer à manger sur la table et de les emmener au ciné ou au restau.

À l'inverse, quand la chance n'était pas de leur côté, ils remontaient des filets presque ou entièrement vides, à croire qu'il n'y avait plus un seul poisson dans tout l'Atlantique, et le bateau rentrait au port en faisant grise mine, habité par un sentiment de honte qui contaminait tout l'équipage, comme s'ils avaient fait quelque chose de mal, comme s'ils ne connaissaient pas leur métier, et dans ces moments-là les épouses ou les petites amies savaient se faire discrètes, car leurs maris ou leurs fiancés étaient en colère ou humiliés, ils avaient l'impression de ne plus être des hommes. Les loyers en retard s'accumuleraient et les réparations dont la voiture avait besoin devraient encore attendre.

Et cela arrivait de plus en plus souvent.

L'été, en revanche…

L'été, c'était merveilleux.

L'été, Danny embarquait sur un bateau léger et rapide qui pêchait l'espadon, sur des mers et sous des cieux d'azur. Il se trouvait à l'avant-poste, à la proue, car c'était un bon harponneur. Quant à Dick, il savait repérer les espadons comme s'il en était un lui-même. Une putain de légende dans ce port. Parfois, ils emmenaient des clients faire de la pêche sportive : des types fortunés qui avaient les moyens de louer un bateau et un équipage. Ils traquaient les espadons et les thons, et le boulot de Danny consistait essentiellement à découper les appâts et à s'assurer que les clients avaient toujours des bières fraîches à portée de main. Ils avaient accueilli des célébrités sur ce bateau, mais Danny n'oublierait jamais la fois où Ted Williams – Ted Williams, nom de Dieu ! – était monté à bord. C'était un chic type, en plus, et il avait refilé à Danny cent dollars de pourboire au retour.

À d'autres moments, ils partaient pêcher des espadons pour les vendre sur les marchés, et là c'était du sérieux. Danny se tenait à l'avant du bateau, comme toujours, et lorsqu'ils tombaient sur un banc il lançait son harpon auquel était fixée une lourde bouée qui l'entraînait vers le fond. Parfois, ils se retrouvaient avec cinq ou six espadons attachés, avant de faire demi-tour pour hisser sur le pont les poissons épuisés. C'étaient des moments merveilleux, car ils rentraient au crépuscule et ils faisaient la fête, après quoi Danny s'écroulait sur son lit, exténué et heureux. Le lendemain, il se levait pour remettre ça.

Le bon vieux temps.

C'est au cours d'un de ces étés, un de ces mois d'août, alors que toute la bande de Dogtown était à la plage et que Danny les avait rejoints pour boire des bières, manger des hot-dogs et des hamburgers, qu'il s'aperçut que Terri n'était pas seulement la petite sœur de Pat.

Elle avait des cheveux noirs comme la mer en hiver, et ses yeux n'étaient pas bleus. Danny jurait qu'ils étaient violets. Son petit corps s'était affiné par endroits et développé à d'autres. À cette époque, elle n'avait pas d'argent pour s'acheter du parfum, et de toute façon sa mère le lui aurait interdit, alors elle appliquait quelques gouttes d'extrait de vanille derrière les oreilles. Aujourd'hui, Danny aime plaisanter en disant qu'il lui suffit de sentir l'odeur d'un sablé pour bander.

Il se souvenait de la première fois où ils s'étaient touchés, enlacés derrière les dunes. Ils avaient échangé des baisers enflammés et mouillés : la langue de Terri était une surprise vivace qui entrait et sortait de sa bouche. Il était au comble de la joie lorsqu'elle l'autorisa à défaire deux boutons de son chemisier blanc et à glisser la main à l'intérieur, pour voler une caresse.

Quelques semaines plus tard, par une de ces chaudes et humides nuits du mois d'août, dans sa voiture garée sur la plage, il dégrafa le jean de Terri et elle le surprit, une fois encore, en levant le bassin pour qu'il puisse introduire la main à l'intérieur et l'effleurer à travers sa culotte en coton blanc. La langue de Terri s'emballa dans sa bouche, elle le serra contre elle et dit : « Vas-y, oui, vas-y. » Un autre soir, alors qu'il la caressait, elle se raidit en gémissant, et il comprit qu'elle venait de jouir. Il bandait si fort que c'était douloureux, et soudain il sentit la petite main de Terri abaisser la fermeture Éclair de son jean et plonger à l'intérieur, hésitante et maladroite, mais elle l'empoigna, le caressa, et Danny éjacula dans son short, ce qui l'obligea à porter sa chemise par-dessus son jean ensuite pour cacher l'auréole sombre, avant qu'ils rejoignent les autres assis devant le cottage.

Danny était amoureux.

Mais Terri ne voulait pas devenir la petite amie ni l'épouse d'un pêcheur.

— Je ne peux pas venir vivre ici, dit-elle.

— C'est à une demi-heure, répondit Danny.

— Quarante-cinq minutes.

Terri était très attachée à sa famille, à ses amis, à son salon de coiffure, à son église, à son pâté de maisons, à son quartier. C'était une fille de Dogtown, et elle le resterait. Goshen, c'était bien pour quelques semaines en été, mais jamais elle ne pourrait s'y installer, surtout si c'était pour voir Danny partir en mer pendant plusieurs soirs, sans savoir s'il allait revenir. Car c'était une réalité, Danny le savait bien : des petits amis et des maris disparaissaient au large ; ils tombaient du pont dans l'eau glacée ; un coup de vent faisait pivoter la bôme, qui leur fracassait le crâne. Ou bien ils se soûlaient à mort quand la pêche n'avait pas été bonne.

Et puis, ça ne rapportait rien.

Pour un matelot de pont en tout cas.

Si vous possédiez un bateau, vous pouviez peut-être enchaîner deux ou trois bonnes saisons mais, maintenant que le poisson se faisait plus rare, même la plupart des propriétaires de bateaux tiraient le diable par la queue.

Terri avait une jeunesse agréable chez les Murphy, et elle ne se voyait pas dans la peau d'une pauvre « poissonnière », comme elle disait.

— Papa pourra te fournir une carte de syndiqué, dit-elle. Et un boulot dans le port.

Le port de Providence, s'entend. Pas celui de Gilead.

Les docks, manier un crochet.

Une bonne paye, un bon boulot syndiqué et ensuite, qui sait ? Une promotion au sein de la famille Murphy. Peut-être un poste dans un bureau en tant que représentant syndical, un truc dans le genre. Un avant-goût des autres affaires familiales. Ce qui aurait dû lui revenir normalement, si son père n'avait pas tout englouti dans l'alcool. Il était tellement bourré la plupart du temps qu'il était devenu un boulet, et les gars avaient fini par lui retirer ses responsabilités, avant de le virer pour de bon. En souvenir du passé, ils lui refilaient de quoi vivre, mais c'était à peu près tout.

À une époque, quand Danny était tout gamin, le nom de Marty Ryan inspirait la peur. Aujourd'hui il inspirait la pitié.

Mais Danny ne voulait pas de tout ça justement, il ne voulait pas entendre parler de racket, de prêts usuraires, de jeu, de vol, de syndicat. Malheureusement, il voulait Terri. Elle était drôle, intelligente, et elle l'écoutait sans croire à tout son baratin, mais elle refusait de lui céder tant qu'ils n'étaient pas au moins fiancés, et avec ce qu'il gagnait sur les bateaux il n'avait pas de quoi lui offrir un diamant, et encore moins un mariage.

Alors, Danny prit la carte du syndicat et retourna à Dogtown.

Pat fut le premier à qui il confia son désir d'épouser Terri.

— Tu vas lui offrir une bague de fiançailles ? demanda celui-ci.

— Dès que j'aurai les moyens de lui acheter un truc correct.

— Va voir Solly Weiss.

Weiss possédait une bijouterie dans le centre de Providence.

— Je pensais aller chez Zales, dit Danny.

— Pour payer au prix fort ? Va voir Solly, dis-lui que tu bosses pour nous et pour qui est cette bague. Il te fera un bon prix.

Ce n'était pas pour rien que la devise officieuse de l'État était : « Je connais un gars. »

— Je veux pas offrir à Terri un diamant tombé d'un camion.

Pat s'esclaffa.

— C'est pas des bijoux volés, mec. Pour quel genre de frère tu me prends, bordel ? On veille sur Solly. Tu as déjà entendu dire qu'il s'était fait braquer ?

— Non.

— Pourquoi, à ton avis ? Si tu fais ton timide, j'irai avec toi.

Ils allèrent voir Solly, et celui-ci vendit à Danny un diamant de un carat taille princesse à prix coûtant, payable en plusieurs fois, sans frais.

— Qu'est-ce que je t'avais dit ? demanda Pat lorsqu'ils ressortirent de la boutique.

— C'est comme ça que ça marche, hein ?

— Oui, c'est comme ça que ça marche. Maintenant, faut que t'ailles voir le vieux. Mais cette fois je viens pas avec toi.

Danny trouva John Murphy au Gloc – évidemment – et lui demanda de bien vouloir lui accorder une minute. John le conduisit au fond de la salle, s'assit dans son box et le regarda sans rien dire. Il n'avait pas l'intention de lui faciliter la tâche.

— Je viens vous demander la main de votre fille, dit Danny.

Il se sentait idiot et il avait une peur bleue.

John avait autant envie d'avoir Danny Ryan pour gendre qu'il avait envie de faire une crise d'hémorroïdes, mais Catherine l'avait déjà informé que cela risquait d'arriver et que, s'il voulait que la paix règne sous son toit, il ferait bien de donner son accord.

— Je lui trouverai quelqu'un d'autre, avait répondu John.

— Elle ne veut pas quelqu'un d'autre. Et réglons ça avant qu'elle marche jusqu'à l'autel dans une robe qui cache ses formes.

— Il l'a engrossée ?

— Pas encore, dit Catherine. Ils ne dorment même pas ensemble, à en croire Terri. Mais bon…

Alors, John joua son rôle.

— Comment tu comptes entretenir ma fille ?

À votre avis ? songea Danny. Vous m'avez procuré une carte du syndicat, un boulot sur les docks et des petits à-côtés.

— Je suis travailleur, dit-il. Et j'aime votre fille.

John lui débita un laïus sur le thème de « l'amour ne suffit pas », mais il finit par donner sa bénédiction. Ce soir-là, Danny offrit un bon dîner à Terri chez George, et elle feignit l'étonnement quand il mit un genou à terre pour lui demander sa main, alors qu'elle avait chargé son frère de veiller à ce que Danny puisse lui acheter une jolie bague sans s'endetter.

Le mariage fut grandiose, digne de la fille de John Murphy.

Ils n'allèrent pas jusqu'à organiser un vrai mariage à l'italienne, mais tous les Italiens étaient présents, avec des enveloppes : Pasco Ferri et sa femme, les frères Moretti, Sal Antonucci, son épouse, et Chris Palumbo. Tous les Irlandais importants de Dogtown étaient là eux aussi. Marty en personne assista à la cérémonie à St Mary et à la réception qui suivit au Biltmore. John régla la note de la noce, mais refusa de financer la lune de miel, alors Danny et Terri traversèrent le Blackstone Bridge pour passer un week-end de trois jours à Newport.

Personne n'était plus heureux que Pat de voir Danny et Terri se marier.

— On a toujours été frères, déclara-t-il au cours du dîner de répétition. Maintenant, c'est officiel.

Oui, c'était officiel, alors Terri céda enfin.

Avec enthousiasme et énergie : Danny n'avait aucune raison de se plaindre. Pas plus qu'aujourd'hui, d'ailleurs. Après cinq ans de mariage, c'est toujours aussi bien au lit. Seul problème : elle n'est pas encore enceinte. Tout le monde trouve naturel de lui poser la question en permanence, et Danny sait qu'elle en souffre.

Lui n'est pas pressé d'avoir un enfant ; il n'est même pas sûr d'en vouloir.

— C'est parce que tu as été élevé par des loups, lui a dit Terri un jour.

Faux, pense-t-il.

Les loups restent.

Il regarde le petit réveil posé sur la vieille commode et constate que c'est l'heure d'aller à son rendez-vous au Spindrift, avant les beignets de palourdes de Pasco.

Tous les week-ends du Labor Day, Pasco Ferri organise le samedi soir une grande fête à laquelle il convie tout le monde. Si vous passez devant sa maison sur la plage, et si vous le voyez creuser un trou dans le sable, il vous invitera, il est comme ça. Il passera une bonne partie de la journée à creuser ce trou qu'il tapissera ensuite de braises, et il ira pêcher les palourdes et les clams.

Parfois, Danny l'accompagne. Enfoncé jusqu'aux chevilles dans l'eau stagnante et vaseuse, il creuse avec un râteau à long manche. C'est un travail fastidieux. Il faut ressortir le râteau, fouiller avec les doigts dans la vase coincée entre les dents et déposer ensuite les coquillages dans le seau que Pasco a attaché autour de son ventre avec une vieille corde à linge usée. Pasco s'active sans fléchir, telle une machine. Torse nu, exhibant sa peau de Méditerranéen bronzée, ses muscles de sexagénaire encore durs et secs, même si ses pectoraux commencent à s'affaisser. Ce type règne sur tout le sud de la Nouvelle-Angleterre, et pourtant il est heureux quand il trime comme un vieux *paisan*, les pieds dans la vase, sous le soleil.

Oui, mais combien de types a-t-il fait buter, ce vieux *paisan* ? se demande Danny de temps à autre, en le voyant si paisible et content. Ou butés lui-même ? Une légende locale affirme que Pasco a personnellement liquidé Joey Bonham, Remy LaChance et les frères McMahon de Boston. Des conversations de fin de soirée, arrosées au whisky avec Peter et Paul, ont laissé entendre que Pasco n'utilisait pas d'arme à feu, mais un fil de fer ou un couteau, si près de sa victime qu'il sentait sa sueur.

Certains jours, Pasco et Danny allaient acheter des cuisses de poulet à Almacs, puis ils se rendaient à Narrow River, où Pasco attachait un long fil autour d'un morceau de volaille, qu'il lançait ensuite dans l'eau et tirait derrière lui, très lentement. Surgissait alors un crabe bleu qui plantait ses pinces dans la chair et ne la lâchait plus, jusqu'à ce que Pasco le balance dans le filet que lui tendait Danny.

— Retiens la leçon, lui avait dit Pasco un jour, alors qu'ils regardaient le crabe se débattre dans le seau pour essayer d'en sortir.

Il avait accroché un autre morceau de poulet et recommencé la même opération encore et encore. À la fin, le seau était rempli de crustacés qu'ils feraient cuire ce soir-là.

La leçon : ne t'accroche pas à une chose qui peut t'attirer dans un piège. Si tu dois la lâcher, lâche-la vite.

Mieux encore : ne mords pas à l'hameçon.

# 3

Danny et Liam sautent à bord de la Camry de Pat et roulent pendant cinq minutes, jusqu'à Mashanuck Point.

— C'est à quel sujet cette réunion déjà ? demande Pat à son frère.

— Les Moretti veulent racketter le Spindrift, lui rappelle Liam.

— C'est leur territoire, souligne Pat.

— Pas le Drift, répond son frère. Il est exempté.

C'est la vérité, se dit Danny en regardant par la vitre. Tous les autres établissements de la côte refilent du fric aux Italiens, mais le Spindrift est irlandais depuis l'époque de son père. Il connaît bien ce bar, il allait s'y soûler quand il travaillait sur les bateaux ; parfois, il allait écouter les groupes de blues locaux qu'ils engageaient le week-end, en été.

Le proprio, Tim Carroll, est un ami.

Ils passent devant les champs de blé, et Danny s'étonne à chaque fois de voir que ces terres n'ont jamais été construites. Elles appartiennent à la même famille depuis trois cents ans, des bouseux têtus comme des mules qui préfèrent faire pousser du blé plutôt que de vendre et de prendre leur retraite les poches pleines. Danny s'en réjouit. C'est chouette de voir toutes ces fermes jusqu'à l'océan.

— Et donc ? demande Pat à Liam. Tim est venu te voir ?

C'est une violation du protocole. Si Tim veut se plaindre, il doit aller trouver John ou Pat. Mais pas le frère cadet, Liam.

— Il n'est pas *venu* me voir, répond Liam, légèrement sur la défensive. J'étais en train de boire une bière, et on a bavardé…

Il y a tellement de minuscules péninsules et de bâches le long du rivage, songe Danny, que vous devez rouler vers l'intérieur des terres, puis longer la côte, avant de revenir vers la mer pour vous rendre quelque part. Ce serait plus rapide s'ils asséchaient les marais et construisaient des routes, mais ça, c'est bon pour le Connecticut, pas pour le Rhode Island.

Le Rhode Island aime les choses compliquées, difficiles à trouver.

Autre devise officieuse de l'État : « Si vous étiez censé savoir quelque chose, vous le sauriez. »

Résultat, il faut plusieurs minutes de voiture pour atteindre le Spindrift, alors qu'il leur aurait suffi de marcher sur la plage. Mais ils ont pris la route, et donc ils passent devant les champs de blé, puis la petite épicerie, le stand de hot-dogs, la laverie automatique, le marchand de glaces. Un long virage les ramène vers l'océan. Sur leur gauche, il y a un parc pour caravanes, puis le bar.

Ils se garent devant.

Dès que vous entrez, vous comprenez que cet établissement n'est pas une machine à fric. C'est un vieux boui-boui aux murs en bardeaux, martelé depuis une soixantaine d'années par l'air marin et les bourrasques hivernales. On peut même s'étonner qu'il soit toujours debout. Un bon coup de vent pourrait le démolir, songe Danny, et la saison des ouragans approche.

Tim Carroll est derrière son comptoir, occupé à tirer une bière pour un touriste.

Tim Carroll le maigrelet, songe Danny. Il n'a que la peau sur les os. Quel âge a-t-il maintenant… trente-trois ans ? On dirait que la responsabilité de gérer cet établissement depuis la mort de son père l'a fait vieillir avant l'heure. Il s'essuie les mains sur son tablier et contourne le comptoir.

— Peter et Paul sont déjà là, dit-il en montrant la terrasse d'un mouvement du menton. Chris Palumbo est avec eux.

— Alors, c'est quoi le problème, Tim ? demande Pat.

— Ils débarquent ici en jouant les caïds. Ils viennent quasiment tous les après-midi et ils boivent des pichets de bière qu'ils ne payent pas, ils commandent des sandwichs, des burgers… Tu as vu le prix de la viande ces temps-ci ? Des petits pains ?

— Oui, d'accord.

— Et maintenant ils réclament une enveloppe, en plus ? Moi, j'ai dix ou onze semaines en été pour gagner du fric. Le restant de l'année, que dalle. Juste quelques pêcheurs du coin qui sirotent leur pinte pendant deux heures. Sans vouloir te vexer, Danny.

Danny secoue la tête, genre : pas de problème.

Ils franchissent une porte-fenêtre coulissante pour sortir sur une terrasse posée en équilibre précaire sur des rochers que l'État a entassés là pour essayer d'éviter que l'ensemble glisse dans l'océan. De là, Danny aperçoit la totalité du littoral sud, du phare de Gilead jusqu'à Watch Hill.

C'est beau.

Les frères Moretti sont assis autour d'une table en plastique blanc, à côté de la balustrade, sur laquelle Chris Palumbo a posé les pieds.

Peter Moretti est l'archétype du mafieux : cheveux noirs épais lissés en arrière, chemise noire aux manches retroussées pour exhiber sa Rolex, jean de marque et mocassins.

Paulie Moretti est un rital chétif de moins d'un mètre soixante-quinze à la peau caramel, aux cheveux châtain clair permanentés et balayés de quelques mèches décolorées. *Permanentés*, se dit Danny. C'est la mode maintenant. Très peu pour lui. Il a toujours trouvé que Paulie ressemblait à un petit Portoricain, mais pas question de le lui dire.

Chris Palumbo, c'est un autre genre. Rouquin comme s'il arrivait tout droit de Galway, et pourtant il est aussi italien que les spaghettis bolognaise. Danny n'a pas oublié ce que le vieux Bernie Hughes disait à son sujet : « Il ne faut jamais faire confiance à un rital roux. C'est la honte de la race. »

Alors, oui, Peter est intelligent, mais Chris l'est encore plus. Peter ne fait rien sans lui et, si Peter arrive en haut de l'échelle, Chris deviendra son *consigliere*, c'est certain.

Les Irlandais approchent des chaises, tandis que la serveuse dépose deux pichets sur la table. Les hommes remplissent leurs verres, puis Peter se tourne vers Tim.

— Tu as couru te plaindre aux Murphy ?

— J'ai pas « couru ». Je disais seulement à Liam…

— On est entre amis, le coupe Pat, qui ne veut pas entrer dans cette histoire de protocole.

— Oui, on est entre amis, dit Peter, mais le business, c'est le business.

Liam intervient :

— Ce bar ne paye pas de taxes. Il n'en a jamais payé et il n'en paiera jamais. Le père de Tim et le mien…

— Son père n'est plus de ce monde, dit Peter. Qu'il repose en paix. Je ne veux pas lui manquer de respect. Mais l'arrangement est mort avec lui.

— Ce bar est exempté, insiste Pat.

— Ils sont exemptés éternellement parce que, il y a trente ans, un plouc d'Irlandais a fait bouillir une patate ici ? rétorque Peter.

— Allons, Peter…, dit Pat.

Chris intervient à son tour.

— À votre avis, qui a demandé à la municipalité d'apporter toutes ces caillasses, pour que cette bicoque se transforme pas en radeau ? Y en a pour trente ou quarante mille de matériaux, sans compter la main-d'œuvre.

Pat s'esclaffe.

— Quoi, c'est *vous* qui avez payé ?

— On s'est arrangés, dit Chris. Et j'ai pas entendu Tim pleurnicher à ce moment-là.

— J'achète déjà ma bouffe chez votre fournisseur. Au prix où il me facture la viande, je m'en sortirais beaucoup mieux si j'allais ailleurs.

C'est vrai, se dit Danny. Les Moretti empochent déjà du fric avec ce bar, grâce aux distributeurs et aux commissions des grossistes. Sans parler de tout ce qu'ils boivent et mangent à l'œil.

— Et il vaut mieux pas qu'un inspecteur des services d'hygiène décide de faire un tour dans ta cuisine, dit Chris.

— Dans ce cas, venez pas bouffer ici !

Peter se penche au-dessus de la table, vers Pat.

— On dit juste qu'on a dû engager des frais pour ce restau dernièrement, et on estime que Tim devrait participer un peu. Est-ce déraisonnable ?

— Je ne peux pas vous donner ce que j'ai pas, se lamente Tim. J'ai pas d'argent, Peter.

Celui-ci hausse les épaules.

— On peut peut-être trouver un arrangement.

Nous y voilà, se dit Danny. Le racket n'était qu'un outil. Les Moretti savent bien que Tim est fauché. Ils voulaient juste ouvrir la porte à leurs exigences.

— Qu'est-ce que vous avez en tête ? demande Pat.

— Un de nos gars a fait une petite transaction ici la semaine dernière, dans les toilettes pour hommes, indique Peter. Et Tim a été plutôt dur avec lui.

— Il dealait de la coke, se défend Tim.

— Tu as levé la main sur lui, dit Paulie. Tu l'as flanqué dehors, au sens propre.

— Ouais, et je le referai. Si mon père savait ce qui se passe dans son restau…

Danny se souvient d'une dispute entre Pat et Liam, au sujet d'un voyage de Liam à Miami. Liam y va pour ce qu'il appelle la « fornication ». Mais Danny a des doutes concernant le motif de ces séjours.

Pat aussi.

Danny était présent le jour où Pat a pris Liam entre quatre yeux pour lui dire :

— Je le jure devant Dieu, Liam, si tu rapportes autre chose qu'un herpès de Floride…

Liam a éclaté de rire.

— De la coke, tu veux dire ?

— Oui, de la coke.

— Y a un max de fric à se faire avec la coke, frangin.

— Et un max d'années de taule, a répondu Pat. Un max de pression de la part des fédéraux, en plus des flics d'ici. On n'a pas besoin de ça.

— Bien, parrain.

Liam s'est mis à imiter Marlon Brando.

— « On perdra nos juges, nos politiciens… ».

— Je parle sérieusement, petit frère.

— Monte pas sur tes grands chevaux. Je transporte pas de la coke, bordel.

— T'as pas intérêt.

— Putain. Lâche-moi !

Danny se souvient de cette conversation et il ne peut s'empêcher de se demander de quoi il est question véritablement.

— Écoute, Pat, reprend Peter. Peut-être qu'on pourrait se montrer un peu coulants au niveau des paiements si Tim veut bien être plus souple pour le reste.

— Pourquoi chez lui ? demande Pat. En hiver, il n'y a que des pêcheurs.

— Et les pêcheurs prennent pas de coke, à ton avis ? demande Paulie. Te raconte pas d'histoires. Plus la pêche est mauvaise, plus ils en ont besoin. Et plus la pêche est bonne, plus ils en veulent.

Danny n'apprécie pas cette remarque. Pas facile de gagner sa vie, d'entretenir sa famille… Les gars s'offrent un peu de réconfort là où ils le trouvent. Avant c'était dans l'alcool, maintenant c'est dans la poudre. Ou plutôt il y a toujours l'alcool, et maintenant, en plus, il y a la poudre.

— Je dis juste que vous pourriez faire votre business ailleurs, insiste Pat.

C'est vrai, se dit Danny. Il connaît au moins cinq bars sur la côte où on peut acheter de la coke.

— Ailleurs, répond Peter, c'est impossible de se secouer la bite dans l'urinoir sans tomber sur un mec des stups. Je croyais qu'on était entre amis ici. Un ami qui refuse un service à un ami ?

— Vous m'en demandez beaucoup, dit Tim. Je pourrais perdre ma licence. Putain, ils pourraient même saisir mon restau.

Pat lui impose le silence en levant la main. Ce geste est familier à Danny. Il a vu le vieux Murphy le faire des centaines de fois. Ça doit être héréditaire.

— Qui deale pour vous ici ? demande Pat.

— Tu connais Rocco Giannetti ?

Danny le connaît : une vingtaine d'années, le style enjôleur, il conduit une putain de BM. Maintenant, Danny sait comment il paye les mensualités et l'assurance.

— Rocco est un frimeur, dit Pat. Il attire l'attention.

— Tu bosses aux ressources humaines maintenant ? demande Paulie.

— Tu préférerais quelqu'un d'autre ? ajoute Peter.

— Oui, je préférerais un *adulte*, rétorque Pat.

— Ça peut s'arranger. Que dis-tu de Chris ici présent ?

Et voilà, songe Danny. C'était le but depuis le début : introniser Chris Palumbo dans ses fonctions de dealer de coke. Et l'idée ne vient pas des Moretti, elle vient de Chris lui-même. Le rital roux a certainement fait saliver les Moretti en leur parlant du racket et suggéré ensuite le deal avec la coke en guise de compromis. Il gagnera du fric avec la poudre et il versera leur part à Peter et à Paul.

Pat tranche :

— Deux fois par semaine, hors saison. Rien pendant l'été. Chris peut rencontrer ses acheteurs à l'intérieur, mais l'échange se fait dehors, dans sa bagnole. Et jamais plus que trente grammes.

— On pourra pas dealer l'été ? proteste Paulie. C'est quoi, cette histoire ?

— On n'est pas obligés de te refiler quoi que ce soit, souligne Liam.

— Bordel de…

— OK. OK.

Peter fait taire son petit frère.

— Tim, ça te va comme ça ? demande Pat.

— Ouais, je crois.

Tim est réticent, et Danny ne peut pas lui en tenir rigueur. Mais que voulez-vous ? Ainsi va le monde. Leur monde, en tout cas. Pat n'a rien lâché de plus que ce que les Moretti auraient pris de toute façon. Accepter une chose qu'on ne peut pas éviter, c'est faire preuve de bon sens.

En outre, Pat regarde vers l'avenir. Pasco envisage de prendre sa retraite : Mashanuck l'été, la Floride en hiver. Quelqu'un va gravir un échelon pour occuper le poste suprême, et ce quelqu'un pourrait bien être Peter Moretti. Il est jeune, mais c'est déjà un capitaine et il palpe beaucoup d'argent. Si Moretti senior ne purgeait pas une peine de vingt ans dans une des prisons du Rhode Island, ce serait *lui* le numéro un, et Peter considère cela comme un dû.

Pat Murphy sait qu'au bout du compte il sera amené à traiter avec Peter, et il veut entretenir leurs bons rapports.

— Tu arrangeras ça avec Pasco ? lui demande Pat.

— Pas la peine de l'embêter avec cette histoire, répond Peter.

Après un bref silence, tous éclatent de rire. Après tout, ils savourent leur force et leur jeunesse, ils savent qu'ils vont s'emparer du monde. Ils peuvent faire des choses sans que les vieux le sachent, sans leur autorisation. Même si c'est du sérieux : vendre de la came dans le jardin de Pasco à son insu. Ce qui est drôle, c'est la manière dont Peter a prononcé cette phrase, et l'espace d'un instant ils sont tous amis, ils rigolent ensemble, heureux de rouler quelqu'un dans la farine.

— Hé, Peter, dit Pat, vas-y mollo avec les burgers, OK ?

— Tu t'inquiètes pour ma ligne ?

— Tu peux te payer un sandwich, sale radin.

Remarque qui provoque de nouveaux éclats de rire.

C'est bon d'être jeune dans la douceur de l'été, songe Danny.

Mais sur le trajet du retour il ne peut se défaire de l'idée que Liam vient de s'engager à vendre de la coke avec les frères Moretti.

# 4

Dès que Danny rentre, Terri le renvoie dehors.

— Apporte ces provisions à ton père, dit-elle.

Elle est allée au Stop & Shop ce matin et elle a fait des courses pour Marty également. Elle lui a acheté du bacon, des œufs, du lait, du pain et ses Lucky, son Bushmills, sa Sam Adams, son hachis de corned-beef Hormel et ses tickets de loterie. Elle a rangé tout ça dans deux sacs en plastique pour que Danny les emporte.

C'est normal, pense-t-il : elle s'est tapé les commissions. Elle a fait la queue le week-end du Labor Day, alors que tout le monde vient s'approvisionner pour manger dehors.

Danny prend les sacs et se rend chez Marty, un peu plus haut dans la rue en gravier : un cottage que le vieil homme tient absolument à louer tout au long de l'année. Il frappe à la porte grillagée et, sans attendre, il la pousse avec le pied.

— C'est moi !

Marty est assis dans son fauteuil, comme toujours, en train de téter une Lucky et une bière en écoutant un match des Sox à la radio. Ned Egan est assis sur le canapé près de la fenêtre. Généralement, il n'est jamais très loin de Marty.

— Tu as mon Hormel ? demande son père.

— Est-ce que Terri a déjà oublié ton Hormel ? répond Danny en posant les deux sacs sur le comptoir de la cuisine. Salut, Ned.

— Danny.

— Je pensais que c'était peut-être *toi* qu'avais fait les courses, dit Marty.

Ned se lève et entreprend de ranger les provisions, sur les étagères et dans le frigo. Âgé d'une quarantaine d'années, Ned est taillé comme une bouche d'incendie. Et il continue à soulever de la fonte un jour sur deux. Lorsqu'il lève le bras pour ranger les boîtes de conserve, on aperçoit le 38 dans son holster.

Pour atteindre Marty, il faut d'abord passer sur le corps de Ned, et personne n'en a envie. Marty Ryan n'est plus assez important pour que quiconque cherche à le tuer, mais Ned ne veut prendre aucun risque. Quoi qu'il en soit, Danny se réjouit que son père ait de la compagnie, quelqu'un pour faire réchauffer son hachis, et avec qui dire du mal des Sox.

— Tu as mes trucs à gratter ?

Marty joue à la loterie comme s'il était de mèche avec saint Jude. La plupart du temps, il gagne juste de quoi acheter quelques bouteilles de bière, mais un jour il a empoché cent dollars, et depuis ça l'incite à continuer. Il est convaincu qu'il va décrocher le gros lot, et Danny se demande ce qu'il ferait avec plusieurs millions de dollars.

Ce vieil homme amer, décharné, assis dans ce fauteuil, avec cette chemise rouge à carreaux que Terri lui a offerte il y a déjà… trois Noëls ? Boutonnée presque jusqu'en haut, laissant apparaître le col d'un T-shirt blanc. Et un pantalon de toile trop large, sale, que Terri arrive à lui faire retirer une fois par mois, peut-être, pour le laver. Chaussettes blanches, sandales.

Marty Ryan.

Martin Ryan.

Une putain de légende.

Lorsque Big Bill Donovan est venu exprès de New York pour annoncer aux gars de Providence qu'ils allaient rejoindre la branche new-yorkaise de l'ILA[1], c'est Marty Ryan, encore gamin à l'époque, qui l'a envoyé sur les roses. Marty et John Murphy, dans le temps. Ils ont tenu tête à New York, et New York a plié, pour qu'on ait notre syndicat à nous et nos docks, Danny sait tout ça. Quelques années plus tard, Albert Anastasia s'est déplacé en personne, pour débiter le même baratin, et Marty lui a répondu : « On a nos propres ritals ici. »

Et c'était vrai : le jeune Pasquale Ferri se tenait juste à côté d'eux ce jour-là. Ils avaient trouvé un accord : Marty, John et les Italiens. Les Irlandais conservaient les docks, les Italiens s'occupaient du transport, et les deux syndicats seraient gérés depuis Providence. Marty et John avaient expliqué aux intrus le sens du mot *local*. Ils n'avaient pas quitté l'Irlande pour devenir les colonisés de quelqu'un d'autre. Et donc, pendant des années, rien n'était entré à Providence sans passer par Marty Ryan, John Murphy ou Pasco Ferri. Que ce soit par bateau ou par camion.

La marchandise qui tombait de ces bateaux et de ces camions avait nourri Dogtown pendant des décennies. Et pas uniquement les dockers et les camionneurs. Des types qui bossaient en usine, qui fabriquaient des bijoux fantaisie, des outils, et gagnaient juste de quoi payer leur loyer, savaient qu'ils pouvaient acheter une paire de baskets à leurs gamins derrière le Glocca Morra. Ils pouvaient se procurer des conserves, de l'alcool et des cigarettes sans engraisser davantage les riches commerçants yankees. Plus tard, quand les usines ont émigré vers le sud et que la situation s'est dégradée dans la Rust Belt[2], les gars ne pouvaient plus payer leur loyer, et ces ventes clandestines sont devenues une question de survie. Des hommes qui se seraient tiré une balle dans la tête plutôt que d'accepter des coupons alimentaires allaient trouver

1. Association internationale des dockers. (Toutes les notes sont du traducteur.)

2. Surnom donné à la région industrielle du nord-est des États-Unis.

Marty pour savoir ce qui était tombé des camions et des bateaux pendant la semaine. Des boîtes de soupe, de thon, de ragoût prenaient la tangente pour quitter les docks et se retrouver sur les tables familiales.

Voilà qui était Marty en ce temps-là, quand il avait un cou de taureau à force de balancer son crochet de docker et ses poings. Quand il avait encore de la fierté.

— Tu vas au *clambake*[1] ? lui demande Danny.

— Je sais pas.

— Tu devrais. Ça te ferait du bien de sortir.

Le vendredi soir, Terri parvient généralement à traîner Marty jusque chez Dave pour un *fish and chips*. Aussi loin que remontent les souvenirs de Danny, il a toujours vu son père manger du *fish and chips* les vendredis. Une entorse à son régime composé exclusivement d'œufs au bacon, de hachis de corned-beef et d'alcool.

— Je sais pas, répète Marty.

Ned ne dit rien. Il ne dit jamais grand-chose.

Un dur à cuire, ce Ned Egan. Quand il était élève à St Michael, les prêtres et les bonnes sœurs l'avaient rendu à moitié sourd à force de le frapper pour le remettre dans le droit chemin. La sœur l'obligeait à poser la main à plat sur le bureau et lui assénait de grands coups de règle en fer sur les doigts. Ned la regardait en souriant. Quand il rentrait à la maison, son père voyait la marque rouge sur sa main, et il comprenait que Ned avait mis la sœur en colère, alors il l'obligeait à s'allonger sur le lit et il le frappait sur l'arrière des cuisses avec un cuir à rasoir, jusqu'à ce que Ned pleure.

Le problème, c'était que Ned refusait de pleurer, et son père refusait de céder. En ce temps-là, personne n'avait entendu parler des services de protection de l'enfance ; le concept n'existait même pas. Et Ned avait subi de sévères raclées. Le lendemain matin,

1. Barbecue de fruits de mer.

quand il allait à l'école, le sang coulait à travers les jambes de son pantalon qui collait à sa chaise chaque fois qu'il voulait se lever. Les professeurs avaient appris à ne pas l'interroger au tableau ces jours-là, pour ne pas lui faire honte.

Un jour, il avait alors quatorze ans, son père prit le cuir à rasoir et lui ordonna de s'allonger, mais au lieu d'obéir Ned lui décocha un direct qui l'envoya au tapis. Il s'enfuit de chez lui et tenta de s'engager dans la marine marchande. On lui rit au nez et on lui dit de revenir dans quatre ans. Alors, Ned vécut dans les rues pendant quelque temps, jusqu'à ce que Marty lui installe un lit de camp dans la réserve du Gloc. Le gamin passait le balai en échange d'un bol de ragoût de mouton, d'une part de *shepherd's pie* ou de ce qui restait de la veille.

Un après-midi, le père de Ned débarqua au pub armé d'une batte de base-ball, en annonçant qu'il allait donner à son bon à rien de fils une leçon qu'il ne serait pas près d'oublier. Marty, assis dans son box, dit tranquillement : « Billy Egan, à moins que cette leçon consiste à apprendre à envoyer une balle à effet, je te conseille de franchir cette porte dans l'autre sens. J'ai pas les moyens de faire dire une messe à ta mémoire en ce moment. » Le père de Ned devint livide et ressortit. Il avait compris le message et il ne remit plus jamais les pieds au Gloc.

Le jour de ses seize ans, Ned quitta l'école et se rendit sur les quais, où M. Ryan lui remit sa carte du syndicat. Ned commença à manier le crochet et à gagner correctement sa vie. Il se trouva un petit appartement dans Smith Street. Désormais, il pouvait s'acheter à manger. Si son père le croisait dans le quartier, il changeait de trottoir. Quand il mourut, sa mère lui écrivit une lettre.

Ned n'y répondit pas. À ses yeux, son père, c'était Marty Ryan.

Danny dit à celui-ci :

— Je t'y conduirai en bagnole.

— Ned peut m'emmener.

— Je t'y conduirai, répète Danny.

Marty a dans les soixante-cinq ans, mais il en fait vingt de plus. Le prix à payer pour les clopes, la picole et l'amertume, songe Danny.

Le prix que paye Marty, en tout cas.

Danny se souvient encore du jour où son père s'est déchaîné contre lui, en braillant : « Tu es bien le fils de ta mère ! Tu as le sang de cette salope ! » Et dans un instant de calme et de lucidité, juste avant de s'évanouir, il avait murmuré : « Je savais même pas que tu existais. Je suis allé à Vegas, j'ai eu une aventure avec une nana que j'avais rencontrée dans un bar, et un an plus tard elle débarque avec un môme. Toi. Et là elle me sort : "Je te présente ton fils. Je suis pas faite pour être mère." C'est la seule vérité qu'est jamais sortie de sa bouche de baratineuse. »

L'autre vérité, c'était que Marty était amoureux d'elle. Il cachait sa photo sous son lit. Danny l'avait trouvée par hasard un jour où il cherchait des numéros de *Playboy* : une danseuse, grande, sculpturale, aux cheveux roux et aux yeux verts, avec de longues jambes et de gros nichons. Mais c'était plus tard seulement, au cours d'une des diatribes avinées de Marty – ces instants de confession –, que Danny avait compris qu'il s'agissait de sa mère.

Difficile à croire, cependant, que ce vieux bonhomme ait pu se taper une femme de ce calibre. Quand vous regardiez Marty Ryan, vous ne voyiez pas un tombeur. Mais le vieux Pasco rectifia l'opinion de Danny sur ce sujet. Alors qu'ils pêchaient des palourdes, il lui dit : « En ce temps-là, ton père était un beau gosse. Quand Marty débarquait dans une soirée, tout le monde planquait sa femme. »

Danny sait que son père a conservé cette photo.

# 5

Lorsqu'ils arrivent chez Pasco, il y a déjà foule.

Les femmes évoluent dans la cuisine tel un groupe de majorettes bien rodées, sous le contrôle de Mary Ferri. Danny installe Marty dans un fauteuil, puis rejoint Terri qui donne un coup de main en cuisine.

— Tu étais passé où cet après-midi ? lui demande-t-elle. Quand je me suis réveillée, tu n'étais pas là.

— Des affaires à régler.

— En buvant des bières ?

— Deux pichets, c'est tout.

Terri regarde son frère.

— Et Liam, il en a bu combien ?

— Il va bien.

— Un peu *trop* bien. Surveille-le, d'accord ?

Danny promet de s'en charger, avec un soupçon d'agacement. Il faut toujours que quelqu'un surveille Liam. Pat a fait ça toute sa vie. Même sur la patinoire tout le monde savait que, si vous agressiez son protégé, Pat allait enlever les gants.

Cela remonte avant même la naissance de Liam, songe Danny. Un soir d'ivresse, Pat lui avait raconté combien la grossesse de Catherine avait été difficile, voire dangereuse. John, bien que fervent catholique, la poussait à avorter. Mais Catherine avait refusé et le bébé, Liam, était né deux mois avant terme. Il pesait moins d'un kilo cinq et avait été déclaré mort deux fois.

Du coup, dorloter Liam, veiller sur Liam, épargner à Liam les conséquences de toutes ses conneries était devenu une habitude dans la famille Murphy.

Danny observe Liam en train de charmer Mary Ferri ; il remarque cette rougeur sur ses joues et le sourire de celui qui se moque de tout et se croit supérieur.

— Jimmy et Angie sont là ? demande Danny.

— Dehors.

— Tu veux boire quelque chose ?

— Je veux bien une bière.

Danny se dirige vers un énorme seau posé sur le sol et rempli de glaçons, dans lequel il pioche deux bouteilles fraîches. C'est alors qu'il voit Cassandra. Grande, cheveux roux bouclés, et toujours ces yeux marron étonnants. Elle lui sourit, et Danny se trouve bête avec ses deux bières à la main.

— Salut, Danny.

— Salut, Cassie. Je savais pas que tu étais revenue de…

— De ma cure ? Tu peux le dire, Danny.

Était-ce son deuxième ou troisième séjour dans un centre de désintoxication, ou une unité psychiatrique ? Cassie est l'improbable mouton noir de la famille Murphy, et John cache à peine la honte qu'elle lui inspire. Pourtant, elle avait été un ange, la petite fille à son papa (un jour, Terri avait avoué à Danny qu'elle était jalouse de sa grande sœur), une superbe chanteuse de musique folklorique, une danseuse qui décrochait des récompenses dans les *céilís*, mais elle avait commencé à boire, puis elle était passée à l'herbe et à toutes sortes de drogues. Elle s'était retrouvée à la rue pendant quelque temps, lorsque les Murphy, adeptes du « Aide-toi, le ciel t'aidera », l'avaient flanquée à la porte. Danny avait entendu dire alors qu'elle avait accepté de retourner dans cet établissement, là-bas dans le Connecticut.

Danbury, ou un truc comme ça.

Elle a l'air bien ce soir.

Le regard clair, la peau éclatante.

— Une de ces bières est pour moi, Danny ?

— Putain, Cassie, plaisante pas avec ça.

Cassie et Danny ont toujours été proches. Peut-être parce que l'un et l'autre étaient des sortes d'étrangers dans leur famille, et par conséquent des alliés naturels.

— J'ai le droit de plaisanter, dit-elle. Je n'ai juste pas le droit de *boire*.

— Sûrement une bonne idée.

— C'est ce qu'ils disent dans les réunions, en tout cas.

— Tu vas aux réunions ?

— Quatre-vingt-dix sur quatre-vingt-dix.

Quiconque vit dans un quartier irlandais sait ce que cela signifie : quatre-vingt-dix réunions des AA en autant de jours.

— À la bonne heure, Cassie.

— Ouais, à la bonne heure.

Cassie a toujours bien aimé Danny. Elle devine en lui une tendresse, une blessure. Pas étonnant quand on est le fils de Marty.

— Tu ferais bien de rejoindre Terri avant que sa bière soit chaude.

— Oui.

Danny apporte la bière à sa femme et dit :

— Cassie est ici.

— Ah bon ?

— Tu trouves ça normal ? Avec tout cet alcool et le reste ?

— Elle doit apprendre à affronter la vraie vie, répond Terri en prenant sa bière. Et puis, personne ne la laissera boire.

Mary Ferri taquine Liam parce qu'il est venu seul ce soir.

— C'est une première, dit-elle. Généralement, il nous amène un mannequin de New York, ou une actrice, toujours la plus jolie fille…

— Ce soir, j'ai décidé d'enchaîner les conquêtes, répond Liam.

— Le choix est limité, fait remarquer Terri.

Presque toutes les filles sont mariées maintenant et elles commencent à fonder un foyer. Les soirées barbecue ont pris un aspect familial, même parmi la jeune génération. Tout cela est un peu ennuyeux aux yeux de Liam.

— Je vais devoir faire de mon mieux, dit-il.

— Tu devrais te marier, lui conseille Mary. Oublier tous ces mannequins, ces actrices. Tu veux que je te trouve une gentille Italienne ?

— Tu ferais ça à une gentille Italienne ? objecte Terri.

— Merci, ma chère sœur, dit Liam.

— Liam est un amour, déclare Mary. Il faut juste qu'il trouve la femme parfaite.

— Il avait la femme parfaite, réplique Terri. Et il a déconné.

Danny sait qu'elle fait allusion à l'ex-petite amie de Liam, Karen. Infirmière en traumatologie au Rhode Island Hospital, elle avait tout : la beauté, l'intelligence et la bonté d'âme. Toute la famille l'aimait bien. En outre, elle était réellement amoureuse de Liam, mais il avait tout foutu en l'air en baisant à droite et à gauche.

Liam a le physique des Kennedy – cheveux noirs bouclés, yeux marron saisissants – et il a fait des ravages à travers tout le Rhode Island. Un exploit dans un État majoritairement catholique où la plupart des filles ont des grands frères.

— La femme parfaite ? répond-il. Mais tu es déjà prise, Mary.

Les gens disaient en plaisantant que Liam n'avait pas embrassé la pierre de l'éloquence, c'était *elle* qui l'avait embrassé.

Embrassé ? pense Danny. Elle l'a *sucé*, oui.

— Écoutez-le…, dit Mary, aux anges.

Elle se tourne vers Terri et suggère :

— Tina Bacco, peut-être.

— Oui, peut-être.

Terri jette un regard à Danny. Ils savent l'un et l'autre que Liam a emmené Tina passer un week-end à Atlantic City et qu'il l'a baisée pendant deux jours. Du moins, c'est ce que Tina a raconté à Terri. Liam était un bon coup, ils avaient bien rigolé, disait-elle, mais l'épouser ? Pas question.

— C'est toi la plus jolie femme ici, répète Liam à Mary. Tu devrais quitter Pasco et t'enfuir avec moi.

— Rends-toi utile, plutôt, répond-elle. Va demander à mon mari si c'est prêt.

— Je t'accompagne, dit Danny.

Ils descendent sur la plage, où Pat aide Pasco à sortir les palourdes du trou dans le sable. Sous l'œil de Peter, de Paulie et de leur bande.

Sal Antonucci est là lui aussi.

Danny ne l'aime pas.

Sal dirige sa propre bande maintenant et il gère quelques grosses affaires pour les Moretti. Ce soir, il est venu avec un de ses gars, Tony Romano, qui sourit à Danny comme un idiot. Sal et Tony ont fait de la taule ensemble, et depuis ils sont comme deux frères. Ils ont passé des années à soulever de la fonte et sont devenus deux macaronis bodybuildés.

À la réflexion, Sal est un tueur sans états d'âme.

Il a gravi les échelons au sein de la famille Moretti car il exécute les basses besognes. Grand, balèze, un visage épais comme une dalle de marbre, des yeux aussi bleus et froids qu'un matin de janvier. Il sourit à Danny et demande :

— Comment va ?

— Très bien, Sally, répond Danny, car il sait qu'Antonucci n'aime pas qu'on l'appelle Sally, et pour une raison quelconque

Danny prend plaisir à l'énerver, ou peut-être doit-il montrer qu'il n'a pas peur de lui.

Danny se tourne vers Romano.

— Tony.

Celui-ci hoche la tête.

C'est quasiment tout ce qu'il sait faire, car il est plus con qu'une valise. Tout ce qu'il peut faire valoir, c'est son amitié avec Sal, ses muscles et son physique avantageux. Avec ses épais cheveux noirs bouclés, son visage taillé à la serpe et sa taille fine, il ressemble à ces mannequins qui font de la pub pour les parfums ou les sous-vêtements Calvin Klein, ces trucs qu'on voit dans les magazines.

— Je me le taperais bien, lui avait confié Cassie un jour. Du moment qu'il la ferme pendant qu'il me baise.

Cassie se vante beaucoup, mais Danny devine qu'elle n'a jamais couché avec personne.

Il répond à Tony d'un hochement de tête (ce qui, pour Romano, équivaut à une vraie conversation) et s'éloigne pour aller dire bonjour à Jimmy et Angie, mais il s'arrête en chemin.

Car il voit, remontant de la plage…

… cette femme.

La déesse sortie de l'eau.

# 6

Elle est avec Paulie Moretti.

— Je voudrais vous présenter ma petite amie, Pam, dit-il.

Qui aurait pu imaginer ? songe Danny.

Qui aurait pu imaginer que Paulie sortirait avec une fille pareille ? Un rêve de rital. Et il fallait qu'elle s'appelle Pam, par-dessus le marché. Pas Sheila, ni Mary, ni Theresa. Pam.

— Ravie de vous rencontrer tous, dit-elle.

Elle est souriante mais un peu réservée. Qui ne le serait pas au moment de faire la connaissance de toute la bande, se dit Danny. En revanche, elle n'est pas du tout collet monté comme il l'avait supposé en la voyant sortir de l'eau. Et sa voix respire le sexe : grave, un peu éraillée. Ils le ressentent tous, même les femmes, et cela provoque quelques frémissements dans le groupe.

— Comment vous avez connu Paulie ? leur demande Pam, pour faire la conversation.

Elle est intelligente, pense Danny. Elle inclut tout le monde, en plaçant Paulie au centre, comme si elle essayait de dire aux femmes : je ne cherche pas à séduire vos hommes. Je ne suis pas une menace. Je suis dans votre camp. Les jolies femmes portent leurs fardeaux elles aussi, comprend-il. La jalousie féminine en est un.

— Nos familles se connaissent depuis l'arche de Noé, répond Danny, un peu intimidé.

Elle porte une chemise blanche d'homme sur son jean. Il se demande si c'est celle de Paulie, qu'elle a enfilée après avoir fait l'amour parce qu'elle se trouvait à portée de main, ou parce qu'elle a estimé que ce vêtement lui irait bien, ce qui est le cas.

Paulie la prend par les épaules.

Elle est à moi. *À moi.*

— Et toi, comment tu as rencontré Paulie ? demande Liam d'un ton qui laisse entendre qu'il n'arrive pas à y croire.

— Dans un bar, répond Pam avec un sourire chargé d'autodérision.

Et elle prononce bien le « r », au lieu de dire « bah » comme les gens du coin, et même ça, c'est sexy.

— Je sortais avec des collègues, et Paul était là.

« Paul », remarque Danny. Pas « Paulie ». La dernière fois que quelqu'un l'a appelé Paul, c'était… jamais.

— D'où tu viens comme ça ? demande Terri.

Elle commence à se renseigner, se dit Danny. Les épouses vont se jeter sur Pam comme sur de la viande fraîche pour tout savoir de sa vie, c'est tellement rare qu'un des gars, à l'exception de Liam, amène une inconnue. Ils se connaissent depuis toujours et ils ne sont jamais sortis avec quelqu'un d'un autre lycée. Alors, leurs histoires respectives n'ont plus de secret pour eux, et elles se ressemblent toutes.

— Du Connecticut, répond Pam. Je travaille dans l'immobilier, et le Rhode Island me semble offrir davantage d'opportunités.

Encore une première, songe Danny : quelqu'un qui utilise « Rhode Island » et « opportunités » dans la même phrase.

Soudain, ça lui revient.

— Oh ! Pasco. Mary veut savoir si c'est prêt.

— Dis-lui qu'elle peut commencer à servir les pâtes, lâche Pasco sans lever les yeux de sa tâche.

— Enchanté, Pam, dit Liam.

Alors qu'ils regagnent la maison, Danny lâche :
— Non.
— Qu'est-ce qu'il y a ? demande Liam.
Il le sait pertinemment.
— Non, voilà tout.
— C'est la première fois que Paulie sort avec une fille qui n'a pas de moustache.
— Commence pas à faire chier, lance Pat à son petit frère.
— Depuis quand je fais chier ?
— Depuis toujours.
C'est la vérité, songe Danny. Liam adore faire des plaisanteries, et toujours en toute impunité. Il aime particulièrement titiller Paulie, sans doute parce que c'est si facile. Et Danny se dit la même chose que lorsqu'il a vu cette fille sortir de l'eau.
Elle est synonyme d'ennuis.
Comme souvent avec les femmes aussi belles.

# 7

Bon sang, toute cette bouffe, songe Danny.

Les palourdes, les clams, les crabes. Les énormes gamelles de spaghettis et la sauce, les poivrons farcis, les *sausiche* italiennes. Les Irlandais ont l'interdiction *absolue* de cuisiner, mais un jour, pour plaisanter, Martin a enveloppé une pomme de terre dans du papier d'aluminium et chargé Danny de la cacher en douce sous les braises. Quand Pasco a sorti les palourdes, il a découvert la patate et s'est mis à gueuler : « Marty, vieux salopard d'Irlandais ! »

Ce qu'ils pouvaient ingurgiter, nom d'un chien. Ça n'arrêtait pas. Après les coquillages et les pâtes, les *sausiche* et les poivrons, les femmes apportent des boîtes remplies de petits biscuits italiens venant de chez Cantanella, la pâtisserie de Knightsville. Seuls les biscuits de Cantanella étaient acceptés. Quelqu'un était désigné pour s'arrêter à Cranston en venant afin de les prendre au passage.

La première fois que Danny a été choisi pour aller chez Cantanella, les boîtes de biscuits l'attendaient sur le comptoir, mais lorsqu'il a pris son portefeuille pour payer la fille l'a regardé comme s'il la braquait avec un flingue. Lou Cantanella est sorti de l'arrière-boutique en agitant les bras à la manière d'un arbitre de football américain qui signale une passe incorrecte.

Danny se sentait mal à l'aise en chargeant les boîtes dans son coffre, mais en même temps il savait que Lou n'avait jamais eu à craindre un braquage ni un retard de livraison ; il savait qu'aucun inspecteur des services d'hygiène ne viendrait l'emmerder et que la municipalité ne déciderait pas, du jour au lendemain, d'installer des parcmètres dans la rue devant ses boutiques. Et lorsqu'un des Italiens se mariait c'était toujours Lou Cantanella qui fournissait le gâteau, et cette fois le père de la mariée payait rubis sur l'ongle car c'était le mariage de sa fille, son honneur était en jeu.

Comme ces biscuits paraissent sucrés par contraste avec l'expresso puissant et amer, si agréable lorsque le brouillard fait son apparition et que la nuit fraîchit. Mary a toujours des sweat-shirts en réserve dans la maison, de larges sweat-shirts épais, décolorés par les ans et le soleil, et Danny va en chercher un pour Terri. Il décide d'en profiter pour pisser.

Quand il ouvre la porte des toilettes, il découvre Paulie, Pam et ce petit con de Liam, penchés au-dessus de lignes de coke sur le comptoir. Ils le regardent avec des airs de gamins coupables.

— Merde, lâche Liam.

— On a oublié de verrouiller la porte, explique Paulie, inutilement.

Et Danny a envie de leur dire : *Vous êtes complètement dingues, putain ! Sniffer de la coke dans la maison de Pasco Ferri ?* Liam finit un rail et lui tend le dollar transformé en paille.

— Non, ça ira, répond-il. Essuyez-vous le nez avant de sortir, nom de Dieu.

Il en oublie de pisser. Il trouve un sweat-shirt pour Terri, la rejoint dehors et l'aide à l'enfiler.

— Merci, mon chéri, dit-elle en se laissant aller contre lui.

Un invité a apporté une mandoline et accompagne Pasco qui chante une triste ballade en italien. Sa voix émerge des nappes de brouillard comme s'il avait traversé l'Atlantique depuis Naples. Une vieille chanson d'un vieux pays, qui vient s'échouer sur les côtes de ce Nouveau Monde comme du bois flotté.

*Vide'o mare quant'è bello,*
*spira tantu sentimento,*
*Comme tu a chi tiene mente,*
*Ça scetato 'o faie sunnà.*

*Guarda gua' chistu ciardino ;*
*Siente, sie' sti sciure arance :*
*Nu profumo accussi fino*
*Dinto 'o core se ne va…*

Quand Pasco s'arrête, le silence règne.
— À toi, Marty, dit-il.
— Non.
C'est un rituel. Marty refuse, Pasco insiste, puis Marty se laisse convaincre. Pendant que se déroule cette scène, les trois autres reviennent des toilettes. Pam a enfilé un sweat-shirt, mais elle reste terriblement sexy. Paulie et elle s'assoient côte à côte. Liam contourne le feu et se laisse tomber à côté de Danny et de Terri.
Marty se met à chanter « The Parting Glass », de sa voix chevrotante.

*Of all the money e'er I had,*
*I spent it in good company.*
*And all the harm I've ever done,*
*Alas ! It was to none but me.*

*And all I've done for want of wit*
*To mem'ry now I can't recall;*
*So fill to me the parting glass*
*Good night and joy be with you all.*

On peut dire qu'elles s'étaient combattues, ces deux tribus d'immigrants, pour se faire une place. Les Irlandais à Dogtown, les Italiens à Federal Hill. Des espaces taillés dans le granit récalcitrant de la Nouvelle-Angleterre. Les vieux Yankees détestaient ces Irlandais mielleux et ces ritals obséquieux, ces bouseux et ces métèques qui venaient souiller la blancheur immaculée de leur ville protestante avec leurs saints catholiques et leurs cierges, leurs effigies sanguinolentes et leurs prêtres qui balançaient de l'encens. Avec leur nourriture malodorante et leurs corps qui l'étaient encore plus, leur prolifération incontinente.

D'abord, il y eut les Irlandais, à l'époque de la guerre de Sécession, qui vinrent occuper les logements situés à proximité des abattoirs où pullulaient des meutes de chiens sauvages en quête de reliquats, qui avaient donné son nom au quartier : Dogtown. Les hommes travaillaient aux abattoirs, dans les carrières ou les usines d'outillage, faisant la fortune des vieilles familles yankees, avant de partir mourir à la guerre. Ceux qui en revinrent étaient bien décidés à réclamer leur part du gâteau. Ils sortirent de Dogtown et s'emparèrent des casernes de pompiers et des postes de police, après quoi ils organisèrent les circonscriptions et, à défaut du pouvoir économique, ils s'arrogèrent le pouvoir politique par la voie des urnes. S'ils ne pouvaient pas posséder la ville, ils se contenteraient de la diriger.

Au début du XX^e^ siècle, les Italiens arrivèrent à leur tour, de Naples ou d'un endroit quelconque du Mezzogiorno, et ils affrontèrent les Irlandais. Deux groupes d'esclaves qui se battaient pour récupérer les miettes dans l'assiette du maître, jusqu'à ce qu'ils finissent par comprendre qu'ensemble ils étaient assez nombreux pour s'asseoir à table. Ils découpèrent la ville comme un rosbif, mais eurent l'intelligence de laisser suffisamment de tranches aux vieux Yankees pour les rassasier et les satisfaire.

*Oh ! all the comrades e'ver I had,*
*They're sorry for my going away,*
*And all the sweethearts e'ver I had,*
*They'd wish me one more day to stay.*

*But since it falls unto my lot*
*That I should rise and you should not,*
*I gently rise and softly call,*
*Good night and joy be with you all.*

Un soir, au cours d'un de ces *clambakes*, Danny vit Pasco Ferri tendre le bras et toucher la main de Marty. Les deux hommes éclatèrent de rire. Assis là, sur le sable, le ventre plein de nourriture et de vin, emmitouflés dans la chaleur de leurs amis et de leurs familles, de leurs enfants et petits-enfants, ils riaient. Et Danny songea à toutes ces choses qu'ils avaient vues, les choses qu'ils avaient faites pour pouvoir partager ce repas sur la plage.

Pasco sembla lire cette question dans les yeux de Danny et, spontanément, il dit : « On n'a pas combattu les vieux Yankees… » Il s'interrompit pour s'assurer que les enfants étaient couchés et les femmes à l'intérieur de la maison. « On les a vaincus grâce à *l'amour*. On a emmené nos femmes au lit et on leur a fait des bébés. »

C'était la vérité : ce qui les avait rendus pauvres – de petites maisons peuplées de bouches affamées – les avait rendus riches. La cause apparente de leur faiblesse avait assuré leur puissance.

En le regardant aujourd'hui, Danny éprouve un sentiment de tristesse. Liam interrompt ses cogitations.

— Qu'est-ce qu'elle fout avec ce petit métèque ?

Danny n'a pas besoin de lui demander de qui il parle. Il observe, de l'autre côté du feu, Pam appuyée contre Paulie. Même avec la capuche du sweat-shirt qui couvre presque entièrement ses cheveux, elle est magnifique dans la lumière des flammes.

— Laisse tomber.

— OK, je laisse tomber, dit Liam.

Marty termine sa chanson.

*If I had money enough to spend*
*And leisure time to sit awhile,*
*There is a fair maid in this town*
*That sorely has my heart beguiled.*

*Her rosy cheeks and ruby lips,*
*I own she has my heart in thrall,*
*Then fill to me the parting glass,*
*Good night and joy be with you all.*

Le calme s'installe. Mary et quelques femmes commencent à tout ranger, tandis que d'autres personnes restent assises, à contempler le feu, ou bien s'en vont.

Danny donne un petit coup de coude à Terri.

— Allons faire un tour sur la plage.

Essayant de passer inaperçu, mal à l'aise, il se lève, puis entraîne Terri vers la mer, jusqu'à ce que le brouillard les dissimule. Là, il l'allonge par terre et la débarrasse de son jean.

— Deux fois dans la même journée ? dit-elle. C'est une sorte de record.

— Ce bébé ne va pas se faire tout seul.

Ça ne dure pas longtemps et, après tout le soleil de la journée, le sexe et l'alcool, ils s'endorment.

Elle avait quatorze ans.

Cassie lisait allongée sur son lit après s'être échappée de la soirée que donnaient ses parents au rez-de-chaussée, quand « oncle Pasco » ouvrit la porte et se faufila dans sa chambre.

— Je suis monté pour aller aux toilettes, dit-il, et j'ai vu ta lumière.

— J'en avais marre de cette soirée.

— Je te comprends. Tous ces vieux schnocks. Ça n'intéresse pas une jolie fille comme toi. Car tu es une jolie fille, tu le sais, hein ?

— Non, répondit Cassie en ressentant une nausée soudaine.

— Si. Tu sais que tu es jolie et tu sais t'en servir. Je t'ai observée.

Il referma la porte derrière lui.

Aujourd'hui encore, Cassie sent son odeur. Quinze ans après, assise sur la plage, près des braises, les bras serrés contre elle, elle sent l'odeur de l'eau de toilette de Pasco sur sa peau, du cigare sur ses vêtements et du vin rouge dans son haleine, alors qu'il s'approche du lit et se penche au-dessus d'elle pour prendre son menton dans sa main, l'obliger à lever la tête et l'embrasser. Elle sent encore cette langue remuer dans sa bouche, cette salive qui se mélange à la sienne.

— Non, ne fais pas ça, supplia-t-elle. S'il te plaît.

En guise de réponse, Pasco glissa la main dans son chemisier.

— Adorable, dit-il.

— Non. Je ne veux pas.

— Mais si, voyons. Simplement, tu ne le sais pas.

— Je t'en supplie, oncle Pasco.

Il fourra la main à l'intérieur de son jean.

— Je le dirai, menaça-t-elle alors.

— Personne ne te croira. Et même s'ils te croient qu'est-ce qu'ils feront ? Tu sais qui je suis ? Tu sais ce qui arrivera à ton père, à tes frères, s'ils s'en prennent à moi ? Oui, tu le sais, car tu es une fille intelligente.

Elle savait.

À quatorze ans, Cassie savait comment fonctionnait le monde. Elle savait qui était son père, qui était Pasco Ferri, et ce qui arriverait. Alors, lorsqu'il lui enleva son jean et se coucha sur elle, elle demeura muette.

Aujourd'hui encore, elle reste muette.

Peu de temps après, elle prit l'habitude de boire en douce de petites gorgées d'alcool dans les bouteilles que ses parents rangeaient dans le bar. Ou elle trouvait des gars qui voulaient bien en acheter à sa place. Puis ce fut l'herbe, puis l'héroïne, car l'héroïne l'aidait à prendre ses distances avec ce qui s'était passé ce soir-là, comme s'il s'agissait juste d'un mauvais rêve.

Lorsque sa mère lui demanda pourquoi, lorsque son père hurla après elle, la traitant de junkie qui faisait honte à la famille, elle ne dit rien non plus car, si elle avait peur qu'ils ne la croient pas, elle avait encore plus peur d'être crue.

Elle n'a plus jamais laissé un seul homme la toucher.

Danny est dans les vapes quand il entend les cris sur la plage. Il reconnaît la voix de Pam, moins grave, mais toujours rauque.

— Il m'a tripotée !

Levant la tête, Danny la voit tituber sur le sable sec, passablement éméchée, et avancer vers lui, vers le feu presque éteint maintenant. Il remonte sa braguette, se met debout et, encore à moitié groggy, demande :

— Qu'est-ce qui se passe ? C'est quoi, le problème ?

Il a l'impression de vivre un étrange cauchemar.

— Il m'a tripotée ! Ce fils de pute m'a peloté les seins !

Danny aperçoit alors Liam, qui marche derrière elle en affichant son sourire idiot, bras écartés pour singer l'innocence.

— C'était un accident. Un malentendu.

— Putain, Liam.

Terri s'est levée à son tour. Elle prend Pam dans ses bras, et celle-ci se met à pleurer.

— Ça va aller, ça va aller.

Terri se tourne vers Danny, avec l'air de dire : *Tu ne fais rien ?* Puis Danny entend plusieurs personnes se précipiter vers eux. Parmi lesquelles Paulie et Peter, Pat et Sal Antonucci. Tony émerge du brouillard en courant.

Danny agrippe Liam par le coude.

— Viens. Fichons le camp d'ici.

Liam se libère d'un geste brusque.

— Pas de quoi en faire un plat. Ma main a frôlé ses nichons, rien de plus. C'est un malentendu.

— Restons pas ici.

— Où tu étais passée ? demande Paulie à Pam. Je t'ai cherchée partout !

— Je suis allée me balader. Pour prendre l'air. Ce salopard a dû me suivre.

Elle montre Liam.

— Il t'a fait mal ? demande Paulie.

— Il m'a peloté les seins.

— Nom de Dieu, Liam ! s'exclame Peter.

Sal s'avance pour intervenir. Forcément, se dit Danny. Sal est celui qui règle tous les problèmes des Moretti. Mais Pat s'interpose.

— Du calme.

— C'est une erreur, dit Liam avec un sourire suffisant. Je cherchais mon chemin dans le brouillard et en tendant la main… oups ! Un nichon.

— Ferme ta gueule d'abruti, lâche Pat.

Danny agrippe Liam de nouveau, plus fermement cette fois, et l'entraîne, car Paulie est en train de devenir dingue.

— Je vais te démonter ! hurle-t-il. Je vais te buter, sale fils de pute !

— Vas-y, essaye, connard ! réplique Liam.

Danny lui assène une claque sur le côté du crâne.

— Ferme-la.

Liam s'échappe et s'enfuit sur la plage. Danny veut se lancer à sa poursuite, mais Jimmy Mac les a rejoints et il le retient.

— Laisse-le filer.

Jimmy est aussi irlandais que le corned-beef : cheveux roux bouclés, peau blanche constellée de taches de rousseur, un visage sur lequel on lit à livre ouvert. Il est trapu, presque grassouillet, et Danny sait que cette mollesse apparente passe pour une marque de faiblesse aux yeux des gens.

Grossière erreur.

Jimmy est un dingue de mécanique, et sans doute le meilleur chauffeur de toute la Nouvelle-Angleterre. Ce qu'il n'arrive pas à faire avec une voiture, personne d'autre n'y arrivera. S'il vous emmène quelque part, il vous ramènera. Mais surtout : si vous avez un différend avec quelqu'un, mieux vaut avoir Jimmy de votre côté. Il se servira de ses mains, d'un couteau ou d'un flingue s'il le faut. Angie le mène par le bout du nez, comme un toutou, mais c'est parce qu'il l'aime, et donc il la laisse faire.

Jimmy Mac a des couilles.

Alors, Danny ne proteste pas, il regarde Liam disparaître dans le brouillard.

Pat rejoint Paulie et Pam.

— Désolé. Je m'excuse pour mon frère.

— C'est un connard, dit Paulie.

— Je suis d'accord.

— Ce qu'il a fait est inacceptable, ajoute Peter.

— Il est ivre.

— C'est pas une excuse.

— Non, c'est vrai, concède Pat. Je vais lui parler. On va arranger ça.

— Est-ce qu'on pourrait l'emmener au chaud, la pauvre ? propose Terri. Elle grelotte.

— Il ne t'a rien fait d'autre, hein ? lui demande Paulie.

— Non. Il m'a juste touché les seins.

Danny et Terri conduisent Pam à leur cottage, car ils ne veulent pas réveiller Pasco et Mary avec cette histoire. Terri parvient à la calmer, et même à la faire rire un peu ; après quoi Paulie la ramène chez lui.

— Ton putain de frère, dit Danny une fois qu'ils sont tous partis. Ma parole !

Terri semble triste.

— Je ne peux pas m'empêcher d'avoir de la peine pour lui.

— Pour quelle raison ?

— C'est sa manière à lui d'attirer l'attention. Pas facile d'être le petit frère de Pat. Pat la star du hockey, Pat la star du basket, Pat l'étudiant star… Le fils star. Toute sa vie, Liam est resté dans son ombre. Maintenant, papa se repose de plus en plus sur Pat pour ses affaires… et c'est Pat qui en héritera. Liam veut juste avoir quelque chose à lui, tu comprends ?

Mais Pam n'est pas à lui, songe Danny. C'est ça, le problème.

— Le prix à payer risque d'être élevé.

— Qu'est-ce qu'ils vont réclamer ?

— Du fric.

Car au bout du compte les Moretti veulent toujours de l'argent.

Liam titube dans le brouillard, habité par un formidable sentiment d'injustice. Tout le monde est furieux contre lui, à tort. Bon, d'accord, pense-t-il, j'ai un peu trop bu et je lui ai peloté les nichons. Mais c'est pas comme si je l'avais violée, nom de Dieu.

Il se laisse tomber dans le sable, vide sa canette de bière et la balance dans l'eau.

Je vais me faire remonter les bretelles demain, se dit-il. Par mon frère, par mon père, par toutes les épouses. Sans parler de Pasco et de Mary Ferri. Et des frères Moretti. Je vais passer les deux prochains jours à m'excuser auprès de tout le monde – à commencer par Pam, évidemment. Et je vais devoir avaler une bonne dose de merde. Peut-être que je devrais foutre le camp en Floride, le temps que ça se tasse.

Bah, demain il fera jour.

Il se relève pour regagner son cottage. D'abord, il va dormir, soigner sa gueule de bois et il avisera ensuite. Il remonte sur la plage et, presque arrivé à la route, il repère quatre silhouettes dans le brouillard.

Peter, Paulie, Sal et Tony.

— Salut, fils de pute, dit Paulie.

Et il lève sa batte de base-ball.

Liam sourit et demande :

— Je suppose que c'est mort pour notre deal de coke, hein ?

Paulie frappe.

*

Danny dort depuis une heure, une heure et demie peut-être, lorsqu'il entend claquer la porte grillagée du cottage.

C'est quoi, ce bordel ? Il roule hors du lit, enfile son jean, une chemise et va jusqu'à la porte.

Liam est allongé sur le perron, une main tendue vers la poignée. Couvert de sang.

— Nom de Dieu, dit Danny. Pat ! Jimmy ! Venez vite !

Ils allongent Liam sur la banquette arrière, et Jimmy Mac roule à tombeau ouvert dans Goshen Beach Road, puis sur la Route 1, en direction du South County Hospital. Le trajet dure dix longues minutes, et ils ne savent pas si Liam va tenir pendant tout ce temps. Il est secoué de convulsions, son corps tressaute et se cambre, et Pat a du mal à l'immobiliser.

Le médecin n'est pas certain, lui non plus, que Liam va s'en sortir. Il souffre d'une fracture du crâne et d'un hématome cérébral. En outre, il a deux côtes cassées et plusieurs blessures internes. Une histoire de rate perforée.

— Qu'est-ce qui lui est arrivé, nom d'un chien ? demande le médecin.

C'est un jeune interne de garde, choqué par ce qu'il voit. Personne ne lui répond, même s'ils savent très bien ce qui s'est passé : Paulie, Peter, Sal et Tony sont partis à la recherche de Liam. Ils l'ont trouvé sur la plage et l'ont tabassé.

Ils se sont emportés. Liam méritait une bonne leçon, cela ne fait aucun doute. Ils auraient dû lui infliger une petite correction, mais pas ça.

Les infirmières conduisent Liam au bloc sur un brancard.

Une putain de nuit interminable à l'hôpital. À faire les cent pas dans la salle d'attente en buvant du café.

— Je jure que s'il meurt…, dit Pat.

— Ne pense pas à ça, répond Danny.

Ils débitent les conneries habituelles : c'est un battant, il est jeune, il est solide.

Terri arrive avec ses parents. John Murphy a vu un tas de choses dans sa vie, mais il n'a jamais vu un de ses fils mourir.

— Qu'est-ce qui s'est passé, bordel ? demande-t-il à Pat comme si c'était lui le responsable, comme s'il n'avait pas su veiller sur son frère.

Pat lui raconte.

— Il ne fallait pas le laisser boire, dit sa mère. Tu le sais.

La salle d'attente est surpeuplée. Il y a là les Murphy, Danny et Terri, Jimmy et Angie, Pat et Sheila, Cassie. C'est Sheila qui sert de relais avec les médecins. Elle revient leur annoncer qu'il n'y a pas de nouvelles. L'état de Liam demeure critique.

À la machine à café, Cassie dit à Danny :

— Ne réagissez pas en Irlandais. Si vous vous en prenez aux Moretti, ce sera la guerre, et quelqu'un se fera tuer.

Danny ne dit rien.

Chaque chose en son temps. Ils doivent attendre de voir ce qui se passe, mais si Liam meurt il sera impossible de retenir Pat.

Il enlèvera les gants.

Pasco Ferri le sait lui aussi.

Peter Moretti a l'intelligence d'aller le trouver le lendemain matin, à la première heure, pour lui raconter ce qui s'est produit. Le vieil homme n'aime pas les surprises, et Peter ne veut pas qu'il apprenne la nouvelle de la bouche des Murphy.

Pasco n'est pas content.

Après avoir écouté Peter, il réfléchit longuement, puis, le regardant par-dessus sa tasse de café, il dit :

— C'est *maintenant* que tu viens demander la permission ? Non. On demande la permission *avant* de faire quelque chose. Et si tu me l'avais demandée je ne te l'aurais pas donnée.

— Ce qu'a fait Liam Murphy…, intervient Paulie.

— Si tu voulais te comporter en homme, le coupe Pasco, tu aurais dû lui donner une leçon à la loyale, avec tes poings, pas avec trois autres types et une batte de base-ball. Là, tu passes pour un faible.

— Un faible ? Je lui ai défoncé la tronche à ce salopard.

— Un de mes *invités* ! éructe Pasco. À ma *fête* ! Devant *chez moi* ! Je devrais t'envoyer à l'hôpital avec lui !

— Tu as raison, Pasco. Oui, bien sûr. On aurait dû attendre.

— Il faut arranger ça tout de suite.

— Oui, mais comment ? demande Peter.

— Vous payerez la moitié des frais médicaux.

— Et puis quoi encore ! s'exclame Paulie.

— Tu as besoin que je répète, petit ?

Pasco se penche au-dessus de la table pour le regarder.

Paulie baisse les yeux. Il sait qu'une parole de plus pourrait l'expédier sous terre.

Pasco est furieux. Tout ce que nous avons construit et entretenu pendant des années va s'écrouler à cause d'une nana ? pense-t-il. Si ce queutard d'Irlandais passe l'arme à gauche, je serai obligé de donner quelque chose à John en échange, peut-être même Paulie Moretti, ou d'entrer en conflit avec lui. Et dans ce cas je risque de perdre toute une branche de la famille, car difficile de savoir comment le père de Paulie réagira à l'intérieur de sa prison. Difficile de savoir de quel côté pencheront tous les Antonucci et les Palumbo de ce monde. John se contentera peut-être de l'un d'eux. Si je lui fais la guerre, je l'emporterai, mais à quel prix ? En termes de sang versé et d'argent perdu ?

Maudits soient ces jeunes excités.

— Estimez-vous heureux que ce soit seulement la moitié, conclut Pasco. Et ensuite vous irez à l'église allumer un cierge. Et prier pour que ce gamin ne meure pas.

Ils mettent Liam dans une ambulance pour le transporter au Rhode Island Hospital à Providence, car South County n'est pas en mesure d'effectuer l'opération indispensable susceptible de soulager la pression sur le cerveau. Il est toujours inconscient, et les médecins refusent de livrer un pronostic.

Karen, l'ex-petite amie de Liam, entre dans la salle d'attente et étreint Cassie.

— Désolée… je ne peux pas m'occuper de lui. Je suis trop proche.

— Je comprends, dit Cassie.

— Mais ils ont des gens très bien là-bas. Les meilleurs. Je vous tiendrai informés, promis.

Elle paraît ébranlée, effondrée, remarque Danny. Nom de Dieu, elle l'aime encore.

— Merci.

Les épouses se serrent les coudes. Sheila, Terri et Angie s'occupent de Catherine Murphy, vont chercher des cafés, apportent à manger, passent les coups de téléphone nécessaires.

Jimmy Mac prend Danny à part.

— Je pense qu'il faut frapper maintenant.

— Non, il faut attendre. Si Liam s'en sort ou pas, ça ne sera pas le même scénario.

— On leur doit au moins un passage à tabac.

— Attendons de voir ce qu'on leur doit.

Danny s'interrompt car deux hommes viennent d'entrer dans la salle d'attente. Il flaire aussitôt des flics. Des inspecteurs. Ils s'approchent de lui, et l'un d'eux dit :

— Inspecteur Carey, police de South Kingstown. Vous êtes Daniel Ryan ?

— Ouais.

— C'est vous qui avez découvert le blessé ?

— Je l'ai trouvé devant ma porte.

— Il vous a dit qui lui avait fait ça ?

— Non. Il s'est évanoui. Et il n'a pas repris connaissance depuis.

— Vous savez qui aurait pu le mettre dans cet état ?

— Non, dit Danny.

— Vous venez tous de Providence, n'est-ce pas ? Vous louez des cottages à Goshen ?

— Exact.

— Vous êtes des amis de Pasco Ferri.

Ce flic sait précisément à qui il a affaire, songe Danny. Il connaît la chanson : personne ne crachera le morceau, et on réglera ça entre nous.

— Oui, je connais Pasco.

— On ira l'interroger lui aussi, annonce Carey.

— Ça m'étonnerait qu'il sache quelque chose.

Sourire en coin de l'inspecteur.

— Moi aussi.

Pasco a de bonnes relations avec les flics locaux.

Carey tend sa carte à Danny.

— Si quelque chose vous revient, appelez-moi. J'aurai une pensée pour votre ami.

— Merci… Oh ! inutile d'aller embêter la famille. Ils ne savent rien eux non plus.

Carey s'en va, et Danny se dirige vers une corbeille à papier pour jeter sa carte. C'est alors qu'il voit Chris Palumbo sortir de l'ascenseur.

— Merde.

Jimmy et Danny vont à sa rencontre pour l'arrêter.

— Le moment est peut-être mal choisi, Chris, lâche Danny en se demandant qui l'envoie : Peter Moretti ou Pasco.

À moins que Chris ne soit ici de son propre chef, pour essayer de glaner des infos utiles.

— Bon sang, Danny, dit-il, c'est affreux. Horrible.

— Ouais.

— Comment ça a pu dégénérer de cette façon ?

— Demande à tes potes, répond Jimmy.

Chris lève les mains.

— J'ai rien à voir avec tout ça. S'ils m'en avaient parlé d'abord, je leur aurais dit : suivez les règles, attendez l'autorisation.

— Dommage qu'ils t'en aient pas parlé, alors, réplique Danny.

— Écoutez, les gars. Je sais que tout le monde est à cran…

— Ah bon, tu crois ?

— … mais on doit tous garder la tête froide, poursuit Chris. Première chose : tirer Liam d'affaire. Ensuite, on pourra…

— Fous le camp, Chris, dit Danny. On n'a rien contre toi, mais personne n'a envie de voir un membre de la famille Moretti pour le moment. Putain, si jamais Pat te voit ici…

— Compris. Je me barre. Mais rendez-moi un service, OK ? Si l'occasion se présente, transmettez mes respects.

— Ouais, d'accord. Salut, Chris. À plus tard.

Palumbo remonte dans l'ascenseur.

— Le culot de ce type, lâche Jimmy.

— Il se couvre, dit Danny. Je te parie qu'il est déjà en route pour Federal Hill. Il va dire aux Moretti qu'ils ont bien fait.

Et que Liam est toujours en vie.

Liam a survécu à l'opération, ce qui est très encourageant, leur explique Karen. Toutefois, il n'est pas tiré d'affaire pour autant.

Ils doivent encore attendre deux longues journées avant que les médecins leur annoncent enfin qu'il va s'en sortir.

On va lui retirer la rate, et une opération de chirurgie plastique sera nécessaire pour réparer l'os orbital fracturé. Mais le cerveau est intact.

Autant que peut l'être le cerveau de Liam, songe Danny.

Pat et lui vont voir Pasco.

Ils le trouvent sur la plage, devant sa maison. Il a mis deux lignes à l'eau, appâtées pour pêcher du bar rayé.

— Ce qu'a fait Liam, ce n'est pas bien, dit-il d'emblée, avant que Pat puisse ouvrir la bouche.

— Mais il ne méritait pas ça, répond Pat.

— Ils l'ont presque tabassé à mort, ajoute Danny. Il a failli y passer.

— Il a touché à la femme d'un affranchi, rétorque Pasco en modifiant la tension d'une des lignes. Si Paulie et cette fille avaient été mariés, Paulie aurait eu le droit de tuer ton frère.

— Liam était ivre, plaide Pat. Comme nous tous.

Pasco hausse les épaules. Ivre ou sobre, Liam avait manqué de respect à Paulie Moretti, de manière très intime. Le passage à tabac avait dérapé, sans aucun doute, mais le jeune Murphy avait joué avec le feu.

— Je suis venu ici en signe de respect, reprend Pat. Je suis venu vous demander votre permission.

— Ma permission pour quoi ? Pour tabasser Paulie ? Peter, Sal et Tony en prime ? Tu penses, en supposant que je te laisse faire, que tu pourrais les prendre tous les quatre ?

— Je pense qu'à nous trois on pourrait, oui, dit Pat.

Pasco sourit.

— Patdannyjimmy.

— À mains nues. Promis, juré.

— Tu te crois où, au lycée ? Laisse tomber. Ton frère est vivant, Dieu soit loué. J'ai obligé Paulie à payer la note. Oublie. Que dit ton père ?

— Je ne lui en ai pas parlé.

— Quand tu lui en parleras, il te dira ce que je te dis et ce que j'ai dit à Peter et à Paulie. On a travaillé dur ensemble pour bâtir tout ça. Je refuse de tout laisser s'écrouler parce que ton frère a trop bu et peloté des *tette*.

Les jeunes hommes sont stupides et leurs couilles trop pleines. Pasco se souvient qu'il a été comme eux, et que les vieux mâles ont dû lui enseigner les choses de la vie. Aujourd'hui, c'est lui qui doit jouer le professeur. Il se retourne vers ces deux jeunes Irlandais, exaltés par l'indignation et la soif de vengeance. Ils doivent apprendre : la vengeance est un luxe coûteux, beaucoup trop en l'occurrence. Trop coûteux pour *leur* sang, en tout cas.

— Ramenez votre frère à la maison, dit-il. Et réjouissez-vous de ne pas assister à son enterrement.

Danny sait que s'ils s'en prennent aux frères Moretti ou à Sal pour se venger, Pasco Ferri y verra un affront personnel. Et il autorisera qu'on s'en prenne *à eux*.

— Ils vont s'en tirer comme ça, dit Pat dans la voiture qui les ramène à Providence.

— Oui, apparemment, dit Danny.

Ça craint, mais c'est ainsi.

Fin de l'histoire.

# 8

Sauf que ce n'est pas la fin.

Les choses auraient pu se calmer et disparaître comme une bourrasque d'été, mais une semaine plus tard Danny va voir Liam à l'hôpital et, lorsqu'il entre dans la chambre, elle est là.

Pam.

Souriante, magnifique dans une robe blanche légère. Elle tient la main de Liam, qui lui sourit avec difficulté, mais courageusement.

Danny ne sait pas quoi dire. C'est Liam qui rompt le silence.

— Danny, je crois que tu connais Pam.

Tu crois que je connais Pam, pauvre con ? Tu crois que je connais *Pam* ?

— Oui, bien sûr. Salut.

— Salut, Danny.

Comme s'ils se croisaient sur la plage. Elle jacasse – une histoire d'immobilier sans intérêt –, mais Danny ne l'écoute pas. Il a la tête qui tourne. Finalement, il entend Pam dire :

— Je ferais mieux d'y aller.

— Merci d'être passée, répond Liam.

Pam se penche pour l'embrasser sur la joue.

Danny la suit dans le couloir.

— Sans vouloir te vexer, dit-il, c'est quoi ce bordel ?

— Il s'est excusé, dit Pam. Il a été adorable. Et Paulie a eu tort de faire ce qu'il lui a fait.

— Et qu'est-ce qui arrivera à ton avis, nom de Dieu, s'il te voit ici, en train de lui tenir la main ? demande Danny, qui sent la colère monter.

— Je ne suis plus avec Paulie. C'est un animal.

Sans blague ? se dit Danny. Et ça ne suffira pas à décrire sa réaction quand il saura ce qui se passe.

— Paulie est au courant ?

— De quoi ? rétorque-t-elle, froidement, comme si Danny n'avait aucun droit de l'interroger.

— Que tu veux le larguer.

— Quand il m'appelle, je réponds pas.

— Bon sang, Pam.

— Je fais ce que je veux de ma vie.

Oui. Et non. C'est ta vie, d'accord, songe Danny, mais c'est avec nos vies à tous que tu joues, et tu dois bien comprendre ça, tu n'es pas idiote.

— Et puis, je me sens un peu coupable, ajoute-t-elle, comme si, d'une certaine façon, c'était à cause de moi, tout ce qui s'est passé. J'étais un peu ivre ce soir-là et peut-être que je l'ai un peu allumé… Liam ne m'a pas vraiment fait mal. Peut-être que… que j'en ai rajouté, tu vois.

Oh ! tu crois, Pam ?

Elle hausse ses belles épaules nues et s'en va. En croisant dans le couloir Pat, qui apporte un milk-shake au café à Liam. Pat lui lance un regard, entre dans la chambre, tend son milk-shake à Liam et lâche :

— Sale petit con.

Le sourire de Liam semble forcé.

— Elle est venue s'excuser à cause de ce qui s'est passé.

— Eh bien, tu lui dis que tu lui pardonnes, et on en reste là, dit Pat.

— Ne me dis pas ce que je dois faire, frangin.

— Tu as causé assez d'ennuis.
— Et qu'est-ce que tu as fait à ce sujet ? demande Liam. Rien.
— C'est pas si simple.
— Si tu le dis.
— Va te faire foutre, Liam.
— Toi aussi, frangin.
— Ne t'approche pas de cette fille.

Mais une semaine plus tard, lorsque Liam est autorisé à quitter l'hôpital, c'est Pam qui pousse le fauteuil roulant, c'est Pam qui le ramène chez lui, Pam qui s'installe avec lui.

Bon, se dit Danny, peut-être que Liam est vraiment amoureux d'elle, mais peut-être que c'est un gigantesque bras d'honneur adressé à Paulie Moretti. Une manière de dire : regarde qui a gagné le combat. Tu m'as tabassé, mais regarde avec qui elle couche maintenant. Regarde qui baise ta nana. C'est un coup de génie, franchement. Liam ne peut pas s'en prendre physiquement à Paulie, alors il se venge de la plus terrible des façons : il lui coupe les couilles en faisant de lui un *cornuto*.

Dans tous les bars, dans tous les clubs où il se rend, Paulie entend la même chose. Ses potes mafieux le charrient : « Hé, où est passée ta nana, Pam ? J'ai cru voir ton ancienne petite amie l'autre soir. Avec qui elle était, déjà ? J'arrive pas à mettre le doigt dessus. » Dangereux mais irrésistible. Et puis, il faut bien se foutre de la gueule des autres, non ?

Qui pouvait imaginer que Paulie était réellement amoureux d'elle ? Que cette fille n'était pas qu'un trophée ambulant ? Qui pouvait imaginer, comme il l'avoua à son frère aux premières heures d'une matinée sombre, que Pamela lui avait brisé le cœur ?

Maintenant, la colère monte à Federal Hill. Les Moretti fulminent, les braises de leur ressentiment sont attisées par les plaisanteries échangées à voix basse, les regards sournois, moqueurs, le spectacle de Pam en compagnie de Liam Murphy. Providence est une petite ville dans un petit État. Impossible d'aller où que ce soit sans rencontrer quelqu'un qui vous connaît, ou quelqu'un qui connaît quelqu'un.

Alors, ça va arriver, Danny le sait.

Il suffit d'une étincelle.

C'est cet abruti de Brendan Handrigan qui la provoque.

Handrigan est un joueur de seconde zone, comme Danny, chargé de collecter l'argent prêté par les Murphy. Un jour de début octobre, Danny et lui s'envoient quelques bières dans un bar, après un boulot, lorsque Brendan lance :

— La queue de Liam est comme le vaisseau spatial *Enterprise* : elle explore courageusement des endroits où aucun homme n'est jamais allé. Au moins cinq centimètres plus loin que Paulie, d'après ce que j'ai entendu dire.

— Putain, Brendan, dit Danny.

Parce que Frankie Vecchio a tout entendu. Frankie est un homme de main de la famille Moretti, et il est assis à la table voisine avec deux de ses gars. Il se retourne.

— Si tu sais où est ton intérêt, tu devrais fermer ta gueule.

Hélas, Brendan Handrigan n'a jamais su où était son intérêt. Sinon, il n'aurait peut-être pas quitté l'école, ou bien il se serait engagé dans la marine, par exemple. Il répond un truc bidon, du style : on est dans un pays libre, mais il finit son verre et quitte le bar.

— Tu devrais conseiller à ton pote de la boucler, déclare Frankie V à Danny.

— Il ne pense pas à mal.

C'était une blague stupide, comme les gars en sortent dix par jour quand ils sont entre eux. Au bon vieux temps, avant ce fameux *clambake*, ils auraient rigolé. Mais c'était avant, et aujourd'hui les sentiments sont exacerbés, Liam a piqué la nana de Paulie, et ce n'est pas drôle.

Frankie V *brûle* d'impatience de tout raconter à Paulie. Il se précipite dans les locaux d'American Vending Machines, la société qui gère les distributeurs : un vieux bâtiment à un étage situé dans Atwells Avenue, qui fait également office de club privé pour les Moretti. Et là il moucharde comme une gonzesse.

Ainsi que l'on pouvait s'y attendre, Paulie devient fou.

— Il faut faire quelque chose, dit-il à son frère.

Que Liam tripote sa petite amie au cours d'une fête, c'est une chose. Qu'il la lui pique, c'en est une autre. Et voilà que maintenant toute la ville se moque de lui ? Un moins que rien tel que Brendan Handrigan estime qu'il peut l'ouvrir à tort et à travers ?

— Où est-ce que ça va s'arrêter, Peter ?

Peter comprend. Si les gens commencent à vous manquer de respect dans un domaine, cela fait tache d'huile. Bientôt, ils refusent de payer, ils ne se sentent plus obligés de faire ce qu'on attend d'eux, et finalement ils pensent qu'ils peuvent prendre votre place. Au moment où Peter a l'intention de monter en grade, il ne peut pas accepter que son petit frère passe pour un gros con. Mais ce n'est pas la seule raison. Peter est un peu philosophe à ses heures, et il est convaincu que chaque problème porte en lui une occasion à saisir.

— Qu'est-ce que tu veux faire ? demande-t-il.

— Tu le sais bien.

Mais Pasco Ferri s'y oppose.

Debout dans son petit coin cuisine, il remue la soupe de palourdes qui mijote depuis l'aube. L'authentique recette de Rhode Island, avec un bouillon clair et non pas ce dégueulis laiteux de bébé qu'ils vous servent à Boston. Il se retourne et regarde Paulie Moretti avec insistance.

— Si tu t'en prends au fils de John Murphy, cela va déclencher une guerre qui s'arrêtera seulement lorsqu'on aura tué tous les bouffeurs de patates de Rhode Island.

— Personnellement, ça ne me gêne pas, répond Paulie.

— Vraiment ? demande Pasco. Ça ne te gêne pas que certains des nôtres se fassent tuer ? Que nos affaires en pâtissent ? Qu'on perde l'appui des flics et des politiciens parce qu'on sème des cadavres dans tout l'État ? Cette *stronza* mérite tout ça ? Une plaisanterie sur ta petite *pesce* mérite tout ça ?

Non, se dit Pasco en se tournant vers Peter. Mais les docks, contrôlés par les Murphy, oui. N'est-ce pas, Peter ?

C'est important pour toi. Pas pour moi.

J'ai livré mes guerres.

Paulie dit :

— Si mon père était à la tête de…

— Mais ce n'est pas le cas, le coupe Pasco. Si tu veux lui rendre une petite visite en taule pour lui demander conseil, t'en prive pas surtout. Il te dira la même chose que moi : tu ne peux pas buter Liam Murphy juste pour ça.

— Ils nous ont manqué de respect, intervient Peter. On ne peut pas rester sans rien faire.

— Est-ce que je vous ai demandé de ne rien faire ?

Il goûte la soupe et ajoute un peu de poivre. Le médecin lui a interdit le poivre, mais qu'est-ce qu'ils y connaissent, les médecins ?

# 9

Danny finit son *chop suey* et récupère le jus avec du pain. Dans ces vieux restaus chinois, ils servent encore des tranches de pain blanc avec le *chop suey,* car leurs clients, des *gweilo* en majorité, ne veulent pas gâcher le bon jus.

Brendan en fait autant.

Ils se sont offert ce déjeuner à 3 dollars avant de rendre visite au mauvais payeur de Hope Street. Il y a quelque chose d'ironique dans le fait qu'un joueur invétéré habite rue de l'Espoir, et cela n'échappe pas à Danny.

Où pourrait-il vivre, sinon là ?

— En route, dit Brendan.

Danny hoche la tête. Ils n'y vont pas de gaieté de cœur. Ce n'est jamais amusant de démolir un type. Il s'essuie la bouche avec la serviette en papier, se lève, repousse sa chaise et suit son comparse dans Eddy Street. D'abord, il croit que c'est de la sauce tomate qu'il aperçoit sur la chemise de Brendan, puis il se souvient qu'ils viennent de manger chinois, pas italien, et il voit Brendan s'écrouler sur le trottoir.

— Tu fermeras ta grande gueule de fils de pute, dit Paulie, et il tire deux autres balles dans le ventre de Brendan.

Sur ce il remonte en voiture, et Frankie V démarre.

Danny n'en croit pas ses yeux : il n'a jamais vu quelqu'un se faire flinguer. Brendan pleure, tout en essayant de retenir tout ce qui s'échappe de son corps.

— Nom de Dieu, Danny, aide-moi. Putain.

Il se vide de son sang, là devant Danny, dans Eddy Street, en plein jour, conformément au cliché. Tout le monde a tout vu, et personne ne dit rien.

Voilà ce qu'explique John Murphy à Danny ce soir-là, dans l'arrière-salle du Glocca Morra à Dogtown.

Un pub irlando-américain classique : un décor en bois sombre, peu de tables et des box profonds. Le drapeau tricolore et des photos jaunies de martyrs républicains sur les murs, de la musique irlandaise dans le jukebox. Des affiches qui rappellent qu'il ne faut pas oublier les hommes derrière les barbelés. Vous entriez ici pour être irlandais, se dit Danny, comme si vous ne l'étiez pas déjà, comme si vous pouviez y échapper, où que ce soit.

Le samedi soir, il y a de la musique live : des musiciens irlandais ou quelques Américains qui croient l'être jouent du violon, du flûtiau, du banjo et de la guitare. Tout cela a un aspect un peu trop folklorique au goût de Danny. On y mange du ragoût de mouton, du *shepherd's pie*, du *fish and chips* et des burgers corrects, et il n'est pas rare de voir trois générations se côtoyer.

Nous sommes nostalgiques d'une vie que nous n'avons jamais vécue, songe Danny.

Le Gloc est aussi le quartier général de la pègre irlandaise depuis le début du siècle dernier, et il en sera toujours ainsi, même si Dogtown se meurt. Moins d'Irlandais, de Juifs, de Chinois, plus de Noirs, de Portoricains, de Dominicains. En un sens, c'est une bonne chose, car de nombreux Irlandais sont partis vivre dans de meilleurs quartiers ou en banlieue. Ils ont quitté les docks et les usines pour devenir médecins, avocats et hommes d'affaires.

Les anciens restent, car Dogtown est comme un vieux fauteuil auquel ils sont habitués. Ils s'assoient dans l'arrière-salle, le saint des saints, où John Murphy tient salon, avec ses potes. Ils sirotent du whisky et établissent des plans. Qui ne mènent nulle part, se dit Danny. Des rêves mort-nés.

John Murphy est le roi d'un empire anéanti depuis longtemps.

La lumière d'un astre éteint.

Ce soir, rassemblés autour de ce box tels des farfadets, ils estiment qu'ils n'ont plus le choix ; il n'y a plus de zone grise. Cette fois, ils sont obligés de riposter.

Pat est d'accord.

Son père ne l'est pas.

— C'est exactement ce qu'attend Moretti, dit John en se tapotant la tempe avec l'index. Sers-toi de ton cerveau. Tu crois vraiment que Peter en a quelque chose à cirer que ton frère ait piqué la petite amie de Paulie ? La seule chose qui l'intéresse, c'est le fric. Il vendrait ses sœurs dans un bordel chinois s'il pensait que ça peut lui rapporter quelques dollars. Ton imbécile de frère lui a offert une excuse pour nous provoquer, voilà tout.

— Qu'est-ce que tu veux dire ? demande Pat.

— Tant que Pasco reste le boss, on vivra en paix. À moins que tu fasses une connerie, évidemment. Hélas, Pasco va bientôt passer la main, et les Moretti guettent le moindre prétexte pour déclencher une guerre. Tu veux leur offrir ce prétexte sur un plateau, entouré d'un joli ruban ?

— Ils veulent s'emparer des docks, intervient Bernie Hughes.

Grand, maigre, mélancolique – des cheveux d'ange blancs et fins –, Bernie est le comptable de John. Celui de Marty autrefois. Il ne voit rien d'autre que les chiffres.

— Peter veut s'asseoir dans le fauteuil de Pasco, mais pour cela il doit prouver qu'il peut rapporter beaucoup d'argent et en faire gagner à tout le monde. Seulement, il plafonne dans tous ses business, les distributeurs automatiques, la protection, le jeu, la drogue, et il a besoin d'une nouvelle source de revenus. En l'occurrence, la nôtre, Pat.

— Ce Peter est intelligent, reprend John. Et Chris Palumbo l'est encore plus. Si on leur déclare la guerre, ils s'empareront des docks. On ne pourra pas les arrêter. Ils ont trop d'hommes, trop d'argent. D'ailleurs, ils seraient déjà passés à l'acte si Pasco n'était pas là pour les retenir. Si on réagit à l'assassinat de Handrigan, Pasco sera obligé de lancer toute sa famille contre nous. Il fera appel aux gars de Boston, de Hartford s'il le faut. Peut-être même de New York.

— Donc, on est obligés de se coucher ? s'emporte Pat.

Bernie Hughes dit ce que John ne veut pas dire.

— On sait tous que c'est Liam qui aurait dû se faire descendre. Pasco a retenu la main de Paulie, mais il fallait qu'il lui donne quelque chose, alors il l'a laissé buter Handrigan. On peut en rester là.

— Pas question, lance Danny. J'irai raconter aux flics ce que j'ai vu.

Le sang de Handrigan macule encore sa chemise.

— Ce n'est pas dans nos habitudes, dit John.

— J'emmerde ces conneries d'omerta. Je ne dois rien à cette bande de ritals.

— Et qu'est-ce que tu nous dois à nous ? demande John.

La question flotte dans l'air.

Finalement, Pat dit :

— Tu fais partie de la famille, Danny.

— Vraiment ?

— Combien de fois tu as rompu le pain à ma table ? demande John. Combien de fois je t'ai nourri, alors que ton propre père…

— Ça suffit, papa, intervient Pat.

— Je t'ai donné ma fille, nom d'un chien ! s'emporte John. Ma fille !

Et c'est la première fois que tu m'invites à siéger dans l'arrière-salle avec les hommes, avec la famille, songe Danny.

Mais il ne le dit pas.

Cette nuit-là, deux inspecteurs de la police criminelle de Providence font entrer Danny dans la salle d'interrogatoire. Elle empeste le tabac froid et la peur. Ils l'assoient devant une table et ils commencent.

— Tu étais avec Handrigan quand il s'est fait descendre, dit O'Neill.

L'archétype du vieux flic irlandais : visage épais, nez parcouru de petits vaisseaux éclatés, bajoues, regard mort.

— Oui.

— Qui l'a buté ?

— J'ai pas bien vu.

— Putain, dit Viola. Tu avais son sang plein ta chemise, à ce qu'il paraît.

Viola incarne le collègue plus jeune, plus mince, le teint plus mat, les cheveux noirs lissés en arrière, un nez de furet.

— J'ai rien vu, déclare Danny.

Il sait qu'ils l'interrogent pour la forme. Ces deux flics n'ont aucune envie de l'entendre prononcer le nom de Paulie Moretti.

Le jeu est truqué.

Ils font leur numéro pendant une heure, puis ils le foutent dehors.

Danny rentre chez lui, Terri l'attend.

— Qu'est-ce que tu leur as dit ? demande-t-elle.

Il la regarde comme si elle était totalement débile. Elle est la fille de John Murphy, elle sait très bien ce qu'il leur a dit.

# 10

John Murphy roule jusqu'à la côte et retrouve Pasco sur le parking du Stop & Shop. Là, il descend de voiture et monte dans celle de Pasco.

— Ça me fend le cœur, dit celui-ci, de savoir que tout ça a commencé le soir de ma fête.

— Les jeunes ont le sang chaud.

— Ils pensent avec leur bite. Mais est-ce qu'on était différents ?

Murphy rit.

— Non.

— Désolé pour Liam, dit Pasco. S'ils étaient venus me trouver d'abord…

Pasco en a assez de cette histoire. À son âge, il a juste envie de s'asseoir sur la plage, pêcher des clams, attraper des crabes, faire la sieste et jouer avec ses petits-enfants. Il a gagné de l'argent, il a réussi, maintenant il veut juste se prélasser au soleil. Passer l'été dans sa maison au bord de la plage et quelques semaines à Pompano en janvier et février.

— Vous n'allez pas riposter après ce qui s'est passé ? demande-t-il.

— Non. En ce qui nous concerne, c'est terminé, répond John.

Pour lui, c'est une bonne affaire : ce pauvre imbécile de Brendan Handrigan, un type insignifiant, reçoit une balle à la place de son fils.

— Mais les frères Moretti ? Ils sont prêts à laisser tomber ?

— Si Liam arrêtait de voir cette fille, ça faciliterait les choses.

— J'irai lui parler.

Danny est présent lors de cet entretien. Après le rôti dominical chez les Murphy. Ils sont dans le jardin, Pat, Liam, le vieux et lui ; ils boivent des bières pendant que les femmes débarrassent. Murphy déclare :

— Cette fille doit sortir de ta vie.

— Qui a dit ça ? demande Liam. Les Moretti ?

— Entre autres.

— Qui ? insiste Liam, d'un ton plus agressif. Pasco Ferri ? On s'en branle.

— Surveille ton langage.

— Ils nous disent qui on peut aimer maintenant ? Ou pas aimer ? Tu sais quoi, papa ? Si on baissait notre froc pour qu'ils puissent nous enculer ?

— Parler ainsi, dans la maison de ta mère, un dimanche.

— Il y a des milliers d'autres filles, intervient Pat. Pourquoi elle ?

— Je l'aime.

— Plus que ta propre famille ?

— Aime quelqu'un d'autre, dit Murphy. Elle n'est pas faite pour toi.

— Je *l'aime*, papa.

Pat agrippe Liam par le col et le plaque contre le vieux chêne.

— Sale égoïste de merde. On va enterrer Brendan Handrigan, et toi tu ne penses qu'à ta petite personne !

— Lâche-le, Pat, ordonne Murphy.

Pat obéit.

— Oublie-la, Liam, conclut Murphy. Un point c'est tout.

En observant Liam, Danny a des doutes.

L'enterrement est un moment de grande tristesse.

Brendan n'avait pas beaucoup d'amis, il n'avait pas d'épouse, ni de fiancée. Son père étant mort lorsqu'il avait une douzaine d'années, seules ses deux sœurs et sa mère sont présentes. Mais tout le clan Murphy et son entourage ont tenu à être là. Sans que Murphy ait besoin de le leur demander, d'ailleurs.

Le respect, c'est le respect.

En revanche, Liam est absent.

— Où est mon frère, nom d'un chien ? glisse Terri à Danny alors qu'ils descendent l'allée centrale de l'église pour s'agenouiller sur un banc.

— Il va arriver, répond Danny, mais il n'en est pas convaincu.

Liam a sans doute honte de se montrer, car il sait qu'il est en partie responsable. D'ailleurs, peut-être est-ce préférable qu'il ne vienne pas, pour les proches de Brendan.

Après la cérémonie, la mère du défunt s'approche de Danny sur les marches de l'église, le visage rougi et déformé par le chagrin.

— Tu n'as rien vu, Danny Ryan ? Tu n'as vraiment *rien vu* ?

Danny ne sait pas quoi répondre.

La mère lui tourne le dos, et ses filles l'escortent jusqu'à la voiture qui va les conduire au cimetière.

— Tout va bien, dit Terri.

— Non, ça ne va pas, répond Danny.

Ils se rendent à Swan Point pour l'inhumation.

Rassemblés autour de la tombe dans leurs costumes et robes noirs – semblables à des corbeaux, se dit Danny –, ils écoutent le prêtre blablater.

Puis la cornemuse se met à jouer.

La réception après les funérailles se tient au Glocca Morra.

La mère de Brendan a une dent contre les Murphy, mais pas au point de les empêcher d'organiser le gueuleton. A-t-elle le choix ? Elle n'a pas d'argent, et c'est le moins qu'ils puissent faire, si on considère que son fils a été tué à la place du leur.

Alors, ils ont mis les petits plats dans les grands, et c'est open bar, évidemment. Les personnes présentes essayent d'avoir un mot gentil au sujet de Brendan puis, l'alcool produisant son effet, cette célébration devient une fête comme une autre.

C'est alors que Liam fait son entrée.

Avec Pam.

Du pur Liam : prenez ça dans les dents. J'emmerde la terre entière. Je fais ce que je veux.

— Non mais, vous y croyez ? demande Jimmy Mac.

— L'enfoiré, lâche Danny.

Cassie assiste à cette scène d'un œil ironique.

— Oh ! ça va être bon, dit-elle.

Le silence se fait lorsque Liam entraîne Pam jusqu'à une table, lui avance une chaise et s'assoit à son tour. On dirait que tout cela lui procure un certain plaisir, contrairement à Pam, qui semble sacrément mal à l'aise. Et on le serait à moins, se dit Danny, alors que la tombe de Brendan Handrigan est encore fraîche.

Au bar, Sheila Murphy reste bouche bée, comme si elle s'était décroché la mâchoire. Finalement, elle fait pivoter son tabouret pour leur tourner le dos.

Pam tressaille. Elle se penche vers Liam et lui murmure quelques mots à l'oreille. Il secoue la tête, se lève et marche vers le bar. Juste à côté de Pat et de Sheila.

— Pat, Sheila, les salue-t-il.

Mais son regard semble dire : *Vous avez un commentaire à faire ?* Il commande un Walker Black pour lui et un verre de vin blanc pour Pam. Il attend que Bobby, le barman, le serve, puis il regagne sa table, sans se départir de son sourire qui proclame : allez vous faire foutre. Il pose le verre de vin devant Pam, se rassoit et regarde autour de lui pour voir si quelqu'un veut le défier.

Personne.

Ce qui n'est pas du goût de Liam, Danny le sait.

En effet, il se lève, fait tinter son verre afin de réclamer le silence et annonce :

— Je tiens à ce que toutes les personnes présentes sachent que, Pam et moi, on est allés à Las Vegas pour se marier. Alors, levez votre verre en l'honneur de M. et Mme Liam Murphy.

— Putain de merde, murmure Danny.

— Incroyable, dit Cassie.

Terri secoue la tête.

Bobby quitte son bar pour filer dans l'arrière-salle. Pat le suit.

— C'est maintenant que ça va chier, annonce Jimmy Mac.

— Exact.

La porte de l'arrière-salle s'ouvre et John Murphy apparaît, suivi de Pat.

— *Showtime*, dit Cassie.

Danny s'attend à ce que Murphy demande à son fils de le suivre dans l'arrière-salle pour une petite conversation en privé, après quoi Liam repartira en emmenant Pam, mais ce n'est pas ce qui se passe. Au lieu de cela, Murphy s'approche de Pam, se penche vers elle et l'embrasse sur la joue, en disant :

— Bienvenue dans la famille.

— Oh ! putain, dit Cassie.

Pat vient s'asseoir à côté de Danny. Qui lui glisse :

— C'est quoi ce bordel, Pat ?

Pat hausse les épaules.

Le vieux Murphy tapote la main de Pam.

— Ça va mal se terminer, prédit Cassie.

Danny pense que c'est encore une de ses remarques cyniques, mais quand il se tourne vers elle il constate qu'elle ne sourit pas. Au contraire. Son regard est grave et triste.

Comme si elle voyait une chose que les autres ne voyaient pas.

# 11

Pam Murphy (née Davies) n'aurait jamais cru qu'elle passerait sa lune de miel dans une maison de campagne délabrée. En même temps, elle n'aurait jamais imaginé qu'elle épouserait un Irlandais de Providence, Rhode Island.

Greenwich, Connecticut, n'est qu'à deux cents kilomètres de Providence, et pourtant ça pourrait tout aussi bien se trouver à l'autre bout du monde. Banlieue résidentielle, verdoyante, habitée par de vieilles familles de la bourgeoisie blanche, c'est tout l'opposé de cette ville ouvrière italo-irlandaise, et Pam n'aurait pas pu recevoir une éducation plus différente de celle de son mari.

Son père était trader, pas gangster. Chaque jour de la semaine, il prenait le train le matin et rentrait chez lui à 18 h 30 pour l'apéritif, avant de passer à table à 19 h 15. Sa mère était une femme au foyer du Connecticut, une authentique beauté, qui avait « la grâce d'un cygne », disaient ses amies admiratives. Elle consacrait ses journées à des œuvres de charité, des clubs de jardinage, des activités organisées par les Filles de la Révolution américaine, et au vodka tonic.

Les grands frères de Pam, Bradley et Patton, souvent récompensés pour leurs qualités de joueurs de hockey et de lacrosse dans leurs écoles privées, s'arrangeaient pour obtenir des résultats corrects, sans plus, faisaient de la voile dans le Long Island Sound et se montraient très protecteurs vis-à-vis de leur petite sœur.

Bien qu'elle n'ait guère besoin d'être protégée. Des garçons, en tout cas.

Enfant, Pam n'était pas particulièrement belle. Au collège, elle était généralement qualifiée de « banale ». Si sa mère était un cygne, Pam était le vilain petit canard, qui souffrait de voir la déception à peine voilée de sa génitrice.

Elle résistait à toutes ses tentatives pour la rendre belle – le maquillage, les robes, les cours de danse destinés à améliorer son allure et sa posture –, préférant rester dans sa chambre pour lire. Après l'école primaire Montessori, elle fut envoyée à l'école Miss Porter, à Farmington, qui comptait parmi les anciennes élèves, outre sa mère : Barbara Hutton, Gloria Vanderbilt et Jackie Kennedy-Onassis.

Pam n'était pas la fille la plus riche de l'école, assurément, ni la plus pauvre. Elle se situait quelque part au milieu. La cruauté de cet âge lui fit cadeau d'une crise d'acné, ce qui lui valut, inévitablement, d'être comparée à une pizza. Le sadisme des adolescentes ne connaissant pas de limites, ses camarades critiquaient sa peau, sa gaucherie, son manque d'intérêt pour les garçons. Elles prenaient plaisir à raconter qu'elle était lesbienne et secrètement amoureuse des plus jolies filles de l'école, qui, bien évidemment, l'avaient repoussée sans ménagement.

— Si je devais bouffer de la chatte, déclara une de ses cibles supposées en dardant la langue entre son index et son majeur, je choisirais une gouine beaucoup plus belle.

En troisième, elle s'empressait de rentrer chez elle presque tous les week-ends et s'enfermait dans sa chambre pour pleurer ou lire, redoutant le dimanche soir, lorsque ses parents la ramèneraient à Farmington en la sermonnant durant tout le trajet sur la nécessité de se faire des amis et de participer à la vie sociale de l'école.

Pam ne leur parlait pas des railleries.

Elle avait honte.

Elle envisageait de s'enfuir de l'école, de s'enfuir de la maison, de se suicider.

Puis un événement se produisit.

Elle s'épanouit.

La famille possédait une résidence d'été à Watch Hill, dans le Rhode Island, à vingt-cinq minutes seulement de Goshen en voiture, mais dans un autre monde. Pam se leva un matin, prête à se cacher toute la journée sous une capeline au beach club.

Il serait exagéré de dire que ce changement survint du jour au lendemain, mais c'est l'impression que cela donna. En se regardant dans le miroir pour se nettoyer le visage, elle constata que sa peau était presque lisse, comme si quelque déesse compatissante lui avait rendu visite dans la nuit pour la débarrasser de sa honte.

L'été sembla faire le reste. Au cours des semaines qui suivirent, le soleil couvrit sa peau d'un léger hâle, donna à son corps l'aspect d'un délicieux biscuit et décolora ses cheveux châtain clair, devenus dorés, alors que ses yeux prenaient une couleur bleu outremer.

Par une matinée pluvieuse qui les privait de plage, Pam demanda à sa mère si elles pouvaient aller faire du shopping.

Pas pour acheter des livres, mais des vêtements.

Janet Davies était aux anges : elle avait enfin une fille.

Elles firent du shopping donc, d'abord à Watch Hill, puis à Newport, et sur la Cinquième Avenue pour finir. Le père se plaignit du montant des factures, tout en se réjouissant secrètement pour sa femme et sa fille.

Ce serait plus facile désormais, pensait-il.

Erreur.

La pitié maternelle se transforma en jalousie.

Tandis que Pam devenait une jeune femme d'une beauté exceptionnelle, des amis, des membres de la famille et même des inconnus assis à des tables voisines au restaurant se mirent à vanter son charme. De son côté, le cygne commença à remarquer les rides sur son cou si élégant et à les comparer, cruellement, à la peau d'albâtre de son petit.

La mère se retira.

Janet était toujours là, physiquement, mais elle se retira émotionnellement. Si on le lui avait fait remarquer, elle aurait nié, indignée. Sans doute ne s'en rendait-elle pas compte – les miroirs révèlent peu de choses –, mais elle laissa sa fille subir et tenter de comprendre seule cette métamorphose inattendue.

Et Pam comprit la leçon de travers : si, pour la première fois de sa vie, et de manière soudaine, elle était appréciée pour sa beauté, c'est que cette beauté constituait son unique atout.

Et donc, lorsque le plus beau garçon de Hotchkiss la repéra dans une soirée et fondit sur elle, Pam, aussi démunie qu'une biche orpheline, se retrouva dans une chambre de motel de Farmington, en train de contempler, par-dessus l'épaule du garçon, un vilain tableau représentant un voilier.

Contre toute attente, Trey Sherburne tomba amoureux d'elle.

Quel garçon de dix-huit ans ne l'aurait pas été ?

Robert Spencer Sherburne III était moins un prédateur qu'un romantique et le lendemain matin il voulut se rendre dans le New Hampshire, où, pour une raison quelconque, il croyait qu'il pourrait épouser une fille de seize ans, dont il ne savait pas encore qu'elle était enceinte.

Pam était prête à le suivre. Elle aussi était amoureuse.

Ils n'atteignirent pas le New Hampshire. Ils n'atteignirent même pas le parking. Les deux frères de Pam, avertis par des amis, suivirent leurs traces jusqu'au motel le lendemain matin, ils flanquèrent une raclée à Trey et ramenèrent leur sœur à Greenwich pour la confronter à la honte familiale.

Papa voulait poursuivre Trey en justice pour atteinte sexuelle sur mineure, mais maman préférait épargner ce déshonneur public à sa fille (« Notre nom dans le journal, mon chéri ! »). Alors, les

Davies et les Sherburne réglèrent le problème comme le faisaient leurs familles depuis le *Mayflower* : discrètement. Les Davies ne portèrent pas plainte contre Trey pour viol, et les Sherburne ne portèrent pas plainte contre les frères de Pam pour coups et blessures. Trey partit travailler un an sur un projet de service volontaire en Tanzanie, et Pam fut envoyée au Nouveau-Mexique pour avorter en secret.

Elle revint pour achever sa scolarité à l'école Miss Porter avant d'aller à Trinity College, où elle se spécialisa dans la gestion des entreprises, mais aussi en lettres classiques et en soirées étudiantes. S'il lui arrivait de penser à Trey et à leur enfant qui n'était pas né, cela ne durait jamais très longtemps. Sa mère lui avait enseigné l'art d'enterrer un bon cœur sous une étendue de glace.

Après l'université, elle décrocha une place dans une agence immobilière haut de gamme de Westport, où elle se distingua. Elle passait ses week-ends dans la demeure familiale de Watch Hill.

Là se côtoient les vieilles fortunes de la Nouvelle-Angleterre (si vieilles qu'elles ont besoin d'un déambulateur pour se déplacer) et les nouveaux riches de New York (c'est-à-dire des familles qui possèdent des maisons depuis moins de deux cents ans). Westerly est une ville de granit, construite par des maçons italiens qui savaient bâtir de belles églises et organiser de grands banquets dominicaux.

À Watch Hill, l'argent travaille pour les gens ; à Westerly, les gens travaillent pour de l'argent. Si les habitants de Watch Hill se rendent à Westerly, c'est généralement pour manger une pizza. Pam y alla un soir pour s'encanailler dans un bar, et c'est là que Paulie Moretti se mit à la draguer, car pourquoi ne pas tenter sa chance ?

Et Pam se laissa draguer car…

… qu'y avait-il de mieux pour faire chier ses parents que de sortir avec un Italien, à moins de choisir un Noir ou un Portoricain ?

Même un Juif aurait été préférable à leurs yeux et, en couchant avec Paulie Moretti, Pam se révoltait contre son éducation ultra-WASP.

Bien sûr, elle n'avait pas l'intention de le présenter à maman et à papa : cela aurait été un désastre absolu. Sa révolte était secrète, un plaisir solitaire, une passade, une aventure qu'elle s'offrait avant de se mettre en ménage avec Donald, Roger ou Tad.

Aussi, lorsque Paulie l'invita à un *clambake*, non pas à Watch Hill, mais dans les lointaines contrées ouvrières de Goshen, Pam accepta avec joie, car elle avait eu le temps de comprendre qu'il appartenait à la mafia, ce qui ajoutait à cette liaison le frisson du danger.

Puis Liam Murphy lui pelota les seins, Paulie lui montra ce qu'est réellement un type de la mafia, elle se rendit à l'hôpital pour s'excuser…

Et là l'attendait la version irlandaise de Trey.

Le plus beau spécimen de la pègre.

Séduisant.

Meurtri.

Vulnérable.

Elle sentit la glace fondre.

Et elle se retrouva à Las Vegas, dans une *wedding chapel*, en train d'épouser Liam Murphy, sans avoir la moindre idée de ce que cela impliquait.

Maintenant, réfugiée dans une « planque » miteuse, à dix kilomètres de tout, en compagnie d'un mari qu'un tas de gens veulent tuer, et qui réagit en picolant la moitié de la journée, et de la nuit, elle commence à apprendre.

# 12

La prison se dresse au bord de la Route 95, la voie de circulation principale du Rhode Island, tel un rappel constant de ce qui vous attend si vous glissez sur la peau de banane. Vous ne pouvez pas aller de Warwick à Providence sans la voir, et c'est peut-être le but recherché.

Elle a été construite en 1878. La partie centrale est en pierre grise, coiffée d'une coupole en étain. Du côté plus moderne, les bâtiments sont en brique rouge. De hauts grillages surmontés de rouleaux de fil de fer barbelé entourent la totalité du complexe.

Du temps où Danny allait à l'école primaire, les professeurs organisaient des excursions au centre pénitentiaire pour flanquer la frousse aux enfants, mais généralement cela se révélait contre-productif, car de nombreux élèves en profitaient pour rendre visite à des membres de leur famille.

Aujourd'hui, les frères Moretti sont assis en face de leur père, de l'autre côté de la table, au parloir. Les cheveux de Jacky Moretti sont restés épais, mais ils ont blanchi derrière les barreaux. C'est toujours un homme robuste, cependant, avec un cou de taureau et de larges épaules tombantes. Personne ne s'aviserait de lui marcher sur les pieds entre ces murs, même s'il n'était pas lié à la mafia.

La plupart des individus incarcérés dans cette prison pourraient vous raconter des histoires sur Jacky Moretti.

Comment, à dix-neuf ans, il buta quelqu'un pour la première fois ; un petit voleur à l'étalage qui ne voulait pas cracher au bassinet. Comment il purgea sa première peine de prison à cause d'un vol de voiture, sans avoir balancé personne : ni ses complices ni le garage clandestin, personne. Comment il devint un affranchi en liquidant deux types de New Haven qui affirmaient que l'est du Connecticut devait leur revenir, au lieu d'appartenir à Pasco Ferri.

Ou comment, un jour, il alla chercher dans le salon du fronton de pelote basque, à Newport, un joueur invétéré qui le considérait comme un connard et refusait de l'arroser. Il l'entraîna de force sur le parking. Là, il ouvrit la portière de sa voiture et demanda au type avec quelle main il sortait son portefeuille de sa poche.

— Quoi ? fit le type, terrorisé.

— Quand tu achètes un billet pour voir un match de pelote basque, quelle main tu utilises pour sortir ton portefeuille ?

— La droite.

Jacky lui coinça alors la main droite dans la portière et referma celle-ci d'un coup de pied. Puis, la main du type étant toujours coincée, il fit le tour du parking avec sa bagnole.

À partir de cet instant, Jacky devint l'étoile montante de la pègre, un tueur réputé, plein aux as. Il avait sa propre bande, il prêtait de l'argent, braquait des banques et détournait des camions.

Mais surtout, ces détenus pourraient vous raconter l'histoire de Jacky et de Rocky Ferraro.

Pasco avait interdit la vente et la consommation d'héroïne, car cela accentuait la pression exercée par les agents fédéraux. Rocky Ferraro, un des membres de la bande de Jacky, ignora doublement ce veto, d'abord en vendant de la poudre aux pauvres types de South Providence, ensuite en se mettant à consommer sa propre marchandise.

Cela posait un problème, et Jacky promit de s'en occuper.

Un soir, avec un de ses gars, ils passèrent chercher Rocky pour l'emmener voir un match de hockey des Reds, mais ils n'arrivèrent jamais à destination. Jacky s'arrêta sur le bord de la route, sortit son flingue, le fourra dans la bouche de Rocky et pressa plusieurs fois la détente.

Ce qui rend cette histoire extraordinaire, c'est que Rocky était le demi-frère de Jacky.

Du coup, le dîner de Thanksgiving suivant fut un peu *tendu*.

Et cela eut pour effet d'agacer réellement le juge et les jurés quand – *six ans* plus tard – le comparse de Jacky se mit à table et l'envoya en taule pour meurtre.

— Il a fait honte à la famille, déclara Jacky à l'énoncé du verdict.

— Alors, vous avez tué votre propre frère, dit le juge.

— Demi-frère, rectifia Jacky. Vous auriez voulu que je le tue à demi seulement ?

Le juge lui colla la peine maximale.

Malgré cela, Jacky eut l'occasion de sauver sa peau. Les fédéraux lui proposèrent la totale – immunité, programme de protection des témoins, tout le tintouin – pour qu'il dénonce Pasco Ferri. Mais Jacky leur répondit qu'ils pouvaient faire la queue pour lui sucer la bite. Désormais, une succession de petites frappes lui rendent ce service dans l'aile nord du vieux bâtiment de pierre où il réside, joue aux cartes et cuisine des *pasta* pour les gars le dimanche.

Aujourd'hui, le gardien se tient à l'écart, dos tourné. C'est contraire au règlement, mais vous ne trouverez pas dans tout le Rhode Island un gardien de prison assez bête pour coller aux basques des Moretti les jours de visite. Les gardiens sont obligés de vivre dans le coin, ils ont des frères et des cousins, et chaque année le fonds d'aide aux veuves et aux orphelins reçoit une généreuse contribution.

Jacky tire sur sa cigarette. Il souffre d'emphysème, mais il sait qu'il ne sortira jamais d'ici de toute façon, alors merde. Il regarde Paulie.

— Tu n'es pas le premier à te faire plaquer. Envoie-toi en l'air, trouve-toi une autre nana et passe à autre chose.

— Ils retournent le couteau dans la plaie, dit Peter. C'est un manque de respect délibéré.

— Que dit Pasco ? demande Jacky.

— J'emmerde Pasco, rétorque Paulie.

— Tu auras du mal à répéter ça avec de la terre plein la bouche. Il y a des choses qu'on ne dit pas. Il y a des choses qu'on ne pense même pas.

Les trois hommes demeurent silencieux.

— Ça devrait être toi, dit finalement Peter. Le chef.

Jacky sourit.

— Je suis enfermé ici, Pasco est dehors. C'est comme ça. Vous voulez que je lui parle ?

— Oui, dit Paulie.

— Non, répond Jacky. C'est lui le boss, il a pris une décision, terminé.

— Il veut qu'on négocie avec les Irlandais, insiste Paulie.

— Alors, négociez. Vous êtes sur la ligne de but, perdez pas la balle. Quand Pasco prendra sa retraite en Floride, vous pourrez faire ce que vous voulez. Vous pourrez pendre les Murphy par leurs petites bites d'Irlandais. Pasco ne s'intéressera qu'à ses parties de *pinochle*, de *bocce*, ou je ne sais quoi. Mais si vous vous opposez à ses ordres *maintenant* il vous fera descendre, et je lui donnerai ma bénédiction.

— Contre tes propres fils, dit Peter, oubliant apparemment les antécédents de son père.

— Il y a l'amour de la famille, répond Jacky, et il y a l'amour du business. Ce sont deux amours différents. Mais oui, l'amour du business passe avant.

Vieux jeu, leur père, pense Peter.

Très vieux jeu.

Ils acceptent de négocier.

# 13

Pasco choisit l'endroit au dernier moment.

Puis il en change.

Danny comprend que c'est une procédure normale, afin d'empêcher les deux camps de tendre une embuscade, mais en réalité, au bout du compte, Pasco Ferri est avant tout italien. S'il décide de céder aux Moretti et de les laisser agir, les Irlandais de Dogtown vont entrer en jeu.

Ils font confiance à Pasco.

— On peut vraiment ? demande Pat.

Danny hausse les épaules. Tous ces *clambakes*. Les verres, les rires. Son père pense que oui.

— Pasco Ferri est un homme de parole, affirme Marty. S'il dit qu'on ne risque rien, on ne risque rien.

Pasco a insisté pour que Marty soit convié à cette réunion. Afin de rappeler, devine Danny, que c'est lui et Marty qui ont instauré la paix italo-irlandaise qui dure depuis une génération et que briser cette alliance serait un affront fait aux deux.

Marty s'habille avec soin pour l'occasion. Il harcèle Danny pour que celui-ci arrange son nœud de cravate, un vrai casse-couilles. Le dernier jour de gloire du vieux, songe Danny. Il est redevenu quelqu'un.

Finalement, la réunion a lieu au Harbor Inn, un hôtel-restaurant de Gilead, en face de chez Dave's Dock, de l'autre côté du chenal.

L'établissement est fermé au public depuis 16 heures pour cause de « soirée privée ».

Danny et Ned Egan accompagnent Marty jusqu'à l'entrée du restaurant. Jimmy Mac quitte le volant et se plante près de la porte, visiblement nerveux. Son pistolet déforme sa veste.

Les Murphy se garent derrière eux. Pat conduit, son père assis à côté de lui, Liam est affalé sur la banquette arrière, comme s'il aurait préféré être n'importe où ailleurs. Et on ne peut pas lui en vouloir, se dit Danny.

Pasco sort du restaurant, flanqué de deux de ses gars. Vito Salerno, son *consigliere* depuis longtemps, et Tito Cruz, moitié sicilien, moitié portoricain, qui a exécuté un grand nombre de contrats pour la famille au fil des ans. Des individus qui ne plaisantent pas, donc. Signe que Pasco n'a pas l'intention de tolérer n'importe quoi.

Tant mieux, pense Danny.

Pasco vient vers lui.

— Toute la quincaillerie reste dans les bagnoles, Danny.

Celui-ci perçoit la lueur d'inquiétude dans les yeux de Ned Egan. Pasco la remarque également, et il ajoute :

— Idem pour les Moretti.

Danny retourne à la voiture pour poser son arme dans la console. Jimmy Mac en fait autant, presque soulagé. Ned met plusieurs secondes à se faire une raison, puis il va déposer son 45 sur le siège passager.

— Je garde la bagnole, dit Jimmy.

L'arrière-salle du restaurant est décorée sur le thème de la pêche : des bouées et des filets accrochés aux murs, un vilain tableau représentant le port, des photos de chalutiers. Une longue table a été installée au centre. On a disposé dessus des cafetières en plastique, des pichets d'eau, des tasses et des verres. Danny y voit une décision de Pasco : ils sont ici pour régler une affaire, une affaire qui l'exaspère, alors pas question d'organiser un dîner arrosé. Qu'on en termine au plus vite.

Ce n'est pas pour déplaire à Danny. Si tout se passe bien, il emmènera son père déguster un bon *fish and chips* chez Dave, sur l'autre rive. Et si ça se passe mal... tout le monde aura perdu l'appétit.

Peter et Paul Moretti sont assis d'un côté, en compagnie de Sal Antonucci et de Chris Palumbo. Aucun d'eux ne lève la tête lorsque le clan Murphy entre dans la pièce et prend place de l'autre côté de la table. Ils contemplent les pichets d'eau comme s'ils contenaient de superbes poissons tropicaux.

Le vieux Murphy choisit la chaise la plus proche du bout de la table, et Pat s'assoit à côté de lui. Viennent ensuite Liam, Danny et Marty. Ned Egan reste debout près de la porte. Pasco entre à son tour et s'assoit à l'autre extrémité. Vito et Cruz ferment la porte et installent des chaises dans le coin.

Pasco se sert un verre d'eau, boit une gorgée et commence :

— Il y a un accroc dans l'étoffe de notre association. J'ai convoqué cette réunion afin de le repriser. Qui souhaite prendre la parole en premier ?

Danny s'étonne de voir Marty lever la main. Il est fier de son père lorsqu'il l'entend dire :

— Chaque chose en son temps. L'un des nôtres a été assassiné. Cela exige réparation.

Pasco interroge Peter du regard.

— Il n'avait pas de famille, je crois, ce Handrigan ? dit Peter. Pas d'épouse, pas d'enfants ?

— Une mère, répond Marty.

Peter tourne le dos à la table et se penche vers Chris qui lui murmure quelque chose à l'oreille. Il se retourne et demande :

— Elle vend des bonbons, c'est ça ? Et aussi des magazines, des journaux, ce genre de trucs ? On a des distributeurs dans sa boutique ?

— Oui, confirme Marty.

— Qu'elle garde tout le fric, dit Peter. On lui cède notre part. Bon, c'est réglé ?

— C'est réglé, répond Marty.

Tout simplement, songe Danny. Une clause dans un contrat. Quelques dollars provenant d'un distributeur automatique et Brendan est oublié.

— Bien, dit Pasco. Ensuite ?

— Mon frère a été insulté, déclare Peter en regardant Liam. Notre famille a été insultée.

Liam affiche un petit sourire en coin, il ressemble à un enfant. Il dit, comme s'il avait répété son texte :

— J'avais trop bu. Mon comportement était inacceptable. Toutes mes excuses.

— Tu es encore ivre ? demande Paulie.

— Pourquoi, tu veux la récupérer ? rétorque Liam, toujours souriant.

— Non, je reprends pas les articles de seconde main.

Liam perd son sourire ; il se lève.

— Tu parles de ma femme.

— Assieds-toi, ordonne Pat.

— Il…

— Assis.

Liam obéit.

— Ils se sont excusés, dit Pasco aux Moretti pour les encourager à en faire autant.

— On ne s'excuse pas pour le passage à tabac, dit Peter. Il l'a bien cherché. Et on exige réparation pour l'insulte.

— J'estime que le fait de l'avoir laissé pour mort est une réparation suffisante, dit John Murphy.

— Pas moi, répond Peter.

— Qu'est-ce que tu veux, alors ? demande Pasco.

— Trois postes sur les docks.

Murphy se tourne vers Pasco.

— Les temps sont durs. J'ai pas trois emplois fictifs sur les docks en ce moment.

— Vous avez des boulots d'agents municipaux dans le dixième district, fait remarquer Chris.

— Pour des Irlandais, répond Pat.

Chris regarde John.

— Tu veux que je lui parle ?

— Tu veux que je *te* parle ? rétorque John.

Pasco demande :

— Est-ce que ça te semble possible, John ?

Murphy secoue la tête. Il appuie le menton sur la poitrine, les yeux baissés, pour réfléchir.

— Je pourrais trouver un boulot dans le dixième. Pas trois.

Peter sourit.

— On coupe la poire en deux : deux emplois.

— Je ne les ai pas, dit Murphy. Je suis obligé de m'occuper des Noirs maintenant. Pour les calmer.

Peter et Chris se concertent de nouveau. Nom de Dieu, se dit Danny, Peter ne peut pas aller pisser sans que Chris lui tienne la bite ? C'est un signe de faiblesse. À noter. Si vous voulez faire savoir quelque chose à Peter, adressez-vous à Chris.

Peter se retourne et déclare :

— Un boulot d'agent municipal, un boulot sur les docks.

Murphy regarde Liam, avec l'air de dire : *Tu vois ce que tu nous coûtes ?* Finalement, il lâche :

— Si ça permet de préserver la paix, OK.

— Peter ? demande Pasco.

— On est satisfaits.

Terminé, se dit Danny. Affaire réglée. « La paix est sauvegardée » et toutes ces joyeuses conneries. Jusqu'à ce que Paulie se sente obligé d'ouvrir sa gueule de con.

— Juste une question, Liam. Elle aime toujours la prendre dans le cul ?

Liam se relève aussitôt. Vito retient Paul, tandis que Tito contourne la table pour venir se placer derrière Liam, prêt à le ceinturer.

— Il a largement dépassé les bornes ! s'exclame Pat.

— C'était déplacé, reconnaît Peter.

Mais Paulie continue à s'en prendre à Liam.

— Qu'est-ce que tu vas faire, hein ? Qu'est-ce que tu vas faire, mauviette ?

— Tu es vachement courageux quand tu es avec tes gars, fils de pute, rétorque Liam. On verra si tu la ramènes autant quand tu seras seul.

— On parie ?

— Dehors. Maintenant.

— On y va.

Pat intervient :

— Liam, tu n'es pas en état de…

— Rien à foutre.

Danny en appelle à Pasco :

— C'est idiot.

Mais Paulie et Liam se dirigent déjà vers la porte, et les autres leur emboîtent le pas. Danny est à la traîne, obligé de soutenir son père par le coude, et quand il sort à son tour Liam et Paulie sont sur le parking, face à face, poings levés. C'est alors que Danny entend un coup de feu et voit Paulie tomber au sol. Il roule sur les graviers en se tenant la jambe à deux mains, le sang coule entre ses doigts.

Tito a sorti son arme, il regarde en direction des bateaux amarrés de l'autre côté du chenal, car c'est de là qu'est parti le coup de feu.

Peter s'agenouille à côté de son frère. Liam se dirige vers sa voiture à grandes enjambées, suivi de Pat, qui nage en pleine confusion. Danny resserre l'étau de sa main autour du coude de son père et, avec l'aide de Ned, il l'entraîne vers leur voiture. Jimmy a déjà démarré, il s'arrête à leur hauteur.

— Fonce, lui dit Danny. Tirons-nous d'ici.

En songeant : je Vous en supplie, Seigneur, faites que Paulie ne meure pas.

# 14

— Qu'est-ce que tu as fait ? hurle Pat à son frère.

Il l'agrippe par sa chemise et le secoue.

— *Qu'est-ce que tu as fait, bordel ?*

La porte de la chambre est ouverte, et Danny aperçoit Pam assise sur le lit, en train de regarder la scène qui se déroule dans le salon. Il se lève pour aller fermer la porte et se dit : et puis merde, qu'elle voie l'homme qu'elle a choisi.

— C'était qui, le tireur ? demande Pat.

Liam secoue la tête. Pat le gifle avec force. Danny voit Pam tressaillir.

Mais elle continue à regarder.

— Mickey Shields, dit Liam.

— Qui ça ?

Danny n'a jamais entendu ce nom, lui non plus.

— Il vient de l'autre côté, précise Liam.

— Putain.

Danny laisse échapper un soupir. D'habitude, Liam se contrefout de l'Irlande – et maintenant il fait appel à une personne qui vient directement de là-bas pour un contrat ? Nom de Dieu, Liam. Tu savais que tu ne trouverais personne dans toute la Nouvelle-Angleterre pour faire ça, alors tu es allé chercher les gros durs du Nord ?

— Combien tu l'as payé ? demande Pat.

— Je leur ai dit qu'on pourrait peut-être les aider à se procurer des flingues, par exemple.

Danny sent que sa tête va exploser. En plus de toutes les merdes qui vont nous tomber dessus, Liam passe un deal avec l'IRA ? Il leur promet des *armes* ? Ce qui va attirer à coup sûr l'attention du FBI. Conclusion, si les ritals ne nous butent pas, on va finir notre vie dans une prison fédérale.

— Tu sais ce que tu as fait ? demande Pat à son frère. Liam, tu sais ce que tu nous as fait ?

Danny jette un coup d'œil à Pam par la porte ouverte.

*Elle* le sait.

Deux heures plus tard, Danny et Jimmy sont assis au sous-sol de la maison de la mère de Jimmy dans Friendship Street. Elle assiste à sa soirée bingo.

Ils flippent.

Méchamment.

Le seul point positif, le seul, c'est que Paulie Moretti va certainement s'en tirer. La balle n'a pas touché l'artère fémorale, ni l'os. En revanche, la paix est morte. Et Pasco Ferri n'a plus d'autre choix que de lâcher les chiens. Il a été insulté personnellement, humilié, et le sang a coulé. Maintenant, ils sont tous dans la merde jusqu'au cou.

Danny fait des calculs dans sa tête. Ils peuvent compter sur dix, peut-être quinze types en cas d'affrontement. Les Moretti sont deux fois plus nombreux. En outre, les Irlandais ne disposent d'aucun soutien en dehors de Dogtown ; les Moretti peuvent faire appel aux flingueurs des autres familles de la mafia. Les Irlandais ont dans leur poche quelques conseillers municipaux du dixième et une poignée de policiers ; les Moretti ont le maire, plusieurs législateurs et une flopée de flics, dont deux inspecteurs de la criminelle : O'Neill et Viola.

La bataille financière est déséquilibrée, elle aussi : les Irlandais tiennent le syndicat des dockers et le port, ils touchent un peu au jeu, ils prêtent de l'argent ; les Moretti ont la mainmise sur le syndicat des camionneurs et du bâtiment, les distributeurs automatiques, les cigarettes et l'alcool, le jeu et les prêts avec intérêt également, à grande échelle, les clubs de strip-tease et la prostitution.

C'est ça le problème de la guerre, vous devez relever un double défi : essayer de rester en vie, tout en continuant à gagner votre croûte. Pas facile, lorsque vous êtes traqué, de déambuler en ville pour collecter du fric, ou faire un coup, ou simplement aller au boulot et en revenir. Il vous faut des fonds, un trésor de guerre, afin de survivre pendant que vous vous terrez et menez le combat. Or, la plupart des Irlandais de Dogtown – Danny y compris – n'ont pas de comptes en banque bien remplis.

Jimmy dévisage Danny.

— Qu'est-ce que tu veux que je fasse ? demande celui-ci.

— Liam est un sale petit bon à rien, dit Jimmy. Tu le sais et je le sais.

— C'est le *frère* de ma femme, nom de Dieu. Je le connais depuis que je suis môme. Je lui faisais des sandwichs au beurre de cacahuètes et à la banane.

— Danny…

— Quoi ?

— Tu sais où il est ?

Danny hoche la tête.

— Je t'accompagne, dit Jimmy.

— Non, je m'en occupe.

*

Ils ont expédié Liam à Lincoln, dans une vieille baraque en pleine campagne, au bout d'un chemin de terre.

Danny s'arrête en route pour acheter des White Castle.

Arrivé à destination, il descend de voiture et frappe à la porte.

— Liam, c'est moi, Danny. Je t'apporte à bouffer.

Il perçoit un bruit de pas à l'intérieur, puis la porte s'entrouvre. Bloquée par la chaîne de sûreté. Liam jette un coup d'œil par l'entrebâillement, ôte la chaîne et laisse entrer Danny.

Cette maison est un taudis. Vieille moquette, odeur de moisi. Pas du tout ce à quoi Liam est habitué, songe Danny, et certainement pas ce à quoi s'attendait Pam lorsqu'elle a épousé le joli prince. Liam se rassoit sur un vieux canapé, devant la télé. Danny lui tend le sac en papier blanc contenant les burgers.

— Merci, dit Liam.

— Ils sont froids, mais…

— C'est bon quand même. Tu en veux un ?

— C'est pas de refus.

Danny s'assoit sur le canapé.

— Qu'est-ce que tu regardes ?

— Un film d'horreur. Enlève ta veste et reste un peu.

— Où est Pam ?

— Elle pionce dans la chambre. Valium.

Est-ce qu'il le voit dans mes yeux ? se demande Danny. Est-ce qu'il entend les battements de mon cœur ? Sait-il que je n'ôte pas ma veste à cause du 38 qui est dans la poche ? Non, sans doute pas. Liam est trop nombriliste pour faire attention aux autres.

— Tu n'aurais pas un Coca, ou autre chose ? demande Danny. Du ginger-ale ?

— Va voir dans la cuisine.

Danny se lève et se rend dans la cuisine. Il déniche un Coca dans le frigo, revient dans le salon et se plante derrière Liam, qui semble absorbé par le film d'horreur.

C'est le moment, se dit-il. Là, maintenant.

Il sort le pistolet de la poche de sa veste. Arme le chien, en espérant que Liam n'entendra pas le clic.

Non. Il dévore ce foutu burger, en riant du monstre ringard qui traverse l'écran vers la ville japonaise en carton-pâte. L'insouciance même. L'univers lui appartient et nous autres, nous ne sommes que des éléments du décor.

Danny tient son pistolet le long du corps, derrière le canapé, pour que Liam ne le voie pas s'il se retourne.

— Hé, Liam ?

— Ouais ?

— Tu te souviens des cours de catéchisme ?

— Comment je pourrais oublier ?

— L'autre jour, j'essayais de me rappeler l'acte de contrition. On a parié avec Jimmy, et impossible de m'en souvenir.

— Fastoche, dit Liam, sans quitter l'écran des yeux. « Mon Dieu, j'ai un très grand regret de Vous avoir offensé… »

Vas-y, maintenant. Au diable son âme immortelle, fais-le.

— « … parce que Vous êtes infiniment bon… »

Danny lève son arme.

— « Et parce que le péché Vous déplaît… »

Il entend la chasse d'eau, les gémissements de la vieille tuyauterie.

Pam est réveillée.

Il entend l'eau couler. Elle se lave les mains.

Il fourre le pistolet dans sa poche.

— Bon, je ferais bien d'y aller, dit-il.

— Tu viens d'arriver.

Pam fait son entrée dans le salon.

— Je vous laisse tous les deux, dans l'intimité, dit Danny.

— L'intimité, on n'en manque pas, répond Pam. On en a même à revendre, hein, Liam ?

Liam se tourne vers Danny et sourit.

— Je te l'avais dit.

— Quoi donc ? demande Pam.

— Rien, trésor.

Danny regagne sa voiture.

De toute façon, il n'en aurait pas été capable.

De retour à Dogtown, Danny est obligé de se garer à trois pâtés de maisons de chez lui, et il a la frousse en marchant sur le trottoir.

Ce sera comme ça jusqu'à la fin de ma putain de vie, se dit-il. Je passerai mon temps à regarder derrière moi, à entendre des bruits qui n'existent pas, à avoir peur à chaque coin de rue.

Une voiture roule au ralenti dans son dos. Il s'interdit de courir. Fourre la main dans la poche de sa veste. Empoigne la crosse du 38 et s'autorise à jeter un rapide coup d'œil par-dessus son épaule.

C'est une voiture de flics.

Pas une bagnole noir et blanc, mais une Crown Vic banalisée. Elle s'arrête à sa hauteur, et la vitre du passager avant s'abaisse. Danny s'attend à recevoir une rafale en pleine poitrine – il a le cœur dans la gorge et craint de pisser dans son froc –, mais O'Neill lui dit :

— Détends-toi. Et pendant que tu y es fais-moi plaisir, sors tes mains de tes poches.

Danny distingue Viola derrière lui, au volant.

— Tout va bien, ajoute O'Neill. Quelqu'un veut te parler, c'est tout.

Danny sort les mains de ses poches, en douceur. O'Neill descend de voiture, le palpe et lui confisque son flingue.

— Je te le rendrai après votre petite conversation.

Il ouvre la portière arrière, et Danny monte à bord de la Crown Vic.

À côté de Peter Moretti.

Danny tente de ressortir, mais la portière est verrouillée. Les deux flics fument une cigarette sur le trottoir.

— Je viens d'aller voir mon frère à l'hôpital, dit Peter.

— Comment il va ?

— Une putain de balle lui a traversé la jambe ! s'emporte Peter.

Il inspire à fond pour se calmer et ajoute :

— Mais il va s'en tirer.

— Tant mieux.

— Ouais, comme tu dis. Écoute-moi, Danny. Je voulais te parler pour te dire qu'on n'en veut pas aux Ryan. On sait que vous n'avez rien à voir avec cet acte scandaleux qui s'est passé cet après-midi.

— Les Murphy n'ont jamais…

Peter l'arrête d'un geste.

— Te fatigue pas. Le train est parti. Il n'y a plus aucun espoir de paix avec les Murphy, même s'ils pendaient cette sale petite merde d'enfoiré au mât du capitole. Ce que je suis venu te dire, c'est que le camp des Ryan peut rester en dehors du coup. Les Murphy vous ont mis dans une position très difficile et, par conséquent, vous avez le droit de vous retirer de cette guerre.

Pasco l'a chargé de cette mission, en raison de son amitié avec mon père, songe Danny. Mais c'est également une manœuvre habile. Peter sait que si « le camp des Ryan » reste les bras croisés, les Murphy se retrouvent privés de moi, Jimmy Mac, Ned Egan et peut-être un ou deux autres flingueurs. Sans oublier Bernie Hughes, qui était un des gars de Marty avant sa chute. Il sera fidèle aux Ryan, et Peter le sait.

— Qu'est-ce que les Murphy ont jamais fait pour toi, bordel ? demande Peter. Ils ont piqué tout ce qui revenait à ton père et ils vous ont laissé les miettes. Ils te traitent comme le vilain petit canard.

Tout ça est vrai, songe Danny.

— Je ne vous demande pas d'entrer en guerre contre eux, ajoute Peter. Je sais que vous ne le feriez pas, et je respecte cette loyauté. Mais si vous restez sur la touche, quand tout sera terminé… et tu sais comment ça va se terminer, tu n'es pas idiot…, on est prêts à vous restituer ce qui vous revient de plein droit. Ton père sera respecté comme il le mérite, et toi tu seras le chef.

— Est-ce que Pasco…

— Il a donné son accord, évidemment. Mais tu dois savoir qu'il va bientôt partir pour la Floride. Il va prendre sa retraite pour de bon. C'est moi le nouveau boss de la famille. Paul sera mon second.

C'en est donc fini de Dogtown, se dit Danny. Pasco étant hors jeu, les Moretti vont faire main basse sur tout ce qu'ils veulent, en utilisant la connerie de Liam comme prétexte. Le navire va couler, la seule question est de savoir si je veux couler avec lui.

Peter Moretti me lance une énorme bouée de sauvetage.

— Ne me donne pas ta réponse maintenant, Danny. Réfléchis et contacte-moi. En passant par O'Neill et Viola.

— OK.

— Mais ne tarde pas trop.

Peter adresse un signe de tête aux deux flics dehors, et O'Neill ouvre la portière. Au moment où Danny s'apprête à sortir, Peter lui prend la main.

— Danny, sache que nous n'avons que respect et affection pour ton père et toi. Salue-le de ma part, s'il te plaît.

— Entendu.

— Bonne nuit, Danny. J'ai hâte de connaître ta réponse.

— Bonne nuit.

Danny rentre chez lui, se déshabille et se glisse dans son lit à côté de sa femme.

Elle est chaude sous les draps.

— J'ai du retard, murmure Terri.

Danny pense qu'elle dort à moitié.

— C’est moi qui rentre tard.

— Non, j’ai du retard.

C’est sûrement ce fameux soir sur la plage, dit-elle, après le *clambake* de Pasco Ferri.

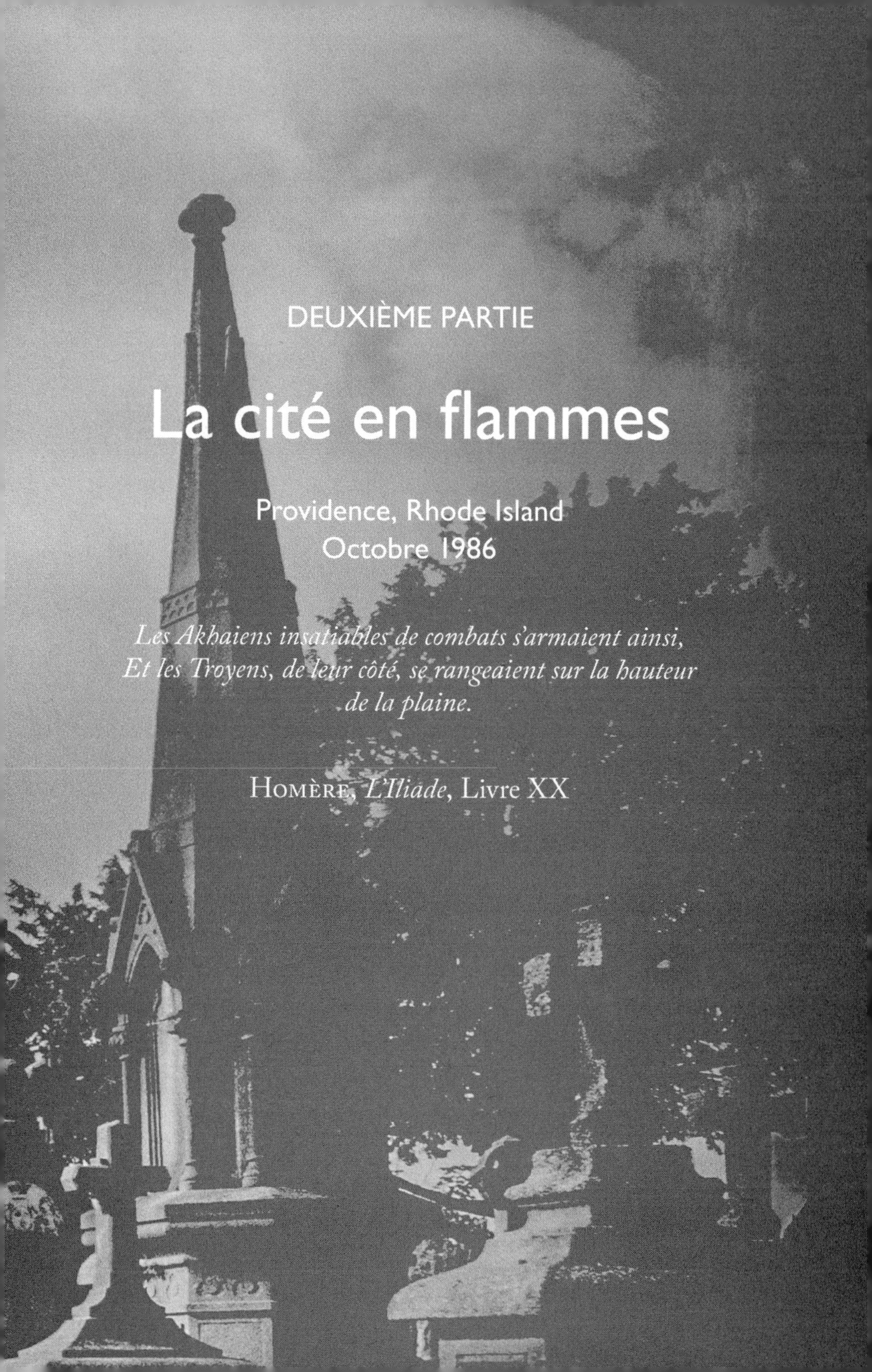

DEUXIÈME PARTIE

# La cité en flammes

Providence, Rhode Island
Octobre 1986

*Les Akhaiens insatiables de combats s'armaient ainsi,*
*Et les Troyens, de leur côté, se rangeaient sur la hauteur de la plaine.*

HOMÈRE, *L'Iliade*, Livre XX

# 15

Le téléphone le réveille de bonne heure.

Danny roule sur le côté pour répondre.

— Allô ?

— Ah, Dieu soit loué. (C'est Pat.) Grouille-toi de foutre le camp.

— Qu'est-ce que tu racontes ?

Les Moretti ont décidé de frapper. Fort.

Trois gars sont morts.

— Qui ça ? demande Danny, le cerveau encore un peu engourdi.

— Je t'expliquerai quand tu seras là. Barre-toi.

— Jimmy ?

— Je l'appelle tout de suite.

— Non, je m'en charge.

Danny se redresse dans son lit et compose le numéro de Jimmy Mac.

— Qu'est-ce qui se passe ? demande Terri en se réveillant de mauvaise humeur.

— C'est pas bon, répond Danny.

Il a l'impression d'étouffer, un étau lui enserre la poitrine comme une crise cardiaque, tandis qu'il écoute sonner le téléphone de Jimmy. Réponds, nom de Dieu… Réponds, Jimmy…

— Danny ? C'est quoi ce bordel ?

Danny le met au courant.

— Putain de merde.

— Viens armé.

Danny compose ensuite le numéro de son père. Marty répond dès la première sonnerie.

— Je respire toujours, si c'est ce que tu veux savoir.

— Pat t'a appelé ?

— John.

— Ned est avec toi ?

— Ouais.

— Je te rappelle dès que j'en sais plus.

Danny enfile son jean, un T-shirt, fixe son holster qui contient le 38 et met une chemise en jean par-dessus. Il descend. Terri est déjà dans la cuisine. Elle a lancé le café et fait cuire du bacon dans une poêle. Danny l'aime bien croustillant, presque brûlé. S'occuper des petites choses du quotidien, suivre sa routine, Danny sait que c'est sa façon à elle de gérer les problèmes.

— Dis-moi juste ce qui se passe, demande-t-elle sans lever les yeux de la cuisinière. C'est Liam ?

— Je ne pense pas.

— Papa ?

Sa voix tremble.

— Pat me l'aurait dit.

— Qui, alors ?

— Je ne sais pas, Terri. Je sais juste que c'est sérieux.

Il a envie de lui dire la vérité, à savoir qu'il ne risque rien pour le moment, qu'il a la possibilité de rester en dehors du coup. Mais il n'a pas encore pris sa décision, et de toute façon il ne sait pas comment lui en parler.

— Va chez tes parents. Occupe-toi de ta mère.

Le bacon fume. Terri le retire du feu et le fait glisser sur du papier absorbant dans une assiette, puis elle casse deux œufs dans la graisse chaude de la poêle. Elle prend ensuite deux tranches de Wonder Bread dans le paquet et les introduit dans le grille-pain.

— Qu'est-ce que tu vas faire ? demande-t-elle.

— À quel sujet ?

— On va avoir un bébé, Danny.

Elle a les larmes aux yeux. Ce n'est pas dans ses habitudes. Danny la serre dans ses bras. Elle pose la tête sur son épaule et éclate en sanglots.

— Ça va aller, dit-il. Ça va s'arranger.

— Comment, Danny ? demande-t-elle en reculant pour le regarder droit dans les yeux. Comment ça va s'arranger ?

— Fichons le camp. Toi, moi et le bébé.

— Pour aller où ?

— En Californie.

— Toujours la Californie ! Qu'est-ce qui te plaît à ce point là-bas ?

— C'est chouette, il paraît.

— On ne part pas comme ça, du jour au lendemain. Il faut de l'argent pour déménager. Tu n'auras plus de travail… et on a besoin de ta couverture santé.

Elle regagne la cuisinière pour remuer les œufs et se sert de la spatule pour crever les jaunes. Danny les aime très cuits.

— Je trouverai un travail. Avec des avantages.

— Comment ?

— *Arrête* de chercher la petite bête, Terri ! OK ?

— Ne me crie pas dessus !

— Toi non plus !

— Débrouille-toi avec tes putains d'œufs. Connard.

Elle sort de la cuisine.

Danny éteint le feu sous la poêle. Et décide qu'il n'a pas le temps de manger ses œufs au bacon. Il se sert une tasse de café, ajoute du lait, du sucre, et l'emporte.

— Va chez tes parents ! lui crie-t-il.

Il sort.

Il marche jusqu'au Gloc.

Sur le qui-vive, au cas où les Moretti estimeraient qu'il n'a pas répondu assez vite.

Deux voitures banalisées stationnent devant le Gloc. C'est bon à savoir, se dit-il. On a encore quelques flics dans notre poche. Bien sûr, les Moretti ne vont pas attaquer le Gloc en plein jour, surtout après ce qui s'est passé la veille au soir, mais ça ne coûte rien d'être prudent. Danny salue les flics d'un signe de tête et entre.

Bobby Bangs fait du café derrière son comptoir. Jimmy Mac est déjà là, il surveille la porte. Il prend Danny par le coude et dit :

— Ils t'attendent. Derrière.

— Ah oui ?

— Ouais.

Danny ouvre la porte de l'arrière-salle. Ils sont rassemblés dans leur box habituel : John, Pat et Bernie.

Il ne voit pas Liam, en revanche.

— Merci d'être venu, Danny, dit Pat.

Il vient à sa rencontre, le prend par les épaules et le conduit vers le box.

Maintenant, j'ai ma place autour de la table, se dit-il.

Maintenant.

John le salue d'un hochement de tête. Un signe de respect, de reconnaissance. Danny trouve qu'il a pris un coup de vieux, et ce n'est peut-être pas qu'une impression car, à l'évidence, son fils mène le bal.

— Tu veux quelque chose pour corser ton café ? propose Pat.

— Non, ça va.

— Bien. Alors voilà… Ça sent mauvais.

Brian Young, Howie Moran et Kenny Meagher sont morts. Young et Moran ont été abattus de loin, d'une balle dans la tête ou dans le cœur. Meagher, lui, a été tué à bout portant, alors qu'il sortait d'une boîte de nuit à l'aube.

Pas étonnant que John ressemble à un vieillard aujourd'hui.

Danny lui-même a pris un coup de vieux. Brian et Kenny. Deux amis, des gars avec qui il était allé à l'école, avec qui il avait traîné dans le quartier. Il les voyait dans des soirées, des matchs de hockey, des mariages.

Désormais, ce sera dans des enterrements.

— Ils avaient prévu leur coup depuis longtemps, dit Pat. Ils connaissaient leurs habitudes, leurs bagnoles…

— C'est Sal Antonucci, déclare John.

— Pour l'assassinat à bout portant, peut-être, répond Danny. Les deux autres ? Les tirs de loin ? Personne n'est capable de ça dans la bande de Sal, ni même parmi les gars de Peter et de Paul. Ils ont fait appel à quelqu'un de l'extérieur.

— Tu penses la même chose que moi ? demande Pat.

— Steve Giordo ?

Steve Giordo, alias « le Sniper », qui devait son surnom, disait-on, au fait qu'il avait été tireur d'élite dans l'armée. Danny pense plutôt que c'est une allusion au fusil de précision qu'il utilise.

Giordo est originaire de Hartford. Il exécute des contrats aussi bien pour Boston que pour New York. Double mauvaise nouvelle : Giordo est un tireur redoutable et il a forcément reçu l'autorisation de Boston et de New York pour intervenir à Providence.

L'heure est grave. Boston et New York soutiennent les Moretti ; Sal Antonucci et Steve Giordo sont en première ligne, et trois gars qui auraient pu se liguer contre eux sont morts.

Oui, tout a été planifié, songe Danny.

À l'image de la manœuvre de Peter, destinée à expédier le clan Murphy sur la touche. Alors même qu'il discutait avec moi dans la bagnole des flics, ses soldats abattaient trois types. Planifié, minuté et coordonné. Impossible de mettre tout ça sur pied en si peu de temps, juste après les « pourparlers de paix ». Les Moretti avaient décidé de passer à l'action et ils ont utilisé la trêve pour nous endormir, avant de nous attaquer.

Liam a fait le premier pas.

Et il leur a fourni un prétexte.

Maintenant, Peter a obtenu ce qu'il voulait depuis toujours, et il passe pour la partie lésée, la victime innocente.

— On est touchés, mais pas encore morts, déclare Pat. Si on peut éliminer Sal et Giordo, on reste en jeu.

Comme s'il s'agissait d'un match de hockey, se dit Danny.

Bernie Hughes prend la parole. Il souffle sur son thé et dit :

— Sal, c'est une chose. Tôt ou tard, il pointera le bout de son nez, et on lui réglera son compte. Giordo, c'est une autre paire de manches. Ce type ne sort jamais de sa tanière, sauf pour tuer. Et ça ne dure pas longtemps. C'est un professionnel de classe internationale, et on n'a personne qui puisse rivaliser.

— Et Ned Egan ? demande John en s'adressant à Danny. Tu crois que ton père accepterait de nous le prêter ?

— Ned aime le face-à-face. Son truc, c'est de s'approcher de quelqu'un et de lui tirer une balle en pleine poitrine. Ce n'est pas un sniper.

Ils savent tous qu'il a raison.

— Je m'en charge, déclare Pat.

Danny voit John grimacer.

— Tu ne boxes pas dans la même catégorie, s'empresse de faire remarquer Bernie.

Danny sait que c'est une façon détournée de dire : *John ne veut pas risquer la vie d'un de ses enfants, mais il ne peut pas l'avouer.*

Pat ne veut rien entendre. Pat est un putain de héros, un gars qui ne se défile pas. En outre, il se sent coupable, car c'est son frère qui a tout déclenché, et maintenant il se planque pendant que d'autres meurent à cause de lui.

Pat estime que c'est son devoir de racheter l'honneur familial.

Alors, Danny intervient :

— Laissez-moi essayer.

Silence gêné autour de la table. Pat le brise finalement en prenant Danny par les épaules et en disant :

— Merci, Danny, vraiment. Je t'en suis reconnaissant. Mais tu n'es pas un tueur.

Danny est doué de ses mains, toutefois il n'a jamais liquidé quiconque, et surtout pas un meurtrier de sang-froid comme Steve Giordo.

— Je m'approcherai de lui, déclare Danny.

— Non, tu n'y arriveras pas, répond Pat. Ni toi ni aucun de nous.

— Je sais comment faire.

Tous les yeux sont braqués sur Danny.

— Je sais comment faire, répète-t-il.

# 16

Il fait un froid glacial sur la plage.

On est seulement en octobre et on se gèle déjà. Le vent vient du nord, et sur la mer les crêtes des vagues ressemblent à des barbes de vieillards tristes.

Malgré son épais caban, Danny grelotte. Il tape du pied pour se réchauffer en attendant Peter Moretti. Finalement, une voiture s'engage sur le parking, et Danny voit O'Neill et Viola en descendre. Ils s'assurent que Danny est seul.

Ils doivent être satisfaits, car Peter descend à son tour et s'avance sur la plage.

Il est habillé d'un manteau en poil de chameau, et sa tête est nue car il a toujours été fier de ses cheveux et ne veut pas les décoiffer. Danny, lui, porte un bonnet de laine. Au diable l'orgueil. Il se réjouit de voir que Peter ressent le froid néanmoins. C'est bon de le voir frissonner.

— On aurait pu se retrouver ailleurs qu'au pôle Nord, lance Peter.

— Si quelqu'un me voit avec toi…

— Je commençais à m'interroger. Ça fait combien de temps… deux semaines ?

Danny le foudroie du regard.

— J'étais occupé. Entre les enterrements et les veillées funèbres.

Peter hausse les épaules.

— La guerre, c'est la guerre. Comment tu croyais que j'allais réagir ?

— C'est toi qui as voulu cette guerre, dit Danny. Tu voulais les docks et tout le business du clan Murphy.

— Allons discuter dans la bagnole. Il y a du chauffage.

— Je suis bien ici. Et si Cagney et Lacey, là-bas, font un pas dans notre direction je te tire une balle dans le ventre.

— Alors pourquoi tu voulais me voir, Danny ?

— Parce que vous allez gagner.

Peter acquiesce poliment, sans parvenir à masquer un putain de sourire en coin.

— Tu vois ? C'est exactement ce que je te disais. Les Murphy t'ont toujours sous-estimé. Tu es plus futé que n'importe lequel d'entre eux.

— Voici mes exigences, dit Danny. Premièrement : mon père et moi, on récupère tout le business qui appartient aux Ryan, comme tu le disais, et je serai le boss. Deuxièmement : personne ne touche à mon père. Ni maintenant ni plus tard.

— Il y a un troisièmement ?

— Tu laisses Pat Murphy tranquille.

— Hors de question.

— Va te réchauffer dans ta voiture.

— Sois raisonnable, dit Peter. Même si je laissais une chance de vivre à Pat, il n'en voudrait pas. Tu le connais : il ne lâchera jamais l'affaire. Et franchement je suis admiratif. Mais l'épargner ? Après ce que les Murphy ont fait à mon frère ? Oublie.

— Tu n'as pas entendu ce que j'ai à offrir.

— Tu n'as rien à offrir qui…

— Liam.

Peter ne peut cacher son étonnement.

— Tu ferais ça ?

— Je vais avoir un bébé. Je dois veiller sur ma famille. Mais il faut que tu me donnes Pat.

Peter contemple l'océan comme si la réponse se trouvait sur Block Island. Finalement, il dit :

— Si tu me livres Liam, je ne toucherai pas à un cheveu de Pat. À moins qu'il s'en prenne à moi ou aux miens.

— OK, dit Danny. Liam fréquente une nana en douce.

— Tu te fous de ma gueule ? Il se tape *ce canon* et il va voir ailleurs ?

Danny hausse les épaules.

— Il la voit tous les jeudis soir. 58 Weybosset Street.

— C'est qui, cette fille ? demande Peter, méfiant. Une professionnelle ?

— Oui et non. Elle est entraîneuse au Wonder Bar. Cathy Madigan. Renseigne-toi, si tu veux. Liam débarque chez elle vers 21 heures, il la saute et il repart vers 22 ou 23 heures. Il explique à Pam qu'il avait des affaires à régler.

Danny sait qu'ils vont vérifier. Et ils verront qu'une Cathy Madigan travaille effectivement au Wonder Bar. Ils confirmeront son adresse. Peut-être même qu'ils la verront ramener un gars chez elle. Tout le reste, concernant Liam, c'est bidon. Mais il sait aussi qu'ils n'aborderont pas la fille, ils ne la questionneront pas, de peur de foutre la trouille à Liam. Et, même s'ils l'abordent, Cathy Madigan a un gros problème d'addiction au jeu : elle doit plus de 5 000 dollars, sans parler des intérêts, et elle a tellement peur qu'elle répétera tout ce qu'on lui dit.

— Si tout se passe bien, dit Peter, à toi la gloire.

— Ne merdez pas, réplique Danny.

Il regagne sa voiture.

Il allume le chauffage à fond.

Ça fait du bien d'avoir les pieds au chaud.

# 17

Jimmy Mac aime la Dodge Charger parce qu'elle possède un moteur V8 et des portières bien épaisses, du muscle et du métal, de quoi vous tirer d'un mauvais pas vite fait et vous offrir un peu de protection dans le pire des cas. Il actionne un interrupteur situé sous le volant et explique à Danny :

— Ça sert à désactiver le plafonnier. Et regarde ça…

Il montre un autre interrupteur.

— J'ai installé un nouveau carter, que j'ai relié au tuyau d'échappement. Si j'abaisse ce machin, ça balance un nuage de fumée noire derrière. Un vrai gadget à la James Bond, hein ?

— Il y a aussi un siège éjectable ?

— Donne-moi deux jours, répond Jimmy. Si je mets les gaz, ça envoie, mon pote. On fait ce qu'on a à faire, tu sautes sur ton siège, et on se retrouve dans le Vermont avant même que tes couilles soient redescendues de ta gorge.

Jimmy tente de se rassurer, car ce coup est *risqué.* Danny va servir d'appât, en gros, pour hameçonner Steve Giordo, et Jimmy n'aime pas ça. Il estime que Liam devrait y aller lui-même, mais le vieux Murphy ne veut pas en entendre parler.

En vérité, c'est Danny qui les a convaincus que ça devait être lui.

— Je fais à peu près la même taille que Liam, leur a-t-il dit. Je porterai un sweat à capuche. Je descendrai de sa bagnole devant chez Madigan. Il fera nuit, ils verront pas la différence.

— Je peux pas te laisser faire ça, a protesté Pat.

— Débrouille-toi juste pour trouver un bon tireur.

Le jeudi soir, ils vont chercher le tireur à Pawtucket.

Les Murphy l'ont installé dans un studio au premier étage, à l'arrière d'un immeuble. Ils sont allés lui acheter le thé et les boîtes de lait concentré qu'il a réclamés, des œufs, des saucisses et du pain pour qu'il puisse se faire « un vrai petit déjeuner anglais ».

Il appartient à une brigade de l'IRA provisoire à Armagh.

Danny n'est pas un sympathisant de la Cause. Il trouve que ce « patriotisme » larmoyant envers un pays qu'ils n'ont jamais connu, c'est du pipeau. Il n'en a rien à foutre que les Six Comtés restent britanniques ou qu'ils soient rattachés à l'Irlande… ou à l'Islande même.

Les Murphy, eux, sont à fond dedans. Ils estiment avoir une responsabilité en tant qu'Irlandais qui ont survécu et prospéré. Comment Pat a-t-il appelé ça ? La diaspora irlandaise ? Qui sait ce que ça veut dire ? Le jour de l'Insurrection de Pâques, ils ont tous la larme à l'œil, ils organisent une petite cérémonie et font une quête pour « les hommes qui continuent à se battre ». C'est après l'histoire de Bobby Sands qu'ils ont commencé à chanter l'hymne national irlandais à l'heure de la fermeture. Et en gaélique, rien que ça, comme si quelqu'un comprenait ce qu'ils racontent.

Danny met ça sur le compte de la culpabilité. Ils ne sont pas morts au pays, avec de l'herbe dans la bouche, ou criblés de balles par un peloton d'exécution britannique. La vérité, c'est que beaucoup d'Irlandais de Providence viennent des comtés du Nord, du Donegal principalement, et qu'ils ont conservé des liens familiaux là-bas. Et aussi des liens avec les combattants, qui ont besoin d'armes et sont prêts à les échanger contre de la main-d'œuvre.

— Ça pue ici, lance Jimmy alors qu'ils attendent dans le couloir devant la porte. Cet enfoiré doit faire frire tout ce qu'il bouffe. Imagine ses artères.

La porte s'ouvre.

Danny ne sait pas à quoi il s'attendait en frappant à la porte d'un Provo[1], mais certainement pas à ça. Âgé d'environ vingt-cinq ans, il est petit, avec un visage fin, des cheveux noir de jais et une barbe de trois jours.

— Je suis Mickey, dit-il. Tu dois être Ryan.

— Je suis le gars qui ne tire *pas*, répond Danny. Lui, c'est Jimmy. Tu es prêt ?

— Je suis né prêt. (Il range l'AR-15 dans un étui en plastique qu'il suspend à l'épaule.) J'ai buté pas mal de British avec ça, vous pouvez me croire.

Super, pense Danny. De pauvres gamins vivant dans un bas quartier quelconque du Royaume-Uni, qui n'ont pas d'autre choix que de s'engager dans l'armée et qu'on envoie dans les ghettos d'Irlande du Nord, pas très différents de l'endroit d'où ils viennent, pour se faire tuer par un type qu'ils n'ont même pas vu.

Tout ça pour quoi ? Un changement de drapeau ? Avec un nouveau patron, c'est toujours la même musique.

Ils ressortent.

Jimmy et Mick montent dans la Dodge.

Danny s'installe au volant de la Corvette noire de Liam.

Ils savent comment Giordo va agir.

Il sera dans sa voiture – avec un chauffeur, ou peut-être seul – garée en face de l'immeuble de Cathy Madigan, de l'autre côté de la rue. En voyant arriver la voiture de Liam, il baissera sa vitre, attendra que Liam descende, fera ce qu'il a à faire et repartira.

C'est le scénario le plus crédible, celui sur lequel ils ont bâti leur plan. L'autre possibilité, c'est que les Moretti louent un appartement au premier étage, juste en face. La vieille tactique

1. Nom donné à un membre de l'IRA provisoire.

d'Al Capone. Ou bien Giordo sera posté sur un toit. Dans ces cas-là, Danny est foutu.

Mais il n'y croit pas.

Trouver un appartement ça veut dire des témoins, et les toits, c'est piégeux, y compris pour le Sniper. Les Moretti savent qu'ils n'auront peut-être pas d'autre occasion de liquider Liam et ils ne voudront prendre aucun risque. En outre, Giordo aime agir et repartir vite.

Donc il choisira certainement la voiture.

N'empêche, Danny est nerveux pendant le trajet – sois honnête, se dit-il, tu chies dans ton froc. Il ne sait même pas très bien pourquoi il fait ça. Peut-être à cause des trois gars assassinés, ou parce que Peter l'a entubé, ou parce qu'il culpabilise d'avoir simplement réfléchi à sa proposition. Mais la raison se trouve plus certainement dans sa loyauté envers les Murphy, ce lien qu'il ne parvient pas à briser. Comme s'il essayait toujours de leur prouver quelque chose.

Il ignore quoi.

Mais s'ils réussissent à éliminer Giordo, Sal deviendra le dernier rempart des Moretti. Alors, peut-être que Peter se dégonflera et réclamera des négociations.

Danny roule maintenant vers Weybosset Street.

En pensant : c'est sans doute l'unique fois de ma vie où je conduirai une Corvette.

À bord de la Dodge Charger, Mick déclare :

— J'ai des règles. Dès qu'on approche, plus de bla-bla inutile. Pas de bavardages pour cacher la nervosité. Tu baisses la vitre quand je te le dis, pas une seconde avant, pas une seconde après. Et pas de grand coup d'accélérateur. La voiture ne bouge pas d'un poil avant que je le dise. Ensuite, tu fonces. Compris, champion ?

*

Danny tourne dans Weybosset.

La rue est pleine de voitures en stationnement, enfoncées dans la neige maculée de suie. Difficile de dire quelle est celle de Giordo : l'Audi gris métallisé, la Lincoln noire, la vieille camionnette ? Il avise une place et entreprend de faire un créneau. Il est nul pour ça. En temps normal, il roulerait un kilomètre de plus pour pouvoir se garer en épi. Par-dessus le marché, ses mains tremblent. Lorsqu'il entend le pneu arrière frotter contre le trottoir, il se dit qu'il est suffisamment près et il coupe le moteur.

Il porte un vieux sweat-shirt Providence College sous son caban. Il vérifie que le 38 est toujours dans sa poche, boutonne son manteau, rabat la capuche sur sa tête et descend de voiture.

Il enrage, car ses jambes flageolent et il a du mal à respirer. Dans ses chaussures de chantier, ses pieds pèsent des tonnes lorsqu'il monte sur le trottoir. Il inspire à fond, fourre les mains dans ses poches et commence à parcourir la dizaine de mètres qui le sépare de l'immeuble de Madigan.

Si le tir doit se produire, c'est maintenant.

Il voit Jimmy arriver en sens inverse, à bord de la Dodge.

La vitre du passager s'abaisse, le canon du fusil pointe à l'extérieur, et Mick vide un chargeur entier sur l'Audi gris métallisé.

Danny plonge dans l'encadrement de la porte de l'immeuble, au moment où des éclairs jaillissent de l'intérieur de l'Audi. Les balles atteignent Mick dans la bouche, lui arrachent la langue et lui pulvérisent la mâchoire. L'Irlandais s'affale sur la poignée de la portière. Qui s'ouvre. Et il bascule sur la chaussée.

Jimmy redémarre sur les chapeaux de roues.

Giordo, une tache de sang sur l'épaule, descend de l'Audi, regarde dans la direction où est parti « Liam » et découvre Danny à l'entrée de l'immeuble.

Celui-ci ne saura jamais ce qui s'est passé à cet instant, mais quelque chose s'empare de lui. Il sort le pistolet de sa poche et presse la détente, plusieurs fois, en hurlant de rage et de terreur, tandis qu'il fonce droit sur Giordo.

Toutes ses balles manquent leur cible.

Mais Giordo recule.

Soudain, Danny a l'impression de recevoir un coup de poing dans la hanche. L'impact le fait pivoter sur lui-même ; il est incapable de conserver son équilibre et de tenir son pistolet, tandis que le monde s'efforce de le mettre à genoux. Appuyé sur une main, il voit Giordo pointer son fusil sur lui.

*Mon Dieu, j'ai un très grand regret de Vous avoir offensé*

*Parce que Vous êtes infiniment bon.*

Jimmy revient en marche arrière, dans un rugissement, et arrête la voiture entre les deux hommes. Il se penche pour ouvrir la portière du passager, attrape Danny par le poignet et l'attire à l'intérieur de la Dodge.

Les balles tirées par Giordo crépitent sur la carrosserie comme une pluie de grêle.

Alors que la moitié du corps de Danny pend encore à l'extérieur de la Dodge, Jimmy accélère et abaisse l'interrupteur sous le volant.

Le nuage de fumée empêche Giordo de viser.

Danny s'évanouit.

Il se réveille dans un lit d'hôpital.

Draps propres et rêches, douleur lointaine.

Une femme est assise à son chevet, sur une chaise. Une jolie femme aux longs cheveux roux. Tout d'abord, Danny croit que c'est une infirmière, mais elle ne porte pas de blouse. Elle est habillée de manière chic, et son parfum est envoûtant.

L’espace d’un instant, il prend peur : il se dit qu’il est mort et monté au ciel. Il revoit la fusillade, en un éclair ; il se souvient de la douleur atroce lorsque la balle a atteint sa hanche.

Oui, peut-être que je suis mort dans la rue, se dit-il. Peut-être que je suis mort.

— Qui êtes-vous ? demande-t-il, encore groggy.

— Tu ne me reconnais pas ?

Il l’observe plus attentivement et se souvient de la photo dans le tiroir de la commode de son père.

C’est elle.

Sa mère.

Madeleine.

— Va-t’en, dit-il.

Je n’ai pas eu besoin de toi à l’époque, je n’ai pas besoin de toi maintenant.

— Danny. (Ses beaux yeux verts sont mouillés de larmes.) Mon bébé.

— Va-t’en, répète-t-il.

Il a l’impression de parler à travers du coton, dans une brume froide argentée. Laisse-moi me rendormir. Quand je me réveillerai, tu seras partie, une fois de plus.

— Ça va aller, mon bébé, dit Madeleine. J’ai fait venir les meilleurs médecins.

— Va au diable.

— Je ne t’en veux pas, Danny. Quand tu seras plus grand, peut-être que tu comprendras.

Quand tu souffres, je souffre.

# 18

Cela avait commencé tôt.

La propre mère de Madeleine McKay reconnaissait que sa fille « avait déjà quatorze ans à sa naissance » tant elle paraissait sexuellement précoce. Et quelle belle fillette c'était : un visage d'une symétrie parfaite, des pommettes hautes qui semblaient taillées dans du marbre de Carrare, des yeux émeraude étincelants, des cheveux d'un roux vibrant.

La jeune Darlene (elle ne s'appelait pas encore Madeleine) avait conscience de sa beauté et savait jouer de sa séduction, d'une manière qui provoquait l'hostilité passive des femmes et mettait les hommes mal à l'aise. Elle le savait et s'en servait avec une absence de honte superbe. Elle découvrit son corps très jeune, et le plaisir potentiel qu'il pouvait lui procurer ; elle s'amusait avec comme avec un jouet merveilleux et radieux, un don de Dieu.

En vérité, elle avait reçu peu d'autres cadeaux.

La famille de Darlene était pauvre, même d'après les critères modestes en vigueur à Barstow en Californie. Son père, Alvin, n'avait jamais réussi à garder un boulot, ce qui ne l'empêchait pas d'affirmer : « Jamais ma femme ne travaillera. » Hors de chez lui, s'entend, car Alvin avait tout le loisir de mettre en cloque Dorothy, puis de peupler les maisons de location ou les caravanes de cinq rejetons, dont l'aîné était Darlene.

Elle n'avait pas eu d'enfance, trop occupée à faire office de mère pour deux frères et deux sœurs, car après le bébé numéro trois Dorothy avait baissé les bras. Mettez ça sur le compte de la dépression post-partum, ou de la dépression tout court, de la fatigue, de l'usure permanente de la pauvreté, des assauts incessants des propriétaires réclamant des loyers impayés, toujours est-il qu'elle avait renoncé. Elle passait la plupart de ses nuits sur le canapé, à s'enfiler des médicaments avec de l'alcool de mauvaise qualité, et ses journées au lit, la tête sous les couvertures.

Alvin, ce chantre de l'éthique puritaine du travail, avait dit un jour à son propos, devant Darlene, qu'elle était « aussi utile que des pis à un taureau ».

Et donc, ce fut Darlene qui, dès l'âge de huit ans environ, dut préparer les enfants pour l'école, cuisiner le déjeuner, laver leurs vêtements, assister (sans crainte du ridicule et avec le plus grand sérieux) aux réunions de parents d'élèves, leur donner leur bain et sécher leurs larmes.

Des larmes, Darlene en versait peu elle-même ; elle puisait du réconfort dans son corps. Son meilleur compagnon était son reflet dans le miroir – et son imagination.

Elle voulait être Marilyn Monroe.

Elle découpait soigneusement les photos dans les magazines de sa mère et cachait un album sous son lit. Elle essayait de se coiffer comme Marilyn, elle suivait ses changements de style, sa manière de s'habiller. Elle n'avait pas les moyens, évidemment, d'acheter de nouveaux vêtements, mais Darlene possédait une sorte de don pour raviver une robe défraîchie grâce à un simple ruban, une vieille ceinture ou quelques coups de ciseaux audacieux.

À l'adolescence, son corps se développa différemment de celui de son idole. Si elle arborait la poitrine de Marilyn, ses jambes étaient longues et fines. Son visage se sculpta et se raffermit, contrairement à celui de M. M., plus mou ; ses lèvres étaient plus fines également, sa bouche plus grande.

Elle n'en éprouvait aucune déception. Darlene remarquait les regards des garçons à l'école et des hommes dans la rue ; les coups d'œil envieux des femmes ; elle savait qu'elle était séduisante et qu'elle pourrait avoir n'importe quel type.

Mais Darlene n'en voulait pas.

Pas à Barstow, du moins.

Darlene voulait Hollywood.

Ce qu'elle ne voulait pas, c'était se retrouver en cloque. Elle ne voulait pas coucher avec un garçon de Barstow, tomber enceinte et finir comme sa mère. Aux rares camarades avec lesquels elle sortait, elle imposait des règles draconiennes. Elle acceptait les flirts en voiture, mais uniquement sur le siège avant. Ils avaient le droit de lui caresser les seins, mais uniquement par-dessus son pull, et jamais rien en dessous de la ceinture. Elle tolérait les baisers avec la langue. Une fois, elle alla jusqu'à masser les parties d'un garçon à travers son jean, mais ils avaient beau la supplier, gémir de douleur, elle refusait de les branler, sans même parler de fellations.

C'était aussi frustrant pour elle que pour eux et, après une soirée de tripotage frénétique et de résistance implacable, de retour chez elle, elle se couchait et se donnait du plaisir.

Évidemment, sa réputation de fille facile était inversement proportionnelle à la réalité de sa chasteté. Pour se venger de ses refus, les garçons se vantaient de ce qu'ils lui avaient fait, de ce qu'elle leur avait fait ; ils l'appelaient Darlèche ou Lèche-dard.

Elle n'avait pas d'amis. Les autres filles étaient soit jalouses, soit méprisantes. Les garçons essayaient de la baiser ou l'évitaient en sachant qu'ils n'avaient aucune chance. Quant à ses frères et sœurs, c'étaient davantage ses enfants.

Darlene souffrait de la solitude mais, chez une personnalité aussi forte, la solitude se mue en indépendance. Elle se suffisait à elle-même ; elle se considérait comme seule au monde ; l'unique personne sur qui elle pouvait compter était la fille dans le miroir, et ça lui allait très bien.

La fille dans le miroir n'était pas Darlèche ni Lèche-dard.

C'était Madeleine McKay.

Riche et autonome.

Fille glamour.

Vedette de cinéma.

Alors, elle avait pris une autre direction.

Au sens propre.

En ce temps-là, la principale raison d'exister de Barstow était sa situation géographique, à équidistance de Los Angeles (à l'ouest) et de Las Vegas (à l'est). Sur la Highway 15.

À dix-sept ans, Darlene se regarda dans le miroir et dressa le bilan : un inventaire objectif et froid. Elle mesurait un mètre soixante-dix-huit, trop grande pour devenir une vedette de cinéma. L'injustice de la chose ne fit que l'effleurer ; elle accepta le sexisme comme une réalité et décréta que son avenir se trouvait à l'est.

À Las Vegas, plus longues étaient les jambes, plus grande était la fille, mieux c'était.

Puisqu'elle ne pouvait pas devenir actrice, elle serait danseuse de cabaret.

Ce n'était pas ce dont elle avait rêvé, mais c'était mieux que serveuse, mère de famille ou femme au foyer.

Alors, un soir, après avoir rempli son devoir en donnant leur bain à ses frères et sœurs, et après les avoir couchés, elle sortit leurs vêtements pour le lendemain, elle prépara leur petit déjeuner, mit tout au frigo. Puis elle fourra ses rares affaires dans un petit sac, quitta la maison, marcha jusqu'à un relais routier au bord de la Route 15 et fit du stop.

Elle fut prise immédiatement.

Coup de chance (une fois n'est pas coutume), le routier voulait juste un peu de compagnie ; il lui offrit même un burger lorsqu'ils firent un arrêt à Baker et la déposa à Las Vegas, sur le Strip, saine et sauve.

Il se prénommait Glen, et elle ne l'a jamais oublié.

À Las Vegas, les jolies filles étaient comme des particules de fer, et les aimants, omniprésents : flambeurs, petits joueurs, macs, gangsters, managers, agents, dénicheurs de talents et des combinaisons de tout ça.

Là encore, la chance sourit à Darlene.

Alors qu'elle s'empiffrait au buffet d'un casino-hôtel bas de gamme, elle fut repérée par un agent manager relativement honnête, pas trop prédateur, nommé Shelly Stone, qui l'aborda en lui tendant sa carte de visite.

— Vous cherchez du travail, jeune fille ?

— Oui.

— Comment vous appelez-vous ?

— Madeleine McKay.

Elle avait choisi ce prénom car il ressemblait à Marilyn, et ça faisait français, chic.

— Joli nom. (Il fit semblant de la croire.) Vous avez quel âge ?

— Vingt et un.

Là encore, il fit semblant d'y croire. Elle faisait vingt et un ans. En tout cas, elle paraissait majeure.

— Vous savez danser ?

— Oui.

Cette fois, il ne fit même pas semblant. Mais pour ce qu'il envisageait, au départ, elle n'avait pas vraiment besoin de danser ; il suffisait qu'elle marche en gardant la tête haute. Ce qui n'était pas si facile qu'il y paraissait, mais cette fille dégageait une assurance qui lui plaisait.

— Si je vous dégote un contrat, je perçois dix pour cent de tout ce que vous touchez, précisa Shelly. C'est moi qui encaisse le chèque et qui vous paye.

— Non, rectifia Madeleine. J'encaisse mon chèque et je vous donne votre part.

Shelly éclata de rire.

Cette fille irait loin.

Il lui trouva une chambre de motel correcte, en spécifiant que c'était une avance sur son premier cachet. Le lendemain matin, il l'emmena passer une audition pour un spectacle de seconde zone, dont le metteur en scène, que Shelly avait connu du temps où Jésus était garde champêtre, regarda Madeleine de la tête aux pieds comme un morceau de barbaque et fut satisfait de ce qu'il voyait.

— Une gazelle avec des nichons. Tu as de l'expérience ?

— Aucune.

— Tant mieux. Je n'aurai pas à corriger tes défauts. Tu viens voir le show tous les soirs et, dès qu'une fille est malade ou trop en cloque, tu la remplaces.

Richard Hardesty lui apprit énormément.

— Tu sais pourquoi je suis un bon metteur en scène ? lui demanda-t-il un soir, alors qu'elle assistait au spectacle. Parce que je me contrefiche de ce que tu as entre les jambes. Je veux juste une chose : qu'elles soient parfaitement coordonnées.

Un autre soir, il lui posa cette devinette :

— Quelle est la différence entre une strip-teaseuse et une danseuse de revue ? Et ça n'a rien à voir avec la quantité de tissu qu'elles ont sur le dos. Une strip-teaseuse vend un fantasme viscéral, une danseuse vend un rêve éthéré.

Un autre soir encore.

— Tu sais pourquoi les hommes emmènent leurs rancards voir ces shows, et souvent même leurs femmes ? Parce que ça les émoustille tous les deux. Et quand ils rentrent dans leur chambre d'hôtel Mme Iowa devient toi.

Après deux semaines d'enseignement socratique, Madeleine eut sa chance, grâce à une crevette avariée au buffet. Elle enfila son costume – un maillot deux pièces à paillettes, une coiffe à longues plumes et des talons hauts – et apparut dans *Vénus à Vegas*.

Une semaine plus tard, elle obtint le statut de titulaire et une augmentation quand Richard vira une fille qui avait pris un kilo et demi.

À partir de ce moment-là, Madeleine travailla régulièrement. Elle partageait un logement avec deux autres danseuses du spectacle. Lorsque celui-ci s'arrêta, elle fut engagée pour un show plus important dans un hôtel de classe supérieure. Sa carrière était lancée.

Il serait exagéré d'affirmer que tous les hommes de Vegas tentèrent de la sauter, mais pas tant que ça. Elle faisait sensation, c'était une beauté qui se détachait au milieu des autres beautés, par sa fraîcheur, et tous les célibataires qui la voyaient – et même un grand nombre d'hommes mariés – ne pouvaient s'empêcher de la draguer.

Mais elle demeurait insensible.

Littéralement impénétrable.

Elle acquit une réputation de princesse frigide.

Un soir, elle faillit rendre fou un gros joueur de poker professionnel dans sa suite gracieusement offerte lorsqu'elle refusa de lui céder.

— Je ne veux pas tomber enceinte, dit-elle.

— Nom de Dieu, tu n'as jamais entendu parler des capotes ?

— Elles sont efficaces à quatre-vingt-dix pour cent seulement.

— Je me retirerai avant les dix pour cent restants, ça te va ?

— Si tu calcules les probabilités de cette manière, rétorqua-t-elle, tu devrais changer de métier.

— OK. Une petite pipe, alors ?

Elle accepta de lui faire une fellation. Ça pouvait aller, c'était bien. Le type, lui, trouva ça plus que bien, et il le lui dit, mais Madeleine répondit :

— Tant mieux. Maintenant, à ton tour.

— Quoi ?

— Donnant-donnant. Je suis ta maîtresse, pas ta pute.

Ce fut correct, sans être génial. Elle ne resta pas longtemps avec lui. Être la petite amie d'un joueur professionnel ne faisait pas partie de ses plans. De même, elle n'avait pas l'intention d'être danseuse de revue toute sa vie, encore moins jusqu'à ce qu'on la vire à cause de quelques kilos ou quelques rides en trop.

Il n'y avait aucun avenir dans ce métier.

Ce qu'elle recherchait, c'était la sécurité.

Entendez par là de l'argent.

Mais comment une fille sans diplôme peut-elle gagner de l'argent, suffisamment pour être à l'abri dans ce monde ? La réponse est simple : si une femme ne peut pas gagner d'argent, elle doit se trouver un homme qui en a beaucoup.

Voilà comment la plus belle femme du Strip épousa l'homme le plus laid de Las Vegas.

Manny Maniscalco était le roi du sous-vêtement. Son usine située à la périphérie de Vegas fabriquait des soutiens-gorge, des gaines et des corsets à armatures conçus pour faire ressortir les poitrines et affiner les tailles. Manny était une sorte de génie dans son domaine, et sa société s'était diversifiée en fabriquant des modèles de lingerie que nul ne pouvait accuser de faire dans la discrétion.

Ses créations étaient un must dans tous les grands shows de Vegas, et on pouvait voir (ou plutôt entrevoir) ses sous-vêtements dans des films hollywoodiens. En outre, sa ligne de lingerie était particulièrement répandue dans l'ensemble du tiers-monde.

Manny passa sa vie à imposer sa vision vulgaire de la beauté, en toute logique puisque lui-même était d'une grande laideur, et il le savait. Comment aurait-il pu l'ignorer, d'ailleurs, avec son pied bot qu'il traînait derrière lui comme un bagnard son boulet, ses presque deux mètres, voûtés, et sa grosse tête que certains comparaient à celle d'un saint-bernard... en plus moche.

Il avait une grosse tête, certes, mais aussi un grand cœur. Quand Manny aimait, c'était avec passion, et il était amoureux de Madeleine McKay.

Fidèle spectateur des shows – prétendument pour examiner ses créations, pour se délecter de toute cette beauté en réalité –, il était connu de toutes les danseuses, habituées à le voir aux tables du premier rang. « Manny est là. » Cette phrase était devenue un gimmick dans les coulisses. Certaines filles s'en amusaient, d'autres se montraient méprisantes, mais aucune n'osait croiser son regard, malgré sa fortune réputée.

Et puis, un soir, il repéra Madeleine, et voilà.

Il lui fit porter des fleurs dans les loges, des corbeilles de fruits (aucun homme averti n'offre des sucreries à une danseuse), des flacons de parfum et des échantillons de ses créations, dont il évaluait les tailles avec précision. Les mots d'accompagnement n'étaient jamais insistants et toujours signés sobrement : *De la part de votre admirateur, Manny Maniscalco.*

Les autres filles rancardèrent Madeleine sur Manny et ses millions ; elles se moquaient des cadeaux qui s'entassaient dans la loge et compatissaient. Il assistait au spectacle *tous les soirs* et n'avait d'yeux que pour Madeleine. Elles trouvaient ça flippant, elles étaient gênées pour elle.

Contrairement à Madeleine.

Un soir, en s'asseyant à sa table habituelle, Manny trouva une belle bouteille de vin qui l'attendait, et cette note : *De la part de votre admirée, Madeleine McKay.*

Il lui renvoya un mot : *Pourrions-nous partager cette bouteille au cours d'un dîner ?*

Heureusement pour lui qu'un message ne pouvait pas bafouiller.

Le samedi soir suivant, ils dînèrent après le spectacle et se marièrent deux mois plus tard.

Madeleine découvrit alors, avec étonnement, un homme intelligent, prévenant et charmeur, dans son style hésitant, et doté d'une très grande force intérieure, laquelle peut provenir uniquement d'une parfaite conscience de soi.

— L'unique raison, dit-il sans une once de rancœur lors de ce dîner, qui peut pousser une femme aussi belle que vous à fréquenter un homme aussi laid que moi, de vingt ans son aîné, c'est mon argent. Je me trompe ?

— C'est la raison pour laquelle je suis venue, répondit-elle. Si je reste, ça ne sera pas la seule.

— Mais la principale.

— Évidemment.

Ils parvinrent ainsi à un accord fondé sur la franchise. Si l'argent constituait le socle principal de leur relation, Madeleine ne pouvait être qu'un achat, pas une location. Si Manny voulait qu'elle abandonne la scène, il devait la conduire à l'autel. Il l'épouserait, il lui offrirait une vie luxueuse, il lui constituerait une fortune personnelle. En échange, elle lui ferait cadeau de sa beauté, de son esprit et de sa présence.

En revanche, elle ne pouvait pas lui promettre son cœur.

Il accepta.

Inévitablement, la presse populaire titra « La Belle et la Bête » et prit plaisir à publier des photos de la mariée sculpturale à côté de son époux bossu. Les demoiselles d'honneur composaient une troupe de cabaret virtuelle qui conféra un parfum érotique à la cérémonie. Quant aux garçons d'honneur, il s'agissait essentiellement des cousins de Manny. Ce fut Shelly qui conduisit la future mariée à l'autel.

— N'espérez pas toucher dix pour cent pour ça, plaisanta Madeleine.

— Je devrais, pourtant. Je perds une importante source de revenus. Tu es sûre de toi, ma jolie ? Il n'est pas trop tard pour fuir.

— Oui, je suis sûre.

Par respect envers Manny – il jouissait d'une énorme considération parmi ceux qui faisaient la pluie et le beau temps à Las Vegas –, toutes les personnes importantes de la ville assistèrent à la cérémonie et à la somptueuse réception qui suivit.

Madeleine et Manny passèrent leur nuit de noces dans la suite nuptiale du Flamingo.

Madeleine demeura un long moment dans la salle de bains à vérifier que son chignon tenait bien et que son maquillage était impeccable. Après quoi, elle enfila un des négligés les moins nunuches de Manny, en soie noire vaporeuse, sur un de ses corsets – rouge bordé de dentelle noire –, des bas résille et un porte-jarretelles noirs.

Autant d'accessoires qu'elle n'aurait jamais choisis, mais elle savait que ça plairait à son mari.

Elle sortit de la salle de bains et prit la pose dans l'encadrement de la porte. Une jambe tendue, un bras levé, l'autre main glissant le long du chambranle.

Manny était allongé sur le lit, dans un pyjama de soie bleu, qui ne parvenait pas à le rendre plus séduisant ni à masquer son érection.

— Alors, comment tu me trouves ? demanda-t-elle en remuant le bassin.

— Superbe.

Madeleine s'approcha du lit et se planta devant Manny.

— Tu es mon premier homme, tu sais.

— Non, je ne savais pas.

— Et moi, je suis ta première femme ?

— Non.

— Tant mieux, dit-elle en s'allongeant à côté de lui. Tu sauras t'y prendre, alors.

Non, il ne savait pas vraiment.

Toutes ses expériences précédentes, il les avait connues avec des putes ; c'étaient de simples échanges commerciaux destinés à satisfaire un besoin physique. Il grimpa sur elle, releva le bas du négligé, se débattit avec la capote et se plaça entre ses cuisses.

— Je ne veux pas te faire mal, dit-il.

— Tu ne me feras pas mal.

Madeleine avait un doute, toutefois. Elle n'était pas mouillée, pas même un peu excitée, et il était gros. Elle passa un bras dans le dos de Manny, sous la veste de pyjama. Il était velu, comme un animal, et transpirant. De sa plus belle voix susurrante, à la Marilyn Monroe, elle dit :

— Prends-moi, mon chéri. Je suis à toi.

Il lui fit mal.

Ce fut un peu mieux – moins douloureux –, et même vaguement agréable, quand il se mit à aller et venir en elle, mécaniquement, telle une des machines de son usine qui fonctionnent sur un rythme précis et régulier afin d'obtenir le résultat recherché.

Pour lui.

Par affection envers son mari, Madeleine gémit, se trémoussa et lui murmura des paroles osées à l'oreille. Les yeux fermés pour ne plus voir sa laideur, elle feignit l'orgasme quelques secondes avant qu'il jouisse.

Un peu plus tard, il lui dit :

— Ça ira mieux à force.

— C'était merveilleux.

— Ne me mens pas. C'est indigne de toi.

Ils passèrent leur lune de miel à Paris. Ils logèrent dans l'hôtel le plus sélect, mangèrent dans les meilleurs restaurants et firent du shopping dans les boutiques les plus chics, et partout Manny détonnait douloureusement.

Au lit, Madeleine lui offrit tout ce qu'elle avait : elle portait des tenues provocantes, adoptait toutes les positions qu'elle pouvait imaginer, elle le suçait jusqu'au bout, se laissait lécher. En femme honorable qu'elle était, elle remplissait sa part du contrat. Elle lui procurait un immense plaisir ; le sien restait modéré, au mieux.

Vers la fin de leur séjour en France, qui dura deux semaines, Madeleine lui dit :

— C'était magnifique, et j'apprécie énormément, Manny. Mais je n'ai pas besoin de tout ça. Ce que je veux, c'est une jolie maison et une vie paisible.

Ils s'installèrent dans sa demeure située en dehors de la ville : une construction d'un étage, de style renouveau espagnol, plantée sur un vaste terrain, avec une grande piscine dotée d'un toboggan qui partait du salon, un verger d'agrumes et une allée qui faisait le tour d'une fontaine.

Manny versa 50 000 dollars sur son compte en banque.

Elle avait dix-neuf ans.

Être l'épouse de Manny était… agréable.

Le matin, elle se levait tôt, en même temps que lui. Leur cuisinière préparait le petit déjeuner, puis Manny partait au bureau, pendant que Madeleine faisait sa gymnastique pour conserver sa silhouette de danseuse. Elle passait la plupart de ses matinées à gérer son portefeuille d'actions. Manny lui présenta des courtiers et des conseillers financiers. Elle étudiait les marchés avec assiduité et réalisait des placements prudents mais perspicaces. Parmi les sociétés dont elle devint actionnaire figurait Maniscalco Manufacturing.

L'après-midi, Madeleine jouait au tennis avec son professeur, se baignait dans la piscine ou se rendait en ville pour déjeuner avec d'anciennes collègues danseuses et faire du shopping. Très souvent, elle rentrait à la maison avant Manny et s'installait sur la terrasse pour lire.

Ils dînaient ensemble, regardaient un peu la télé, allaient se coucher tôt et faisaient l'amour une ou deux fois par semaine.

Madeleine en vint à éprouver une véritable affection pour Manny. Il était gentil et prévenant, il possédait un sens de l'humour discret mais tranchant, il ne draguait jamais d'autres femmes et lui était totalement dévoué. Il répondait patiemment à toutes les questions qu'elle lui posait sur ses affaires et ses finances et, quand il ne connaissait pas la réponse, il l'adressait à quelqu'un qui pouvait la renseigner.

Par ailleurs, il ne lui reprochait pas de vouloir garder son nom de jeune fille, pour des raisons professionnelles.

Ils ne sortaient pas souvent, et quand cela leur arrivait c'était toujours dans un contexte socio-commercial ou pour des œuvres caritatives. Néanmoins, Manny emmena Madeleine applaudir quelques grosses vedettes qu'elle rêvait de voir sur scène. Elle put ainsi admirer Sinatra, Dean et les autres, les soirs de première. En outre, les Maniscalco étaient toujours invités aux réceptions d'après spectacle.

Elle demeura fidèle pendant presque deux ans. Cela aurait peut-être pu durer longtemps si Manny n'avait pas été un grand amateur de boxe. Il avait des places de ring pour tous les grands combats et réussit à convaincre Madeleine de l'accompagner un soir.

Jack Di Bello était un poids moyen brutal, originaire de Jersey City, au corps d'acier et au cœur forgé en enfer. Il affirmait qu'il détestait les K-O trop rapides parce qu'il voulait détruire le type d'en face d'abord. Il s'en fichait de recevoir des coups, disait-il, car ce n'était rien comparé à ce que lui avait infligé son père.

Il repéra Madeleine durant la présentation des deux boxeurs.

Elle le repéra également.

Au premier round, il travailla son adversaire – un Vénézuélien talentueux – dans les cordes et le roua de coups, juste devant Madeleine. Le sang et la sueur éclaboussèrent sa robe. En s'écartant de son challenger, Jack prit le temps de l'observer.

Et il vit qu'elle aimait ça.

Le combat dura sept rounds – sanglants –, avant que Jack en ait assez de tailler en pièces son adversaire. Il lui décocha un coup au foie, paralysant, et enchaîna par un uppercut au menton pour obtenir le K-O.

Le Vénézuélien bascula vers l'avant comme un arbre qu'on abat.

Jack leva les bras et regarda Madeleine droit dans les yeux.

Elle soutint son regard.

— J'imagine que tu n'as pas envie d'assister à la soirée d'après combat, lui glissa Manny, alors que les spectateurs commençaient à quitter la salle.

— Si, avec plaisir, répondit-elle.

Di Bello était managé par l'Outfit de Chicago, grâce à des investissements de la pègre de la Nouvelle-Angleterre, c'est pourquoi la soirée organisée dans une suite du Sands rassembla un grand nombre de mafieux. Tous connaissaient Manny et le respectaient. Car la plupart de leurs *gumars* portaient ses créations, gratis. Il était le bienvenu dans cette soirée, d'autant qu'il était accompagné de son épouse à la beauté saisissante.

Et nul ne fut plus heureux que Jack de les voir arriver.

Il avait le visage rougi et bouffi, un coquard à l'œil gauche, et sa mâchoire enflée ne l'empêchait pas d'afficher un sourire en coin. Il appuyait contre sa joue une bouteille de bière glacée, qu'il portait parfois à sa bouche pour boire, sans cesser d'observer Madeleine à l'autre bout de la pièce.

Cette fois, elle fuit son regard ; ça devenait trop flagrant.

Et elle était trop émoustillée.

Jack attendit qu'elle se rende aux toilettes et l'aborda alors qu'elle en revenait. Il alla droit au but.

— Qu'est-ce que vous faites avec ce monstre ?

— Pardon ?

— Quel gâchis.

— Laissez-moi passer.

— Venez me voir demain.

Il lui donna son numéro de chambre.

Son manager tenta de le mettre en garde.

— N'approche pas ce canon. Son mari est lié à la mafia.

— C'est pas un affranchi, que je sache.

— Non, mais il a des *relations*, Jack.

— Aucun mafieux n'osera lever la main sur moi. Je leur fais gagner du fric.

— Tu leur fais gagner des dizaines de milliers de dollars, rétorqua son manager. Manny Maniscalco leur en fait gagner des millions. Alors, s'il leur demande de te briser les mains, de te défigurer à l'acide ou de te faire bouffer ta bite de rital, ils feront le calcul. Tu comprends ce que j'essaye de te dire ?

— Oui, j'ai pigé, mais regarde-la. Elle en vaut la peine.

Le lendemain après-midi, Madeleine annonça qu'elle allait déjeuner avec d'anciennes collègues danseuses et faire du shopping. Ses pas la conduisirent jusqu'à la chambre de Jack.

Il aurait pu avoir la décence de paraître étonné, pensa-t-elle lorsqu'il ouvrit la porte. Au lieu de cela, il lui adressa un grand sourire et la fit entrer.

Il ne lui fit pas l'amour, il la baisa.

Elle le baisa en retour.

Elle enfouit les doigts dans ses épais cheveux noirs bouclés, elle griffa son dos large, en se cabrant sous lui comme si elle essayait de le désarçonner. Mais il demeura sur elle et plongea en elle, et la martela comme il rouait de coups ses adversaires, cherchant le K-O.

Madeleine connut le premier orgasme de sa vie procuré par quelqu'un d'autre.

Puis le deuxième et le troisième.

Ce type ne lui plaisait même pas – il était arrogant, brutal, vulgaire et ordurier –, mais elle était folle de lui. C'était réciproque : Jack n'avait jamais baisé une si belle femme.

Peu d'hommes pouvaient s'en vanter, d'ailleurs.

— Tu baises encore avec lui ?

— C'est mon mari.

— Ce vieux salopard est tellement reconnaissant qu'il ne remarquerait même pas mon sperme sur sa queue.

— Tu es répugnant.

— Pourquoi tu reviens, alors ?

— Pour m'envoyer en l'air.

Car elle revenait sans cesse. Ils commencèrent à prendre des précautions, toutefois. Ils ne se voyaient plus à son hôtel, mais dans des chambres qu'ils louaient, loin du Strip.

Deux ou trois fois par semaine, durant trois mois.

Un soir, en rentrant – elle était réellement partie faire du shopping avec des amies –, Madeleine trouva Manny assis sur le canapé du salon, un verre de scotch à la main.

— Je veux te montrer quelque chose, dit-il en tapotant le coussin à côté de lui pour l'inviter à le rejoindre.

Il ouvrit une chemise posée sur la table basse en verre, et Madeleine découvrit des photos en noir et blanc – certaines prises de l'intérieur d'un placard, d'autres par la fenêtre – la montrant au lit avec Jack. Très explicites. Jack agenouillé entre ses cuisses, Madeleine avec sa bite dans la bouche ou à quatre pattes devant lui.

— Elles étaient destinées à un torchon à scandale, précisa Manny. Heureusement, on a un ami là-bas qui me les a proposées avant. J'ai payé 20 000 dollars pour voir ma femme baiser avec un autre homme. Tu es amoureuse de lui ?

— Non.

— Mais il te fait ce que je ne peux pas te faire.

Manny restait calme ; il ne semblait pas en colère, pas même meurtri.

Madeleine acquiesça.

— Oui.

— Dès le début, je savais que tu ne pourrais jamais m'aimer. Pas de cette façon. Tu as toujours été très honnête à ce sujet. Je sais que je ne peux pas satisfaire tes besoins…

— Manny.

— Tais-toi. Je veux juste t'avoir à mon bras quand je sors, je veux te voir quand je me réveille le matin et quand je me couche le soir. Tu as des besoins, tu dois les satisfaire, je l'accepte. Ce que je ne peux pas accepter, en revanche, c'est un scandale. L'humiliation. Cette histoire avec Di Bello doit cesser immédiatement. Finis les hommes connus, les célébrités, plus de liaisons durables. C'est trop risqué. Je compte sur toi pour être discrète dans tes choix et dans ton comportement. Est-ce bien compris ?

— Oui. Je suis désolée, Manny.

— Ce sont les enfants qui sont désolés.

Plus tard, couchée dans leur lit, Madeleine l'entendit entrer dans la chambre de son pas lourd. Elle sentit son poids écraser le matelas. Puis elle perçut ses sanglots.

Le lendemain, elle apprit que Jack Di Bello était parti pour New York.

Après cet épisode, ils remontèrent la pente, péniblement. Manny se montrait toujours aussi aimable et prévenant, ils partageaient le même lit, mais il ne la touchait plus, et Madeleine ne faisait jamais le premier pas.

Mais Manny avait raison : elle avait des besoins.

Elle trouvait ses amants dans les restaurants et les bars, aux tables de black jack et de roulette, sur les courts de tennis et les parcours de golf. C'étaient toujours des touristes ou des hommes d'affaires. Elle ne les voyait qu'une seule fois, après quoi elle les renvoyait sommairement et rentrait chez elle pour les faire disparaître sous la douche.

Cela dura deux ans.

Le dernier de ces hommes fut Marty Ryan.

Le fils ressemble tellement au père, songe-t-elle maintenant en regardant Danny dans ce lit d'hôpital. Les mêmes cheveux châtain-roux, les mêmes yeux, la même fierté fragile, la même dignité blessée.

Elle rencontra Marty au bar du Flamingo et comprit, avant même que les glaçons aient fondu dans le premier verre, qu'elle allait coucher avec lui.

Il était si beau avec ce sourire d'enfant espiègle et cette étincelle dans les yeux qui semblait dire : *Je cherche les ennuis.* Et puis, il avait la technique de drague la plus nulle, la plus ringarde.

— C'est une honte de voir quelqu'un d'aussi beau boire seul.

— Peut-être que j'attends quelqu'un.

— Je parlais de moi.

Madeleine éclata de rire et ne protesta pas lorsqu'il s'assit à côté d'elle et fit signe au barman de leur servir la même chose.

— Je m'appelle Marty Ryan.

— Madeleine McKay.

Il remarqua l'alliance et surtout l'énorme caillou que lui avait offert Manny quand il l'avait demandée en mariage, et ne sembla nullement impressionné.

— D'où venez-vous ? lui demanda Madeleine.

— De Providence. Dans le Rhode Island.

— Et qu'est-ce qui vous amène en ville ?

— Des affaires à régler. Je ne reste que deux jours.

— Vous aimez Las Vegas ?

— Maintenant, oui.

— Marty…

— Madeleine…

— Vous aimez baiser ?

— Non. J'adore baiser.

Et c'était la vérité. Elle lui donna le nom d'un motel situé à l'écart, et ils passèrent l'après-midi à faire l'amour. Car il s'agissait bien de ça : faire l'amour. Elle ressentait avec Marty une chose qu'elle n'avait jamais connue avec Jack ou Manny.

Alors, Madeleine viola les règles : elle retrouva Marty chaque jour pendant une semaine. Le dernier jour, lorsqu'elle se leva pour se rhabiller, il lui demanda :

— Quand est-ce que je pourrai te revoir ?

— Tu ne me reverras pas.

Marty parut stupéfait, en colère, vexé.

— Qu'est-ce que tu racontes ?

— C'était merveilleux, Marty. Sincèrement. Mais il n'y aura rien de plus entre nous. Jamais.

— Je t'aime.

— Ne dis pas de bêtises.

— Je suis sérieux. Je viendrai vivre ici si tu veux.

— Non, je ne veux pas. Je suis mariée.

— Ça ne semblait pas être un problème il y a deux minutes.

— C'est compliqué.

— Non, c'est simple. Je t'aime.

— Tant pis. (Elle déposa un petit baiser sur sa bouche.) Adieu, Marty.

Point final.

Croyait-elle.

Ses règles tardèrent à arriver, et n'arrivèrent jamais.

Un médecin lui confirma qu'elle était enceinte.

— Débarrasse-t'en, lui dit Manny. Je connais un médecin. Discret.

— Pas question.

— Ne compte pas sur moi pour élever le bâtard d'un autre. Tout le monde saura qu'il n'est pas de moi. Fais-toi avorter ou sinon…

— Sinon ?

— On s'était mis d'accord, poursuivit Manny. Tu ne devais pas prendre de risques, tu ne devais pas m'humilier. Tu as fait les deux. Notre accord est nul et non avenu.

— Je suis une mauvaise affaire, c'est ça ?

— C'est toi qui l'as voulu ainsi, Madeleine. Pas moi.

Il avait absolument raison, pensait-elle. J'ai fait de nos rapports une relation commerciale, pourquoi n'en ferait-il pas autant ?

— Je m'en irai et je mettrai cet enfant au monde. Personne n'en saura rien. Je ne contesterai pas le divorce et je ne veux rien de plus que ce que tu m'as déjà donné.

Elle le quitta le lendemain matin et prit un avion pour New York. Elle accoucha au St Elizabeth Hospital et, quand on lui demanda le nom du père, elle inscrivit Martin Ryan.

Madeleine essaya d'être une mère, réellement.

Elle se tapa les couches, les biberons, les nuits sans sommeil. Pas facile d'être une mère célibataire à cette époque, c'était scandaleux, même dans l'ambiance bohème du Village, et ses voisins dans son immeuble de la Septième Avenue faisaient semblant de croire à l'existence de ce marin au long cours. Madeleine s'était déjà occupée d'enfants, quand elle en était encore une elle-même, ce n'est donc pas cette situation, les difficultés quotidiennes, qui la poussa à abandonner son fils, Danny.

C'est l'avenir.

Elle n'arrivait pas à l'imaginer.

Que pouvait-elle faire, lestée d'un bébé, puis d'un bambin, puis d'un petit garçon ? Certes, elle avait l'argent de Manny, investi de manière avisée, mais il ne durerait pas éternellement ; tôt ou tard, elle serait obligée de recommencer à travailler.

Pour faire quoi ?

Et qui s'occuperait de Danny ?

Une seule certitude : elle ne retournerait jamais à Barstow. Pour se retrouver à la merci de ses parents, endurer l'humiliation d'une mère célibataire, voir les sourires méprisants des hommes qu'elle avait rejetés et entendre les ricanements des filles jalouses.

Madeleine dressa l'inventaire de ses atouts et décida qu'elle en avait deux : sa beauté et son intelligence. Hélas, impossible de les mettre à profit avec un enfant sur les bras.

Alors, un jour, elle se leva, enveloppa Danny dans une couverture et prit le train pour Providence. Elle n'eut aucun mal à trouver Martin Ryan, tout le monde le connaissait. Elle entra dans un pub irlandais miteux, lui tendit le paquet et dit : « Voici ton fils, je ne suis pas faite pour être mère. »

Et elle s'en alla.

Direction Los Angeles.

Madeleine connaissait ses atouts et elle sut les utiliser au mieux. Les hommes adoraient la regarder, ils adoraient s'afficher avec elle, ils adoraient la baiser. Ce n'était pas une pute, il ne s'agissait jamais de transactions payées rubis sur l'ongle, mais elle faisait comprendre qu'elle exigeait des cadeaux. Pas des fleurs ni des sucreries. Des vêtements, des fourrures, des bijoux, des vacances, des voitures, des appartements, des maisons. Des tuyaux boursiers, des actions, des participations dans des contrats immobiliers.

Sa beauté n'était pas éternelle.

Elle commença à se rendre dans des soirées fréquentées par des comédiens et des chanteurs de premier plan, puis des vedettes de cinéma. Par le biais des vedettes de cinéma, elle rencontra des politiciens, et par le biais des politiciens elle rencontra des types de Wall Street.

Madeleine ne redescendait jamais d'un échelon. Quand elle se mit à fréquenter des patrons de studio, elle renonça aux acteurs. Quand elle commença à baiser avec des milliardaires, elle renonça aux patrons de studio. C'était sa devise. Que tous les hommes semblaient accepter, sans lui en tenir rigueur. Ce genre d'hommes avait le sens de la hiérarchie.

Le seul qu'elle regretta jamais était le fils qu'elle avait abandonné. Mais elle savait qu'elle n'aurait jamais pu vivre à Dogtown, épouse d'un Irlandais qui régnait sur les docks, même s'il était lié à la mafia. Elle ne se voyait pas faire la lessive, pondre des gamins, aller à confesse le samedi après-midi, dans des pubs sinistres le samedi soir et à la messe le dimanche matin.

C'était la mort.

Son unique regret était son bébé, son petit garçon.

Confié à un alcoolique hargneux, pendant qu'elle traçait sa route de Hollywood à New York, en passant par Washington, d'un lit à l'autre. Aujourd'hui, à la cinquantaine, elle était de retour à Vegas, elle détenait un portefeuille immobilier et boursier, et n'avait plus à redouter de perdre sa beauté. Même si elle était toujours éblouissante, formidable au lit, d'une compagnie délicieuse, elle savait que sa date de péremption approchait à grands pas, mais cela ne l'inquiétait pas.

Elle avait de l'argent.

Dans ce monde, l'argent protège une femme.

De l'argent et de l'influence.

Qu'elle mit à profit quand elle apprit ce qui était arrivé à Danny. Un vieil ami au ministère de la Justice établit le rapprochement et la contacta. Ton fils est blessé et il a des ennuis. Un autre ami lui procura un jet privé et, dès le lendemain, elle débarquait à

Providence. Elle passa quelques appels pendant le vol pour en savoir plus et tira les ficelles du passé.

Personne sur le Strip, sur Sunset et dans Pennsylvania Avenue ne voulait que Madeleine McKay écrive ses mémoires.

Un mur protecteur fut érigé autour de Danny Ryan.

Son fils, qui la haït.

# 19

La hanche gauche de Danny est détruite.

L'articulation sphérique a été pulvérisée, les tendons arrachés.

Sans l'intervention des meilleurs spécialistes, il boitera sévèrement jusqu'à la fin de ses jours, peut-être même devra-t-il marcher avec des béquilles, et il finira dans un fauteuil roulant.

Voilà ce que dit le Dr Rosen à Danny dès que celui-ci est en état de l'écouter.

— Vous avez de la chance, reprend le médecin, je suis là.

Le Dr Rosen est le chef du service orthopédie. Il a opéré plusieurs joueurs des Patriots et des Bruins. C'est le meilleur. Et il confie à Danny :

— Je vais devoir vous opérer trois fois. Vous avez une infection à l'intérieur. Je suis obligé d'y retourner…

— *Y retourner ?*

— Quand vous êtes arrivé ici, les gars de la trauma ont retiré la balle et les fragments d'os, explique-t-il. Heureusement pour vous, ils connaissent leur métier et ils ne vous ont pas salopé de manière définitive. Malgré cela, il y a une infection – d'où la fièvre –, et je suis obligé de nettoyer. Dès que ça m'aura l'air propre, je vous poserai une nouvelle articulation. Et quinze jours après j'ouvrirai de nouveau pour réparer les tendons. Vous ne pourrez jamais décrocher la médaille d'or aux JO mais, si vous travaillez dur pendant la rééducation, vous marcherez normalement ensuite.

— J'ai pas les moyens de payer tout ça.

— C'est votre mère qui règle l'addition.

— Jamais de la vie !

— Vous lui direz vous-même, répond le Dr Rosen. Je n'ai pas envie de devenir mon propre patient.

Les premiers jours, Danny alterne entre conscience et inconscience. Madeleine est toujours là, à son chevet. Ou bien c'est Terri. Ou les deux. Car si Danny a une dent contre Madeleine ce n'est pas le cas de Terri. Elle l'aime bien et elle lui est reconnaissante de tout ce qu'elle fait pour son mari.

Durant ces premiers jours, Danny s'en fiche. Il préfère être dans les vapes, car sa hanche lui fait un mal de chien. L'opium est la douceur incarnée, un délicieux soulagement qui lui fait faire de beaux rêves. Il flotte dans un liquide tiède.

Mais quand il en ressort et voit le visage de sa mère ça le fout en rogne. Elle veut faire partie de ma vie, maintenant ? Je suis son fils bien-aimé, maintenant ? Elle s'intéresse à moi ? Où était-elle quand… quand…

Ces premiers jours sont flous. Il aimerait que les suivants le soient aussi, car tout est trop net, trop précis. Pour éviter qu'il devienne accro, les médecins réduisent les doses de morphine ; ils le laissent ressentir la douleur, qui lui met les nerfs à vif. L'infection réapparaît, et avec elle la fièvre, et ils sont obligés de maintenir la plaie à l'air libre. Chaque minute passée dans ce lit d'hôpital semble durer une heure. Il n'a rien d'autre à faire que demeurer couché et s'inquiéter : est-ce que je vais mourir ? Est-ce que je vais rester estropié ?

Seul point positif, il n'a pas à se soucier de la police.

Aucun inspecteur ne vient le harceler en affichant un sourire suffisant pour lui arracher des déclarations sous morphine susceptibles de le conduire directement de l'hôpital à la prison.

Danny Ryan était un passant innocent pris dans une fusillade, un point c'est tout.

Ce n'est pas grâce aux Murphy.

C'est grâce à sa mère.

Lorsque l'infection disparaît enfin, Rosen s'attaque à la reconstruction de la hanche. L'opération est un succès, mais Danny est immobilisé durant de longues journées et de longues nuits.

Jimmy Mac lui rend visite.

— Merci, dit Danny.

— Merci pour quoi ?

Danny baisse la voix.

— Tu m'as sauvé la vie, bordel.

Jimmy rougit. Il est un peu gêné, car il a d'abord paniqué quand Mick a eu la cervelle explosée et il a foutu le camp – comme l'aurait fait n'importe qui, se dit Danny –, mais il est revenu. Il aurait pu filer, sain et sauf, mais il est revenu le chercher, en se plaçant dans la ligne de mire de Steve Giordo.

— Tu en aurais fait autant pour moi, répond Jimmy.

Danny acquiesce.

C'est la vérité.

— Ton père est venu te voir ?

Cette fois, Danny secoue la tête.

— Il ne viendra pas. Il dit qu'il ne veut pas se retrouver sous le même toit que… tu m'as compris.

Jimmy sourit.

— La vache, Danny, je l'ai vue dans le hall. C'est un sacré canon, ta mère.

— Arrange-toi avec Angie. Moi, ça ne me pose pas de problème.

— Hé, c'est pas ce que je voulais dire…

— Je sais.

Le lendemain, il reçoit la visite de Pat.

— Tu t'es sacrifié, lui dit-il.

— Désolé que ça n'ait pas marché comme prévu.

— Giordo est sur la touche pour un moment.

— Tant mieux.

— Ouais, tant mieux.

La gêne est perceptible entre les deux hommes, pour la première fois. Pat ne sait pas quoi dire, et Danny ne sait pas quoi faire de ce silence. Alors, ils échangent les banalités habituelles – la famille, les gosses – et ils sont soulagés tous les deux lorsque l'infirmière entre dans la chambre et flanque Pat à la porte pour que Danny puisse se reposer.

Il se réveille en entendant la voix de Terri qui s'exclame :

— Qu'est-ce que tu fous ici ?

Peter Moretti se tient sur le seuil de la chambre, un bouquet de fleurs à la main. Et un sourire mielleux sur le visage. Terri le foudroie du regard. Madeleine l'observe d'un œil froid, dur.

— Je viens voir mon ami Danny.

— Fous le camp, crache Terri.

— Laisse, intervient Danny.

Peter s'approche du lit, pose le bouquet sur la table de chevet, se penche en avant, sans cesser de sourire, et murmure :

— Tu es un homme mort, Danny. Dès que tu sortiras d'ici, tu es mort.

Ils savent tous qu'un hôpital est une zone interdite. Quand une guerre fait rage, ils ne veulent surtout pas se mettre à dos les médecins et les infirmières qui pourraient les accueillir aux urgences un jour et décider de les laisser se vider de leur sang pour se venger, parce qu'ils auraient transformé leur lieu de travail en champ de bataille. Idem pour les prêtres, susceptibles de leur administrer les derniers sacrements. Il ne faut pas les rendre nerveux, au risque de les faire bafouiller au moment où ils prononceront les mots qui se dressent entre vous et l'enfer.

Peter se tourne vers Terri.

— Si je peux faire quelque chose, n'importe quoi, dites-le-moi.

— Dehors.

— Je ne comprends pas cette réaction, s'offusque Peter. Je ne suis pour rien dans ce qui s'est passé. Si tu veux savoir ce que ton mari faisait là-bas ce soir-là, pose-lui la question.

— Je n'ai pas besoin qu'on m'explique ce que je dois dire à mon mari.

— Non, bien sûr. J'ai dépassé les bornes. Je vous laisse. Je suis sûr que Danny a besoin de repos.

Madeleine le suit dans le couloir.

— Monsieur Moretti, vous savez qui je suis ?

Le sourire de Peter prend un petit air suffisant.

— Je l'ai entendu dire.

— Alors, vous avez entendu dire de quoi je suis capable. Si vous faites du mal à mon fils, si vous *essayez* simplement de vous en prendre à lui, je vous envoie rejoindre votre père.

— Vous avez bien fait de quitter Providence, dit Peter. Vous n'auriez pas dû revenir. Et vous devriez rester en dehors de tout ça.

— Votre père serait peut-être mieux installé à Pelican Bay, dit Madeleine. À l'isolement vingt-trois heures par jour, sans petits *maricóns* portoricains pour satisfaire ses besoins les plus vils. Il suffit que je passe un coup de téléphone à un juge fédéral…

— Vous savez, rétorque Peter, une pute qui suce un type pour un sachet de came ou pour un million de dollars, ça reste une pute.

— Oui, mais c'est une pute avec un million de dollars, réplique Madeleine. Et il se trouve que je suis beaucoup plus riche que ça. Alors, croyez-moi sur parole, monsieur Moretti, je ferai monter vos couilles en pendentif et je le porterai autour du cou pour me promener en ville.

Quelques jours plus tard, Danny se dispute avec Terri lorsqu'il découvre que Madeleine a payé leur loyer et leur a acheté des provisions.

— Qu'est-ce que tu veux que je fasse, Danny ? demande-t-elle. (Elle est en larmes parce qu'il l'a engueulée, et elle vit sur les nerfs depuis qu'il s'est fait tirer dessus.) Tu ne travailles plus, et les factures continuent à arriver.

Bien qu'il ait épuisé ses congés maladie, il continue à émarger sur les docks. Mais l'argent se fait rare. Malgré cela, l'idée que sa mère fasse bouillir la marmite le met hors de lui.

— N'accepte pas son putain de fric, Terri.

Celle-ci lève les mains au ciel et, bouche bée, lui jette un regard qui semble dire : *Qui paye cette chambre, à ton avis ?* Danny ne sait pas quoi répondre ; il est conscient de son hypocrisie.

Et encore plus lorsque le Dr Rosen vient lui annoncer que la meilleure chose pour lui serait de passer six semaines dans un centre de rééducation du Massachusetts. Dont le coût est à la hauteur de ce qu'on imagine. Grâce au syndicat, Danny bénéficie d'une bonne assurance santé, mais pour un centre de traitement ambulatoire, pas pour un établissement privé situé dans un autre État.

— La différence est si importante que ça ? demande Danny.

— La différence, c'est une canne, répond Rosen. Si vous allez dans une clinique locale, vous vivrez les trente prochaines années avec une canne. Dans ce centre, vous vivrez les trente prochaines années sans.

Madeleine insiste pour payer les frais de cet établissement privé.

— L'argent n'est pas mon problème dans la vie, confie-t-elle à Danny.

— Ah bon ? C'est quoi, ton problème, alors ?

— Pour l'instant, c'est toi. Mon fils qui se comporte comme un *enfant*.

Terri lui dit plus ou moins la même chose.

— Pense un peu à moi. Peut-être que je préfère avoir un mari qui n'a pas besoin de poser sa canne pour prendre son bébé dans ses bras. Peut-être que j'aimerais bien baiser encore, de temps en temps…

— Terri…

— Ce sont des *infirmières*, Danny, elles en ont entendu d'autres. Tu préfères que je te dise que j'aimerais faire de longues promenades sur la plage avec toi ou le tour de Block Island à vélo ? Peut-être que j'aimerais bien danser avec toi aussi. Si tu empêches ta mère de faire ça pour toi, pour nous, je te quitte. Ma parole, enceinte ou pas, je m'en vais. Tu deviendras un vieil homme amer comme ton père.

Alors, Danny se rend dans le Massachusetts.

# 20

Peter Moretti n'est pas content.

L'accord qu'il croyait avoir conclu avec Danny Ryan était en réalité un subterfuge, et la tentative d'assassinat qui visait Liam Murphy s'est finalement retournée contre Danny. Ce qui n'aurait pas posé de problème en soi, compte tenu des circonstances, si Ryan n'avait pas survécu et si sa *puttana* de mère ne l'empêchait pas, lui, Peter, de s'en prendre à son fils.

Danny est dans les vapes, et sur la touche pour un moment, mais Steve Giordo également : il est reparti en jurant qu'il ne tomberait plus jamais dans une embuscade parce que les frères Moretti n'étaient pas capables de faire la différence entre deux bouffeurs de patates.

Il n'a pas tort, se dit Peter. Le pire, c'est que New York et Hartford ne voudront plus prêter leurs gars à une bande de branques qui se font avoir par un vulgaire casseur de jambes comme Danny Ryan.

Et, alors qu'il s'apprête à prendre son petit déjeuner au Central Diner, Peter n'est vraiment pas content quand il voit Solly Weiss entrer, poser son cul de vieux dinosaure sur la chaise d'en face et attaquer d'emblée, avant même que Peter ait eu le temps de jeter un coup d'œil à la page des sports.

— Peter, on a cambriolé ma boutique.

Peter n'a pas besoin du journal pour le savoir. Ce n'est pas un scoop. Deux de ses gars, Gino Conti et Renny Bouchard, ont dévalisé la bijouterie de Solly la nuit dernière et emporté pour 100 000 dollars au moins de diamants et autres pierres.

— C'est moche, Solly.

— Je t'ai toujours fait des prix, non ? Ce collier pour ta *gumar*…

— C'est pas moi qui ai cambriolé ta boutique, Solly.

Techniquement parlant, se dit Peter, c'est la vérité.

— Je t'en prie, Peter, ne me prends pas pour un gosse. J'étais dans le business avant même que tu connaisses le sens de ce mot.

Solly a quelques cheveux blancs épars qui rappellent à Peter qu'il doit passer à la pharmacie pour acheter du fil dentaire. Il répond :

— Tu es assuré, non ? Tu vas empocher un bénef sur ce coup-là.

— Ces pièces n'étaient pas assurées.

— Si tu les as achetées à l'étranger, sans les déclarer, c'est pas mon problème, rétorque Peter, avant d'aborder le cœur du sujet. Je croyais que tu étais sous la protection des Murphy. Si tu nous avais choisis, ça ne serait pas arrivé.

— Je veux récupérer mes pierres.

— Et moi je veux une bite de trente centimètres. On m'a volé de deux centimètres, que veux-tu que je te dise ?

Solly lui fait son grand numéro : il doit envoyer sa sœur en maison de retraite, sa femme est malade, son toit a besoin d'être réparé…

— *Basta*, le coupe Peter. Sauf ton respect…

— Je suis content de t'entendre parler de « respect », jeune Moretti, dit Solly, car c'est bien de ça qu'il s'agit. J'ai fait preuve de respect envers ton père, j'ai fait preuve de respect envers Pasco. Et c'était réciproque. Ils ont toujours respecté mon commerce.

Sa voix tremble.

— Mon père est en taule, dit Peter. Pasco est en Floride. C'est moi qui commande maintenant.

— Je ne suis pas venu les mains vides, reprend Solly. Si je récupère ces pierres, j'instaurerai avec toi les mêmes rapports que j'avais avec John.

— C'est-à-dire ?

Le vieux bijoutier baisse d'un ton.

— Une enveloppe tous les premiers mardis du mois. Une ristourne de trente pour cent – sur le prix de gros – à l'époque des fêtes. Et bien sûr, en cas de besoin particulier…

C'est un de ces moments au conditionnel.

Si Peter était de meilleure humeur, si Peter avait bu une deuxième tasse de café, si Peter avait eu le temps de lire la page des sports, si Chris Palumbo était sorti de son plumard à temps pour petit-déjeuner avec lui, s'il n'était pas exaspéré par les cheveux de Solly, pour une raison quelconque, peut-être qu'il aurait accepté son offre, et aucune des tragédies qui vont suivre ne se serait produite.

Un tas de « si » auxquels repenseront les gens par la suite.

Mais ils n'ont aucune importance à cet instant, car Peter répond :

— Justement, j'ai besoin d'un truc. Maintenant.

Solly sourit. Il va récupérer ses pierres.

— Je t'écoute.

— J'ai besoin que tu foutes le camp d'ici. Tout de suite. Et si tu veux revoir tes pierres, je te laisserai les regarder rebondir sur les nichons de ma *gumar* pendant que je la baise. Arrête de me faire chier, OK, Solly ? C'est préférable pour toi.

Peter a déjà offert deux de ces pierres à sa *gumar* et il ne va certainement pas aller les lui arracher du cou.

Solly pose sur lui un regard triste, secoue la tête, se lève et se dirige vers la porte d'un pas chancelant.

Ce vieux Juif lèche le cul de John Murphy pendant trente ans, pense Peter, et maintenant il veut m'échanger 100 000 dollars contre une réduc de trente pour cent à Noël.

Qu'il aille se faire foutre.

Affaire classée.

Mais pas pour Solly.

De retour chez lui, il appelle immédiatement Pasco Ferri en Floride et lui joue l'air du « Souviens-toi ».

Souviens-toi quand tu as demandé Mary en mariage et que tu n'avais pas les moyens d'acheter une bague correcte. Souviens-toi quand ton fils s'est retrouvé dans la même situation avec sa fiancée. Souviens-toi quand tu as eu besoin d'une contribution pour les manèges de la Saint-Rocco. Souviens-toi quand tu graissais la patte à ce législateur et que tu avais besoin de blanchir de l'argent. Souviens-toi…

— J'ai pas la maladie d'Alzheimer, Dieu merci, dit Pasco. Qu'est-ce qui se passe, Solly ?

Celui-ci lui parle du cambriolage, il lui raconte de quelle manière l'a traité le jeune Peter Moretti.

— Il m'a dit de venir le voir baiser sa petite amie.

— C'était déplacé, reconnaît Pasco.

Il en a un peu marre des emmerdements provoqués par les frères Moretti. D'abord ils déclenchent une guerre à cause d'une paire de nichons. Maintenant, ça. Il est peut-être temps qu'ils redescendent d'un cran ou deux.

— J'ai des amis, ajoute Solly. Dans l'équipe du maire, dans les postes de police…

— Je sais, Solly.

— Je lui ai fait une offre respectueuse, Pasco. Dans le contexte actuel. Et il me traite comme un *schwarze* qu'il a surpris en train de piquer dans la caisse ? Je ne peux pas accepter ça.

— Rends-moi service, Solly, tu veux bien ? demande Pasco. Laisse-moi m'en occuper.

Peter est au siège d'American Vending Machines lorsqu'il reçoit l'appel de Pasco.

— C'est quoi cette histoire avec Solly Weiss, bordel ?

Peter est sur la défensive.

— Techniquement parlant, il n'était pas sous notre protection. Donc c'était une cible légitime.

S'ensuit un long silence. À l'issue duquel Pasco répond comme s'il était extrêmement las :

— Tu as déjà pensé à te faire des amis au lieu de te faire des ennemis ?

— J'ai le droit de gagner du fric.

Pasco soupire.

— La bague au doigt de ma femme...

— Avec tout le respect que je te dois, Pasco, le coupe Peter. Tu es à la retraite. Dieu te garde.

Mêle-toi de tes affaires.

Après avoir mis fin à cette conversation, Peter se tourne vers Paulie et dit :

— Ce vieux youpin est allé pleurnicher auprès de Pasco, tu le crois, ça ? Putain, je devrais retourner le cambrioler.

Chris Palumbo le regarde.

— Quoi ? lance Peter.

— Peut-être qu'on devrait lui rendre sa marchandise, suggère Chris. Solly connaît depuis longtemps Pasco et tous ces gars-là.

Et il fait des ristournes à tous les flics de la ville. Tu devrais lui montrer un peu plus de respect, Peter.

— Je suis d'accord, dit Paulie.

— Tu es d'accord ? répète Peter. Tu veux le rembourser de ta poche ?

— Non.

— Alors ferme ta gueule. Vous avez tous oublié qu'on est en guerre ? Ça coûte du fric.

Chris fait une nouvelle tentative.

— Tu veux vraiment pisser sur les pompes de Pasco ?

— Pasco doit choisir. Il est à la retraite ou il l'est pas. Je peux pas diriger ce business si tout le monde décide de passer par-dessus mon dos à chaque fois qu'ils ne sont pas d'accord avec ma décision.

— On fait appel à la vidéo, dit Paulie.

— Quoi ?

— Tu sais bien, comme au football. Le ralenti…

— Ouais, OK, si tu veux.

Ouais, OK, si tu veux, pense Chris, mais il est inquiet.

Les corps de Gino Conti et Renny Bouchard n'ont jamais été retrouvés.

Ces deux gars ont disparu, tout bonnement. On ne les reverra jamais, et on sait pourquoi.

Et ça ne se limite pas à Conti et Bouchard – ce qui est déjà assez grave en soi – car, au cours des neuf jours qui se sont écoulés depuis que Peter a envoyé Solly Weiss se faire foutre, des descentes de police ont eu lieu dans deux de ses cercles de jeu, trois bookmakers ont été butés et toutes les filles chassées des rues. Tout ce que les flics laissent passer en temps normal.

Solly Weiss a des amis, en effet.

Mais Peter se cabre de plus belle.

— Il faudra me passer sur le corps.

— C'est dans le domaine du possible, répond Chris.

— Oh ! arrête ton char.

— Demande donc à Gino et à Renny. Ah, non, c'est vrai. Tu peux pas.

— C'est les Murphy.

— Mon cul.

C'est du pur Pasco Ferri, se dit Chris. Peter lui a manqué de respect mais, comme il ne peut pas liquider Peter, il liquide deux de ses sous-fifres pour lui donner une bonne leçon.

Une leçon que Peter ferait bien de retenir.

Avant qu'on se fasse tous buter.

— Peter…

— Je veux plus entendre parler de tout ça, Chris, répond Peter, qui le plante là.

Alors Chris va voir Sal Antonucci. Il le trouve à Narragansett, en train de contempler une maison sur la côte, à deux rues de la plage.

— Ça dépasse nos moyens, lui confie Sal, mais je peux verser un gros acompte.

Évidemment qu'il peut verser un gros acompte. On raconte que Sal et sa bande ont braqué un fourgon blindé à Manchester, dans le New Hampshire, et qu'ils ont raflé le jackpot.

— Les acheteurs font la loi, dit Chris.

— Je pense pouvoir faire baisser le prix de 20 ou 30 000. (Sal recule pour admirer la maison dans son ensemble.) J'aurais jamais cru qu'on pourrait faire un truc pareil… Bref, Judy et moi, on s'est dit que ce serait chouette pour les gamins. Et pour nos petits-enfants, si on se projette plus loin. Un endroit où toute la famille peut se réunir, tu vois ?

— Sinon ils s'éparpillent, dit Chris.

— Exactement. Qu'est-ce qui t'amène jusqu'ici ?

Car Chris ne fait jamais rien gratuitement. Il ne vient jamais juste pour bavarder, il a toujours un objectif.

— Cette histoire avec Solly Weiss…

Sal fronce les sourcils.

— Tu es le *consigliere* de Peter, dit-il. Tu lui en as parlé.

— J'ai gaspillé ma salive. Il ne veut rien entendre. Et si je remets ça sur le tapis j'ai peur que…

Chris laisse sa phrase en suspens. C'est à Sal de faire entendre raison à Peter. Peter l'écoutera, car c'est Sal qui se tape presque tout le sale boulot dans la guerre contre les Murphy, et Peter a besoin qu'il continue.

Surtout en l'absence de Giordo.

Sal mord à l'appât, comme l'avait prévu Chris.

— J'ai pas peur de Peter, moi, dit Sal. J'irai lui parler. Alors, qu'est-ce que tu penses de cette maison ? J'hésite. C'est beaucoup de fric.

— Vu les taux d'intérêt, répond Chris, je ne vois pas comment tu pourrais te permettre de dire non.

Sal va voir Peter.

— Rends les pierres avant qu'on finisse tous dans une décharge.

— Quoi ? Tu me donnes des ordres maintenant ? C'est moi le boss de la famille.

— Très bien. On pourra le graver sur ta tombe, rétorque Sal. Je te donne pas des ordres, mais putain…

— Putain, quoi ?

— Rien.

— Non, non, insiste Peter. Si tu as un truc à dire, vide ton sac.

— OK, dit Sal. Paulie et toi, vous restez assis ici, dans ce bureau, à boire du café et à bouffer des donuts, pendant que moi et ma bande on se tape tout le boulot. Et maintenant on a deux gars morts parce que tu refuses de rendre un truc qui ne t'appartient pas !

— C'est pas à toi de me dire ce qui m'appartient ou pas !

— Allons, les gars, intervient Chris.

— Ah bon ? dit Sal en se levant de table. Qu'est-ce qui t'appartiendrait, Peter, si mes gars et moi on n'était pas là pour te remplir les poches ? Tu aurais *ugatz* !

Paulie intervient à son tour :

— Tu parles au boss…

— … de la famille, le coupe Sal. J'ai entendu. Alors, peut-être qu'il devrait commencer à se *comporter* comme tel et à penser à l'intérêt de cette famille au lieu de penser uniquement aux frères Moretti !

— Enfoiré ! lance Paulie.

— Amène-toi ! rétorque Sal.

— Les gars !

Chris s'interpose. Frankie V lui-même se lève pour calmer les esprits.

— Tu veux que je rende les pierres ? s'exclame Peter. OK, je les rendrai.

— Très bien, dit Sal en retrouvant quelque peu son calme.

— Mais tu vas me filer ma part pour le braquage de Manchester, ajoute Peter.

— Hein ?!

— Tu croyais que j'étais pas au courant ? Tu croyais que je le saurais pas ?

— C'est mon fric !

— Et moi je suis censé repartir les mains vides ? Tout le monde se goinfre sauf Peter Moretti ? Dans tes rêves. Tu aurais dû raquer à la seconde même. Cinquante pour cent. J'étais prêt à laisser filer mais, si on respecte les règles maintenant, c'est valable pour tout le monde. Alors je veux tout, pas juste la moitié, tout. Une pénalité pour te punir de ne pas avoir fait ce qu'il fallait.

Sal se tourne vers Chris.

— Tu l'entends ?

Chris secoue la tête.

— C'est le boss, Sal. Il est dans son bon droit.

Sal serre les poings.

Frankie V glisse la main à l'intérieur de sa veste pour prendre son flingue, au cas où.

Mais Sal hoche la tête, lentement. Il regarde Peter et déclare :

— Très bien. Tu veux ce fric, tu l'auras, sale rapace de merde. Mais regarde-moi bien, Peter, car c'est la dernière fois que tu me vois.

— Qu'est-ce que ça veut dire ?

— Je me retire de ta guerre. Avec mes gars. D'ailleurs, je ne sais même pas pourquoi je m'en suis mêlé. Les Murphy m'ont jamais rien fait, j'ai jamais eu une dent contre eux. Si je me suis engagé c'est par loyauté envers toi, mais la loyauté, ça marche dans les deux sens. Comme le respect. Il faut donner pour recevoir.

— Tu as prêté serment, lui rappelle Peter. C'est à toi d'être loyal et respectueux envers moi.

— Je l'ai été ! s'emporte Sal. J'irai en enfer à cause de tout ce que j'ai fait pour toi. J'irai en enfer, Peter. Qu'est-ce que tu veux de plus, bordel ?

— Vas-y, barre-toi, répond Peter. Fous le camp puisque tu as la trouille. Si tu attends que je te supplie de rester, tu vas être déçu. Qui a besoin de toi ?

Nous, pense Chris, sans le dire.

Sal sourit à Peter, hoche la tête et sort.

— Arrange-toi pour récupérer le fric, ordonne Peter à Chris.

*

— Merci de m'avoir soutenu, dit Sal à Chris quand le *consigliere* vient chercher l'argent.

— Sal…

— Tu es un putain de faux cul, on te l'a déjà dit ?

— Sal, tu ne peux pas partir comme ça.

— Ah bon ? Qui va me courir après ? Toi, Chris ?

Celui-ci ne dit rien.

— C'est bien ce que je pensais.

Tony ressort de l'arrière-salle avec un sac de voyage qu'il tend à Chris.

— C'était le fric de ma baraque, poursuit Sal. Celle que je t'ai montrée. Pour mes petits-enfants.

— Désolé, Sal.

— De toi à moi. Un de ces jours, je vais buter ce fils de pute.

Chris n'a pas besoin de demander qui est le fils de pute en question.

# 21

Danny lâche la barre métallique et fait un pas en avant.

La douleur est insoutenable, mais c'est une bonne douleur car, s'il peut faire peser le poids de son corps sur sa jambe gauche, cela signifie que sa hanche est en voie de guérison. Il reste malgré tout un peu anxieux : il a peur d'entendre un horrible claquement et de voir l'articulation traverser la peau.

Lorsque enfin il arrive à l'extrémité de la barre, sans s'être agrippé pour ne pas tomber, il est épuisé et transpirant.

Trois mètres, songe-t-il, obligé de se dire que c'est un progrès. Et qu'il est libre désormais : après trois semaines éreintantes, il a le droit de quitter la clinique chaque jour pour rejoindre le Residence Inn, avec Terri.

Madeleine loge dans une autre chambre, un peu plus loin dans le couloir.

Sa femme et sa mère sont devenues inséparables. Elles ont de longues heures à tuer pendant que Danny suit son programme de rééducation, alors elles vont dans les boutiques, au restaurant et au cinéma.

Il n'aime pas ça.

— Que veux-tu que je fasse ? lui a demandé Terri lorsqu'il a abordé la question. Que je reste dans la chambre toute la journée, à regarder la télé ?

— Non.

— Alors ?

Danny n'a pas su quoi répondre.

— Elle est gentille. On s'amuse bien.

— Tant mieux.

Il était sincère en disant cela. Plus ou moins. C'était une bonne chose que Terri ait de la compagnie, et qu'elle se retrouve loin des siens et de Dogtown, avec tout ce qui se passe.

Danny suit le déroulement de la guerre dans les journaux et à la télé.

Les médias se régalent. Cela fait des années qu'ils n'ont pas eu de véritable guerre des gangs à se mettre sous la dent. Un sujet propice aux gros titres et aux photos racoleuses. Lecteurs et téléspectateurs suivent cela comme ils suivraient le base-ball. En se levant le matin, ils consultent les stats.

Dante Delmonte, un des hommes de Paulie, abattu dans sa voiture après une opération de recouvrement à South Providence. Deux autres sbires des Moretti, Gino Conti et Renny Bouchard, ont disparu, mais on raconte que l'ordre serait venu de Pasco.

Voilà qui est très intéressant, se dit Danny. Pasco a peut-être décidé que c'était une erreur de confier les rênes à Peter. Peut-être qu'il regarde autour de lui. Dans ce cas, un accord de paix favorable devient une possibilité.

Ce qu'il ne trouve pas dans la presse, il l'apprend de la bouche de Jimmy Mac. Jimmy vient le voir une fois par semaine environ, et il lui apporte toutes les nouvelles de l'intérieur. Aujourd'hui, il regarde Danny faire ses premiers pas hésitants.

Il lui tend sa canne, et ils descendent à la petite cafétéria.

— Sal Antonucci et Peter sont à couteaux tirés, dit Jimmy Mac, qui lui explique ce qui s'est passé après le braquage de la boutique de Solly Weiss. Sal affirme qu'il veut plus participer à cette guerre.

Merde alors, voilà une sacrée nouvelle, se dit Danny. Peut-être peuvent-ils espérer mieux qu'une reddition de Sal, peut-être pourraient-ils le rallier à leur cause ? La proposition serait simple : *Hé, Sal, si tu décides de combattre les Moretti, on te soutient.*

Danny prévoit plusieurs coups d'avance : Sal n'est pas aussi intelligent que Peter Moretti, loin de là, sans même parler de Chris Palumbo. Si Sal pique le trône aux Moretti, il sera facilement manipulable. Surtout si c'est nous qui l'aidons à prendre le pouvoir.

— Quel rôle joue Chris dans tout ça, je me le demande, dit Danny, songeur.

— Chris se rangera du côté du vainqueur, assure Jimmy. Mais d'après ce qu'on entend Sal est furax contre Chris parce qu'il a pris le parti de Peter sur ce coup-là.

— Furax au point de passer à l'acte ?

— À quoi tu penses ?

Danny pense que Chris est le cerveau de Peter. Sans lui, ce ne sera qu'une question de temps avant que les Moretti commettent une erreur fatale.

Il dit à Jimmy :

— Fais savoir à Sal que s'il vise le fauteuil du chef on sera derrière lui. S'il coiffe la couronne le lundi, on signe la paix le mardi.

— Il a tué trois de nos amis, Danny.

— Je sais.

Mais Danny sait aussi qu'au bout du compte on ne fait pas la paix avec ses amis, mais avec ses ennemis.

Laissons les morts enterrer les morts.

— Est-ce qu'on ne devrait pas passer par John ou Pat d'abord ?

Oui, sans doute, songe Danny. Mais il veut être celui qui rebat les cartes, il veut être enfin pris au sérieux.

— Attendons de voir ce que ça donne tout d'abord. On les mettra au courant après.

Jimmy demande :

— Comment on entre en contact avec Sal ?

— Par Tony Romano.

Sal et lui sont attachés par les hanches. Si Sal est intéressé, tant mieux. Sinon, ça ne coûte rien d'essayer. Ni les Murphy ni Sal ne perdront la face.

— Et si Sal refuse ? dit Jimmy.

Danny l'a devancé.

— On changera d'approche. On s'adressera à Chris. Il en a peut-être marre de faire le ménage derrière les Moretti. Il a peut-être envie de devenir numéro un.

Jimmy sourit.

— Quoi ? demande Danny.

— Depuis quand tu réfléchis comme un boss ?

— Je n'ai aucune ambition, répond Danny, à part survivre à cette guerre.

Sal Antonucci remonte son pantalon, ferme sa braguette et boucle sa ceinture. Il s'assoit sur le lit pour enfiler ses chaussures.

Tony est encore nu. Il reste étendu sur le lit, sans aucune pudeur.

Un très bel homme, pense Sal.

— Au fait, dit Tony. Jimmy Mac est venu me trouver.

— « Au fait » ? C'est pas un truc qu'on peut oublier. Pourquoi tu ne me l'as pas dit tout de suite ?

Tony sourit.

— J'avais autre chose en tête. Un gros truc.

— Qu'est-ce qu'il voulait ?

— Toi.

Sal sourit à son tour.

— Je suis déjà pris.

— Je sais, dit Tony en lui prenant la main brièvement. Il voulait que je te sonde.

— À quel sujet ?

— Ton ralliement aux Murphy.

Sal se baisse pour lacer ses chaussures.

— Sans rire ? Qu'est-ce qu'il a dit ?

— Que Danny Ryan était ouvert au dialogue, c'est tout.

Sal réfléchit. Ryan parle au nom des Murphy. Pas besoin d'être un génie pour comprendre leur stratégie. Je rejoins l'alliance contre les Moretti, on expédie Peter et Paul au fond de la baie de Narragansett, je prends leur place, et les affaires redémarrent comme avant.

Putain de merde… buter les Moretti ?

Pour cela, il faudrait le feu vert de Boston et de New York.

Sans parler du vieux en Floride. Nom de Dieu, est-ce que Pasco donnerait son accord ? Peter lui a vraiment cassé les couilles avec l'histoire de Solly Weiss, mais Conti et Bouchard ont réglé l'addition à sa place. Néanmoins…

— Qu'est-ce que tu en penses, toi ? demande-t-il à Tony.

— Je pense que ça vaut la peine de se renseigner.

Moi aussi, se dit Sal. Il finit de lacer ses chaussures et se redresse. Il y a un gros travail de préparation, il faut poser des jalons. Rien que ça, c'est dangereux. Quelqu'un devra approcher Pasco, pour le sonder lui aussi, et rien qu'à cause de ça ils peuvent tous se faire buter si Pasco n'aime pas ce qu'il entend.

Mais si ça lui plaît il réglera la question avec Boston et New York.

— L'équilibre des forces est entre tes mains, reprend Tony. Si les Murphy te font les yeux doux, Peter sera obligé de revenir te chercher, tôt ou tard. Tu n'auras qu'à choisir la meilleure offre.

Peter ne m'offrira pas ce que m'offrent les Murphy, songe Sal. Sa place.

Le choix le plus prudent serait de retourner auprès de Peter, d'éliminer les Irlandais et de négocier avec Peter ensuite. Le choix le plus courageux serait de rejoindre les Murphy, de se débarrasser des Moretti et de remettre les Irlandais à leur place.

— Le pire qui puisse arriver, dit Tony, c'est que les Murphy gagnent sans toi. Là, tu es baisé.

Sur la touche, songe Sal.

— Ils peuvent gagner ? demande-t-il.

Moins nombreux, moins armés, Danny hors jeu…

— Avec nous à leurs côtés, possible, répond Tony.

— L'équilibre des forces.

Tony sourit.

— L'équilibre des forces.

— Je ne peux pas courir le risque d'être vu avec Pat, déclare Sal. Tant que tout n'est pas prêt. Si une rencontre doit avoir lieu, ce sera avec toi. Tu es partant ?

— Bien sûr.

— Alors retourne voir Jimmy. Dis-lui que je pourrais peut-être accepter de discuter, mais pas avant que certaines voies soient dégagées en Floride. Si ça se réalise, tu seras mon *consigliere.*

Il toise Tony, toujours couché sur le lit, comme le sale paresseux qu'il est. Un sale et beau paresseux.

— Bon Dieu, dit Sal.

— Quoi ?

— Si ma femme, mes gamins…

— Tu crois que Judy ne sait pas déjà ? demande Tony.

— Hé, je la baise comme il faut.

— Elle sait, affirme Tony. Mais elle veut pas le dire.

— D'autres gars ont leur *gumar.*

Tony se hérisse.

— Je suis pas ta salope de *gumar.*

— Je sais. Je ne voulais pas dire ça…

Sal se lève, enfile son manteau et sort.

# 22

Son parfum la précède dans la pièce. Danny, qui se repose après sa séance de rééducation, sent sa présence avant de la voir. Madeleine entre d'un pas décidé dans la clinique, décontractée et ravissante, et cela suffit à le mettre en rogne.

— Je veux que tu ailles parler à quelqu'un, dit-elle.

— Qui ça ?

— Il est dehors, sur le parking. S'il te plaît, Danny. Dans l'intérêt de ta famille, écoute ce qu'il a à dire.

Il suit sa mère jusqu'à une voiture. Elle lui ouvre la portière du passager et murmure :

— Garde l'esprit ouvert, Danny. S'il te plaît.

Et elle s'en va.

L'homme dans la voiture dit :

— Bonjour, Danny. Je m'appelle Phillip Jardine. FBI.

Sans blague, pense Danny. Jardine ressemble à un agent du FBI car ils ont tous le même look. Cheveux courts, cravates tristes, têtes de WASP passe-partout. Et cet enfoiré de Jardine correspond au portrait type : cheveux blonds taillés au rasoir, yeux bleu très clair, un véritable chef scout.

Mais Danny sait que les chefs scouts du Bureau gagnent leurs insignes en baisant les autres.

Il monte dans la voiture malgré tout. Car si une personne qu'il connaît le voit en train de parler avec quelqu'un qu'elle-même ne connaît pas, elle voudra savoir de qui il s'agit et ce qu'ils se sont raconté.

— Soyez bref.

— Je veux vous aider.

Ouais, bien sûr. C'est toujours la même chanson. Je veux vous aider à niquer vos amis, devenez un mouchard, entrez dans le programme de protection des témoins et allez vendre de la bouffe pour volailles dans un bled paumé. Quand un agent fédéral vous dit « Je veux vous aider », comprenez « Je veux vous aider à m'aider ».

Danny connaît leur laïus : l'amitié ? C'est du pipeau. Je sais que vous avez tous grandi ensemble et tout ce baratin sentimental, mais c'est le moment de devenir adulte. Vous avez des gamins, vous voulez qu'ils connaissent leur père ? Ou bien vous préférez les voir une fois par mois, de l'autre côté d'une table en fer, avec interdiction de les toucher ? Et votre femme ? Sans vouloir vous vexer, est-ce qu'elle va vous attendre ? Combien de temps elle va se tourner et se retourner dans un lit vide avant de trouver un autre homme que vos gamins appelleront « tonton » ?

— M'aider à faire quoi ? demande Danny.

— À avoir une vie, répond Jardine.

— J'en ai déjà une.

— Pendant combien de temps encore ? Vous êtes en train de perdre la guerre. Vous le savez, je le sais, tout le monde dans la rue sait que c'est juste une question de temps. Vous avez une femme et bientôt un gamin. Une famille qui vous aime.

Danny sent monter la colère.

— Qu'est-ce que vous savez de ma famille ?

Jardine hausse les épaules.

— Si vous les aimez, et si la chance de leur offrir une vraie vie se présente, vous la saisirez.

— Et cette chance, vous me l'offrez, hein ?

— Exact. Vous terminez votre rééducation et vous partez. Vous, Terri et le bébé qu'elle porte.

— Pour intégrer le programme.

Jardine hoche la tête.

— Mais je devrai témoigner contre mes amis.

— Vos amis ? Lesquels ? Les Moretti ? Ils veulent votre peau. Les Murphy ? Vous croyez faire partie du clan ? De la famille ? Erreur. Ils vous laissent manger à leur table, mais vous n'aurez jamais votre chaise.

— Allez au diable. Pas question.

Jamais il ne témoignera contre ses amis. Contre Pat, ou même contre John.

Jardine sourit.

— J'ai dit à votre mère que je connaissais déjà votre réponse.

— Elle aurait dû vous écouter, dit Danny en se débattant avec sa canne pour ouvrir la portière.

— On peut trouver un compromis, ajoute l'agent fédéral. Vous me refilez une petite info de temps en temps. Si un meurtre a été commandité, vous me rancardez. On veut juste limiter le nombre de morts, Danny.

— Et vous faites quoi pour moi ?

— Si les choses dégénèrent, le Bureau interviendra en votre faveur. Au tribunal, dans le bureau du juge, chez le procureur. On prend soin des nôtres. Et si on apprend que vous êtes menacé on vous préviendra pour que vous soyez ailleurs au moment où ça doit se produire.

Voilà ce que vous voulez en réalité, songe Danny. Un mouchard en liberté. Vous m'avez parlé du programme pour faire plaisir aux copains de baise de ma mère, mais vous préférez que je reste dans la rue tant que je peux vous être utile. Et dès que c'est fini, *adiós*. Le FBI utilise les indics comme des Kleenex. Ils se branlent dessus et ils les jettent. Si un indic se fait buter, ils disent : « Oh ! zut. Au suivant. »

— Ne répondez pas tout de suite, Danny. Réfléchissez.

— Allez vous faire foutre.

— Ce n'est pas la réponse à vos problèmes, Danny.

Qu'est-ce que vous savez de mes putains de problèmes, hein ?

Madeleine l'attend dans le hall.

— Tu dois penser à ta famille, Danny.

— Tu es bien placée pour dire ça.

— Je suis là maintenant.

— Oui, *maintenant.* (Avec vingt-sept ans de retard.) Tu seras où demain ?

— Ce n'est pas la question, Danny. La question, c'est : où seras-*tu* demain ? Où sera Terri ? Où sera ton enfant ?

— Ils seront avec moi.

Elle essaye une autre approche.

— Tu pourrais avoir une vie quelque part.

— J'en ai déjà une ici.

— Laquelle ? Tu es chef d'équipe sur les docks, tu collectes l'argent pour les Murphy et si tu n'avais pas merdé tu serais un meurtrier à l'heure qu'il est. D'ailleurs, si on veut être honnête, c'est ce que tu es.

— Au moins, je suis pas une pute.

Danny voit la douleur dans les yeux de sa mère, il voit qu'il a touché sa cible. Mais il ne peut s'empêcher d'ajouter :

— Si on veut être honnête.

— J'ai fait de mon mieux avec les cartes qu'on m'avait distribuées.

Danny a l'impression d'entendre une phrase toute faite, que sa mère s'est répétée un millier de fois, quand elle se réveillait à côté d'un homme qu'elle n'aimait pas. Et je pourrais en dire autant, pense-t-il. J'ai fait de mon mieux avec les cartes que tu m'as distribuées.

— C'est vraiment ce que tu veux ? demande Madeleine, incrédule. Tu veux rester à Dogtown ?

— C'est là que tu m'as laissé.

Que tu m'as *laissé.*

— Si tu veux que je m'en aille, je m'en vais. (Elle passe devant lui pour se diriger vers la sortie, puis se retourne.) Mais ne fais pas du mal à ta famille parce que tu me hais.

De retour au Residence Inn, il somnole depuis deux heures environ lorsqu'il entend Terri qui rentre. Elle dépose des sacs sur le comptoir de la cuisine et rejoint la chambre.

— Comment s'est passée ta séance ? demande-t-elle.

— Bien. J'ai marché.

— C'est vrai ?

— Oui. Tu es mariée à un enfant de deux ans.

Elle le toise et dit :

— C'est rare de voir *ça* chez un enfant de deux ans.

— Je devais rêver.

— De moi, j'espère, réplique-t-elle en abaissant sa braguette.

— Oui.

— Vraiment ? Et est-ce que je te faisais ça ?

— Oh ! la vache, Terri.

— Ou ça ?

Sa bouche est chaude et humide, sa langue s'agite, et Danny sait qu'il ne va pas tenir longtemps. Le sentant, elle arrête et le chevauche.

— On peut ? s'inquiète-t-il. Je ne veux pas vous faire du mal, à toi ou au bébé.

— N'aie pas peur. Mais toi, ça va te faire mal, tu crois ?

— Tu n'es pas si lourde.

— Tu rigoles ? Je suis une baleine.

— Je ne sais pas si je peux…

— Laisse-moi faire.

Terri s'installe sur lui avec une légèreté étonnante, elle se balance d'avant en arrière, ferme les yeux et s'offre du plaisir. Ça fait longtemps. Danny essaye de se retenir, mais quand il l'entend jouir et sent qu'elle le serre en elle il se laisse aller.

Elle roule sur le côté, délicatement, s'allonge sur le dos et s'endort.

Mais pas Danny. Contrairement à son habitude. Il a trop de choses en tête : un accord potentiel avec Sal – ou avec Chris – et la fin de la guerre. Et puis, il y a aussi la proposition de Jardine. *Les* propositions. Devenir un mouchard et intégrer le programme ou devenir un indic, un informateur.

Il écoute la respiration de Terri et pour la première fois il y réfléchit pour de bon.

Peut-être que je leur dois ça, à elle et au bébé qui est dans son ventre.

Un nouveau départ quelque part, un boulot honnête.

Elle serait déchirée, car cela voudrait dire dénoncer sa famille, mais d'un autre côté elle serait soulagée de se savoir en sécurité.

Mais en serait-il capable ?

Je pourrais moucharder John, mais Pat ?

Il cogite et, curieusement, à ses réflexions se mêle la trahison de sa mère qui les a abandonnés, son père et lui ; il est question de Dogtown, de la loyauté et de toutes ces conneries, et ça part à la dérive comme un bateau qui va s'échouer contre les rochers.

# 23

Peter Moretti est contraint d'avaler des seaux de couleuvres.

Il sait qu'il est en train de perdre la guerre et il doit prendre des mesures pour tenter de retourner la situation.

Des mesures douloureuses, humiliantes.

D'abord, il a dû rendre ses pierres à Solly Weiss. Et ce vieux salopard s'est senti obligé de lui faire la leçon. Peter avait envie de lui tirer une balle entre les deux yeux. Mais il a dû faire profil bas et s'excuser. Et avant cela il a dû ôter le collier autour du cou de sa *gumar*, ce qui ne l'a pas mise dans les meilleures dispositions ensuite, au lit.

Et comme si ça ne suffisait pas il a dû tendre la main à Sal Antonucci car, sans Sal et ses hommes, la guerre contre les Murphy virait à la débâcle. La vérité, c'était qu'il avait besoin de Sal, il avait besoin de Tony. Mais Peter était incapable d'y aller lui-même, c'était au-dessus de ses forces, alors il a envoyé Chris.

Ce dernier était opposé à l'idée de discuter avec Sal.

— C'est une erreur. Ce type est un fils de pute égocentrique, et maintenant on va se mettre à genoux devant lui ? Sa tête va encore enfler. Et il va reprendre les armes, tu peux me croire, c'est plus fort que lui.

— Oui, mais dans quel camp ? a répondu Peter.

*

Ils s'assoient face à face chez Fiori : Chris et Frankie V d'un côté, Sal et Tony de l'autre.

Techniquement parlant, même si c'est Chris qui a sollicité cette réunion, Sal est leur hôte, car ils sont sur son territoire, et ce restaurant est sous sa protection. Alors il commande une bonne bouteille de vin, le goûte et sert un verre à Chris.

Celui-ci va droit au but.

— Peter est prêt à te rendre le fric qu'il t'a taxé pour le braquage de Manchester.

— Pourquoi ? demande Sal. Pour quelle raison ?

— Sérieux, Sal, tu vas m'obliger à te sucer la bite ?

— Je te promets de pas jouir dans ta bouche.

— Peter sait qu'il a eu tort. Il regrette et il veut se racheter.

— Pourquoi il n'est pas là, alors ?

— C'est moi qui lui ai déconseillé, répond Chris. S'il vient en personne et si tu refuses sa proposition, il perdra la face, tu le sais bien. Mais si on parvient à une sorte d'arrangement ce soir, si je peux aller annoncer ça à Peter, je sais qu'il se fera un plaisir de se déplacer. Déjà, j'ai eu du mal à l'empêcher de venir ce soir.

— Mais tu as réussi, ironise Tony.

Chris regarde Sal et demande :

— Il parle à ta place maintenant ?

— Il est libre de dire ce qu'il pense. Et, soyons francs, Peter n'a pas « changé d'avis ». Il ne s'est pas réveillé un matin en se disant : « Je me suis comporté comme un con avec Sal. » Vous êtes en train de perdre la guerre, alors vous avez besoin de moi et de ma bande.

Chris ne répond pas, mais la manière dont il baisse la tête en dit long.

Toujours diplomate, cet enfoiré, se dit Sal.

— Tu pourrais récupérer ton fric et acheter ta maison, dit Chris, et en voyant l'expression de Sal il comprend qu'il a commis une erreur.

— Elle est déjà vendue, lâche Sal d'une voix blanche.

— Il y en a d'autres.

— Pas comme celle-ci.

— Je t'ai pas tout dit, ajoute Chris. Si tu reviens, quand toute cette histoire sera terminée, Peter te donnera le syndicat des dockers.

C'est du lourd, ça représente bien plus que le braquage de Manchester. C'est une grosse part du business des Murphy, une grosse part des revenus potentiels des Moretti. Un véritable sacrifice de la part de Peter. Une véritable offre.

— J'en veux pas, déclare Sal.

— Quoi ? s'exclame Frankie V.

Qui ne cracherait pas dessus, lui.

— J'ai réfléchi à tout ça, dit Sal. C'est plus comme avant. Dans le temps, il y avait des règles. Maintenant ? Peter peut débarquer et me piquer mon fric, sans problème. Qui me dit qu'il va pas recommencer ? Il me « donne » le syndicat ? Mon cul. Le syndicat, c'est moi qui l'ai pris, pour lui. Alors, non, il me « donnera » rien. Et puis, il pourra tout reprendre de l'autre main, quand bon lui semblera.

Il laisse cette dernière phrase flotter dans l'air, puis ajoute :

— J'ai mes propres affaires, le restaurant, le parking, la blanchisserie, ma famille a de quoi manger. Alors je me dis que je vais peut-être lever le pied et me contenter de ce que j'ai. Car franchement, quand on regarde ce qui se passe depuis quelques années… Tout le monde finit au cimetière ou en taule. Je préfère mourir chez moi.

Frankie V la joue à l'ancienne.

— C'est pas comme ça que ça marche. Tu as prêté serment. Jusqu'à la fin de tes jours.

— Et qui va me forcer la main, Frankie ? Toi ?

Frankie se tourne vers Chris.

— Pourquoi on gaspille notre salive ? Il en a rien à foutre de voir ses potes mourir. Du moment que sa famille a de quoi bouffer. Fait chier. Je me tire.

Chris regarde Sal de l'autre côté de la table.

— Qu'est-ce que je vais dire à Peter ?

— Finis ton verre. Ensuite, tu prends le fric de Peter, son syndicat, ses excuses bidon et tu lui dis qu'il peut se les carrer dans le cul.

— Qu'est-ce qui se passera quand les Murphy s'en prendront à toi, Sal ?

— Pourquoi ils s'en prendraient à moi ?

— Parce que si c'était moi je te laisserais pas en jeu.

Merci de m'avertir, pense Sal. Si je ne reviens pas au bercail, vous allez m'éliminer. Mais il répond :

— S'ils veulent s'en prendre à moi, je m'occuperai d'eux. En attendant, je n'ai rien contre vous deux.

Il gagne un peu de temps. Peut-être vont-ils s'interroger pour savoir s'ils veulent vraiment l'affronter.

Après leur départ, Sal dit à Tony :

— La prochaine fois, ils viendront armés. Chris réclamera un tête-à-tête, et Frankie sera là pour me buter. Et ensuite ce sera ton tour.

— Qu'est-ce que tu proposes, alors ?

— Va voir Murphy. Et dis-lui que j'accepte sa proposition. Fonce.

Car il y a urgence. Dès que Peter recevra sa réponse négative, il répondra à son tour, et ça ne sera pas avec des mots.

— J'ai pas de bagnole, dit Tony.

— Prends la mienne.

Jimmy Mac conduit Danny au Gloc.

Lorsque Danny entre dans le pub, il ne se sert pas de sa canne. Sans un léger boitillement, vous ne pourriez pas deviner qu'il s'est fait tirer dessus par Steve Giordo. Mais dans le quartier tout le monde le sait. Tout le monde sait qu'il a servi d'appât lors de la tentative d'assassinat foireuse de Liam. Que sa mère est intervenue pour le sortir de ce merdier, ce qui a plongé son père dans une cuite mémorable. Depuis, Marty Ryan biberonne sec.

— Je t'attends au bar, dit Jimmy.

Le Gloc a été décoré pour Noël. Enfin, façon de parler : un faux sapin miteux, quelques ampoules et une guirlande qui semble dater de la Seconde Guerre. Dans la sono, un groupe irlandais quelconque braille « Santa Claus Is Coming to Town », le Père Noël arrive en ville. Très mauvaise idée, se dit Danny.

John et Pat sont dans l'arrière-salle.

Pat s'avance pour étreindre Danny.

— Désolé de pas être venu te voir plus souvent.

— Il faut qu'on parle.

Ils vont s'asseoir dans un box. Là, Danny évoque l'accord éventuel avec Sal.

— Tu as décidé ça de ton propre chef ? demande Pat. J'aurais aimé que tu m'en parles d'abord.

— Je suis obligé de passer par toi, Pat ?

Danny sait qu'il aurait dû lui en parler, et le Danny d'avant l'aurait fait. Mais depuis qu'il s'est fait tirer dessus il éprouve le besoin de décider seul.

— Pour un truc aussi important, oui.

— C'est l'occasion de mettre fin à cette guerre, d'arrêter tout ça. Si Sal et ses gars nous rejoignent, Peter sera obligé de réclamer la paix, surtout si Pasco ne le soutient plus.

— Il a recollé les morceaux avec Pasco.

— Pas avec Sal. *On peut mettre fin à cette guerre, Pat.*

Arrêter le carnage.

Pat secoue la tête.

— Des Italiens, ça reste des Italiens. Au bout du compte, seul le sang compte pour eux. Ils finissent toujours par se soutenir mutuellement. De toute façon, c'est trop tard. Tu n'as plus à t'inquiéter pour Sal Antonucci.

— De quoi tu parles ?

— Tu n'as pas besoin de savoir.

— J'ai pas besoin de savoir ?

Putain, mec, je me suis mangé une balle pour toi. Et maintenant tu m'envoies me faire foutre ? Parce que je ne m'appelle pas Murphy ?

— C'est pour te protéger, Danny, dit Pat. Si tu ne sais rien, ils ne peuvent pas t'obliger à témoigner. Ils ne peuvent pas t'inculper.

— Tu ne me fais pas confiance.

— Bien sûr que si. Tu es mon frère. Mais cette histoire avec Sal, j'aurais préféré que tu t'abstiennes. Les choses sont déjà enclenchées.

— Je lui ai envoyé un message.

— Et tu n'aurais pas dû. Tu m'as l'air fatigué, Danny. Tu tires trop sur la corde. Rentre chez toi, repose-toi.

Je suis congédié, se dit Danny.

Il quitte l'arrière-salle.

— Amène-toi, dit-il à Jimmy.

Celui-ci pose sa bière.

— Tout va bien ?

— Ouais, ça va.

Ils sortent dans la rue.

La voiture fonce sur eux.

Elle remonte la rue dans un rugissement, et Danny n'hésite pas. Il ne prend pas le temps de réfléchir, il n'essaye pas de voir qui est au volant. Il dégaine son arme et la vide sur le pare-brise. Le conducteur perd le contrôle, et la voiture va s'encastrer dans l'arrière d'un camion garé le long du trottoir.

Danny et Jimmy foutent le camp.

Ils démolissent l'arme de Danny et balancent les morceaux dans la rivière, dans une benne à ordures, dans un fossé.

Sal regarde par la fenêtre, il voit Tony marcher vers la voiture.

Une superbe créature, pense-t-il.

Un pur-sang, musclé et racé, fier de sa force.

Tony ouvre la portière et s'assoit au volant. Il jette un coup d'œil par la vitre, voit que Sal le regarde, sourit, ravi qu'on l'observe, ses dents ont la blancheur de la neige fraîche, il tourne la clé de contact.

La voiture s'embrase.

Sal voit Tony ouvrir la portière et jaillir dans la rue en hurlant. Une torche vivante. Les bras tendus devant lui comme un aveugle. Il fait deux pas, tournoie sur lui-même et s'écroule.

Ironie du sort, Tony a toujours dit qu'il voulait être incinéré après sa mort, et tout le monde plaisante (mais pas devant Sal) en disant qu'il a été exaucé. Bref, ils mettent ce qu'il reste de lui dans une urne et ils organisent un office religieux, puis une réception, le tout payé par Sal. Inconsolable.

Peter, lui, se réjouit que Pat Murphy ait réussi ce qu'il n'a pas pu faire : ramener Sal dans le giron des Moretti.

Mais cela ne se produit pas immédiatement.

Sal sombre dans une profonde dépression. Il referme la porte de sa tanière et refuse d'en sortir.

Peter Moretti vient le voir en personne, avec une valise remplie d'argent liquide – la « taxe » du braquage de Manchester –, mais Sal refuse de le recevoir. Peter remet le fric à la femme de Sal et repart.

— Des voitures piégées ! braille Danny dans l'arrière-salle du Gloc. On en est arrivés là ? Nom de Dieu, Pat, et si ta femme et tes enfants étaient dans la bagnole ?

— C'est pas le cas, répond-il, mais il a conscience d'avoir franchi les bornes.

Danny est furieux. Ils avaient convaincu Sal de se retirer de cette guerre, peut-être de rallier leur camp, et maintenant cela ne fait aucun doute : il va retourner auprès des Moretti. Putains d'Irlandais, toujours à la recherche de notre prochaine défaite. Prisonniers de ce que nous sommes.

Il songe à ce vieux dicton : « S'il pleuvait de la soupe, les Irlandais se précipiteraient dehors avec des fourchettes. »

C'est exactement ce qui se passe actuellement.

Danny y repensera souvent au cours des années à venir. Et si ? se demandera-t-il. Et si Tony avait eu une voiture ? Si j'avais pu convaincre Pat de discuter avec Sal ?

Mais rien de tout ça ne s'est produit.

Dieu a une manière bien à lui de vous entuber.

*

Les flics de Providence arrêtent Danny.

Ils le font monter à l'arrière de leur véhicule banalisé. Viola se glisse à côté de lui et demande :

— Qu'est-ce que tu sais au sujet de cette voiture piégée ?

— Rien.

— Danny Ryan toujours fidèle à lui-même, dit O'Neill, assis au volant. Il ne sait jamais rien. Je parie que tu ne sais rien, non plus, au sujet de ces types qui se sont fait buter dans leur bagnole l'autre jour. Les frangins De Salvo ?

Je sais seulement qu'ils ont essayé de me buter, pense Danny. Il ne répond pas.

— Tony Romano brûlé vif, dit Viola, visiblement furieux. C'est vous qui avez fait ça, bande de bouffeurs de patates ?

— Je ne suis pas au courant.

— Toi aussi tu vas brûler vif. Sur la chaise, ajoute Viola. Tu le sais, ça ? Je vais t'y envoyer et je me ferai un plaisir d'appuyer sur le bouton.

— On a terminé ?

— Pour le moment.

Danny ouvre la portière et descend de voiture.

Pasco l'appelle.

Danny est surpris d'entendre la voix du vieil homme.

— Nom d'un chien, Danny, qu'est-ce qui se passe là-bas ?

— Je ne sais pas, Pasco.

— On ne peut pas tolérer ce bordel. Une voiture piégée ? Tu imagines la pression que ça va engendrer ? Et je ne peux rien faire pour l'empêcher.

Danny le sait.

Un mafieux qui se fait buter, c'est une chose : le public s'y attend presque. Mais une voiture piégée ? Avec le risque de tuer des innocents ? C'est une autre histoire. Ça évoque le merdier de l'Irlande du Nord, et l'opinion ne le supportera pas.

— Je ne veux pas savoir qui a fait ça, ajoute Pasco.

Tout le monde sait qui a fait ça, se dit Danny.

— Tu imagines la réaction de Sal ? Il va devenir fou, et ça non plus on ne peut pas se le permettre. Il faut contenir la situation.

Ah oui ? Et comment ? se demande Danny.

Pasco a la réponse.

— Voici ce que tu vas faire. Tu vas aller trouver Sal pour lui expliquer que les Murphy et toi vous n'avez rien à voir dans tout ça.

— Il n'y croira pas.

— Débrouille-toi pour le convaincre.

— Il va me buter.

— Tu as peur, Danny ?

Évidemment que j'ai peur ! Je connais Sal. Quand il est d'humeur meurtrière, il peut tuer la personne qui est devant lui. Sans raison. Je ne veux pas être cette personne.

— Tu es le seul dans ton camp qui puisse le convaincre, insiste Pasco. Sal te respecte.

— Il me hait.

— Oui, mais il te respecte. Je compte sur le fils de Marty Ryan pour faire ce qui doit être fait.

Tout est dit. Ce que Pasco Ferri veut, Pasco Ferri l'obtient. Alors, Danny se rend à Narragansett et se gare en face de chez Sal. Il attend. On raconte qu'il se terre, accablé de chagrin, mais il devra bien sortir tôt ou tard.

Le brouillard le devance.

Lorsqu'une brume épaisse vient de l'océan, elle peut déferler en un instant. Alors que le ciel était dégagé au crépuscule, une seconde plus tard, une couverture argentée enveloppe tout. La température baisse de manière aussi soudaine, et c'est dans cette ambiance feutrée et froide que Danny voit Sal sortir de chez lui, en tenant quelque chose sous le bras.

Danny le laisse prendre de l'avance avant de descendre de voiture et de le suivre vers la mer.

Une digue borde Narragansett Beach sur presque toute sa longueur. Une promenade court le long de cette digue, très fréquentée en été mais déserte aujourd'hui, par ce temps froid et brumeux. À l'exception de Sal.

Il marche dans la direction opposée aux Towers, les vestiges d'un casino qui se dressait à cet endroit dans les années 1880, lorsque cette ville était un lieu de réjouissances prospère qui accueillait les riches New-Yorkais.

Les deux tours, coiffées d'un toit conique recouvert de bardeaux, ont été construites de chaque côté d'Ocean Road, qu'enjambe une passerelle en forme d'arche, dotée d'une coupole en son centre. Mais ce soir Danny aperçoit à peine ces tours emblématiques.

Il continue à suivre Sal, qui semble ne rien remarquer.

Danny en doute, pourtant. Sal sait qu'il a une cible dans le dos, il sait qu'il a failli mourir dans cette voiture piégée. Il coince le paquet d'une main, l'autre reste enfoncée dans la poche de sa veste. Et Danny devine qu'elle tient une arme.

Sal marche en direction du Monahan's, un restaurant de fruits de mer, fermé en cette saison et installé au début de ce qui était autrefois le Narragansett Pier.

Danny palpe le pistolet qui se trouve dans la poche de *sa* veste, réduit la distance qui le sépare d'Antonucci et s'écrie :

— Sal !

Celui-ci s'arrête, se retourne et scrute le brouillard.

— Ryan ?

Danny lève les mains.

— Je viens en paix.

— Va te faire foutre avec ta paix !

— Je veux juste te parler.

— Fous le camp, avant que je te tire une balle dans la tête.

— C'était pas nous, Sal. Je te jure qu'on n'a rien à…

— Arrête de mentir, *fils de pute* !

Il sort son arme de sa poche et la pointe sur Danny.

Qui détale.

Dans un film, il lancerait une remarque spirituelle, ou bien il sortirait son arme lui aussi pour un duel au pistolet, mais on est dans la vraie vie – la « vraie mort », plus exactement et plus gravement –, alors Danny s'enfuit, aussi vite que sa hanche le lui permet.

Mais ses jambes sont raides et lourdes comme des poteaux téléphoniques. Soudain, une détonation claque dans le silence, et il sent le souffle d'air lorsque la balle frôle sa tête.

Il est certain que la prochaine ne manquera pas sa cible. Le tueur qui est en Sal va reprendre le dessus, et il visera le dos cette fois. Alors, Danny saute par-dessus la digue et retombe sur les rochers de l'autre côté, deux mètres plus bas. Il manque de déraper sur les algues. Mais les dieux de la mer sont avec lui : c'est marée basse. Il s'accroupit et se plaque contre le mur.

C'est peut-être son imagination, ou peut-être qu'il entend réellement les pas de Sal qui s'approche. Il se dit que les battements de son cœur vont le trahir, mais sa tête sait que les vagues qui s'abattent sur les rochers, plus loin, font encore plus de bruit.

Néanmoins, si Sal le voit, il est mort, coincé entre l'océan et la digue.

En bon habitant du Rhode Island, il a passé de nombreuses heures à maudire le brouillard. Perdu dans cette purée de pois quand il pêchait au large, il était terrorisé à l'idée que le bateau se fracasse contre les récifs. Il a souvent béni les phares de Point Judith et de Beavertail, dont les faisceaux transperçaient le mur opaque pour les guider à bon port. Il s'est retrouvé plusieurs fois sur l'autoroute en plein brouillard ou, pire, sur une des petites routes côtières, obligé de baisser sa vitre pour regarder la ligne jaune afin de rester sur la chaussée.

Mais aujourd'hui il remercie ce foutu brouillard qui se déverse de l'océan.

Accroupi, caché, il entend les vociférations de Sal.

— Va au diable, Ryan ! Allez vous faire foutre, toi et les autres ! Tu m'entends ?

Oui, il l'entend. Mais il n'est pas tenté de répondre, pour dire qu'il comprend ou pour le provoquer.

L'océan lui a sauvé la vie, il ne va pas rejeter ce cadeau.

Il attend une bonne demi-heure avant d'oser escalader la digue. Il jette un coup d'œil à droite et à gauche : aucun signe de Sal.

Pataugeant dans ses chaussures trempées, Danny regagne sa voiture et rentre chez lui.

Tenant à la main l'urne qui contient les cendres de Tony, Sal marche sur la jetée où se dressait jadis le vieux Narragansett Pier. Il ouvre l'urne, offre les cendres au vent venu du large et les suit.

Il saute sur les rochers qui émergent de l'eau tourbillonnante, à l'endroit où, chaque été, des touristes non avertis se noient. Car il veut mourir.

En hiver, il n'y a personne pour le voir. L'eau est d'un froid mortel. La mer, affamée, l'avale. Sal se débat dans les flots, il a soudain changé d'avis ; il décide qu'il veut vivre, mais désormais c'est l'océan qui choisit.

Il rend seulement ce dont il ne veut pas.

Et il rejette Sal. Qui s'accroche aux rochers glissants jusqu'à ce qu'il ait la force de se hisser hors de l'eau.

Sal a décidé que ça valait la peine de vivre pour tuer Pat Murphy.

Puis Liam Murphy.

Puis Danny Ryan.

— Il faut que tu quittes la ville, dit Danny à Pat.

Mais Pat refuse de partir, malgré les exhortations de John, de sa mère et même de Sheila. Va dans le New Hampshire, dans le Vermont, descends en Floride, mais fiche le camp de Dogtown. Pat, le capitaine de l'équipe de football, de l'équipe de hockey, de l'équipe de basket – Pat le leader-né –, refuse de partir.

— Alors, reste planqué, lui conseille Danny.

Fais profil bas et sois sur tes gardes.

Il prononce ces paroles en sachant que c'est inutile.

Pat est habité par une pulsion de mort.

Il a ça dans le sang, cette histoire de martyrs. Les Irlandais marchent vers la mort comme si c'était une jolie femme.

Pam vient ouvrir la porte.

— Où est ton bon à rien de mari ? demande Pat.

— Dans la chambre, répond-elle avec un mouvement de menton vers l'arrière de la maison.

Enfoiré de Liam, songe Pat, encore en train de se cacher. Mais ça va s'arrêter. Brutalement.

— Je sais ce que tu penses de moi, déclare Pam.

— Ah bon ?

— Car je pense la même chose. Je suis une pute.

— J'ai jamais dit ça.

— Moi, je le dis. Je suis une pute. La salope qui a provoqué tout ça. Je regrette d'être venue ici. Je regrette d'avoir rencontré Liam.

On est deux, pense Pat. Non, on est nombreux.

— Tu veux entrer ? propose-t-elle.

Liam émerge de la chambre, en bouclant sa ceinture, les cheveux en bataille, pieds nus, pas rasé depuis au moins deux jours. Voyant son frère, il demande :

— Que me vaut cet honneur ?

— Va te faire foutre.

— Ces temps-ci, je suis obligé de me démerder seul pour ça.

En prononçant ces mots, Liam lance un regard à Pam, accompagné d'un sourire en coin. Il se dirige vers le comptoir de la cuisine, prend un verre sale dans lequel il verse deux doigts de scotch et le brandit face à Pat.

— *Sláinte.*

Pat n'est pas d'humeur.

— C'est toi qui as déclenché tout ça, petit frère. Il est temps que tu reviennes en jeu.

— C'est bizarre, répond Liam. Ma chère petite femme ici présente me disait exactement la même chose.

— Sal va reprendre les armes. Pour le compte des Moretti. Alors on a besoin de bras sur le terrain, et ce serait bien que les gars te voient en première ligne.

— C'est toi le commandant en chef. Dis-moi ce que je dois faire et j'obéirai.

— Tu pourrais commencer par te montrer au Gloc.

— OK. (Liam finit son verre.) Laisse-moi aller chercher mes chaussures, mes affaires, et je rapplique.

— Commence par te raser.

— À vos ordres, chef.

Liam exécute un salut militaire, pose son verre et retourne dans la chambre.

— Tu veux boire quelque chose ? propose Pam.

— Non merci. Faut que j'aille voir ma femme. Dis-lui de se dépêcher, OK ? Empêche-le de se recoucher.

— Tu veux que je le menace de ne plus baiser avec lui s'il ne se comporte pas en homme ? demande Pam. Une sorte de Lysistrata à l'envers ?

— Je ne comprends pas de quoi tu parles.

— Peu importe. Hé, Pat. Pour ce que ça vaut : je suis désolée.

— Ouais.

On est tous désolés.

Qu'est-ce que ça change ?

Sheila n'est pas là quand il rentre. Un mot sur la table de la cuisine l'informe qu'elle est allée faire des courses en emmenant le bébé. Il décide de partir à sa recherche mais, en ressortant de la maison, il la voit remonter la rue derrière une poussette.

Pat se penche pour prendre son fils dans ses bras.

Le bébé hurle si fort que ça en devient comique. Pat et Sheila éclatent de rire.

— Il ne te connaît pas, dit Sheila.

— Je suis pas là assez souvent, admet Pat en rendant le nourrisson à sa femme.

Sheila ne relève pas. Elle serre le bébé contre elle en roucoulant, et les cris cessent.

— Ce sera bientôt terminé, dit Pat.

Il voit apparaître dans les yeux de Sheila des larmes. Sheila si forte, si solide, Sheila la dure à cuire. Tout cela la mine.

Et soudain ça sort.

— Allons-nous-en, Pat. Partons d'ici.

— Je ne peux pas, Sheel. Je dois penser à tous les gars.

— Ils passent avant ta famille ? Avant ta femme ? Si tu ne penses pas à moi, pense à ton fils au moins. Tu veux que Johnny grandisse sans père ?

— Non, bien sûr que non.

— Alors ?

— Il ne m'arrivera rien.

— Parce que tu es invulnérable ? Tu es l'Homme d'acier, qui saute sur le toit d'un immeuble d'un bond…

— Arrête.

— Non, *toi* arrête. Avant qu'il soit trop tard.

— J'essaye.

— Non, tu essayes de continuer, au contraire. Ils tuent l'un des nôtres, alors on tue l'un des leurs… Je ne veux pas être veuve, Pat. Je ne veux pas élever notre fils seule.

— Ça n'arrivera pas.

— Partons d'ici. Monte chercher quelques affaires, mets-les dans la voiture et sauve-toi.

— C'est pas aussi simple.

— Il n'y a rien de plus simple.

Les larmes coulent sur son visage maintenant.

Pat n'ose pas la regarder.

— Sheila… Il faut que j'y aille…

— Alors, vas-y. Va rejoindre tes *gars*.

— Ne m'en veux pas, OK ?

— Vas-y.

— Je t'aime.

— Vraiment ?

Elle arrête la poussette et entreprend de décharger les sacs de courses.

— Attends, je vais t'aider, dit Pat.

— Je peux me débrouiller.

— Je sais bien, mais…

— Vas-y !

Pat s'en va.

Danny marche dans les rues depuis cinq bonnes minutes quand Jardine s'arrête à sa hauteur en voiture, baisse sa vitre et lance :

— Montez.

— Vous êtes dingue ? Je ne veux pas qu'on me voie avec vous.

Danny continue à marcher.

— Montez, répète Jardine. À moins que vous préfériez avoir cette conversation dans les bureaux du FBI ?

Danny monte à bord.

— Roulez. Loin.

Jardine s'exécute. Il emprunte la 95 et traverse le Red Bridge en direction de Fox Point, un quartier majoritairement portugais.

— Vous avez merdé, vos potes et vous, dit Jardine, en transformant Tony en flamme olympique.

Danny adore quand les agents fédéraux tentent de singer la façon de parler des gangsters. Ils croient que ça les rend crédibles, alors que ça les fait passer pour des cons. Il répond :

— Je suis pas au courant.

— Un mafieux de plus ou de moins, je m'en contrefous. Ce que j'essaye de vous dire, c'est que vous êtes dans la merde. L'avion d'Aer Lingus va s'écraser au sol, et je vous propose un parachute.

— Nom de Dieu, vous ne pouvez pas parler normalement ?

— OK. Sans fioritures rhétoriques, disons que les Italiens sont furax. Cette voiture piégée leur a apporté le soutien total de New York, de Boston, de Hartford, et même de Springfield. Ils vont envoyer des troupes face auxquelles vous ne pouvez pas espérer rivaliser. Vous allez mourir, Danny, sauf si vous acceptez la main que je vous tends. C'est un langage suffisamment clair pour vous ?

— Oui.

Danny sait que ce fils de pute a raison.

— On peut partir tout de suite, ajoute Jardine. On passe chercher Terri, même pas besoin de s'arrêter pour faire le plein. On s'installe devant un magnéto, vous et moi, et vous commencez une nouvelle vie.

— Je refuse de dénoncer mes amis.

— Pat Murphy est un homme mort. Liam ? C'est une petite merde, et vous le savez mieux que moi. Jimmy Mac ? Écoutez. Vous me donnez les Murphy, on embarque Jimmy et on lui offre un traitement de faveur.

— Vous me demandez de moucharder le père et le frère de ma femme.

— Posez la question à Terri. Demandez-lui si elle serait prête à échanger son père et son grand frère contre son mari et son enfant.

— Allez vous faire foutre.

— Vous avez peur de sa réponse ?

Il se trouve que oui, se dit Danny.

Sentant qu'il a marqué un point, Jardine insiste :

— Si John Murphy acceptait de nous donner… Pasco Ferri, par exemple, on pourrait peut-être lui proposer un arrangement.

Nombreux sont ceux qui aimeraient voir Pasco sur la touche, se dit Danny.

À commencer par Peter Moretti.

— Et mon père ? demande Danny.

— Quoi qu'il ait pu faire, ça appartient au passé. Sans vouloir vous vexer, tout le monde s'en fiche.

Comme s'il se parlait à lui-même, Danny dit :

— Il ne m'adresserait plus jamais la parole si je devenais un mouchard. Il ne voudrait même plus me regarder.

— Alors, je vous pose la même question, réplique l'agent du FBI. Qui compte le plus pour vous ? Votre femme et votre enfant ou bien votre père ? À en croire votre mère, Marty ne s'intéresse pas beaucoup à vous.

Danny ne répond pas. Que pourrait-il dire ? Là encore, ce type a raison.

En bon agent fédéral, Jardine sait quand il faut accentuer la pression et quand il faut la relâcher. D'après le manuel, il devrait frapper fort, obliger Ryan à prendre une décision rapide, battre le fer pendant qu'il est chaud, embarquer sa femme enceinte et sceller le marché.

Mais son instinct lui conseille le contraire.

Il lui conseille de lâcher prise, de laisser respirer Ryan.

— Réfléchissez, dit-il. Mais pas trop. Vous n'avez pas toute la vie devant vous. Et je ne ferai pas la même offre à votre veuve. Je vous ramène ?

Danny se fait déposer dans Point Street.

La route est longue jusque chez lui, mais il a besoin de temps pour réfléchir.

Tout ce qu'a dit Jardine est exact.

Les Italiens vont buter Pat, ils vont buter Liam et le vieux Murphy ; ils vont buter Jimmy et ils vont me buter.

La seule question, c'est : quand ?

À moins que je fasse quelque chose pour changer ça.

Ouais, mais quoi ?

Je ne peux pas aller trouver les Moretti. Même si j'en avais envie, ils ne me feront plus jamais confiance, et je ne peux pas leur en vouloir.

Je pourrais prendre Terri et foutre le camp, mais elle refusera d'être loin de sa famille au moment d'accoucher. Et même si elle accepte de partir, les fédéraux me retrouveront.

Ou alors, tu peux accepter la main tendue de Jardine.

Devenir un putain de mouchard.

Un indic, la malédiction des Irlandais.

L'homme qui trahit ses amis.

Il n'y a rien de pire qu'un mouchard.

Si, se dit-il : un homme qui ne protège pas sa femme et son enfant.

Pat Murphy boit seul au Gloc.

Cet enfoiré de Liam n'est pas venu.

Ses gars voulaient rester, mais il les a renvoyés. Il a l'alcool mauvais. Il finit son dernier verre, ferme le bar et sort dans la rue. Il ne voit même pas arriver la voiture lorsque, rempli de Jameson et de regrets, il avance d'un pas lourd dans Eddy Street.

Sal devait le guetter.

Il n'utilise pas une bombe ni même un flingue, il utilise l'accélérateur de la Cadillac volée. Pied au plancher il fonce droit sur Pat, qui lève la tête à la dernière seconde et sort son 38 de sa poche, mais n'a pas le temps de tirer avant que Sal le percute.

Sal s'arrête, recule, avance, recule de nouveau, et ainsi plusieurs fois de suite, en roulant à chaque fois sur Pat. Puis il repart, en emportant le corps de Pat coincé sous le carter. Il le traîne sur un pâté de maisons avant de s'en apercevoir.

Libéré de sa fureur noire, Sal retrouve son instinct de survie. Il descend de voiture, balance dans le coffre de la Cadillac ce qui reste de Pat Murphy et redémarre.

Laissant des traînées de Pat dans Eddy Street.

*

Danny en a le cœur brisé.

Les gens crient vengeance. Ils comptent sur lui et sa bande pour l'accomplir. Mais Danny refuse. Pour le moment. Il n'en a pas le courage. On aurait pu croire que le meurtre de son meilleur ami le rendrait fou de rage, mais vient un moment où vous vous dites : fait chier, trop c'est trop.

Et quand votre cœur se brise, impossible de recoller les morceaux.

Liam, évidemment, n'a que ce mot à la bouche : vengeance. Il parade au Gloc en disant que les coupables payeront pour la mort de son frère. Il continue à pérorer jusqu'à ce que Danny lâche :

— Tu ne peux pas tuer Sal.

— Et pourquoi ? rétorque Liam.

Parce que tu ne peux pas. Parce que Sal est trop fort pour toi et que tu as juste une grande gueule.

Il répond :

— Si Sal est mort, il ne pourra pas nous dire où est le corps de Pat.

Sal l'a balancé quelque part, mais bien évidemment il ne peut pas le dire, car cela reviendrait à avouer le meurtre. La mère de Pat est dévastée, et sa plus grande souffrance est de ne pas pouvoir offrir un enterrement décent à son fils. Du coup, elle ne peut pas faire son deuil, comme on dit.

— Il ne nous le dira pas de toute façon ! s'exclame Liam.

Assise à une table, livide, Pam le regarde, et Danny est incapable de deviner ce qu'elle pense, ce qu'elle ressent. Cassie, installée au comptoir, contemple le miroir en sirotant un Coca light : elle mène son combat contre l'alcool.

— On n'en sait rien, répond Danny.

— Bien sûr que si, rétorque Liam. Pourquoi il nous le dirait, hein ?

Danny ne voit qu'une seule raison. *Une seule*. Que Pasco Ferri lui demande de le dire.

Pas à la police, évidemment, cela n'arrivera jamais, même si les flics ont déjà annoncé que les principaux suspects étaient deux Noirs visiblement sous l'emprise de stupéfiants. Mais Pasco pourrait peut-être convaincre Sal de se confier à lui.

Marty appelle son vieil ami.

— Comment on a pu en arriver là ? demande Pasco.

— Tu peux nous aider ?

Pasco appelle Sal.

Tout d'abord, celui-ci fait la sourde oreille.

— Je sais pas de quoi tu parles. Attention, comprends-moi bien, je suis pas triste que cet enculé soit mort, mais j'ai entendu dire que c'étaient des négros.

— On n'est pas des bêtes, dit Pasco. Ils veulent juste enterrer leur fils.

— Un tas de gens veulent des choses qu'ils n'ont pas. Moi, je voulais une maison. Je voulais que mon ami vive. Les Murphy ne manquent pas de culot pour oser me demander quoi que ce soit.

— C'est *moi* qui te le demande, Sal.

Pasco Ferri n'a pas pour habitude de demander les choses deux fois. Sal n'a plus envie de mourir, il sait donc qu'il doit obéir à Pasco, mais il veut sauver la face, alors il pose une condition.

— Si John Murphy vient me voir personnellement, s'il me le demande personnellement, peut-être que je lui répéterai ce que j'ai entendu.

*

— Qu'il crève ! s'emporte Liam en apprenant l'exigence de Sal. On le chope, on l'emmène dans un entrepôt, on lui branche des câbles électriques sur les couilles et on balance le courant jusqu'à ce qu'il nous dise où est Pat. Et après on le bute.

Danny brûle d'envie de saisir Liam à la gorge, de le plaquer au sol et de lui bourrer la gueule de coups de poing. Tout ça, c'est à cause de toi, pense-t-il. C'est ta faute, fils de pute !

John demande :

— C'est ce que tu proposes, Liam ? Laisse-moi te poser une question : comment tu comptes faire ? Comment tu vas le « choper » ?

Liam n'a pas la réponse.

— En attendant, reprend John, le corps de ton frère pourrit quelque part, sans qu'on puisse l'enterrer dignement.

— Quand on aura enterré Pat, je buterai cette ordure.

— Très bien, fils. À vrai dire, il est temps que tu fasses *quelque chose.*

Et donc John Murphy se rend chez Sal. Il sonne à la porte comme un vulgaire représentant. Lorsque Sal vient lui ouvrir, John dit :

— Merci de me recevoir.

Sal ne répond pas.

— Ma femme n'arrive plus à dormir, confie John. Elle fait des cauchemars.

Sal aussi fait des cauchemars. La nuit précédente, il a rêvé que Tony venait le voir pour lui demander d'avouer où était caché le corps de Pat Murphy. Pour qu'ils trouvent enfin le repos l'un et l'autre. Sal s'est réveillé en sueur et en larmes, et maintenant John Murphy est là, devant lui. Il dit :

— Je n'en suis pas certain, évidemment. Comment je pourrais savoir, hein ? Mais j'ai entendu des rumeurs.

Sal lui indique où pourrait se trouver le corps de Pat. Peut-être. Et il ajoute :

— Mais ça ne veut pas dire que tout est réglé entre nous.

— Je veux juste enterrer mon fils dignement, répond John.

Sal hoche la tête et ferme la porte.

John envoie Danny.

Celui-ci ne peut s'empêcher de songer : pourquoi pas Liam ? Pourquoi ne pas envoyer Liam chercher le corps de son frère, car si Pat a été tué c'est à cause des conneries de Liam. Mais il connaît la réponse : personne ne veut traumatiser le petit Liam ni l'obliger à assumer ses responsabilités. Et Danny ne posera pas la question à John car le vieux souffre suffisamment.

Que penser d'un homme qui ravale sa fierté et va trouver personnellement, toute honte bue, celui qui a tué son fils pour lui demander ce qu'il a fait du corps ? Comment est-ce possible ? Qui peut infliger ça à un être humain ? À un vieil homme qui vient de perdre son fils ? Danny est abasourdi. Impressionné. Il comprend, pour la première fois, pourquoi c'est Murphy qui règne sur les docks et non pas son propre père. Il faut être fort, très fort, pour faire ce qu'il a fait.

Alors, Danny ne lui demande pas pourquoi il n'a pas envoyé Liam. Au lieu de cela, il passe chercher Jimmy Mac, car il sait que Jimmy sera heureux de faire ça pour Pat.

Ils y vont de nuit, comme John l'a promis à Sal, même si, du coup, retrouver la tombe sera beaucoup plus difficile. Alors qu'ils roulent sur le Plainfield Pike à bord d'une vieille camionnette, Jimmy demande :

— Tu aurais pu imaginer qu'on ferait un tel voyage un jour ?

— Pas même dans mes pires cauchemars.

— Il faut buter ce type.

— Chaque chose en son temps, OK ?

D'abord, enterrer Pat. Ou plutôt : d'abord le déterrer, pour pouvoir lui offrir une sépulture décente. Ensuite, supporter l'enfer que seront la veillée funèbre et l'inhumation, et peut-être, alors, envisager de buter Antonucci.

S'il ne nous bute pas avant, ce qu'il va essayer de faire, sans aucun doute.

La trêve durera jusqu'après l'enterrement.

Dès le lendemain, la guerre reprendra, et on pourra s'estimer heureux si on survit.

Mais chaque chose en son temps.

D'abord, trouver le corps de Pat.

L'itinéraire les conduit à travers les bois et leur fait franchir la chaussée surélevée qui mène à la rive est du Scituate Reservoir. Sal aurait « entendu une rumeur » selon laquelle le corps se trouverait au bord d'une voie d'accès réservée aux pompiers, avant que l'autoroute longe de nouveau la rivière, à une centaine de mètres au sud de la route, sur la droite. Là, ils verront des sapins morts, puis des sapins vivants.

Le corps se trouve au pied du premier sapin vivant.

Jimmy s'engage dans la voie d'accès des pompiers et roule au milieu des arbres morts. Ils s'arrêtent, descendent de la camionnette et promènent les faisceaux de leurs lampes électriques autour d'eux.

— Est-ce qu'il aurait pu choisir un endroit plus flippant ? demande Jimmy.

Danny braque sa lampe devant lui et marche vers le premier sapin vivant qu'il aperçoit. Et bien évidemment il découvre un carré de terre remuée, recouvert hâtivement d'aiguilles de pin.

— Va chercher les pelles, ordonne-t-il à Jimmy.

Jimmy revient avec les outils et en tend un à Danny, qui enfonce la plaque de fer dans le sol meuble et appuie dessus avec le pied droit.

Lorsqu'il sent quelque chose de dur, il se met à creuser.

Jimmy l'éclaire avec sa lampe, et Danny s'aperçoit que la pelle a heurté la tête de Pat.

Ce qu'il en reste, du moins.

Du côté droit, les cheveux ont été arrachés en même temps que la peau, et l'orbite de l'œil est vide.

Danny lâche la pelle, se retourne et se penche en avant pour vomir. Il entend les lamentations de Jimmy : « Oh putain, putain… », puis ses haut-le-cœur. Essuyant sa bouche avec sa manche, Danny se retourne et dit :

— Au boulot.

Ils creusent aussi délicatement que possible, jusqu'à dégager entièrement le cadavre de Pat. Il est couché en position fœtale, ses vêtements sont lacérés et ses jambes nues couvertes d'une croûte de sang séché et de terre. Son pied droit ne tient plus que par un seul tendon, et ses doigts sont crispés comme s'il essayait encore d'agripper quelque chose.

Sa vie peut-être, songe Danny.

Ils étalent une vieille couverture de l'armée sur le sol, font rouler Pat dedans, l'enveloppent solidement et transportent le corps à l'arrière de la camionnette.

Danny ferme la porte et vomit de nouveau.

La dernière virée de Patdannyjimmy dans les bois les ramène à Providence.

Cassie est postée devant chez Marley quand ils arrivent.

Danny la voit retourner à l'intérieur pour annoncer aux autres qu'ils sont là. Il sait que la famille attend et, quelque part, il a envie d'ordonner à Jimmy de continuer à rouler, car ça va être violent.

— Tu es prêt ? demande-t-il.

— Non.

— Moi non plus.

Il descend de la camionnette et entre dans le salon funéraire. En effet, toute la famille est là : Terri, John, Catherine, Cassie, et Sheila qui s'oblige à le regarder lorsqu'il franchit la porte.

Il la salue d'un hochement de tête.

Même Pam est présente, avec Liam.

Qui passe en mode « Je prends les choses en main ». Il se lève de sa chaise et demande :

— Vous avez retrouvé mon frère ?

— J'ai fait ton boulot, si c'est ce que tu veux savoir.

Danny l'écarte du coude pour marcher vers Sheila. Elle se lève à son tour, au moment où il lui dit :

— Ne va pas le voir, Sheila. Fais-moi confiance.

— C'est mon mari.

— Souviens-toi de lui tel qu'il était.

Il entend le cri étouffé de Cassie lorsque Jimmy et deux des gars de Marley transportent Pat à l'intérieur. C'est horrible.

Mais le hurlement strident de Catherine lorsqu'elle voit le corps de son fils enveloppé dans une couverture est sans doute le son le plus glaçant qu'il a jamais entendu.

Il ne l'oubliera jamais.

Les employés du salon funéraire tâchent de transporter le corps de Pat jusqu'à l'ascenseur pour le conduire au sous-sol et s'en occuper, mais Catherine se dresse sur leur chemin et tente d'arracher la couverture pour regarder son fils. John essaye de la retenir. Il n'en a pas la force. Alors, il renonce, laisse retomber la tête et se pince le nez.

C'est Cassie qui parvient à éloigner sa mère du corps de Pat. Elle la serre contre elle pour l'empêcher de glisser jusqu'au sol, tandis que Catherine sanglote, hurle et la roue de coups de poing.

Sheila se faufile derrière Danny, s'approche du corps et palpe la couverture jusqu'à ce qu'elle sente la tête de Pat pour la caresser à travers le tissu rêche.

— Mon mari…

Elle s'effondre.

Danny la retient.

La veillée funéraire est un spectacle d'horreur.

Le cercueil est fermé, car Marley lui-même n'a pas réussi à rendre le corps présentable.

Danny s'en réjouit intérieurement : il n'avait aucune envie de rester assis là pendant plusieurs jours à contempler un visage cireux et maquillé, censé être celui de son meilleur ami. Ce putain de cercueil est suffisamment déprimant avec ces chapelets posés sur le chêne verni.

Déprimant également, ce flot ininterrompu de visiteurs qui se recueillent quelques instants devant le cercueil, avant de se diriger vers les membres de la famille, assis en rang, pour leur adresser leurs condoléances. Après quoi, ils vont s'asseoir derrière, sur des chaises pliantes, et quand ils estiment être restés assez longtemps ils s'éclipsent.

Danny aimerait pouvoir en faire autant.

Le deuxième jour, en revenant des toilettes, il tombe sur Liam dans le couloir. Il sent les relents d'alcool dans son haleine lorsque celui-ci dit :

— Je sais ce que tu penses.

— Ah oui ? Qu'est-ce que je pense ?

— Tu penses que ça aurait dû être moi, répond Liam, comme s'il jetait son gant.

Danny n'est pas d'humeur à supporter ces conneries.

— Oui, ça aurait dû.

— On est d'accord sur un point, alors, lâche Liam, et il l'écarte de l'épaule.

Au bout du couloir, Jimmy a assisté à cet échange.

— On aurait dû le liquider quand on en avait l'occasion.

— Oui, je regrette.

Danny retourne s'asseoir à côté de Terri.

— Que t'a dit Liam ? demande-t-elle.

— Aucune importance.

— Réponds-moi.

— Qu'il aurait voulu être à la place de Pat.

— On le pense tous.

Pour Danny, le temps ne passe pas lentement, il ne passe pas du tout.

Il se noie dans les souvenirs.

Pat et lui mangeant des sandwichs au sucre, Pat, Jimmy et lui lisant des bandes dessinées de Superman, construisant des maquettes de voitures. Un jour où ils jouaient sur un chantier, ils avaient découvert une pierre dont ils pensaient qu'elle contenait de l'or. Convaincus d'être riches ils avaient parlé pendant des heures de ce qu'ils allaient acheter – des voitures, des maisons pour leurs parents, un jet privé –, jusqu'à ce qu'ils soient obligés de reconnaître que cette pierre n'était pas vraiment en or. Ils étaient rentrés chez eux le cœur gros. La fois où une tante avait offert à Pat un filet à papillons pour son anniversaire. Ils étaient partis à la chasse, et Pat avait attrapé un monarque, mais il n'avait pas eu le courage de le tuer. Ils étaient un peu plus âgés le jour où ils s'étaient faufilés dans la chambre du père de Jimmy et avaient découvert des numéros de *Playboy* sous le matelas.

Ou encore Pat posté derrière la porte grillagée d'une vieille armoire, au premier étage, jouant les prêtres pour entendre leurs confessions et s'assurant que tout était inventé, sinon ce serait un sacrilège. Première confession, première communion, confirmation, Pat prenait tout cela très au sérieux, il parlait même d'entrer dans les ordres, jusqu'à ce qu'il commence à sortir avec Sheila au lycée, et ça s'était arrêté là. Danny lui avait demandé ce qui s'était passé au séminaire, et Pat s'était contenté de répondre : « les nichons ». Pat et Sheila, Jimmy et Angie, Terri et lui sortaient tous ensemble, ils allaient à Rocky Point, sur la côte, à Newport ; une fois, ils étaient allés au Jai Alai, et Angie avait gagné 300 dollars. Ils avaient essayé de la convaincre de les claquer au Black Pearl, mais elle avait refusé et elle les avait déposés à la banque. Il y avait aussi la fois où ils jouaient au street hockey par une chaude nuit de juillet, sur un terrain de basket, avec ce type qui possédait une crosse tellement incurvée qu'il pouvait tirer uniquement en hauteur, et sa balle avait atteint Liam en pleine bouche. Alors, Pat avait ôté les gants pour tabasser tout le monde, et ils s'étaient battus jusqu'à ce que les flics les dispersent. Ils avaient demandé à quelqu'un de leur acheter des bières, qu'ils avaient bues dehors, en mettant de la glace sur leurs poings abîmés ; ils riaient en commentant cette bagarre, mais Pat ne décolérait pas à cause de la crosse tordue de ce type. Danny avait réussi à le faire rire en racontant que, d'après la rumeur, Peter Moretti avait une crosse tordue lui aussi. Et la fois où Jimmy et Pat, ivres, s'étaient entassés dans une cabine téléphonique sur un parking pour faire des canulars et s'étaient retrouvés coincés à l'intérieur, impossible d'ouvrir la porte, alors ils avaient appelé Sheila pour qu'elle vienne les libérer, mais ils rigolaient tellement en la voyant arriver qu'elle avait menacé de les laisser là, ils ne méritaient que ça ; elle avait quand même ouvert la cabine, et ils avaient roulé sur le bitume, sans cesser de se bidonner. Et aussi la première fois où Pat avait emmené Sheila sur le parking au bout de la plage, dans sa voiture. Cet imbécile s'était ensablé, et il avait dû appeler Danny et Jimmy pour qu'ils viennent l'aider avant que le père de Sheila l'apprenne. Danny se souvient de tous ces moments, et il essaye de ne pas penser au corps de Pat, mutilé.

Mais il en rêve, la nuit qui précède l'enterrement, jusqu'au matin, avant qu'ils remettent Pat sous terre. Dans son rêve, Pat tend la main en criant : *Aide-moi, sors-moi de là, arrache-moi à la mort*, et Danny lui prend la main, mais celle-ci se détache et reste dans la sienne, alors il rentre chez lui d'un pas traînant, le cœur gros ; il pose la main de Pat sur le comptoir de la cuisine et dit à Terri : voilà ton frère, on n'a pas le fric.

L'enterrement est un moment d'une immense tristesse.

Danny a le plus grand mal à s'extraire de son lit, il ne veut pas affronter cette réalité.

Pourtant, il passe prendre Marty et Ned sur la côte, puis revient chercher Terri chez eux, après quoi ils se rendent au cimetière.

Liam est déjà là, figé par la fureur et la culpabilité. À côté de lui, Pam sait que les gens la tiennent pour responsable, et peut-être qu'elle aussi. Cassie, étonnamment sobre compte tenu du contexte, écoute l'oraison funèbre sans pleurer et déclare :

— Il était le meilleur d'entre nous et le dernier.

Comptez sur elle pour transformer cet instant en poésie.

Comptez sur elle pour avoir raison.

Danny prend Marty par le coude pour le ramener vers la voiture et le conduire à la réception, qui sera aussi violente que l'inhumation. Ils seront tous ivres, ils raconteront des histoires larmoyantes sur Pat, et Marty chantera des vieilles chansons. En s'éloignant, Danny remarque que Pam l'a rejoint. Elle le regarde et dit :

— Pat n'a jamais eu une parole de travers avec moi.

Danny sent le poids s'abattre sur ses épaules, et l'automne se transformer en hiver, d'un coup.

Car ils n'ont plus de chef désormais.

Certes, John sera toujours le boss, mais il n'en aura que le nom, et Liam essayera peut-être de reprendre le flambeau, en vain.

Ne reste que moi, songe Danny.

Car il n'y a personne d'autre.

Au départ, c'était une matinée ensoleillée à la plage, et à la fin de la journée tu jettes de la terre froide sur le cercueil de ton meilleur ami.

Il a envie d'été et de soleil, il rêve d'une mer chaude.

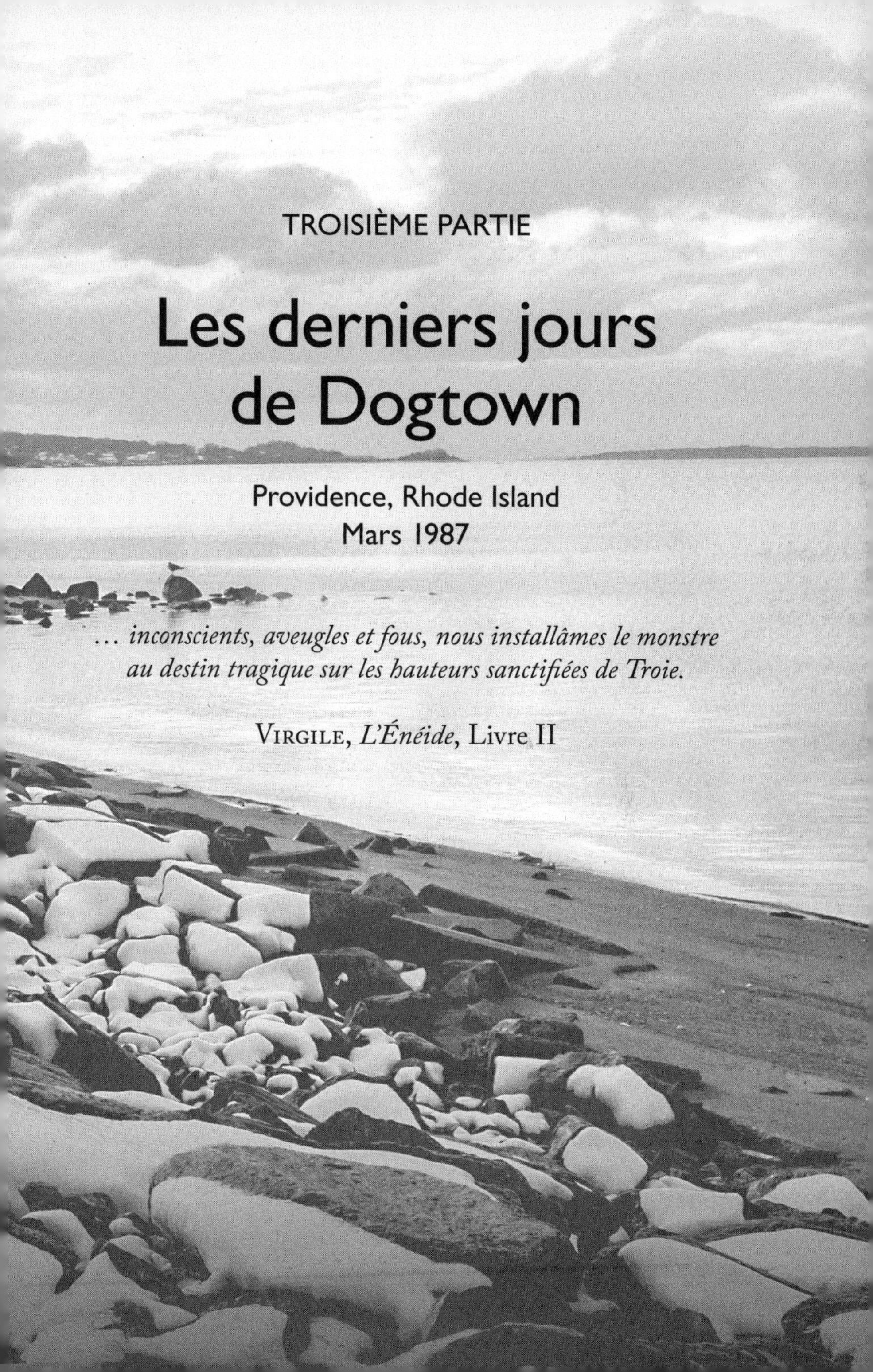

TROISIÈME PARTIE

# Les derniers jours de Dogtown

Providence, Rhode Island
Mars 1987

*… inconscients, aveugles et fous, nous installâmes le monstre au destin tragique sur les hauteurs sanctifiées de Troie.*

VIRGILE, *L'Énéide*, Livre II

# 24

Providence est une ville grise.

Ciel gris, immeubles gris, rues grises. Un granit gris aussi dur que ces pèlerins de la Nouvelle-Angleterre qui l'ont extrait des carrières pour bâtir leur cité sur la colline. Grise comme le pessimisme qui flotte dans l'air, tel du brouillard.

Grise comme le chagrin.

Ce chagrin ininterrompu qu'éprouve Danny depuis la mort de Pat. Une tristesse qu'il porte sur lui à l'instar de ces vêtements qu'il enfile le matin en se levant, comme s'il regardait le monde sur ce téléviseur en noir et blanc qu'il avait chez lui enfant.

Danny remonte le col de son blouson de cuir sur le chemin du Gloc. Il n'est plus Danny le docker, le collecteur, le braqueur… Il est l'homme qui a glissé les pieds dans les grandes chaussures de Pat Murphy.

Il fallait bien que quelqu'un le fasse, et pas question que ce soit Liam.

Cet enfoiré qui, bien entendu, voulait aller buter tout le monde. Ou, plutôt, qui voulait envoyer d'*autres* personnes tuer tout le monde. Pas question de se mouiller, il voulait juste appuyer sur les boutons.

Danny l'en a dissuadé.

— On ne peut pas riposter maintenant.

— Ils ont tué mon frère, bordel !

— Je sais. (Ils ont tué mon meilleur ami, pensait-il.) Ce que j'essaye de t'expliquer, c'est qu'on n'a pas assez d'hommes sous la main pour lancer une offensive.

Et il est en deuil, nom de Dieu. Il a le cœur brisé. Sa femme enceinte aussi, et il doit veiller sur elle. Sans oublier ses beaux-parents : Catherine est dévastée, et John… John n'est pas loin de la catatonie. Plus capable de gérer le business, et encore moins de mener une guerre.

Alors, c'est à Danny qu'il incombe de le remplacer.

Il doit traiter les affaires courantes : les docks, le syndicat, les prêts, les braquages. Tout cela repose sur ses épaules. Il y a mille putains de détails à régler chaque jour, qu'il s'agisse de vérifier que les bons gars ont été choisis pour constituer les équipes du jour sur les quais, que la collecte a bien été effectuée, le fric distribué, les enveloppes remises aux flics et aux juges qui leur restent acquis. Il doit répartir les tâches, régler les conflits, établir des règles.

Bernie lui a apporté un coup de main précieux pour les loteries, et Jimmy le soulage d'une bonne partie du boulot, mais c'est Danny qui commande.

Danny qui doit mener la guerre.

Heureusement, les combats faiblissent.

À cause de la fatigue, en partie.

Les deux camps sont exténués, vidés.

Et puis, il y a l'opinion publique.

Les gens peuvent supporter une guerre des gangs – il y a même un aspect distrayant –, mais le meurtre brutal de Pat Murphy a fait déborder le vase. Un type traîné par une bagnole en pleine ville ? Des lambeaux de corps sur l'asphalte ?

Non.

La population en a assez.

L'ordre est venu des boss des grandes familles de New York, de Boston et de Chicago : levez le pied, calmez le jeu. Ne lavez pas votre linge sale au vu et au su de tous. On ne veut plus faire la une des journaux.

C'est grosso modo ce que Pasco a dit à Danny au téléphone.

— Je crois savoir que tu remplaces John durant sa période de deuil.

— Je donne un coup de main.

— Je veux que tu gardes ton sang-froid. Si tu vois ce que je veux dire. Certaines personnes sont très inquiètes. Ça donne une mauvaise image, surtout avec la loi RICO, les procès…

Danny voyait très bien ce que voulait dire Pasco. Les agents fédéraux menaient la vie dure au crime organisé depuis l'instauration de la loi RICO, et les familles subissaient la pression de plein fouet. Les voitures piégées et les types qui se faisaient écraser dans la rue, ça nuisait à leur réputation.

— J'ai compris, a dit Danny. Peter aussi ?

— Oui. Je suppose qu'un tête-à-tête n'est pas envisageable ?

— Le train est déjà parti.

— C'est aussi ce qu'il a répondu. Alors, je vais te répéter ce que je lui ai déjà dit : agis intelligemment, discrètement. Si certaines personnes doivent intervenir dans votre histoire, ça ne sera bon ni pour toi ni pour lui. *Capisce ?*

Danny comprend : si New York ou Boston décident qu'on fait trop de vagues, ils s'en mêleront. Ce sera une OPA hostile et, avant toute chose, ils nous expédieront six pieds sous terre, Peter et moi.

Alors, on assiste à une sorte de pause, une respiration.

Dans cette partie du monde, les mois de mars sont capricieux. Il peut pleuvoir, il peut tomber de la neige fondue, mais le ciel peut s'éclaircir aussi. Mars devrait marquer la fin de l'hiver, les gens en ont marre, ils veulent que ça se termine, mais généralement ce mois leur réserve ce que Danny appelle un orage « dans ta gueule ». Du style : *Tu attends le printemps, hein ? Tiens, le voilà ton printemps.* Et il te balance une tempête de neige.

Dans ta gueule.

Aujourd'hui, un vent froid et humide souffle de Narragansett Bay, et Danny n'est pas mécontent de franchir la porte du Gloc.

Bobby Bangs est déjà derrière son bar. Il lui tend une tasse de café, symbole du nouveau statut de Danny.

Jimmy lit le *Journal*, assis dans un box. Voyant entrer Danny, il se lève et le suit dans l'arrière-salle. Bernie les rejoint quelques minutes plus tard, et ils s'attaquent aux problèmes du jour.

Il est presque l'heure de déjeuner lorsqu'ils ressortent. Deux jeunes gars maigrelets, en jean et blouson de cuir noir, sont assis dans un box. Ils semblent nerveux.

Danny interroge Bobby du regard.

— Je leur ai demandé leurs papiers, dit celui-ci. Ils ont vingt et un ans.

— On venait pour voir M. Ryan, dit un des deux jeunes, d'une voix mal assurée.

Ils se lèvent l'un et l'autre.

Jimmy les palpe, se retourne vers Danny et secoue la tête. Pour dire : *Ils ne sont pas armés.*

— On se connaît ? demande Danny.

Il a l'impression d'avoir déjà vu un des deux, à un match de hockey ou un truc comme ça.

— Je m'appelle Sean South. Et lui, c'est Kevin Coombs.

— Qu'est-ce que vous me voulez ?

— On se demandait si… vous auriez pas besoin de quelqu'un, par hasard ? répond Sean.

— Pour faire quoi ?

— Des trucs, dit Kevin.

Des trucs.

Oui, Danny pourrait leur faire faire des *trucs*. Du genre attendre et observer. Une sorte de période d'essai. Personne ne débarque comme ça pour se faire engager du jour au lendemain, il faut être connu. Non pas parce que le type pourrait être un flic infiltré, mais parce que ça pourrait être un gars peu fiable, un bon à rien ou un cow-boy qui va vous mettre dans la merde.

Mais la vérité, c'est qu'ils ont besoin de sang frais. Moins armés et moins nombreux que les Moretti, les Irlandais de Dogtown ne cracheraient pas sur de nouvelles recrues. Ce qui étonne Danny, c'est que ces deux jeunes gars viennent le voir, *lui*.

Ils veulent faire partie de la bande de Danny Ryan.

Alors, Danny les garde sous le coude pendant quelque temps, il les envoie chercher du café ou des donuts. Après leur avoir confié de petites tâches durant deux mois, il les poste dans la rue comme guetteurs. Ensuite, il les envoie faire quelques opérations de collecte, en précisant qu'ils ne doivent pas « se laisser emporter ». Obéissants, ils font usage de « violence modérée » pour reprendre l'expression de Sean, alors Danny leur donne d'autres missions.

Il les charge également de faire des courses pour Sheila Murphy, seule chez elle avec son enfant en bas âge, et pour Terri, qui se sent énorme et malheureuse. Son dos et ses jambes la font souffrir ; elle a hâte de « pondre », dit-elle. Danny envoie les « Enfants de chœur » – ainsi qu'on surnomme maintenant Sean et Kevin – au supermarché, au drugstore, au pressing. Toutes les corvées qu'il se taperait s'il avait le temps.

Terri est reconnaissante, ce qui ne l'empêche pas de lui mener la vie dure.

— Je suis mariée avec ces deux ahuris maintenant ?

— Ce sont de braves gars.

— Quand le bébé viendra au monde, dit Terri, s'il se décide à sortir un jour, c'est pas ces deux crétins qui viendront changer les couches, c'est toi, Danny Ryan. Car c'est toi qui m'as mise en cloque, pas eux.

— Content de le savoir, Terri.

Elle ingurgite des saloperies de plus en plus bizarres.

Un soir, en rentrant, il la trouve assise à la table de la cuisine, en train d'avaler un truc qu'il n'est même pas capable de reconnaître.

— C'est quoi, ça ?

— Un muffin avec des haricots verts, du fromage fondu et de la gelée dc raisin, répond-elle comme si c'était évident.

— Oh.

— Si tu en veux, débrouille-toi. Je ne bouge plus.

Un autre soir, elle lui prend la tête au sujet de Madeleine. Ils regardent la télé au lit, quand elle sort de but en blanc :

— Ta mère me manque.

— Pas à moi.

— Eh bien, à moi, si. Je l'aime bien. Ce serait chouette qu'elle soit là pour m'aider, après la naissance.

— Oui, c'est vrai qu'elle est douée pour s'occuper des enfants.

Terri ne veut pas céder.

— Est-ce que tu vas lui pardonner un jour ?

— Pourquoi ?

— Pourquoi je te pose la question ou pourquoi tu devrais lui pardonner ?

— Je sais pas. Les deux.

— Parce que je suis ta femme et que j'ai le droit de te poser des questions. Et parce qu'un jour tu te retrouveras devant sa tombe et que tu le regretteras.

— Non. Parce que je n'irai pas à son enterrement.

Pendant que Terri continue à grossir et à s'élargir, la paix fragile entre les Italiens et les Irlandais résiste. Bien que tout le monde sache que c'est une simple trêve, les deux camps font preuve de retenue. Les Irlandais restent à Dogtown et les Italiens sur Federal Hill ; ils gardent leurs distances et, s'ils s'observent en chiens de faïence, ils évitent tout contact, de peur qu'une parole maladroite ne provoque une étincelle.

# 25

Le bébé arrive en juin, un jour avant le terme.

Plus tard, Danny dira que Ian est sorti comme s'il essayait de courir vers le but adverse ballon en main.

Une opinion que ne partage pas Terri.

Le travail dure six longues heures, et c'est à 3 heures du matin seulement que le bébé se décide à faire son apparition dans le monde. Danny tient bon. Il est là, avec les glaçons, les encouragements, les exercices de respiration et toutes ces joyeuses conneries. Du sang, il en a vu dans sa vie, mais jamais autant. Danny est un soldat néanmoins, et il est toujours là lorsque les sages-femmes langent le bébé et le posent sur la poitrine de Terri en disant :

— Voici votre fils.

Ian Patrick Ryan.

Deux kilos neuf.

Danny ressent une véritable joie, pour la première fois de sa vie peut-être.

Il ne se met même pas en colère quand, plus tard dans la matinée, Terri – qui se rétablit avec une rapidité surprenante – insiste pour appeler Madeleine.

— Elle a le droit de savoir qu'elle a un petit-fils.

— Je ne veux pas lui parler.

— Alors descends me chercher une omelette à la cafétéria.

— Tu n'as pas pris ton petit déjeuner déjà ?

— Si. Et je vais en prendre un deuxième. Au fromage, l'omelette. Du cheddar.

Danny obéit.

Madeleine répond au téléphone.

— Terri ? Tu as une nouvelle à m'annoncer ?

— Ian Patrick Ryan. Deux kilos neuf. Félicitations, vous avez un petit-fils.

— Et toi, comment ça va ?

— Très bien. J'ai l'impression d'avoir accouché d'un ballon de basket.

— Si tu savais comme je suis heureuse.

— Vous viendrez le voir ?

— J'aimerais beaucoup, dit Madeleine. Mais je crois que Danny ne serait pas content.

— J'aime beaucoup mon mari, répond Terri. Mais parfois c'est un vrai connard.

— On va essayer d'arranger ça. On verra bien. On ne sait jamais.

— Je vous enverrai des photos.

— S'il te plaît.

Les deux femmes bavardent encore une minute avant de raccrocher.

Madeleine est surprise de découvrir qu'elle pleure.

La trêve tient durant tout l'été. C'est l'été du manque de sommeil, des coliques, des biberons en pleine nuit, des réveils aux aurores. Et Danny n'y trouve rien à redire. Il estime que ça fait partie du rôle de père et, même si Ian ne fait pas grand-chose à part régurgiter, chier et dormir, Danny adore le regarder, le prendre dans ses bras et sentir son corps s'alourdir quand il s'endort.

Et Terri ? Elle est aux anges. Fatiguée, bien sûr, mais c'est une jeune mère avec un bébé en bonne santé et un mari qui l'aime. Tout ce dont elle a toujours rêvé.

Cette année, pas de vacances sur la plage au mois d'août, évidemment. Pas de Dogtown-sur-Mer, cette époque est révolue. Danny la regrette, il regrette ces journées passées à se prélasser au soleil, quand ils étaient encore tous amis.

Avant qu'on commence à s'entre-tuer, se dit-il.

Toutes les semaines environ, ils rendent visite à Marty pour qu'il voie Ian, et le plus amusant c'est que Marty se révèle être un papy gâteau.

Il adore ce bébé.

Oui, *maintenant*, pense Danny.

Bref, ils emmènent Marty au Dave's Dock pour qu'il puisse manger son *fish and chips*, mais lui, ce qu'il préfère, c'est prendre Ian dans ses bras. Et Danny remarque que son père a moins d'appétit, il a maigri.

Parfois, lors de ces visites, Danny et Terri se promènent sur la plage, ils passent devant la maison que Pasco a vendue et ils repensent au bon vieux temps (nom de Dieu, c'était il y a un an seulement ? s'étonne Danny), mais ils ne font aucun commentaire car c'est trop douloureux. Une ou deux fois, ils s'arrêtent au Spindrift pour manger un burger sur la terrasse, pendant que Ian dort à leurs pieds dans le siège-auto, mais ce n'est plus aussi bien qu'avant.

La vie change, se dit Danny. C'est comme ça.

On avance.

On essaye, du moins.

Septembre cède la place à octobre, puis Thanksgiving passe, et les décorations de Noël font leur apparition.

Cette année, c'est un Noël sombre.

Cela correspond presque à l'anniversaire de la mort de Pat, et personne n'a le cœur à faire la fête. En outre, le manque d'argent se fait sentir. Malgré les vols et les braquages, le fric sort plus qu'il n'entre, et ils n'ont pas les moyens d'organiser des festivités, quand bien même ils en auraient envie.

John prépare un semblant de réveillon au Gloc – sandwichs et cookies – au cours duquel Jimmy se déguise en Père Noël, mais la soirée, sinistre, s'achève en beuverie, et la plupart des invités, dont Danny, repartent tôt, pendant que les autres noient leur colère et leur amertume dans l'alcool.

Le lendemain, Danny, Terri et Ian se rendent chez les Murphy pour un Noël tout aussi triste. John ne desserre pas les dents, et Catherine est abrutie par les médicaments, un an après la mort de leur fils.

Sheila est venue avec Johnny ; elle s'efforce de faire bonne figure, mais sa présence ne fait que souligner l'absence de Pat, et plusieurs fois Danny la surprend au bord des larmes. Liam et Pam sont allés à Greenwich, dans la famille de celle-ci. Un soulagement pour Danny.

Cassie est là elle aussi, sobre et clean. Elle a assisté à une réunion des AA le matin, et la veille au soir également, car la période des fêtes est dure pour les drogués et les alcooliques.

Ils échangent des cadeaux, mangent le jambon et s'endorment dans des fauteuils devant la télé, puis Danny et Terri prennent congé ; ils doivent passer voir Marty, qui a refusé de sortir de chez lui pour aller chez les Murphy.

— C'est comme si on n'était pas là, dit Terri dans la voiture. Ils ne se sont même pas intéressés à Ian, sauf Cassie.

Le Noël avec Marty est une franche partie de rigolade.

Pour fêter l'occasion, Ned et lui ont fait réchauffer deux plats cuisinés à la dinde afin d'accompagner leur Bushmills et ils se sont installés devant un match de foot dont ils se contrefichent.

Marty fait semblant d'aimer la nouvelle chemise en flanelle que Danny lui offre, alors que Ned est sincèrement touché par la paire de gants en cuir que lui a achetée Terri.

— Ian aime bien Noël ? demande Marty.

— Il a six mois, répond Danny. Il ne sait pas ce que c'est.

— Si, il sait, dit Terri. Et il adore.

— Le Père Noël a été gentil avec lui ?

— Oui, il lui a apporté une voiture, dit Danny.

Nom de Dieu.

De retour chez eux, Terri lance :

— Tu ne veux pas appeler ta mère pour lui souhaiter un joyeux Noël ?

— Non.

Alors, Terri, fidèle à elle-même, appelle Madeleine à Las Vegas. Devant Danny, qui fait semblant de l'ignorer. Elle lui souhaite un joyeux Noël et approche le combiné de la bouche de Ian pour qu'il lui fasse des gazouillis.

Puis Danny l'entend dire :

— Oui, il est ici. Il veut vous dire bonjour.

Elle lui tend l'appareil, et son regard lui fait comprendre que s'il a l'intention de coucher avec elle au cours des cinq prochaines années il a intérêt à parler à sa mère.

Danny prend le téléphone.

— Allô ?

— Joyeux Noël, Danny.

— Ouais, toi aussi.

— Bon.

— Bon.

Il rend l'appareil à Terri, qui bavarde encore une minute avec Madeleine avant de raccrocher.

— Alors, c'était difficile ?

— Oui.

Pour le jour de l'an, Danny et Terri ne font rien. Et puis merde. Ils voient la boule lumineuse descendre à Times Square uniquement parce qu'ils sont debout avec Ian.

Nous voilà en janvier de cette putain d'année 1988, et la guerre reprend.

# 26

Il n'y a rien de dramatique encore, mais les Moretti commencent à empiéter sur les bords de leur territoire. Pas d'exécutions, pas de coups d'éclat, mais des petites provocations. Tout d'abord, ils chassent un usurier du clan Murphy en lui foutant la trouille dans le bar où il règle ses affaires.

Danny ne réagit pas.

Ensuite, ils présentent un de leurs gars pour un poste dans le syndicat des dockers. Il n'est pas élu, mais ça envoie un message.

Là encore, Danny ne réagit pas.

Puis Peter envoie des gars intimider des patrons de bar et de club qui sont sous la protection des Murphy, pour qu'ils arrosent les Italiens à la place.

Les guerres des gangs, à l'image de toutes les guerres, sont principalement économiques.

Ça coûte cher de se battre, et les hommes doivent continuer à vivre, rembourser leurs crédits, payer leur loyer, faire bouillir la marmite. Ils ne se sont pas lancés dans ce business pour s'engager dans l'armée, mais pour gagner du fric, et s'il n'y a plus de fric il n'y a plus de soldats.

Les Moretti accentuent leur pression et étranglent peu à peu les Irlandais.

Danny les assimile à ces serpents… les pythons, qui vous serrent de plus en plus fort jusqu'à ce que vous manquiez d'air.

Et ensuite ils vous dévorent.

— Ils te testent, lui dit Liam, au Gloc. Ils pensent que tu es faible. Est-ce qu'on va venger Pat un jour ?

— Pas maintenant.

— Ça devrait être ton deuxième prénom : Danny « Pas maintenant » Ryan.

Pour une fois, Danny est presque d'accord avec Liam. Il doit agir, alors il envoie Ned Egan dans les endroits qui ont été menacés, pour servir d'arme de dissuasion.

C'est une action défensive, et Danny sait qu'il doit également passer à l'offensive.

En frappant les Moretti au porte-monnaie.

Le Capricorn Hotel, dans Washington Street, est un taudis.

Mais un taudis qui rapporte de l'argent à la famille Moretti. Le rez-de-chaussée abrite une boîte de nuit qui accueille des groupes locaux et sert des alcools dilués, et le premier étage est un bordel avec cinq chambres. Si bien que les clients peuvent rencontrer les femmes au bar ou sauter les préliminaires et monter directement.

Il y a tout sous la main.

Les Enfants de chœur connaissent bien cet établissement.

Danny les met en garde.

— On détrousse uniquement les clients, pas les filles. Argent liquide, montres, bijoux. Pas de cartes de crédit. Pas de violence. C'est important.

Jusqu'à présent, les Moretti n'ont blessé ni tué personne, et Danny ne veut pas être le premier à verser le sang.

Jimmy se gare dans la ruelle derrière le Capricorn. Danny, Kevin et Sean montent par l'escalier de secours extérieur. Ils ont des flingues à l'intérieur de leurs blousons de cuir. Ils enfoncent d'un coup de pied la porte branlante et font irruption en braillant.

Ce n'est pas une maison close de cinéma. Pas de profonds canapés de style édouardien, pas de tapisseries érotiques aux murs, pas de mère maquerelle à la voix cuivrée et au cœur d'or, mais un gérant fatigué assis derrière un comptoir et des filles vêtues de lingerie bon marché.

Pendant que Danny braque son arme sur le gérant, les Enfants de chœur s'engouffrent dans le couloir, entrent dans les chambres et dépouillent les clients. Croyant qu'il s'agit d'une descente de police, certains tentent d'enfiler leur pantalon en toute hâte, puis finissent par renoncer, sans offrir la moindre résistance.

Le gérant glisse à Danny :

— Vous savez à qui appartient cet hôtel ?

— Oui, je sais.

— Et vous vous en foutez ?

Le type secoue la tête, incrédule.

— La ferme.

Ils repartent moins de dix minutes plus tard avec un butin d'une valeur de 2 000 dollars environ, mais ce n'est pas le plus important.

Le but, c'était de riposter.

Ils ne portaient même pas de masques, car aucune des victimes n'irait porter plainte à la police.

Aucune montre ne coûte aussi cher qu'une pension alimentaire.

Ils s'attaquent ensuite à un restaurant chinois du centre.

Cet établissement existe depuis l'époque où les dinosaures régnaient sur terre, et toutes les personnes un peu averties connaissent l'existence du box sculpté.

Les piliers des autres box de ce restaurant sont lisses, un seul possède des piliers décorés de visages qui ressemblent aux masques de l'opéra chinois. Et les *cognoscenti* savent que si vous vous asseyez dans ce box, ce n'est pas pour déguster le *moo goo gai pan* ou le *pu pu*. En vérité, le menu ne vous intéresse pas.

Ce qui vous intéresse se trouve à l'étage.

Alors, lorsque Danny et les Enfants de chœur prennent place dans ce box, l'hôtesse, une Chinoise d'une quarantaine d'années, vient leur demander :

— Vous cherchez de gentilles filles ?

— Pas trop gentilles, répond Kevin.

Elle a déjà entendu cette plaisanterie.

Elle les conduit à l'étage.

Ce bordel est plus sophistiqué que le Capricorn. Il y a des canapés en velours rouge, des fauteuils rembourrés. Les filles, toutes chinoises, sont habillées à l'asiatique.

Si Susan Kwan est impressionnée par l'arme de Danny, elle n'en laisse rien paraître lorsqu'il l'accompagne jusqu'au petit bureau situé au fond.

— Vous savez qui nous protège ? demande-t-elle.

— Je sais, répond Danny. Et je m'en fous. Ouvrez le coffre.

Elle s'exécute, mais dit :

— Alors vous êtes un homme d'une grande bêtise.

— Oui, on me l'a déjà dit. (Il tend la main pour récupérer le fric.) Les filles ont été payées ?

— Pas encore.

Danny prend la moitié de l'argent : la part qui revient au bordel et aux Moretti. Lorsqu'il ressort du bureau, ses deux gars ont presque inspecté toutes les chambres, pour dépouiller les clients.

Kevin est hilare.

— Je suis tombé sur un juge qui m'avait envoyé en maison de redressement.

Une bonne opération. Menée en un temps record. Pour un butin d'environ 6 000 dollars cette fois. Sans faire de blessés.

Danny sait que Kwan n'ira pas porter plainte à la police elle non plus. Elle ira trouver directement Peter Moretti en l'accusant de ne pas la protéger. Et elle lui décrira Danny et les Enfants de chœur.

Comme le fait la propriétaire d'une confiserie après que Danny et ses gars ont pénétré dans ses locaux avec des battes de base-ball pour détruire tous les distributeurs automatiques des Moretti.

Idem pour l'employé de nuit d'une boutique de vins et alcools où ils ont raflé tous les paquets de cigarettes provenant d'un camion braqué par les Moretti.

Idem pour le gérant d'un magasin de fringues dont Danny et ses gars ont forcé la porte de derrière pour faire main basse sur un portant de costards italiens à la mode.

Tous disent la même chose.

Danny Ryan.

— Tu vas le laisser foutre son bordel longtemps sans réagir, nom de Dieu ? demande Paulie à Peter après ce dernier braquage. Ce fils de pute de Danny Ryan !

— Qu'est-ce que tu voudrais que je fasse ?

— Bute-le.

— Tu te souviens de ce qui s'est passé la dernière fois qu'on a essayé ?

Les deux frères De Salvo sont morts.

Mais en balayant du regard les visages de ses gars – Frankie V, Sal Antonucci, Chris Palumbo –, Peter constate qu'aucun d'eux ne se range de son côté. Il sait que ses troupes en ont marre de ces opérations ; elles attendent de lui qu'il réagisse.

— Bute *quelqu'un d'autre*, alors, dit Paulie. Riposte.

— Que dira New York ? répond Peter. Et Boston ?

Sal intervient :

— On emmerde New York. On emmerde Boston. Ça fait un an qu'on fout la paix à ces bourricots, et regarde ce que ça nous a rapporté.

Peter se tourne vers Chris.

— Si on donne des signes de faiblesse devant les grandes familles, dit celui-ci, elles vont venir nous bouffer.

Il a raison, songe Peter. Mais on ne peut pas agir de manière disproportionnée : les Irlandais n'ont tué personne.

Il donne des ordres.

Mais surtout, ajoute-t-il, maîtrisez-vous.

Un des gars de la bande de Paulie, Dominic Marchetti, attend devant le Spindrift que Tim Carroll en sorte après avoir fermé le restaurant.

Il l'alpague avant que Tim ait le temps d'ouvrir la portière de sa voiture.

— Tu dois du fric à Paulie, dit Dom.

— Quoi ? Absolument pas. On a réglé cette question. Je suis sous la protection des Murphy.

— Tu te fous de ma gueule, sale menteur de merde ?

Dom est un type grand et costaud. Tout l'inverse de Tim.

Alors, quand Dom lui balance une gifle, sa tête rebondit contre la voiture en produisant un bruit à soulever le cœur.

Dom fait partie de ces individus qui, une fois qu'ils ont commencé, ne peuvent plus s'arrêter. Paulie savait qu'il n'aurait pas dû le charger de cette mission, mais c'est peut-être pour ça qu'il l'a choisi justement. Bref, Dom ne se maîtrise pas.

Trois fois il frappe Tim au visage, maintenant à demi inconscient, puis il le laisse glisser le long de sa voiture et s'acharne sur son dos à coups de pied pour faire bonne mesure. Avant de se rappeler pourquoi il est là.

— Dis à cet enfoiré de Danny Ryan d'arrêter de nous faire chier.

Tim parvient à peine à transmettre le message à Danny.

Allongé dans son lit d'hôpital, la mâchoire tenue par des fils de fer, un os zygomatique brisé, deux vertèbres cassées et des dommages sans doute irréversibles au cerveau.

— C'était qui ? demande Danny. Tu l'as reconnu ?

— Dom, marmonne Tim. Marchetti.

— Alors, tu vas réagir maintenant ? demande Liam à Danny.

Danny traverse à grands pas la salle de restaurant.

En cette fin de soirée au Il Fornaio, il ne reste qu'une poignée d'habitués, qui sirotent un café en mangeant des *cannoli*, et Dom Marchetti est assis sur une banquette le long du mur, penché au-dessus d'une assiette de *pasta puttanesca*.

En voyant Danny marcher vers lui, un 38 à la main, il tente de se lever, mais son gros ventre reste coincé contre la table, et il ne parvient pas à se dégager – ni à dégainer son arme – à temps.

Danny abat son pistolet sur le côté du visage de Dom, trois fois, très vite. Il lui enfonce l'orbite gauche et lui fracture le crâne. Dom bascule sur la banquette et met les bras sur sa tête pour se protéger, mais Danny les écarte. Il introduit le canon du 38 dans la bouche de Dom, entre les dents, et arme le chien.

Un des gars de Peter, assis dans un box avec sa petite amie, commence à se lever, mais apercevant Ned Egan sur le seuil du restaurant il se ravise. Les serveurs ne bougent pas. Nés à Providence, ils savent qu'il ne faut pas intervenir.

— Tu as envie de mourir, Dom ? demande Danny. Tu veux mourir là maintenant ?

Dom marmonne quelque chose. Danny désarme le chien, en douceur, et ressort l'arme. Il recule et renverse la table. Les assiettes, les verres, les couverts et les pâtes dégringolent sur Dom.

Danny lance à la cantonade :

— Dites à Peter de se déplacer en personne la prochaine fois qu'il a un message à me transmettre.

Il sort.

Ned attend une seconde, puis le suit.

La guerre froide entre les Murphy et les Moretti est terminée.

La véritable guerre a recommencé.

# 27

J'ai perdu mon sang-froid, je n'aurais pas dû, se dit Danny. Le problème, c'est que les Moretti ont trop de soldats, les Murphy trop peu.

Il nous faut plus de gars.

Mais il n'y a plus d'Irlandais à recruter.

Il possède sa propre bande, réduite. John dispose peut-être d'une demi-douzaine d'hommes prêts à agir en cas de besoin. Idem pour Liam. Il pourrait débaucher quelques types sur les docks, mais ils ne sont pas habitués à manier des armes.

Tôt ou tard, on va perdre cette guerre.

Mais une idée lui trotte dans la tête depuis quelque temps. Il entre au Gloc. Bobby Bangs lui a déjà servi un café. Et un bagel, grillé et beurré.

Danny les emporte dans la salle du fond.

— Tu es devenu juif maintenant ? lui lance Liam en voyant le bagel.

— Ouais, peut-être.

— Les Juifs ne font pas griller leurs bagels. Et ils ne mettent pas de beurre dessus, ils mettent du fromage frais.

— Je peux manger mon bagel en paix ?

Liam se rend souvent à Miami et il croit tout savoir sur les Juifs. Il croit tout savoir sur tout. Danny se glisse dans le box où sont déjà assis John Murphy et Bernie Hughes.

— Il nous faut plus de gars.

— Peut-être qu'on pourrait aller les chercher au pays ? suggère John.

— Tu as vu le film, non ? On sait comment ça se termine. On n'a pas besoin de s'emmerder avec une bande d'étrangers qui n'y connaissent rien. Non, je pense à autre chose.

— À savoir ? demande Liam.

— J'envisage de contacter Marvin Jones.

Danny attend la réaction qu'il a anticipée.

On dit – ce « on » proverbial des adeptes des idées reçues – que le jour où John Murphy discutera avec les Noirs, les poules auront des dents. Il n'y a pas plus raciste qu'un Irlandais raciste, se dit Danny. Lui-même n'a pas beaucoup d'amis noirs – bon, d'accord, il n'en a aucun –, mais ce n'est pas à cause des préjugés, c'est juste qu'il reste avec les siens.

Au lycée, il a souvent joué au basket contre des jeunes Noirs et il ne les aimait pas beaucoup, essentiellement parce qu'ils lui flanquaient une raclée à chaque fois, mais aussi parce que c'étaient des grandes gueules, des baratineurs et des frimeurs. Comment est-ce que leur coach appelait leur manière de jouer ? *« Jungle ball » ?* Tous ces *dunks*, ces un contre un, ces trucs à la con que les Irlandais n'arrivaient pas à imiter… Danny et ses équipiers étaient fiers de perdre en jouant « un basket collectif », comme l'enseignait James Naismith[1] – c'était clairement une autre expression pour dire qu'ils jouaient un « basket de losers ».

— Le contacter pour faire quoi ? demande John.

— Lui proposer une alliance. On a besoin d'hommes et on a besoin d'armes.

— On a Ned, répond Liam. On a Jimmy Mac, les Enfants de chœur…

1. Professeur de médecine considéré comme l'inventeur du basket-ball.

Non, songe Danny. *J'ai* Ned, Jimmy Mac et les Enfants de chœur. Mais il répond :

— Marvin dispose d'une vingtaine de gars. De quoi nous permettre de rivaliser avec les Moretti. Et peut-être de les faire capituler.

— Tu veux la paix, c'est ça ? demande Liam.

— Pas toi ?

— Non ! Je veux que Sal Antonucci crève. Je veux que les Moretti crèvent.

— Alors, vas-y. Va les buter, réplique Danny. (Il laisse passer quelques secondes.) Ou bien ferme ta gueule.

Liam la ferme.

— J'ai joué au basket contre Marvin, reprend Danny. Je le connais un peu.

Si je peux dire ça de quelqu'un qui m'a humilié au basket, pense-t-il. Certes, il l'a croisé ici et là, mais qui n'a pas croisé Marvin ? Il règne quasiment sur la prostitution et le jeu à South Providence, et par conséquent il passe sa vie dans les rues.

On raconte que Marvin veut arracher le commerce de la came aux Italiens.

— Les bamboulas nous ont déjà piqué la moitié de notre quartier, fait remarquer John.

Danny ne peut pas dire le contraire. Les Irlandais risquent de se retrouver exilés à la périphérie – Cranston, Warwick et jusqu'à South County – si les Noirs débarquent.

— Alors, qu'est-ce que tu vas leur offrir ? demande John. Le reste ?

— Je ne vais rien leur offrir qui nous appartient. Je vais leur offrir ce qui appartient aux Moretti.

— Franchement, je ne sais pas, dit John. Se maquer avec les Noirs…

— Les temps changent, le coupe Bernie. On doit s'adapter. Sinon, on est des dinosaures…

Liam lui demande :

— Qu'est-ce que tu reproches aux dinosaures ?

— Tu en vois autour de toi ? réplique-t-il.

Danny obtient l'autorisation de contacter Marvin.

Le Top Hat Club est désert à 14 heures ; seuls Marvin et ses gars sont assis dans un box au fond. Danny serait prêt à parier qu'il est le premier Blanc à franchir cette porte, à l'exception des flics qui viennent chercher leurs enveloppes tous les mois. Un des sbires de Marvin se plante devant lui.

— C'est à quel sujet ?

— Je viens parler à Marvin.

— Vous êtes qui ?

— Danny Ryan.

— Bougez pas.

Danny le regarde retourner vers Marvin et lui parler à l'oreille. Marvin glisse sur la banquette pour s'extraire du box et s'avancer vers Danny. Vachement grand et solidement bâti, cet enfoiré de Marvin Jones. Très classe aussi : costume gris, chemise et cravate rouges. Voilà un gars qui a réussi dans la vie, songe Danny.

Mieux que moi.

— Danny Ryan. J'ai entendu parler de toi.

— On a joué au basket l'un contre l'autre.

— Ah bon ? Je m'en souviens pas.

— Normal.

— Tu es là pour la revanche ?

— En quelque sorte.

Danny lui parle de son projet. En définitive, ils veulent tous les deux la même chose : chasser les ritals de South Providence.

Cela fait des années que Marvin se bat contre les Moretti pour déterminer qui a le droit de vendre de l'héroïne à ses frères et sœurs noirs. Marvin est convaincu que ça devrait être lui. Danny lui assure que John Murphy est prêt à partager cet avis.

— C'est sérieux ? demande Marvin.

— Possible. Il propose une rencontre.

Marvin sourit.

— OK. À une condition.

— Laquelle ?

— Murphy doit nous inviter à dîner. Au Gloc.

Danny essaye de se rappeler quand un Noir a mis les pieds au Gloc pour la dernière fois. En vain. Sans doute parce que aucun Noir n'y a jamais mis les pieds, depuis une éternité du moins. Ah si, il se souvient de cette Noire amenée par Liam un jour, pour faire chier tout le monde, mais c'était un mannequin qui avait posé pour *Vogue*, alors pas de problème.

Danny lui rend son sourire.

— OK.

Il transmet la requête à John, qui réfléchit un instant et demande :

— Ils mangent quoi, les Noirs ?

— Je sais pas, répond Danny. De la nourriture.

— Je sais bien ! Mais quoi ? De la *soul food* ?

Cette remarque amuse Danny, car John vient sans doute seulement d'intégrer « Noirs » à son vocabulaire, et maintenant il parle de « *soul food* ».

— Je sais pas ce que c'est, avoue Danny. Des côtes de porc ? Du chou cavalier ?

— C'est quoi, ça ?

— Je sais pas. Je viens juste d'en entendre parler.

*

Finalement, John opte pour des steaks avec des pommes de terre au four, et ça tombe bien car c'est à peu près tout ce que savent préparer les cuistots du Gloc. Tout est disposé sur une longue table : les steaks, les patates enveloppées dans du papier d'alu, des haricots verts, de la salade. Il y a des bouteilles de vin, de la bière dans des seaux à glace, du whisky.

— Tu crois que j'aurais dû prendre du soda au raisin ? demande John quand Danny arrive.

— Quoi ?

— Il paraît que les Noirs aiment le soda au raisin.

— Qui t'a dit ça ?

— Kennedy, le type qui tient le cinoche. Quand il passe un film qui plaît aux Noirs, il fait le plein de soda au raisin.

— Les *gamins* noirs peut-être, dit Danny.

Il ne savait même pas que ça existait encore. Il n'en avait pas bu depuis ce jour où, à la suite d'un pari avec Jimmy, il en avait vidé une canette d'un trait et tout était ressorti par le nez.

Quelques minutes plus tard, Bobby Bangs glisse la tête par la porte entrouverte de l'arrière-salle et annonce :

— Ils sont là.

— Fais-les entrer, dit John.

Ça y est, les poules ont des dents désormais, se dit Danny.

Trois types font leur entrée avec Marvin. Tous jouent le rôle du Noir en colère, tous portent un flingue qui déforme leur veste. Marvin jette un coup d'œil à la bouffe disposée sur la table et tend 100 dollars à un de ses sbires, en disant :

— KFC.

Le type ressort. John comble le silence en faisant les présentations.

Le sous-fifre de Marvin revient. Maintenant, sur la table, il y a des steaks, des pommes de terre au four et du poulet frit. À choisir, Danny aimerait mieux le poulet frit que le bœuf trop cuit, mais il ne veut pas paraître déloyal, alors il plante sa fourchette dans un steak.

Marvin n'aime pas parler pour ne rien dire.

— Alors, demande-t-il, qu'est-ce qu'on fait ici ?

— On a besoin de votre aide contre les Moretti, déclare Danny. Pour le moment, ils contrôlent le trafic de drogue à South Providence.

— C'est du néocolonialisme, dit Marvin. L'homme blanc vend de la drogue à la communauté noire.

Cette remarque provoque une certaine irritation du côté des Irlandais, qui refusent d'admettre que South Providence est devenu une communauté noire, et qui ignorent le sens du mot *néocolonialisme*. Alors Danny s'empresse d'ajouter :

— On veut se débarrasser des Moretti nous aussi.

Un des gars de Marvin rétorque :

— On ne veut pas les remplacer par une bande de culs-terreux.

Les termes injurieux pour désigner les Irlandais laissent Danny indifférent, mais Marvin lance à son sbire un regard noir qui semble dire : *Ferme ta gueule, abruti,* et le type baisse la tête. Preuve que Marvin sait qu'il ne peut pas évincer les Moretti sans nous, pense Danny.

— Le trafic de drogue ne nous intéresse pas.

— Ce qui vous intéresse, dit Marvin, c'est d'assécher les rentrées d'argent des Moretti. Tout ce qui les affaiblit vous renforce.

Danny acquiesce.

— Les Italiens vous en font baver.

— Ils sont coriaces, reconnaît Danny.

Marvin hausse les épaules, avec l'air de dire : *Pas tant que ça.* Comme s'il avait déjà liquidé des types plus coriaces. Et c'est peut-être le cas, songe Danny. On raconte que Marvin Jones a éliminé de nombreux rivaux : Noirs, Jamaïcains, Portoricains.

— Alors, qu'est-ce que vous voulez ?

— Nos syndicats. Nos docks, répond Danny.

Marvin réfléchit.

— Vous nous filerez des boulots sur les docks, dit-il.

— Non.

— Non ?

— Vous avez la came, les filles et la loterie. Les docks, c'est à nous.

Danny sait que cette exigence pourrait faire capoter l'accord. Mais à quoi bon remplacer Peter Moretti par Marvin Jones ? De toute façon, il ne pourrait jamais faire entrer des Noirs dans les syndicats, les gars ne l'accepteraient pas ; d'ailleurs, Marvin le sait certainement. Danny mise sur le fait qu'il cherche simplement à le tester, à voir jusqu'où il peut pousser le bouchon.

— OK, Danny Ryan, dit Marvin. Tu t'es trouvé une bande de bamboulas.

Il rit de sa plaisanterie, et tout le monde l'imite. Bernie Hughes lui-même risque un ricanement.

Pour Danny, c'est un succès.

Mais remporter une victoire dans l'arrière-salle du Gloc lui importe peu, même si cela renforce son statut. Son objectif, c'est que les Irlandais de Dogtown survivent à cette guerre. Cette alliance change la donne ; suffisamment peut-être pour conduire Peter à la table des négociations.

Le plus étonnant au cours de ce dîner, c'est de voir Marvin Jones et John Murphy faire copain copain.

Lorsque John commence à raconter ses histoires de guerre, Danny tente de le faire taire, mais Marvin l'arrête d'un geste : il veut écouter. Et il reste assis là, comme un petit-fils, devant John qui débite ses souvenirs. Danny se réjouit que Marty ne soit pas là pour mettre son grain de sel ou pousser la chansonnette.

Lorsque John s'absente pour aller pisser, Danny en profite pour dire :

— Désolé pour mon beau-père.

— Non, répond Marvin. Respect.

John revient en s'essuyant les mains sur son pantalon de toile. Quand il se rassoit, Marvin dit :

— Voici comment je vois les choses, monsieur Murphy…

Danny constate que John apprécie le « monsieur Murphy ».

— … sans vouloir vous vexer, poursuit Marvin, les Irlandais étaient les nègres des Anglais. Aujourd'hui, mes frères sont les nègres des Américains.

Danny craint que John n'explose, mais il dit :

— Quand mon grand-père est arrivé dans ce pays, il y avait des pancartes sur lesquelles il était écrit : Interdit aux chiens et aux Irlandais.

— C'est ce que je dis.

Bobby Bangs apporte une nouvelle tournée. Mais John déclare :

— Non, pas la merde de la maison. Va dans la réserve privée.

Danny, incrédule, regarde John et Marvin siroter du whisky hors d'âge en échangeant des anecdotes. Ils sont pas mal éméchés l'un et l'autre quand John dit :

— Je peux te demander un truc, Marvin ?

Celui-ci hoche la tête.

— Le soda au raisin, tu aimes ça ?

— Tu en as ?

— Non.

— Alors pourquoi poser la question ?

Les gars de Marvin ne sont pas tous partisans de cette alliance. Son cousin Demetrius, par exemple, y est fortement opposé.

— Laissons-les s'entre-tuer. C'est une bonne chose. Moins il y a de Blancs, mieux c'est. Pourquoi se mêler de leurs histoires ?

— On ne veut pas chasser les ritals de notre quartier ? répond Marvin.

— On peut s'en charger nous-mêmes.

— Ça ira plus vite avec les Irlandais. Et on a besoin de leur protection. Ils ont des juges dans leur poche, des sénateurs, des flics. Nous, on n'a rien de tout ça.

— Tu fais confiance au vieux Murphy ?

— Il ne dirige plus rien. C'est Ryan le boss. Et je vais te dire un truc à son sujet, cousin. Cet enfoiré veut se retirer. Je l'ai vu dans ses yeux. Il se fout de la came, il se fout du racket. Si on se débarrasse des Italiens, Danny Ryan nous foutra la paix. On lui laissera ses syndicats et ses docks. Des clopinettes à côté de la came.

— Oui, je sais. Mais je hais les *honkies*[1].

— On va en buter quelques-uns, alors.

Au début, l'alliance entre Marvin Jones et les Irlandais de Dogtown provoque l'hilarité de Peter Moretti.

Un concours de stand-up s'organise dans les locaux d'American Vending le soir où la rumeur surgit ; les gars balancent des vannes sur les « moutons noirs ». « John Murphy va porter une coupe afro », « les Irlandais auront enfin des bites dignes de ce nom »...

Peter trouve ça tellement drôle qu'il fait déverser un chargement de pastèques devant le Gloc et un cageot de pommes de terre devant le club de Marvin, et tout le monde s'esclaffe, jusqu'à ce qu'un des comiques, un dealer d'héroïne, soit retrouvé mort, affalé sur le volant de sa Lincoln.

Chez American Vending, les gars ne rient plus.

Peter envoie Sal et Frankie à « la chasse aux négros », et ils butent un des dealers de Marvin dans Cranston Street en ouvrant le feu de leur voiture.

1. Terme péjoratif pour désigner les Blancs.

Marvin riposte en abattant un des hommes de Sal devant l'immeuble de sa *gumar*.

Les journaux se régalent.

Une guerre des gangs à trois.

La vie est belle.

Un peu moins chez Danny. L'argent se faisant de plus en plus rare, il devient de plus en plus difficile d'acheter des couches, du lait en poudre et toutes les conneries indispensables quand on a un enfant. Terri souffre de ces privations, sans compter qu'elle commence à devenir folle à force de rester à la maison toute la journée avec le bébé. En outre, elle sait que Danny a de nouvelles responsabilités et elle ne comprend pas pourquoi ses revenus ne sont pas à la hauteur.

— J'ai bien envie d'en toucher un mot à mon père, dit-elle un soir lorsque Danny rentre.

— Sers-toi de l'autre moitié de ton cerveau, répond-il.

L'intervention de sa femme en sa faveur obtiendrait l'effet inverse.

— C'est toi qui as organisé cette alliance avec Marvin Jones, dit Terri en essayant de fourrer une cuillerée de légumes dans la bouche récalcitrante de Ian.

— Tu n'es pas censée le savoir.

— Tout le quartier en parle.

— Les poissons qui n'ouvrent pas la bouche ne se font pas prendre.

— Pourquoi tu me parles de poissons ? s'emporte Terri, agacée par Danny et par son fils qui tourne la tête pour éviter la cuillère comme s'il s'agissait d'un jeu très amusant. Je te dis juste que… Pat n'étant plus là…

— Je ne veux pas parler de ça.

— Moi non plus, dit Terri. Mais quelqu'un s'en met plein les poches… et tout ne revient pas à Sheila, crois-moi. Elle en bave elle aussi. Qui se sucre ? Liam ? Qu'est-ce qu'il fait pour ça ?

— Liam est présent.

Danny se demande pourquoi il le défend, ce petit enfoiré de Liam, devant sa propre sœur. Oui, Liam est présent, mais il se contente de maugréer en promettant de venger Pat, sans jamais rien faire.

— Je dis juste que mon père a une dette envers toi, insiste Terri. Et il le sait.

Peut-être, et peut-être pas, se dit Danny. Si John en est conscient, il sait feindre l'ignorance lorsque Danny aborde le sujet.

— Le corps de Pat n'a pas encore refroidi dans sa tombe, dit John.

— Sauf tout le respect que je lui dois, répond Danny, Pat est mort depuis plus d'un an… et j'ai pris la relève.

— Pour la famille.

— Oui, je sais. Mais je dois penser à ma famille moi aussi.

À ta fille, John. À ton petit-fils. Il est vrai que Terri n'a jamais été ta chouchoute, contrairement à Cassie. Terri est l'enfant du milieu, obéissante, comme l'a lu Danny dans ce livre qu'a acheté Terri, celle qui n'attire pas l'attention, car elle se contente de faire ce qui est bien.

— Tu dois gagner du fric, Danny, lui dit John. Du fric. Je t'en empêche pas.

Non, mais tu ne m'aides pas non plus. Il a reçu le message : John ne lui refilera pas de promotion au sein du syndicat ni sur les docks ; il ne lui donnera pas une part des bénéfices des jeux ni du racket, qui revenait à Pat. John lui fait comprendre que Danny est à la tête d'une petite bande maintenant. Alors, vas-y, gagne ton fric et bonne chance.

Merci pour tout, John.

# 28

Sal Antonucci et Frankie V franchissent la porte du Mustang Club.

En temps normal, deux mafieux italiens refuseraient qu'on les voie entrer dans un bar gay, mais le Mustang se trouve sur le territoire de Sal, et il s'y rend une fois par mois pour récupérer son enveloppe.

La règle non écrite veut qu'on se fasse toujours accompagner d'un autre gars de la bande. Non pas pour assurer la protection, mais pour sauver les apparences : afin d'éviter les rumeurs.

Bref, ils entrent, et le barman leur remet l'enveloppe. Ce soir, c'est Ladie's Night. Autrement dit, les lesbiennes payent moins cher leurs consommations.

Par conséquent, outre les habituels gigolos en gilet de cuir et pantalon de cow-boy, il y a un tas de gouines, comme les appelle Frankie V, parmi lesquelles un gang de bikeuses, baptisées bien évidemment les Amazones – c'est écrit sur leurs blousons –, qui se trémoussent sur du disco.

— On rêve, dit Frankie. Tirons-nous d'ici.

— Non, on va boire un verre.

— Tu te fous de moi ?

— Non. Allez, c'est pas si souvent qu'on peut voir ça.

— C'est la dernière fois, j'espère, répond Frankie, dégoûté.

— Juste un verre, insiste Sal. Ça nous fera un truc à raconter.

Il commande deux Seagram, secs, et fait pivoter son tabouret pour contempler les Amazones, bouche bée. Il sait ce qu'étaient les Amazones, des sortes de géantes, et ces femmes n'en sont pas loin. Si la plupart sont des filles très masculines, râblées, certaines sont grandes, très grandes même, et carrées. Sal ne peut s'empêcher d'imaginer ce qu'on ressent quand on baise avec l'une d'elles.

Pendant ce temps, Frankie V, incapable de la boucler, poursuit son monologue : il trouve ça répugnant – les tapettes, les gouines –, ça lui donne envie de gerber ; il faudrait foutre le feu à cette boîte, avec tout le monde à l'intérieur.

Une des bikeuses croise le regard de Sal. Il ne tourne pas la tête et, une seconde plus tard, elle vient vers lui avec une de ses copines, qui semble courte sur pattes en comparaison.

— Vous êtes quoi tous les deux ? demande la géante. Des mateurs ? Visiblement, vous êtes pas gays.

— Non, on n'est pas gays, réplique Frankie V.

— Si vous voulez voir des bêtes curieuses, allez au zoo.

— On boit un verre tranquillement, c'est tout, répond Sal.

— Allez le boire ailleurs. Vous n'êtes pas les bienvenus ici.

Les gens commencent à les regarder, la tension monte. Le barman s'approche et glisse à la géante :

— Laisse tomber, Meg.

Meg hausse un sourcil, lui adresse un sourire en coin et lâche :

— Oh ! j'ai pigé. C'est les ritals qui t'obligent à raquer.

— Surveille ton langage, dit Frankie.

— Tu as un peu trop bu, ajoute Sal. Va voir ailleurs si j'y suis.

— Non, c'est *toi* qui vas foutre le camp, enfoiré.

— Holà ! s'exclame Frankie. C'est avec cette grande gueule que tu lèches ta copine ?

— Qu'est-ce que tu y connais, toi ? rétorque Meg. (Elle se retourne vers Sal.) Lui, par contre, il sait, hein ? Je me suis trompée à ton sujet, je crois. Je parie que tu habites dans une grande baraque tape-à-l'œil de métèque, avec des flamants roses sur la pelouse…

— Tu la laisses te parler sur ce ton ? s'étonne Frankie.

— … un grand dressing…

Sal lui décoche un large crochet droit, en faisant pivoter ses hanches, et la fille s'écroule.

K-O avant d'atteindre le sol, elle atterrit lourdement.

— Bravo ! braille Frankie.

Plusieurs autres Amazones se sont regroupées autour d'eux, prêtes à en découdre, mais Frankie dégaine son arme. Sal toise la fille allongée sur le sol, la tête posée sur les genoux de sa copine. Elle semble moins en colère maintenant, moins coriace.

Sal la trouve… jolie.

La copine lui lance :

— Tu te sens fort maintenant ? Tu as l'impression d'être un homme ?

Sal comprend ce qu'elle veut dire.

Il se sent mal à l'aise. Il marmonne :

— Je ne frappe jamais les femmes.

— C'est pas une femme, *ça*, dit Frankie. C'est un monstre, une créature, un…

Sal lui balance un coup de poing.

Un direct, cette fois. Il retient légèrement son coup à la dernière seconde, mais celui-ci arrive en plein visage, et la tête de Frankie est projetée en arrière. Sal se rend immédiatement compte qu'il a commis une erreur. Ça ne va pas s'arrêter là.

Il a levé la main sur un affranchi, ça va chier.

— Arrête tes conneries, dit Peter.

Assis à une table au Central Diner, il essaye de déguster ses œufs tranquillement.

— Je te le dis, insiste Frankie V, ce type est une tapette.

— Sal Antonucci, une fiotte ? intervient Paulie. Allons !

— Vous me croyez pas ? Très bien. En tout cas, il m'a frappé. Il a frappé un affranchi, et j'exige réparation.

— Il a dépassé les bornes, c'est sûr, concède Peter. Mais on a des problèmes plus importants à régler pour l'instant.

— Du genre ?

— Du genre ? Une bande de Mau-Mau qui s'est enfuie de la plantation, par exemple. Je sais que tu es au courant, Frankie, je t'ai vu aux enterrements.

— Et alors ? Tu vas passer l'éponge parce que tu as peur que Sal recommence à bouder, et tu ne veux pas perdre ton meilleur tueur ?

— Si tu veux aller buter Marvin Jones, je te retiens pas, répond Peter.

Cela suffit à faire taire Frankie.

Après son départ, Paulie demande :

— Tu crois que Sal est une tapette ?

— Jamais de la vie.

— Je sais pas. Tu te souviens comme il était déprimé à cause de Tony ?

— C'était son pote de cellule.

— Justement.

— Tu sais ce que j'en pense, de savoir si Sal est pédé ou pas ? Ne le répète pas, hein ? Je crois que je m'en branle. Quand les *ditsoon*[1] auront fini de tirer avec leurs Colt 45 au-dessus de la tombe de Marvin, peut-être que je m'en soucierai. En attendant, Sal peut sucer toutes les bites qu'il veut.

Toutefois, il convoque Sal pour un tête-à-tête.

1. Terme injurieux en italien pour désigner les Noirs.

Cet après-midi-là, au siège d'American Vending, Peter dit :

— Tous les gars que je connais meurent d'envie de coller leur poing sur la gueule de Frankie V. Moi-même, je peux pas blairer cet enfoiré. Mais tu n'aurais pas dû le frapper, Sal.

— Je sais. C'est mon foutu caractère. Si tu veux me taxer, vas-y. Je payerai.

— Il est en droit d'exiger réparation.

— Je sais.

— Excuse-toi auprès de lui. Envoie à sa grosse vache de bonne femme un joli cadeau – un gigot, par exemple –, et je suis prêt à tirer un trait.

— Vraiment ? demande Sal, qui redoute la suite.

Peter a une mémoire d'éléphant, il n'oublie jamais rien.

— J'aimerais que tu me rendes un service.

Nous y voilà.

— Quoi donc, Peter ?

— Ce putain de négro, Marvin...

Le tir de Danny rebondit sur le cercle.

— Tu n'as pas changé, Ryan, dit Marvin en attrapant la balle au rebond. Tu étais nul à l'époque, tu l'es toujours.

Il pivote, tire, et la balle entre dans le panier sans toucher le cercle.

— La constance est une qualité, rétorque Danny. (Il récupère le ballon sous le panier et exécute un tir en double pas qui passe à côté du panneau.) Et je croyais que tu te souvenais pas de moi.

Malgré le froid, il transpire sous le sweat-shirt à capuche. Il passe le ballon à Marvin.

— Je me souviens pas de toi. Je dis ça pour t'emmerder.

Il fait un tir en suspension.

Direct.

— Je t'ai déjà parlé de ma mère, Ryan ? demande Marvin, alors que Danny ramasse le ballon. Cette femme se levait tous les jours à l'aube pour aller faire le ménage chez des gens ; elle lavait par terre, elle récurait leurs chiottes. Nous autres, les gamins, on n'avait pas grand-chose, mais on n'a jamais crevé de faim.

Danny coince le ballon sous son bras et attend la suite, pas mécontent de faire une pause.

— Tu sais qui était mon père ? Harold Jones ?

— Le chanteur ?

— Oui, ce Harold Jones.

Marvin entonne un morceau soul que Danny a entendu à la radio quelques milliers de fois. Nom de Dieu, Terri et lui l'écoutaient en baisant.

— Un succès sans lendemain, dit Marvin. Bon, tu comptes rester planté là ou tu penses tirer un jour ?

Danny shoote.

Bang. Le cercle.

— Il était comment, ton père ? demande-t-il.

— J'en sais foutre rien. « *Papa was a rolling stone.* » Si je te raconte tout ça, c'est pour te dire que ma mère nettoie plus les chiottes. Elle lave plus par terre. C'est d'autres personnes qui nettoient ses chiottes. Dans la maison que je lui ai achetée.

— OK.

— Et toi ? demande Marvin en attrapant la balle de Danny au rebond. Ta mère et ton père ?

Il fait un pas de côté et tire.

Ça rentre.

— Mon père est une caricature d'Irlandais, répond Danny en courant après le ballon. Un alcoolique aigri. Chez moi, c'est ma mère qui a fichu le camp.

— C'est pas pareil.

Non, ce n'est pas pareil, en effet.

Danny tire. Panier.

— Le noir déteint sur toi, lance Marvin.

— Tu as déjà entendu parler de Larry Bird ?

Marvin éclate de rire.

— Vous utilisez toujours le même exemple.

— Un seul suffit.

Danny court rattraper son ballon, le récupère et marque d'un bras roulé.

— Un Noir aurait fait un *dunk*, dit Marvin.

— Un Blanc n'a pas besoin de ça. (Il lance le ballon à Marvin.) On raconte que Peter Moretti a mis ta tête à prix.

— Oui, il paraît. Il a refilé le contrat à Sal Antonucci.

— Sal est un pro, Marvin. Je te conseille d'avoir des yeux dans le dos.

— J'ai pas peur de Sal Antonucci.

Tu devrais, pense Danny.

Il roule jusqu'à Goshen avec les provisions de Marty.

Ce serait vachement plus simple si le vieux acceptait de venir vivre à Providence en hiver, mais il est entêté (allez comprendre !) et il préfère rester dans sa petite baraque mal isolée. Résultat, Danny doit se taper le trajet une fois par semaine pour lui apporter ses courses et s'assurer qu'il est toujours de ce monde.

De plus, c'est risqué d'aller jusque là-bas. À vrai dire, aller où que ce soit est devenu risqué, maintenant que la guerre fait rage. Mais vous ne pouvez pas vivre dans la peur, songe-t-il. Alors vous prenez quelques précautions, vous jetez régulièrement un coup d'œil dans le rétroviseur, vous gardez votre flingue à portée de main, vous êtes aux aguets. Et vous continuez à vivre.

En avril, sur la côte, tout est mort. Les caravanes des vacanciers sont fermées. Idem pour le stand de hot-dogs, le glacier, et même la laverie automatique. En attendant que l'été ressuscite.

Danny s'arrête sur le parking de la plage en chemin, il descend de voiture et marche sur le sable. Sous le ciel dégagé, Block Island semble toute proche, comme si on pouvait l'atteindre à la nage. La mer couleur vert bouteille est balayée d'embruns qui frôlent les crêtes des vagues. Il regarde un bateau de pêche quitter le Harbor of Refuge en regrettant de ne pas être à bord ; il aimerait que sa vie soit aussi pure et nette que l'océan et il se dit que, s'il sautait dans l'eau, le froid, le sel et la houle débarrasseraient sa peau de cette pellicule qui semble la recouvrir en permanence ces temps-ci.

Il est saisi par l'envie d'entrer dans l'océan, de se glisser sous les vagues et de nager vers le large.

Pour mourir gelé.

C'est une image fugitive, irréaliste.

Tu dois t'occuper de ta femme et de ton fils, Danny. De Dogtown. De ton père. Tous comptent sur toi.

Snif.

Arrête de te lamenter sur ton sort.

Il fait demi-tour, remonte en voiture et roule encore deux minutes jusqu'au cottage de Marty.

— Tu m'as apporté mes Hormel ?

Il est assis dans son fauteuil, devant la télé allumée à plein volume. Un verre de whisky est posé sur une table d'angle, à côté du fauteuil.

— Non, papa, répond Danny. À chaque fois que je viens chez toi, je t'apporte tes Hormel, mais aujourd'hui, va savoir pourquoi, j'ai changé d'avis.

— Petit malin.

Danny déballe les courses. Il les range dans les placards et met les produits périssables dans le frigo.

— Tu veux que je te prépare quelque chose ?

— Non.

— Tu as mangé ?

— J'ai pas faim.

— Il faut manger.

— Il paraît que vous êtes maqués avec les Noirs maintenant.

— Une aventure sans lendemain, répond Danny.

Il ouvre une boîte de Hormel, trouve une cuillère propre sur l'égouttoir et verse le hachis dans une poêle.

— Pourquoi ? demande-t-il. Ça te pose un problème ?

La réponse de Marty le surprend.

— Non. C'est astucieux.

Danny sort une spatule en plastique du tiroir. Il a du mal à le refermer, à cause de l'humidité. Il allume un des feux de la cuisinière et remue le hachis dans la poêle.

— Merci.

Le hachis se réchauffe rapidement. Danny le verse dans une assiette, prend une fourchette et tend le tout à son père.

Celui-ci affiche son petit sourire en coin, sournois.

— Quoi ? demande Danny.

— J'ai entendu un truc.

Il fait durer le plaisir, il savoure cet instant : il sait une chose que Danny ignore, pour une fois.

— Qu'est-ce que tu as entendu, papa ?

— Sal Antonucci est homo.

« Homo » ? Il met une seconde à se souvenir du sens de ce mot.

— Où tu as entendu ça ?

— C'est Ned qui l'a entendu, en fait. De la bouche d'un type dans un bar. Frankie V a surpris Sal dans un bar gay, et Sal lui a mis son poing dans la gueule.

— Que faisait Vecchio dans un bar gay ?

— Il passait chercher l'enveloppe.

— Hum. J'y crois pas.

— Libre à toi. Tu m'as demandé de te dire ce que j'avais entendu, je te le dis.

— Mange.

Nom de Dieu, se dit Danny en regardant Marty pousser la bouffe dans son assiette avec sa fourchette. Sal est gay ? Peu importe que ce soit vrai ou pas. Si Ned l'a entendu de la bouche d'un type dans un bar, c'est comme si c'était vrai. Et si Marty, cloué ici dans son fauteuil, le sait…

Il imagine Frankie V en train de répandre la rumeur. « Sans doute que je devrais pas te dire ça, mais je pense que tu dois le savoir. Et ça reste entre nous, hein ? » Frankie doit jubiler. Et si Sal lui a réellement collé son poing dans la gueule, il a couru se plaindre auprès de Peter. Qu'espérait-il ? Que Peter lui sacrifierait son tueur numéro un ? Que Peter prendrait la décision qui s'impose ?

— Bordel de merde, papa, tu manges ou pas ?

— Je t'ai dit que j'avais pas faim.

— Il faut que je t'emmène chez le médecin ?

— Je hais les médecins.

C'est réciproque, se dit Danny. Tu les injuries et tu baises les infirmières du regard.

— Tu me fais chier avec tes Hormel et ensuite tu refuses de manger ?

— Je mangerai plus tard.

C'est la réplique qu'il utilise pour qu'on lui foute la paix, Danny le sait. Je lui ai apporté ses courses et ses tickets de loto, j'ai écouté ses ragots, j'ai fait ce qu'il attendait de moi, se dit-il. Maintenant, il a hâte de retrouver sa solitude et sa tristesse.

— Je reviendrai jeudi.

— Si tu veux.

Danny embrasse son père sur le front et se dirige vers la porte.

— Danny ?

— Oui ?

— Fais attention à toi.

# 29

Le garçon est magnifique.

Non, ce n'est pas un garçon – ce serait *trop* pervers –, c'est un homme. Mais un homme jeune et beau.

Sal sait que c'est le dernier endroit où il devrait se trouver à cet instant, maintenant que les rumeurs le concernant circulent, mais il a pris la précaution de rouler jusqu'à Westerly, en se répétant durant tout le trajet qu'il s'arrêterait avant ; se répétant pendant qu'il se garait sur le parking qu'il n'entrerait pas, et se répétant alors qu'il pénétrait dans le bar qu'il ne resterait pas.

La dispute avec Judy a été brutale.

Quand il est rentré chez lui, un peu plus tôt dans la journée, elle était assise à la table de la cuisine, devant un verre de vin rouge, et elle l'a regardé comme s'il avait pissé sur ses escarpins.

— Quoi ? a demandé Sal.

Elle était déjà à moitié ivre.

— Je suis allée chez le coiffeur aujourd'hui.

— Et ?

— Pendant que j'étais dans le fauteuil, j'entends deux *chiacchierones* qui discutent, et devine de quoi elles parlent.

Sal était fatigué.

— J'en sais rien, Judy.

— De toi.

Il a senti son estomac se soulever.

Judy lui lançait un regard meurtrier.

— J'ai été obligée de les écouter rire en racontant que mon Sal Antonucci avait été surpris en train de sucer une bite dans les chiottes d'un bar gay.

— C'est faux.

— Tu veux que je te dise, Sal ? Quelque part, je l'ai toujours su. Il y avait quelque chose en toi. Et puis, tes rapports avec Tony…

— C'était mon ami.

— Oui, vous étiez comme cul et chemise. Je me suis fait une raison quand tu étais en taule. Tu avais des besoins. Mais…

— Ferme ta gueule.

— Ou sinon ? Tu vas me frapper ? Vas-y. Ou bien tu préfères m'enculer ? C'est ça que tu aimes, hein ? Allez, vas-y, encule-moi, Sal. Au moins, comme ça, je me ferai baiser pour une fois.

— Je t'ai donné deux enfants.

— Oh ! peut-être que je me trompe. Peut-être que c'est pas toi le baiseur. Toi, tu te fais baiser. C'est ça que tu veux ? Que je t'encule ?

Il l'a frappée.

Une gifle qui l'a fait tomber de sa chaise.

La main plaquée sur la joue, elle l'a foudroyé du regard.

— Fiche le camp. Va te trouver un mec, pédale.

Sal est ressorti, il est remonté dans sa voiture et il a pris la 95 en direction du sud, sans avoir l'intention de venir dans ce bar.

Et pourtant il y est bel et bien, il a déjà bu deux verres, et le garçon est beau. Grand, svelte, des cheveux châtain clair, un peu longs. Chemise imprimée en soie, jean moulant, belles chaussures. Sal ne l'a jamais vu ici. Pourtant, il est venu au moins une vingtaine de fois. C'est un nouveau.

Voyant que Sal le regarde, le jeune gars le regarde à son tour.

Et sourit.

Sal s'avance.

— Comment tu t'appelles ?
— Alex.
— Je peux t'offrir un verre, Alex ?
— Peut-être. Si tu me dis ton nom.
— Chuckie.
Alex rit.
— Mon cul. Tu viens de l'inventer.
— Possible.
— OK, Chuckie Possible. Tu peux m'offrir un dirty martini.
Une demi-heure plus tard, ils sont dans la ruelle derrière le bar. Sal est adossé au mur, braguette ouverte. Alex, à genoux devant lui, le suce.
Sal enfouit les doigts dans les cheveux épais du jeune gars.
C'est le dernier endroit au monde où il devrait se trouver, oui, mais c'est tellement bon, et le garçon est si beau.

Danny berce Ian dans ses bras en chantonnant « Mammas Don't Let Your Babies Grow Up to Be Cowboys ».
Ils ont eu un mal de chien à l'endormir ce soir. Terri a tout essayé. Elle l'a emmitouflé en pensant qu'il avait froid ; elle a enlevé les couvertures en pensant qu'il avait chaud ; elle l'a bercé dans son fauteuil ; elle l'a allongé par terre devant la télé. Mais le bébé continuait à brailler et à gesticuler.
Même « Mammas Don't Let Your Babies Grow Up to Be Cowboys », toujours efficace, a échoué. Habituellement, Ian s'endort avant que Willie Nelson arrive au refrain. Mais pas ce soir et Danny a décidé de prendre la relève afin que Terri, épuisée, puisse aller prendre une longue douche bien chaude.
Danny appuie sur la touche replay pour la trente-septième fois environ et se remet à fredonner sur la chanson en balançant son fils. Enfin, il sent son corps s'alourdir ; sa respiration devient plus

régulière, et Danny savoure encore un instant le plaisir de tenir son enfant avant de l'emmener dans la chambre pour le déposer *très* délicatement dans son berceau, et de s'éclipser sur la pointe des pieds.

Terri vient de sortir de la douche, le corps et les cheveux enveloppés dans des serviettes.

Les traits figés, sous le choc.

— Qu'est-ce qui se passe ? demande Danny.

— J'ai senti quelque chose. Dans ma poitrine.

La femme est à la fois plantureuse et sculpturale. Avec sa coiffure de plumes, elle avance sur la pelouse tel un superbe oiseau exotique.

Sous le regard de Madeleine.

Tous les mannequins portent les créations les plus iconiques de Manny Maniscalco. Et Madeleine a veillé à ce que les danseuses de cabaret choisies pour assister à la réception après l'enterrement possèdent une plastique qui mette en valeur les plus beaux modèles de Manny.

Certains membres de la communauté du grand Las Vegas, les hommes d'affaires sérieux, moins impliqués dans le Strip, trouvent vulgaire et grotesque cette fête organisée sur la propriété du défunt, où déambulent ces filles presque nues. D'autant que cette idée émane d'une femme qui, lorsqu'ils étaient mariés, cocufiait régulièrement son époux.

Madeleine se fiche de ce qu'ils pensent.

Elle sait que Manny, homme d'une très grande laideur, aimait par-dessus tout s'entourer de beauté, surtout féminine.

Alors, elle tenait à lui offrir ça.

Elle était revenue s'installer sur la propriété en apprenant qu'il n'en avait plus pour longtemps à vivre. Ils étaient demeurés en contact au fil des ans, par téléphone ou à l'occasion d'un dîner.

C'était au cours de l'un d'eux que, voyant qu'il était manifestement malade, elle lui avait tiré les vers du nez. Quelques semaines plus tard, ayant appris par ses médecins qu'il n'y avait plus d'espoir, il avait souhaité mourir chez lui plutôt qu'à l'hôpital, alors Madeleine était revenue pour s'occuper de lui.

Elle avait recruté des infirmières à temps plein pour lui donner ses médicaments et lui faire sa toilette, mais elle restait auprès de lui presque toute la journée, elle lui tenait compagnie durant les nuits interminables, lui essuyait le front, lui prenait la main.

Ils parlaient du passé, ils riaient en évoquant leurs voyages, leurs dîners, les spectacles qu'ils avaient vus, les personnalités qu'ils côtoyaient autrefois.

Et quand il était mort, c'est Madeleine qui lui avait fermé les yeux.

Après avoir longuement pleuré, elle s'était ressaisie et avait entrepris d'organiser l'enterrement et cette fête de départ hors du commun.

Toutes les personnes qui comptent sont là, car Manny était un homme respecté et aimé dans tous les cercles de Las Vegas. Le maire, le représentant du Congrès, des gens du spectacle, des propriétaires de casinos et des mafieux bavardent sur la pelouse en grignotant des canapés et en buvant du bon vin. Ils échangent des anecdotes sur Manny.

Et des messes basses au sujet de Madeleine, car la nouvelle concernant le testament de Manny alimente déjà la machine à rumeurs de Vegas : on raconte qu'elle a accompagné son ex-mari durant ses derniers jours afin de profiter de son état de grande faiblesse pour faire venir un notaire et modifier le testament.

C'est faux.

Nul n'était plus stupéfait que Madeleine quand le notaire a dévoilé que Manny lui avait tout légué : la majorité des parts de Maniscalco Manufacturing, des dizaines de millions sous forme d'actions et d'obligations, des holdings financières, la propriété, les chevaux, les écuries, les courts de tennis, la piscine.

Le notaire l'a prise à part pour préciser que Manny n'avait pas modifié son testament récemment. En vérité, il l'avait rédigé en ces termes après le divorce.

— Il m'a dit que vous lui aviez apporté la beauté.

En conséquence de quoi, Madeleine, qui était déjà riche grâce à ses propres efforts, est désormais richissime. Elle pouvait se permettre de dépenser un demi-million de dollars pour cette réception.

Un grand orchestre joue « All the Things You Are » – un des airs préférés de Manny – et, un peu plus tôt, une grande vedette féminine de la chanson est venue interpréter « My Funny Valentine ».

Un des comiques favoris de Manny, le genre d'humoristes qui se moque des spectateurs, l'a pris pour cible : « Quand Madeleine a dit "Oui" devant le prêtre, celui-ci lui a demandé : "Vous êtes sûre ?" Manny adorait les chevaux, vous savez. Normal : il avait une face de cheval. Hé, n'allez pas le répéter aux chevaux… »

Madeleine a fait venir tout ce qui incarne Las Vegas : les musiciens, les chanteurs, les comiques, les jongleurs, les acrobates et, bien évidemment, les danseuses. Maintenant, chacun déambule au milieu des invités pour montrer ses talents, ou simplement sa beauté. Et elle sait que Manny aurait adoré son enterrement.

Elle est en train d'admirer une des danseuses lorsque Pasco Ferri la rejoint.

Le vieux boss de la mafia est venu exprès de Floride pour rendre un dernier hommage à Manny et représenter d'autres boss qui ont jugé préférable de ne pas se montrer en public. C'était un vieil ami de Manny, et Madeleine le connaît depuis des années.

— Très belle réception, Maddy.

— Je crois qu'il aurait été heureux. Comment va mon fils ?

— Danny et moi, on ne se parle pas beaucoup.

— Je connais ça.

— C'est un garçon bien.

— Ce n'est plus un garçon, rectifie Madeleine. Il a un enfant maintenant.

— Oui, il paraît. Tous mes vœux de bonheur.

Madeleine hausse les épaules.

— Je n'ai pas encore vu mon petit-fils.

— Danny est comme son père. Une tête de mule. Tu as entendu parler de l'alzheimer des Irlandais ? Ils oublient tout sauf leurs rancœurs.

— Je m'inquiète pour lui. Cette histoire avec les Moretti. Si tu pouvais faire quelque chose, Pasco, je t'en serais reconnaissante. Tu sais que je peux ouvrir des portes ici. J'ai une certaine influence sur la commission des jeux, par exemple.

— Je ne suis pas venu ici pour parler business, Maddy. Uniquement pour saluer une dernière fois Manny.

— Oui, bien sûr, répond Madeleine.

En songeant : comme si en venant rendre hommage à Manny tu ne faisais pas du business.

La réception s'achève, les invités s'en vont par petits groupes, l'équipe de nettoyage arrive pour débarrasser, démonter les tables et les tentes, emporter les déchets.

Plus tard ce soir-là, Madeleine caresse la joue du jeune homme couché contre elle dans son lit.

Douce, presque duveteuse.

— C'était bien, dit-elle.

Kelly sourit. Dents blanches parfaites.

— J'espérais quelque chose d'un peu plus flatteur.

— Ça ne t'a pas suffi de m'entendre gémir ton nom ? Tu as besoin d'être rassuré ?

Il ne devrait pas, pense-t-elle. Il est jeune et beau, et il le sait. Quarterback de l'équipe de football de la fac du coin, il doit être la proie des cheerleaders et des étudiantes, et pourtant, pour une raison inconnue, il aime coucher avec moi.

Pas uniquement à cause des cadeaux qu'elle lui fait – les montres, les vêtements –, il y a quelque chose en lui qui aime les femmes âgées.

Dieu soit loué, pense-t-elle.

Madeleine ne se berce pas d'illusions : elle n'est pas sa seule maîtresse et, d'ailleurs, elle ne veut pas l'être ; elle ne veut surtout pas qu'il tombe amoureux d'elle. Tout ce qu'elle souhaite, c'est pouvoir baiser régulièrement avec un beau garçon bien bâti qui assure au lit, et Kelly possède toutes ces qualités.

Son physique frôle la perfection.

Elle aimerait que cette relation se poursuive ; hélas, il devient un peu trop dépendant.

Et arrogant.

Comme pour en apporter la preuve, il dit :

— Je t'ai fait grimper aux rideaux, et toi, la seule chose que tu trouves à dire, c'est : « C'était bien. »

Elle prend appui sur un coude et le regarde.

— Kelly, tu connais la différence entre toi et un vibromasseur ?

Il semble désorienté, un peu inquiet.

— Un vibromasseur est aussi efficace, et ça coûte beaucoup moins cher à l'entretien.

Elle est sur le point de développer quand son téléphone sonne.

C'est Terri.

Elle pleure.

# 30

Sal sait qu'il doit agir, et vite.

Pour l'instant, il bénéficie du soutien de Peter, mais ça ne durera pas éternellement. Peter Moretti est un boss à l'ancienne, du style : « Qu'est-ce que tu as fait pour moi dernièrement ? » et, maintenant que circulent des rumeurs affirmant que Sal est gay, il réclame son dû. Déjà, des gars détournent le regard quand Sal entre quelque part. Il entend les murmures quand il passe devant eux dans un bar, il voit les sourires en coin dans leurs yeux, il sait que Frankie V a ouvert sa grande gueule.

Ce fils de pute de Frankie. Sal a essayé de s'excuser, mais il n'a rien voulu entendre. Sal lui a envoyé un magnifique panier garni : *prosciutto, bresaola, soppressata,* saucisson des Abruzzes, *provolone,* olives de Cerignola, huile Biancolilla, une bouteille de chianti Ruffino…, mais Frankie le lui a renvoyé, intact.

Qu'est-ce qu'il veut, nom de Dieu ?

Cet enfoiré a quand même des couilles, se dit Sal. Aller raconter partout que je suis homo. Après avoir buté Marvin, je pourrais décider de lui régler son compte.

Le problème, c'est que Marvin ne joue pas le jeu. Quand vous savez qu'il y a un contrat sur votre tête, vous devez respecter certains principes : vous êtes censé faire profil bas, vous planquer et même quitter la ville.

Mais Marvin ne fait rien de tout ça. Bien au contraire. Il fanfaronne, il s'exhibe, il va dans des clubs, au restau, il traîne aux coins des rues et dans les parcs. Il nargue Sal.

Du style : *Tu me cherches ? Je suis facile à trouver, hein ?*

Évidemment, se cacher à la vue de tous est une tactique, Sal en est bien conscient. Vous vous affichez en public en sachant que votre meurtrier potentiel ne voudra pas vous buter devant des témoins. N'empêche, c'est de la provocation, et Sal est ridiculisé.

Surtout lorsque Marvin lui envoie au siège d'American Vending une boîte de pastilles à la menthe, accompagnée de ce mot : *Il paraît que tu aimes sucer les pastilles.* Il a fait exprès de l'envoyer là-bas, pour humilier Sal devant les gars et forcer la main à Peter.

Sal Antonucci est censé inspirer de la peur.

S'il perd ce pouvoir, il perd presque tout.

Un ambitieux pourrait tenter de l'éliminer.

Alors, s'il doit buter Marvin devant témoins, il fera en sorte que ce soit des témoins qui ne peuvent pas parler.

Les propres gars de Marvin en l'occurrence.

Il pourrait flinguer leur boss devant eux sans qu'ils aillent le dénoncer aux flics. Ils voudront se venger eux-mêmes, car – chez les Noirs comme chez les Blancs – c'est la règle.

Il décide de buter Marvin sur le terrain de basket.

À la manière des négros.

En tirant d'une bagnole.

Tout ce que sait Sal, Marvin le sait aussi.

Et si Sal brûle d'envie de buter Marvin, c'est réciproque. Car lui aussi a entendu des rumeurs. Sur son compte. On raconte qu'il se ramollit. Depuis qu'il a atteint le haut de l'échelle, dit-on, il a oublié ce qu'était la vie tout en bas. Dans la rue, la réputation est comme n'importe quelle mécanique, il faut l'entretenir de temps en temps, sinon elle se grippe.

Alors, il ne perd jamais une occasion de provoquer Sal.

Pour rappeler aux siens pourquoi Marvin est ce qu'il est.

— Même les moricauds savent que Sal est une tapette, dit Paulie, assis dans le bureau. Tout le monde se fout de notre gueule maintenant.

— Ils parlent sans savoir, répond Peter en regardant la boîte de pastilles sur la table. Ils répètent ce qu'ils ont entendu.

— C'est bien ce que je dis, rétorque Paulie. Tout le monde est au courant. Et comment va réagir le gars au coin de la rue ?

— Quel gars ?

— C'est une expression. Que vont penser les gens, si tu préfères.

— Qu'est-ce qu'on en a à foutre de ce que pensent les gens ? demande Peter.

— Rien.

— Alors pourquoi…

— On ne se fout pas de ce que pensent certaines personnes à Boston, intervient Chris, qui commence à avoir mal au crâne. Et certaines personnes à New York. Qui pensent qu'on a un capitaine homo dans notre famille, qu'on est incapables de liquider une bande de bouffeurs de patates et que même les bamboulas nous narguent maintenant.

Préserver une famille autonome sur le territoire minuscule du Rhode Island a toujours été un problème, Chris en est conscient. Coincée entre Boston et New York, qui aimeraient nous avaler et nous reléguer au rang de simple bande, notre mafia ici, dans le Rhode Island, a toujours dû se montrer plus coriace, plus stricte et plus violente. Si les gars de Boston et de New York nous trouvent trop faibles, ils chercheront à en profiter.

Cette guerre pour essayer de piquer un petit territoire aux Irlandais risque de nous faire perdre tout ce qu'on a.

— Qu'est-ce que tu proposes, alors ? demande Peter.

— Sal doit s'occuper de Marvin…

— Au plumard ? demande Paulie.

— Très drôle, dit Chris. Ensuite, on verra ce qu'on fait de Sal.

— Hein ? s'offusque Paulie. C'est une tapette.

— C'est Marvin qui le dit. Si Marvin disparaît, il ne pourra plus le dire. Frankie V le dit lui aussi, alors…

— Tu es en train de m'expliquer qu'on devrait buter Frankie pour couvrir Sal ?

— Je pose la question : qui est le plus précieux ? Qui est le meilleur soldat ? Qui rapporte le plus de fric ?

— Qui est la tapette ? demande Paulie.

Nom de Dieu, quel con, se dit Chris.

Heureusement, Peter comprend. Il sait que c'est l'image qui compte, pas la réalité.

— Tu penses qu'on devrait donner le feu vert à Sal pour liquider Frankie.

Chris hausse les épaules.

— Qu'est-ce que tu ferais à un type qui raconte partout que tu es homo ?

Peter mime un pistolet avec le pouce et l'index.

Chris hausse les épaules de nouveau.

— Sauf que Sal *est* une tapette, insiste Paulie.

— Et alors ? rétorque Chris.

— Tu te fous de moi ? Ce qu'ils font, c'est dégueulasse. Ça me donne envie de gerber.

— Tu veux me faire croire que tu n'as jamais baisé le cul d'une femme ?

— C'est différent.

— Pourquoi ?

— C'était une *femme*.

Peter intervient :

— On va attendre. On verra bien si Sal règle le problème Marvin. Ensuite, on décidera de ce qu'on fait.

Du pur Peter, songe Chris : chercher à gagner du temps. Néanmoins, ce n'est pas totalement idiot parce que si Marvin bute Sal on ne sera pas obligés de choisir entre lui et Frankie V.

Paulie prend une pastille.

— Putain, dit Peter.

— Quoi ?

— Tu vas bouffer ça ?

— Pourquoi pas ? répond Paulie en fourrant la pastille dans sa bouche. C'est bon.

Assis au volant d'une Cadillac volée, Sal a une vue directe sur le terrain de jeux une rue plus loin.

Des négros en sweat-shirt à capuche sautent dans tous les sens. Le problème, c'est de repérer Marvin dans le lot. En se garant au bord du terrain de basket, il se souvient que Marvin est celui qui joue le mieux.

Soudain, il voit un gars vêtu d'un sweat gris effectuer un changement de main pour dépasser son adversaire, qui manque d'y laisser les deux chevilles, et s'envoler pour exécuter un *dunk*.

Marvin.

Sal baisse sa vitre.

Marvin le sent.

Il s'accroche au cercle et il le voit.

Demetrius s'écrie :

— Il a un flingue !

Marvin lâche le cercle et, pendant qu'il retombe, il arrache le pistolet scotché à l'intérieur de la poche kangourou de son sweat-shirt et ouvre le feu.

Au moment même où il reçoit un coup en pleine poitrine.

Il est mort avant de toucher le sol.

Sal parcourt trois pâtés de maisons avant de s'apercevoir qu'il est blessé.

Cet enfoiré de négro l'a atteint au bras.

L'adrénaline masque la douleur, mais il saigne comme un porc. Il a intérêt à se faire soigner en vitesse. Malheureusement, il ne peut pas aller à l'hôpital situé à deux minutes de là car, s'il débarque aux urgences avec une blessure par balle, ils vont appeler les flics. Il balance son arme par la fenêtre, prend la 95 et roule vers le nord. Il connaît à Pawtucket un médecin qui a du retard dans ses paiements.

Il peut peut-être y arriver avant de se vider de son sang.

Danny est assis dans la salle d'attente.

Les salles d'attente des médecins sont des purgatoires. L'attente interminable d'un salut hypothétique. La torture par l'espoir : vous espérez que ça n'est pas une tumeur et, si c'en est une, vous espérez qu'elle est bénigne, vous espérez…

Même le nom sur la porte fait peur.

*Oncologue.*

C'est leur généraliste qui les a envoyés ici. En affirmant que ce type était bon.

Qu'est-ce que ça veut dire ? se demande Danny en feuilletant un vieil exemplaire tout corné de *Good Housekeeping*. Tous les magazines posés sur la table sont des magazines féminins. Évidemment, imbécile, ce médecin est un spécialiste du cancer du sein.

Mais que veut dire « bon » face à un cancer ? Il peut faire que ça ne soit *pas* un cancer ? Il peut changer ce qui est déjà là ? Et dire à une jeune femme qui vient d'avoir un enfant qu'elle a toute la vie devant elle ?

Danny lit la recette des hamburgers Sloppy Joe et consulte sa montre encore une fois. Le temps ne passe pas. Comme au purgatoire. C'est ce que lui ont enseigné les religieuses au sujet de l'éternité. Enfin, la porte s'ouvre, et le médecin apparaît.

— Monsieur Ryan ?

Danny se lève.

— Entrez, je vous prie.

Danny le suit dans une petite pièce. Terri est assise là, la mine défaite, les yeux mouillés et rougis. Le médecin indique une chaise à côté d'elle et retourne s'asseoir derrière son bureau. Il brandit une radio pour que Danny puisse la voir dans la lumière et montre avec son stylo ce qu'il appelle une « masse » à l'intérieur du sein gauche de Terri.

Danny se retrouve projeté mentalement sur la plage, le jour où il a vu apparaître Pam, porteuse de destruction.

« *J'aime* tes *nichons.*

— *Bonne réponse.* »

Pendant ce temps, le médecin parle de biopsie…

— … si c'est possible, nous opérerons pour procéder à l'ablation du sein.

— Et après ? demande Terri. Il y aura de la chimio ?

Le médecin lui adresse son sourire le plus rassurant.

— On parlera de ça le moment venu, éventuellement. En attendant, restons optimistes.

— C'est un cancer, lâche Terri dans la voiture.

— On n'en sait rien, répond Danny.

— Moi, je sais.

— Comme l'a dit le médecin : restons optimistes.

L'espoir.

Le purgatoire.

Il vient juste d'installer Terri dans leur chambre quand Jimmy Mac s'arrête devant chez eux. Lorsque Danny descend, Jimmy lui demande :

— Tu es au courant pour Marvin Jones ?

Danny assiste à l'enterrement de Marvin.

Cela lui semble normal.

Les flics n'ont pas tardé à déclarer que le meurtre de Marvin était l'œuvre d'un gang et qu'ils suivaient différentes pistes. Ils ont coffré plusieurs membres de bandes rivales, ils les ont secoués, mais les types en question ne savaient rien et ils avaient tous des alibis.

Les hommes de Marvin ne savaient rien eux non plus, et aucune des personnes présentes sur place n'a vu quoi que ce soit.

Alors, pour la police, c'est de la racaille qui se débarrasse de la racaille, et elle attend les inévitables représailles.

Le nom de Sal Antonucci n'est pas mentionné une seule fois.

Et Sal a disparu des radars.

Danny marche vers la maison de Friendship Street que Marvin a achetée pour sa mère. Des gens sont rassemblés sur le trottoir, les marches du perron et la vaste terrasse de cette grande maison victorienne qui a été entièrement restaurée.

Certains lancent des regards méfiants à Danny, l'unique Blanc.

Il entre.

Marvin repose dans un cercueil ouvert installé dans le salon, où ont été disposées plusieurs rangées de chaises, toutes occupées. Essentiellement par des femmes toutes en noir, qui pleurent discrètement dans leurs mouchoirs.

Danny s'approche du cercueil.

Marvin ayant reçu une balle dans le cœur, son visage est intact, toujours beau et fier, presque arrogant dans la mort. Il se croyait invincible, il était persuadé que rien ne pouvait l'atteindre. Peut-être que nous sommes tous ainsi, se dit Danny, jusqu'à ce que la réalité nous prouve le contraire.

Il se dirige vers la mère de Marvin.

— Toutes mes condoléances.

Elle possède la même beauté que son fils, la même dignité.

— Merci. Excusez-moi, qui êtes-vous ?

— Je m'appelle Danny Ryan.

— Comment avez-vous connu Marvin ?

— On jouait au basket ensemble.

— Oh. On ne s'est jamais vus.

— Non, madame.

— Merci d'être venu.

Danny avise Demetrius dans l'encadrement de la porte de la cuisine. Il va le voir et demande :

— On peut se parler ?

— Derrière, dans le jardin.

C'est un grand jardin arboré. Un gros chêne et un érable en plongent la majeure partie dans l'ombre. Une table et des chaises en fer forgé sont disposées sous l'érable. Un barbecue couvert est adossé à la clôture.

— Désolé pour Marvin.

— Tu es désolé d'avoir perdu un larbin. Je n'en suis pas un.

— Qu'est-ce que ça veut dire ?

— Ça veut dire : vous pouvez garder votre guerre. Nous, on se retire.

— Vous ne voulez pas venger la mort de Marvin ?

— J'adorais Marvin. Mais il nous a entraînés dans une guerre entre Blancs. J'ai essayé de le lui dire.

— Il l'a bien cherché, c'est ça ?

— En quelque sorte, oui, dit Demetrius.

— C'est cruel.

— Comme la guerre, mec.

— Vous ne voulez pas récupérer votre quartier ? demande Danny.

— On le récupérera. Sans rien faire. Chaque jour vous êtes de moins en moins nombreux. Chaque jour on est de plus en plus nombreux. Il nous suffit d'attendre. Si vous voulez accélérer le processus en vous entre-tuant, allez-y, vous privez pas, bande d'enfoirés.

— Tu sais ce que voulait Marvin.

— Ah bon ? Viens, on va aller lui poser la question pour voir ce qu'il en dit. Tu as fait tuer mon cousin, sale Blanc. Il vaut mieux que tu foutes le camp maintenant.

Danny ressort de la maison et regagne sa voiture.

Chris Palumbo sait où est Marvin Jones – au cimetière –, mais il ne peut pas en dire autant au sujet de Sal.

Ça fait une semaine maintenant : si Sal était mort, son corps aurait fini par réapparaître. Il se cache. S'il se planquait pour échapper aux flics, il aurait contacté quelqu'un de la famille pour leur faire savoir qu'il était vivant et réclamer de l'aide. Ça veut donc dire qu'il se cache de la famille également.

Malin, se dit Chris. Il attend de savoir de quel côté va pencher Peter dans cette histoire d'homosexualité. Je pourrais lui faire gagner du temps. Toutes les décisions de Peter répondent à une seule préoccupation : « Qu'est-ce qui est le mieux pour moi ? », et le mieux pour Peter c'est de garder Sal dans sa bande, quitte à fermer les yeux de temps en temps sur des petites virées à Westerly.

Alors, Peter ordonnera à Frankie de fermer sa gueule s'il ne veut pas la fermer définitivement et, si nécessaire, il autorisera

Sal à le buter. Chris se ferait une joie d'expliquer tout ça à Sal, s'il savait où le trouver.

Il se gare dans l'allée de la maison, descend de voiture et sonne. Judy vient lui ouvrir.

— Sal est pas là.

— Il va rentrer bientôt ?

— Pas si saint Antoine a entendu mes prières. Tu veux entrer, Chris, au lieu de rester planté là comme un *jadrool* ?

Chris entre et suit Judy dans la cuisine.

— Je buvais un verre de sambuca. Tu en veux ?

— C'est pas de refus.

Elle lui sert un petit verre.

— Tu ne saurais pas où on peut le trouver, par hasard ? demande Chris en s'asseyant sur un tabouret haut devant le comptoir de la cuisine.

Il boit une petite gorgée d'alcool qui lui brûle la gorge.

— Non.

— Est-ce que… sans vouloir t'offenser, Judy, il a une *gumar* ?

Judy s'esclaffe.

— Si seulement ! J'ai peur qu'il m'ait refilé le sida.

— Tu es au courant alors.

— On croit connaître quelqu'un. En fait, on ne connaît jamais les gens.

Chris repose son verre et se lève.

— S'il appelle, préviens-moi, OK ?

— Je le hais, répond Judy, mais je ne veux pas qu'il se fasse tuer.

— Judy…

— Je vis dans ce milieu depuis toujours, Chris. Je sais comment ça se passe.

— Personne ne veut lui faire du mal.

— Mon cul.

— Je te le jure.

Chris lève la main.

Il repart, convaincu que Judy ne sait pas où est son mari et que, si elle l'apprend, elle ne le lui dira pas.

Danny est assis dans l'arrière-sallc du Gloc.

— Quel dommage, dit John. J'aimais bien ce garçon.

— Marvin n'était pas un garçon, objecte Danny.

— Tu m'as compris. Je voulais dire qu'il était jeune. Des nouvelles de Sal ?

— Aucune.

Danny a envoyé les Enfants de chœur à la chasse, mais ils sont rentrés bredouilles. C'est plus qu'inquiétant. Maintenant que Marvin n'est plus là et que les Noirs ont décidé de se retirer de la partie, plus rien n'empêche Peter de frapper un grand coup. Mais il voudra récupérer Sal, car Sal fera la différence.

— Tu es allé voir dans les animaleries ? demande Liam.

— Quoi ?

— Pour savoir s'il y avait eu une ruée sur les gerbilles.

— Très drôle, lâche Danny.

— Je vous ai toujours dit que Sal jouait dans l'autre équipe, ajoute Liam. C'est son… comment on dit ? Son talon d'Achille.

— Faut que je rentre, annonce Danny.

— Comment va Terri ? s'enquiert John. Elle tient le coup ?

— Ils l'opèrent demain.

— Je réciterai une prière.

Ouais, très bien, John. Je suis sûr que ça sera utile.

Danny se lève.

— Tu veux t'occuper, Liam ? Essaye de retrouver Sal.

— T'inquiète pas pour Sal, répond Liam avec son putain de sourire en coin.

— Si, je m'inquiète.

Il s'inquiète pour tout.

Mais surtout pour Terri.

Elle entre à l'hôpital cet après-midi. Cassie gardera Ian cette nuit. L'opération est programmée demain matin à la première heure.

C'est curieux, les mots, pense-t-il en marchant jusque chez lui.

La plupart du temps, ils ne veulent rien dire. Et soudain un seul mot représente tout. Et je donnerais n'importe quoi pour l'entendre, ce mot qui, jusqu'alors, ne signifiait rien pour moi.

Bénin.

Liam verse un peu de coke sur la table basse en verre.

— Ils me traitent tous comme une merde.

— Qui ça ? demande Pam, lassée des jérémiades de son mari.

— Danny, pour commencer. Et tous les gars au Gloc. Même mon propre père pense que je suis un bon à rien.

Je me demande bien pourquoi, songe Pam, en sachant qu'il vaut mieux ne rien dire. Peut-être parce que tu as déclenché ce merdier et que tu en as rajouté alors que tu pouvais y mettre fin. Peut-être parce que tu as juré, haut et fort, de venger ton frère et que tu n'as rien fait, à part te planquer et te défoncer. Peut-être parce que tout le monde – Danny, les gars du Gloc et ton père – sait que tu chies dans ton froc devant Sal Antonucci et que tu es juste une grande gueule.

C'est tout ce que tu sais faire, Liam.

Parler.

— Là, ma chère épouse, tu es censée dire un truc du genre : « Non, tu n'es pas un bon à rien, Liam. Ils se trompent à ton sujet. Ils finiront par s'en rendre compte. »

Pam sniffe une ligne de coke.

— Tu n'es pas un bon à rien, Liam. Ils se trompent à ton sujet. Ils finiront par s'en rendre compte.

— Va te faire foutre.

— Pas par toi. Généralement, tu es trop défoncé pour bander.

— Ou bien, je baise ailleurs.

— Que Dieu la protège, la pauvre. Je lui souhaite bonne chance.

— Je t'aimais ! s'écrie soudain Liam. J'ai renoncé à tout pour toi !

Liam roule le billet qui sert de paille, se penche au-dessus de la table basse et sniffe une ligne à son tour.

Puis une autre.

Il s'essuie le nez.

— Tu verras. Vous verrez tous. Aucun d'eux n'a été capable d'éliminer Sal. Ni Danny ni Marvin. Personne. À part Liam. Tu verras. Vous verrez. Attendez un peu.

— OK, Liam.

On est vraiment à court de coke ? pense-t-elle.

Vraiment ?

Sal sait qu'il n'aurait pas dû faire ça.

Il sait qu'il n'aurait pas dû appeler Alex.

Mais il avait besoin d'une planque, d'un endroit où il puisse récupérer, et surtout d'un endroit où il trouverait du réconfort.

Un peu de beauté dans cette putain de vie.

Couché dans le lit, il regarde dehors par la fenêtre du petit appartement d'Alex à Westerly. La vue n'est pas terrible, la gare se dresse de l'autre côté de la rue, mais c'est tranquille.

Sa blessure va mieux. La balle a traversé le bras sans briser d'os ni sectionner d'artère, et le médecin, bien que mort de trouille, l'a rafistolé avant de le foutre dehors.

Après avoir abandonné la bagnole volée à Providence, il a pris le train pour Westerly, où il a appelé Alex.

Il ne savait pas trop comment il serait accueilli, mais Alex lui a répondu : « OK, pas de problème, amène-toi. » En voyant son bras amoché, il a demandé :

— Qu'est-ce qui t'est arrivé ?

— J'étais au mauvais endroit au mauvais moment. Écoute, j'ai besoin d'un endroit où me cacher pendant quelque temps…

— Ouais, évidemment.

Alex était plus qu'un hôte, c'était un infirmier. Il a couché Sal, il lui a apporté du Tylenol, de la soupe, il l'a aidé à prendre sa douche pour ne pas mouiller le bandage. Après quelques jours, comme Sal allait mieux, il lui a fait l'amour en douceur.

Juste après, allongé à côté de lui, traçant des motifs sur la cuisse de Sal avec le doigt, Alex lui a demandé :

— Qu'est-ce que tu fais, au juste ?

— Ce que je fais ?

— Dans la vie.

— Je possède plusieurs affaires. J'ai une concession automobile, une entreprise de transport…

— Tu appartiens à la mafia.

— Non.

— Ils en pensent quoi les autres, que tu sois gay ?

— Je ne suis pas gay.

Alex n'a pas pu s'empêcher de rire.

— Tu l'étais il y a cinq minutes.

— Non, non, c'est juste que… tu me plais.

— Toi aussi, tu me plais.

Sal sait qu'il va devoir partir, tôt ou tard, tôt certainement. Pour affronter ce qui l'attend au-dehors.

J'ai fait ce que voulait Peter, se dit-il, j'ai réglé son problème nommé Marvin Jones, alors il prendra certainement mon parti contre Frankie V, il fera taire les rumeurs sur mon compte. Frankie sera obligé de bouffer sa merde ou je serai obligé de le buter.

Avec l'autorisation de Peter.

Car qu'y a-t-il de plus grave : un type qui est homo ou un type qui accuse à tort un type d'être homo ?

Mais une fois encore, peut-être que je me suis foutu dans le pétrin tout seul. Maintenant que Marvin est mort, Peter n'a plus besoin de moi et il va me jeter aux chiens.

Alex est allé faire des courses au 7-Eleven pour le petit déjeuner, alors Sal se lève pour se servir de son téléphone.

— Putain, Sal, où t'es ? demande Chris.

— J'en suis où ?

— Comment ça ?

— Tu m'as compris.

— Les conneries que raconte Frankie ? Personne n'y croit !

— Si je reviens, je serai obligé de lui faire fermer sa gueule.

— Tu feras ce que tu dois faire, Sal.

Voilà, songe Sal en raccrochant. Je suis blanchi et j'ai le feu vert pour liquider Frankie.

Bien.

Alex utilise la cabine téléphonique installée devant le 7-Eleven.

— Il est toujours là.

— Tu as bien mérité tes 2 000 dollars.

— C'est passé à 5 maintenant. 2 000, c'était pour le draguer. J'en veux 3 de plus pour… le reste.

— Sale petit profiteur.

— J'ai laissé ce porc me baiser pendant une semaine, rétorque Alex. Je lui ai fait de la soupe de poulet. 3 000, c'est pas cher payé.

— OK. Comment je saurai quand il descend ?

— J'ouvrirai les stores.

Liam remonte dans sa voiture et surveille l'appartement.

Il ne sait pas s'il peut faire confiance à cet Alex.

Retrouver Sal n'a pas été si difficile. Les bars gays ne sont pas très nombreux dans le Rhode Island, et il lui a suffi de quelques arrêts pour tomber sur ce club de Westerly où les habitués ont reconnu Sal quand il l'a décrit.

Ensuite, il ne restait plus qu'à repérer un gigolo en manque d'argent, assez beau pour attirer Sal.

Il a trouvé Alex.

— Je vais partir, annonce Sal.

— Tu n'es pas obligé, répond Alex.

— Si.

— Tu reviendras ?

— Tu en as envie ?

— C'est pour ça que je te pose la question. Oui.

— Alors, je reviendrai.

Alex l'embrasse.

Sal descend l'escalier.

Alex soulève les stores.

Liam cale le canon du fusil sur la vitre du passager ouverte et attend.

Ses mains tremblent.

Ne te comporte pas comme un lâche, se dit-il. Fais-les mentir. Fais ça pour ton frère.

Il voit Sal sortir de l'immeuble. Il vise la poitrine.

Il déglutit et presse la détente.

Sal s'assoit sur le trottoir et s'appuie contre le mur. Il se sent très fatigué soudain, comme si ses jambes refusaient de le porter.

Il palpe le devant de sa chemise, trempée et chaude.

Il lève la main et découvre qu'elle est ensanglantée.

Réfléchis…

*Sainte Marie, mère de Dieu,*

*Priez pour nous, pauvres pécheurs,*

*Maintenant et à l'heure de notre…*

Penché devant le distributeur de l'hôpital, Danny essaye de choisir entre les cookies aux pépites de chocolat et une barre Hershey's quand Jimmy Mac arrive derrière lui.

— Tu as entendu la nouvelle ?

— Quoi donc ?

— Sal Antonucci.

Jimmy fait mine de se trancher la gorge.

— Putain de merde. Quand ? Qui ?

Jimmy hausse les épaules.

— À Westerly. Il sortait d'un immeuble, et quelqu'un l'a buté, du trottoir d'en face.

Voilà qui pourrait tout changer, songe Danny. Sal hors jeu, Peter pourrait choisir de conclure un traité de paix. Il pourrait peut-être même faire machine arrière et accepter un statu quo. Ou bien choisir l'option inverse et leur faire payer la mort de Sal.

— Dis à tout le monde de faire profil bas, ordonne Danny. Qu'ils évitent de se balader dans les rues pendant quelque temps.

— Toi aussi, Danny.

— Ils ne vont pas venir me chercher ici, à l'hôpital.

— Non, mais sur le parking, répond Jimmy. Ned t'attendra dehors. Embrasse Terri de ma part. Angie l'embrasse aussi.

— Je n'y manquerai pas.

Danny décide finalement qu'il n'a pas faim et il remonte dans la chambre de Terri. Ils lui ont administré un sédatif, et elle est un peu dans les vapes.

— Tu as trouvé un truc à manger ? demande-t-elle.

— Oui.

— Comment va Ian ?

— Il est avec Cassie, alors tout va bien.

— Tu me le promets ?

— Promis.

Que pourrait-il dire d'autre ?

— Tu es le *chiacchierone* le plus chanceux que je connaisse, dit Chris à Frankie. Tu sais que Peter était prêt à te rayer de la carte.

— J'avais raison ou j'avais pas tort ? répond Frankie. Juste une question : où était Sal quand il s'est fait buter ? Il sortait de chez une pédale. Affaire classée.

Alex est dans le coffre de la voiture que conduit Chris. Il a été assez intelligent pour quitter son appartement, mais pas assez pour quitter le secteur. Chris et Frankie l'ont trouvé sur le parking de ce même bar gay où Sal l'avait dragué.

Ils l'emmènent dans un endroit isolé, à proximité d'une ancienne carrière, pour avoir une petite discussion avec lui. Chris quitte l'autoroute et prend une route de campagne.

Chris a raison, se dit Frankie. Celui qui a buté Sal m'a rendu un sacré service. Il a rebattu les cartes, et maintenant Peter va devoir me proposer une nouvelle donne. Je vais me la jouer fine. N'empêche qu'il était prêt à me liquider pour protéger un *finook*. La mafia, c'est plus comme avant.

Chris s'arrête sur le bas-côté de la route en terre, près de la carrière. De grands roseaux dansent dans le vent entre eux et un étang. Ils descendent de voiture, sortent Alex du coffre et arrachent le ruban adhésif qui lui recouvre la bouche.

— Si tu gueules, je te bute, menace Chris en lui montrant son flingue. Personne te fera du mal, on veut juste te poser quelques questions.

Nom de Dieu, se dit Frankie, ce type a tellement la trouille qu'il s'est pissé dessus.

— Qui t'a payé pour piéger Sal ? demande Chris.

— Personne.

— Tu as fait ça gratos ?

— Je l'ai pas piégé. J'ai rien à voir dans tout ça.

— Il y a deux possibilités. Premièrement, tu nous dis la vérité, tout ce que tu sais, on te ramène, et tu continues à vivre comme avant. Deuxièmement, on te fait souffrir comme tu peux même pas l'imaginer et on balance ton corps dans l'étang. Personnellement, je choisirais la première option, mais c'est toi qui décides.

Alex leur raconte tout.

Liam l'a abordé dans un bar gay. Et lui a proposé 2 000 dollars pour séduire Sal. Quand Sal est venu frapper à sa porte, Alex a contacté Liam. Il l'a rappelé peu de temps avant que Sal s'en aille. Il a soulevé les stores pour donner le signal.

— Donc c'est Liam qui a tiré, dit Chris.

— Je ne sais pas.

— Mais il était là.

— C'est sûr, dit Alex. Dans une voiture garée en face. Sur le parking de la gare.

— Tu nous dis la vérité, Alex ?

— Je vous le jure. (Il se met à pleurer.) Par pitié, ne me tuez pas.

— Calme-toi. On ne l'aimait pas ce type. Où et quand Liam doit-il te refiler le restant du fric ?

— On avait rendez-vous au bar, mais il n'est pas venu.

— Sans blague, ironise Frankie.

— La prochaine fois, fais-toi payer d'avance, conseille Chris. Il faut toujours se faire payer d'avance.

— Une dernière question, dit Frankie. Pour que je sache. Sal... il jouait lanceur ou receveur ?

— Hein ?

— Tu le baisais ou c'est lui qui te baisait ? précise Chris.

— Il me baisait.

— C'est déjà ça, lâche Frankie.

— Tu as fini ? lui demande Chris.

— Ouais.

— Bon. Je t'explique, dit Chris à Alex. J'aimerais bien te laisser repartir, mais tu as piégé un affranchi, et il y a des règles à ce sujet.

— Je vous en supplie, je ferai ce que vous voulez. Je vous sucerai tous les deux.

— C'est tentant, répond Chris, mais on doit rendre des comptes à notre boss...

— D'un autre côté..., intervient Frankie.

— Quoi donc ? demande Chris.

— Si on le fout dans un car et s'il promet de ne jamais revenir, on pourrait dire qu'on l'a buté. Qui le saura ?

— Oui, ça nous éviterait de creuser une tombe, approuve Chris. Tu en penses quoi, Alex ? Tu serais prêt à faire ça ? Monter dans un car et disparaître ?

— Je... Faudrait aussi que je change de pantalon.

— Tu es sûr ? répond Frankie. Tu seras le seul gars qui pue pas la pisse à la gare Greyhound. Mais bon, on peut passer chez toi d'abord, si tu veux.

— À condition que tu retournes dans le coffre, ajoute Chris. Sans vouloir te vexer, j'ai pas envie que tu empestes l'intérieur de ma bagnole.

— OK.

Ils le soulèvent et le déposent dans le coffre.

Avant de le refermer, Chris dit :

— Il se peut qu'on s'arrête au McDrive, alors ne fais pas de bruit.

— Tu veux quelque chose ? demande Frankie. Un double cheese ?

Alex secoue la tête.

Ils ferment le coffre. Puis Chris ôte le frein à main et pousse la voiture dans l'étang. Ils la regardent couler.

Vingt minutes plus tard, une autre voiture vient les chercher.

— Tu veux toujours t'arrêter au McDo ? demande Frankie.

— J'ai un petit creux, dit Chris.

Liam est survolté quand il rentre chez lui.

Complètement défoncé.

— Je l'ai fait ! annonce-t-il à Pam.

— Quoi donc ?

Elle est crevée et n'a aucune envie d'écouter un monologue sous coke.

— Ce que tout le monde disait que je ferais jamais. Que je pouvais pas faire. *Voilà* ce que j'ai fait !

— Tu ne pourrais pas être un peu plus précis ?

Liam s'assoit sur le canapé à côté de Pam. Se penche vers elle et murmure :

— J'ai buté Sal Antonucci. Moi. Liam le bon à rien, le lâche.

Il lui raconte toute l'histoire.

Pam l'écoute, puis elle résume :

— Donc tu as soudoyé un homo pour qu'il séduise Sal et tu l'as flingué de loin. Ouais, tu es un homme, un vrai, Liam.

Il lève le poing.

— Vas-y, frappe-moi, couille molle, dit Pam. Je te massacre.

Elle se lève et va prendre une douche.

Frankie est convoqué par Peter.

— Tu sais ce qu'est l'histoire ? lui demande Peter.

— L'histoire ?

— Oui.

— Je sais pas, dit Frankie. C'est les trucs qui se sont passés dans le temps.

— Non, rétorque Peter. C'est ce que racontent les gens. Alors laisse-moi te raconter la vraie histoire de Sal. Il n'était pas homo, c'était un père et un mari aimant, et les négros l'ont buté pour venger Marvin Jones.

— C'est Liam qui l'a tué.

— Tu vois : tu ne comprends rien à l'histoire.

— Je pige pas ce que tu veux dire.

Pauvre con, pense Chris. Si Liam a tué Sal, Peter sera contraint de réagir, et la guerre se poursuivra. Et on ne veut pas que la guerre se poursuive, pas de cette façon du moins. Mais si c'est un négro qui a fait le coup, on pourra passer des mois à le chercher, tout le monde s'en fout. Ou alors, on en bute un au hasard, et ça s'arrête là.

— Tu n'as pas besoin de comprendre, Frankie, dit Chris.

— Mais j'ai raconté partout que Sal était une tapette.

— Et maintenant tu vas aller raconter partout que c'était faux, reprend Peter. Et ils te croiront ou ils feront semblant de te croire, parce que c'est l'histoire. *Capisce ?*

— *Capisce.*

Frankie se lève et s'en va.

— Tu lui fais confiance ? demande Chris.

— Non.

— Tôt ou tard, il faudra s'occuper de lui.

# 31

Le terme *diagnostiqué* n'a jamais signifié grand-chose pour Danny. On diagnostique toutes sortes de choses : une sinusite, une pneumonie, une maladie mentale. Aujourd'hui, il découvre que ce mot possède une signification bien précise : vous avez un cancer.

C'était comme une mauvaise nouvelle insidieuse, une vague que rien ne pouvait arrêter. D'abord, il y a eu la découverte de cette grosseur. Elle aurait pu être bénigne. Elle ne l'est pas, elle est maligne. Et puis, il y a eu l'opération. Cela aurait pu être une ablation de la tumeur, mais non, c'était une mastectomie. Cela aurait pu être un cancer de stade un, ou même deux.

Non, c'est un cancer de stade trois.

À chaque embranchement, le chemin menait à un endroit encore plus sombre.

La vie devient une succession monotone de séances de chimio, de vomissements et de fatigue, sous les yeux impuissants de Danny. La seule chose qu'il puisse faire, c'est tenir la main de Terri, lui apporter des serviettes fraîches, surveiller Ian pendant qu'elle se repose et faire à manger, tant bien que mal.

Des plats auxquels Terri touche à peine.

Il la regarde maigrir.

Elle fait de mauvaises plaisanteries à ce sujet.

— Regarde, j'ai enfin perdu mon ventre d'après l'accouchement.

Danny dit toutes les choses qu'on attend de lui.

« On vaincra cette saloperie. » « Chaque jour, ils trouvent de nouveaux traitements. » Leur entourage débite les clichés habituels, du style : « Terri est une battante. »

Oui, se dit Danny. Mais dans un combat il y a deux adversaires, et l'un des deux perd.

Néanmoins, il essaye de « rester positif ».

Seul motif de satisfaction, la guerre contre les Moretti a cessé. Pas officiellement, il n'y a pas eu de rencontre au sommet, pas de pourparlers, mais Peter n'a pas riposté après la mort de Sal, et les Italiens n'ont commis aucune agression d'aucune sorte.

Il semblerait qu'ils soient parvenus à un statu quo.

Liam s'en attribue le mérite.

Dans l'arrière-salle du Gloc, il fanfaronne.

— Sans Sal, ils sont foutus. Celui qui a buté Sal… et je ne vous dirai pas qui c'est… a remporté cette putain de guerre. Ils sont morts.

En privé, quand il est défoncé – et il est toujours défoncé – il raconte à qui veut l'entendre, « sous le sceau du secret », comment il a tué Sal Antonucci. « Je le vois marcher vers moi dans la rue, avec un flingue dans son énorme paluche d'enfoiré, et là… BANG. »

— À l'entendre, c'était *Le train sifflera trois fois*, dit Pam à Danny, un soir. Gary Cooper en personne.

— Même si c'est vrai, il devrait la boucler, répond Danny.

— Comment va Terri ?

— Ça peut aller.

— C'est une battante.

— Il consomme beaucoup de coke ?

— Il fait vivre la Colombie à lui seul, répond Pam.

— Pourquoi tu restes avec lui ?

— Je ne sais pas, lâche-t-elle.

Et c'est la vérité. Pourtant, elle a le choix. Pas plus tard que l'autre jour, pendant qu'elle faisait ses courses, un agent du FBI l'a abordée.

— Une femme ayant votre éducation, lui a dit Jardine. De bonne famille. Qu'est-ce que vous foutez avec une merde comme Liam Murphy ?

Elle n'a pas répondu.

— Et maintenant vous prenez de la coke, vous aussi, a poursuivi Jardine. Je le vois dans vos yeux. En revanche, je vous vois mal en taule. Une jolie fille comme vous ? Waouh.

— J'essaye juste de faire mes courses.

— Comme une bonne petite épouse de mafieux. Je parie qu'il vous oblige à découper des coupons de réduction, car d'après ce que j'entends ça ne se passe pas très bien pour l'équipe locale. Bref, sachez que vous avez le choix.

Il lui a tendu sa carte.

— Appelez-moi, on trouvera une solution. Vous êtes une fille du Connecticut, votre place n'est pas dans le Rhode Island.

Elle n'a pas répondu, mais elle a glissé la carte au fond de son sac à main. Aujourd'hui, elle confie à Danny :

— Si je le quitte, tout ça n'aura servi à rien.

Danny revoit ce moment où elle est sortie de l'océan. Magnifique.

Beaucoup moins maintenant.

Il n'a pas le courage de lui dire que ça n'a servi à rien.

— Et toi, quelle quantité de coke tu t'enfiles ? demande-t-il.

— Trop.

— Peut-être que tu devrais te faire aider.

— Hein ? Tu veux que j'assiste à ces horribles réunions avec Cassie ? Non merci. De toute façon, j'arrête. Quoi, Danny ? Tu crois que je ne me regarde pas dans la glace, que je ne sais pas à quoi je ressemble ?

Danny ne va pas souvent sur la côte.

Généralement, il s'y rend pour apporter des provisions à son père, et parfois il pique une tête dans la mer. Ces balades lui offrent un répit bienvenu et coupable, loin de la maladie de Terri. De temps à autre, il s'arrête au Dave's Dock pour avaler une soupe ou chez Aunt Betty's pour déguster des beignets de palourdes, qu'il secoue bien à l'intérieur du sachet en papier marron pour les enduire de sel et de vinaigre. Il lui arrive même d'aller boire une bière au Blue Door.

Après quoi, il s'empresse de rentrer, honteux d'avoir passé un bon moment.

Un jour, il demande à Marty :

— Selon toi, pourquoi Peter fait-il semblant de croire que les Blacks ont tué Sal ?

— Réfléchis. Peter et Sal se détestaient. Tôt ou tard, Sal serait passé à l'action. Alors, Liam lui a rendu service.

— Tu penses que la guerre est finie ?

— Elle n'est jamais finie. C'est comme la marée : ça va et ça vient. Il y a des périodes de guerre et des périodes de paix. Tu profites de la paix tant qu'elle dure et tu essayes de survivre pendant la guerre. C'est tout ce que tu peux faire.

Danny songe qu'il n'a pas tort.

De retour à Providence, il va voir John au Gloc.

Le vieux lui demande :

— Comment va ma fille ?

— Viens voir par toi-même, répond Danny, car John n'a pas rendu une seule visite à Terri depuis le diagnostic. Je suis sûr que ça lui ferait plaisir.

— Je ne veux pas l'empêcher de se reposer.

— Elle n'est pas contagieuse, John.

Les yeux du vieil homme se mouillent.

— C'est tellement dur, Danny.

Encore plus pour elle, se dit Danny. Va te faire foutre, espèce de vieux salopard égoïste.

— Je suis sûr qu'elle serait très contente de te voir.

Catherine, en revanche, vient presque trop souvent. Elle apporte des plats préparés, ce qui constitue une aide précieuse, il doit le reconnaître, et elle s'occupe du linge sale, mais elle casse les couilles à Terri.

Et à lui aussi.

— Tu devrais l'obliger à manger, lui dit-elle.

— Elle vomit tout, Catherine.

— Il faut qu'elle mange pourtant. Elle dépérit, la pauvre. C'est à cause de tous ces foutus produits chimiques. C'est pire que le cancer.

Cassie vient souvent elle aussi, mais elle se comporte de manière parfaite avec sa sœur, elle regarde la télé à côté d'elle, elle joue avec Ian, elle fait la conversation. Généralement, elle est là quand Danny rentre, et il lui en est reconnaissant.

De plus, elle sait faire rire Terri.

— Franchement, ma vieille, quand je t'imagine allongée avec une seringue dans le bras, remplie de drogue légale, je suis jalouse.

Et, si elle sait s'y prendre avec Terri, il en va de même avec Ian. Elle le berce, elle le nourrit, elle lui donne le bain, en faisant preuve d'une douceur qui apaise l'enfant inquiet.

— Tu n'as jamais envisagé d'en avoir un ? lui demande Danny un jour.

Cassie secoue la tête.

— C'est pas pour moi.

— Tu sais y faire, pourtant.

— C'est pas pour moi.

Il n'insiste pas.

Le premier anniversaire de Ian approche.

Terri veut organiser une fête pour célébrer cet événement, mais Danny est réticent.

— Tu te sens en état ?

— Non. Mais combien d'autres anniversaires je pourrai lui souhaiter ?

— Ne dis pas ça.

— Je veux que mon fils ait une fête d'anniversaire.

— Il a un an. Il ne saura même pas ce qui se passe.

— Moi, si, réplique Terri.

La question est réglée.

En outre, Terri exige que ça se passe chez eux, ce qui est complètement idiot car il n'y a pas assez de place, d'autant qu'elle veut inviter toute la famille. Alors Danny va acheter un gâteau glacé chez Carvel, de la viande froide, du pain, de la bière, du vin. Et des sodas pour Cassie.

Tout le monde s'entasse chez eux. John et Catherine, Sheila et Johnny, Cassie, Jimmy Mac et Angie, Liam et Pam, Bernie Hughes. Le matin, Danny va chercher Marty et Ned. Les Enfants de chœur apportent un camion miniature avec lequel Ian ne pourra pas jouer avant longtemps, mais c'est le geste qui compte.

Ils plantent une bougie dans le gâteau, et Terri la souffle à la place de Ian, qui réussit à mettre plus de crème glacée sur son visage que dans sa bouche. Ils chantent « Happy Birthday », ils ouvrent les cadeaux et c'est un moment agréable, mais Danny remarque que Terri commence à fatiguer. Cassie s'en aperçoit aussi, et elle annonce à voix haute qu'elle doit s'en aller pour indiquer que tout le monde devrait en faire autant.

Un seul membre de la famille manque à l'appel : Madeleine.

Terri l'a invitée en douce, sans le dire à Danny, mais elle a refusé, à contrecœur, pour ne pas créer des tensions dans leur couple.

À la place, Madeleine a organisé une fête pour elle toute seule avec un petit gâteau, une bougie et des cadeaux pour Ian. Des cadeaux destinés à un garçon non pas de un an, mais de trois, car elle se donne deux ans pour se réconcilier avec son fils et pouvoir enfin connaître son petit-fils.

Un gros camion.

Des vêtements.

Et le poney qui, pour le moment, broute dans le pré avec les pur-sang de Manny.

Assise face au gâteau, Madeleine repense aux coups de téléphone qu'elle a passés, au meilleur oncologue du Rhode Island et à l'hôpital.

— Je veux que Terri Ryan bénéficie du meilleur traitement possible, leur a-t-elle dit. Quel que soit le prix. Envoyez-moi les factures. Juste une chose : ni elle ni son mari ne doivent le savoir. Expliquez-leur que l'assurance couvre tous les frais ou un truc dans le genre.

— Cela pose un problème déontologique, a répondu le médecin.

— Je me contrefous de la déontologie, a répliqué Madeleine. Qu'est-ce que ça va me coûter ? Un don à l'hôpital ? Une nouvelle aile, peut-être ? Vous avez une œuvre de bienfaisance préférée ?

Madeleine a obtenu satisfaction, comme toujours.

Elle espère juste que ça suffira.

Elle chante « Happy Birthday » et souffle la bougie.

L'été cède la place à septembre.

Le mois préféré de Danny. Les plages sont désertes, la mer est encore chaude et le ciel encore bleu.

Mais Terri se meurt.

Les médecins, la chimio et les opérations ne parviennent pas à arrêter ce putain de cancer.

Danny apprend un autre mot : *métastases*.

Le cancer a atteint le foie.

Les médecins lui donnent quelques mois.

Comme si c'était un cadeau qu'ils lui faisaient, songe Danny. Comme s'ils étaient de petits dieux qui distribuent la vie et la mort.

Septembre cède la place à octobre, et soudain c'est Thanksgiving, et un repas de famille sinistre chez les Murphy, où tout le monde fait semblant d'ignorer que Terri est en train de mourir. John évoque déjà Noël, il fait les habituelles plaisanteries foireuses sur Liam qui mange tellement qu'il doit avoir un ver solitaire, et ils font comme s'ils n'entendaient pas Terri gerber derrière la porte de la salle de bains.

Cassie ne supporte plus cette situation.

Elle coince Danny dans le couloir.

— Je hais ma putain de famille.

— Personne ne sait comment réagir, Cassie.

— Alors, on fait comme si de rien n'était ?

Elle rejoint sa sœur dans la salle de bains pour l'aider.

C'est dans le jardin derrière la maison – là où avait lieu autrefois la traditionnelle partie de *touch football*, et où Danny et Liam se retrouvent maintenant seuls à se faire des passes – que Liam pose les jalons.

— Devine qui m'a contacté ? dit-il.

Danny n'est pas d'humeur à jouer aux devinettes.

— Je t'écoute.

— Frankie V. Il m'a appelé hier soir. Il veut qu'on discute.

Danny pense aussitôt : c'est un piège. Frankie veut leur tendre une embuscade. En arrivant pour discuter, ils vont se faire truffer de plomb. Il le dit à Liam.

— Non, je ne crois pas, répond celui-ci. Je pense que ça vaut le coup d'en avoir le cœur net.

— Alors, vas-y.

— Il viendra seulement si tu es là. Hé, ça me plaît pas plus qu'à toi, mais apparemment tu es devenu le big boss.

— Et ton père ?

— Frankie m'a pas parlé de lui. Peut-être qu'on pourrait le laisser en dehors du coup en attendant d'en savoir plus.

Danny réfléchit.

Frankie pourrait faire office d'émissaire pour les Moretti, en vue de signer la paix. Si tel est le cas, le jeu en vaut la chandelle.

— OK, dit-il. Mais c'est lui qui viendra à nous. Je choisirai l'endroit et l'heure, et on le préviendra trois quarts d'heure avant seulement.

— Je vais voir s'il accepte.

— S'il refuse, c'est mort, conclut Danny.

Le temps se rafraîchit, alors ils retournent à l'intérieur. Terri est assise sur le canapé du salon, pâle comme un linge, mais elle sourit en les voyant revenir et lance :

— J'ai enfin trouvé un régime qui marche. Je devrais passer à la télé.

— Tu es assez belle pour ça, répond sa mère.

Personne ne sait quoi dire. Ils restent encore un moment, Danny mange une part de tarte au potiron, et ils rentrent chez eux, où Danny couche sa femme et son enfant.

Le lendemain, Danny siège avec ses gars : Jimmy Mac, Ned Egan et les Enfants de chœur.

Ned, jamais très bavard, déclare :

— Non, je te laisserai pas y aller. Je l'ai promis à ton père.

Danny lui-même a des doutes.

J'ai un enfant en bas âge et une femme atteinte d'un cancer. S'il m'arrive quelque chose, que deviendront-ils ? Pourtant, il répond :

— Si je peux conclure un accord raisonnable, je ne veux pas laisser passer cette occasion.

— Au diable, les accords ! s'emporte Kevin. Moi je dis, on leur rentre dedans. On frappe fort et on est enfin débarrassés.

— On ne t'a pas demandé ton avis, rétorque Ned. Tu n'as pas voix au chapitre.

— La question n'est pas de savoir si je dois y aller ou pas, dit Danny. J'ai déjà tranché. La question c'est : comment limiter les risques.

Ned expose ses exigences : le rendez-vous ne doit pas avoir lieu dans un bar ni dans un restaurant, car beaucoup sont contrôlés par les Italiens. Il faut que ça se passe dehors, un endroit avec une entrée et une sortie séparées, une bonne visibilité de tous les côtés, un endroit où Ned et les autres pourront se tenir à proximité dans une bagnole pour décamper en cas de problème. Ils proposent plusieurs lieux, mais aucun ne répond à tous les critères formulés par Ned : visibilité insuffisante, angles de tir médiocres, trop « italien ».

Finalement, Danny suggère le phare de Gilead.

— Le petit parc derrière le phare. Il y a un grand parking, avec une entrée et une sortie. Côté océan, on s'en fout. Vous pourrez couvrir les autres angles.

Ned se tourne vers Jimmy Mac.

— Viens avec moi, on va jeter un coup d'œil sur place.

— On y est allés des milliers de fois, dit Danny.

— Une fois de plus, ça ne peut pas faire de mal.

Ned se lève.

Jimmy l'imite.

Danny rentre chez lui pour prendre des nouvelles de sa femme et de son fils.

*

2 heures du matin, le lendemain, Danny est assis à l'avant de la voiture de Jimmy, garée sur le bord de la route qui mène au phare. Ils attendent de voir passer Liam.

Celui-ci a laissé trois quarts d'heure à Frankie pour le retrouver devant la digue, où il ira le prendre pour le conduire au lieu de rendez-vous. Ned est déjà sur le parking, dans sa voiture. Kevin Coombs est allongé dans les herbes hautes, armé d'un fusil et d'une lunette de vision nocturne.

Sean est dans une autre voiture. Il laissera une minute d'avance à Liam, après quoi il s'engagera derrière lui pour voir s'il est suivi.

La BMW de Liam passe.

Danny a le temps d'apercevoir Vecchio sur le siège du passager.

Ned voit s'arrêter la bagnole de jeune cadre dynamique.

Il attend, il observe, puis il descend de voiture, marche jusqu'à la BMW et monte à l'arrière.

— Je vais te fouiller, dit-il à Frankie.

— Je suis pas armé.

— Je préfère vérifier.

— Fais ce que tu dois faire.

Et, fidèle à lui-même, il ne peut s'empêcher d'ajouter :

— Mais si tu me touches la bite tu m'invites au restau.

RAS.

Jimmy attend encore cinq minutes avant de pénétrer sur le parking. Il descend de voiture, et Liam prend sa place. Ned accompagne Frankie jusqu'à la voiture de Jimmy et monte avec lui à l'arrière. En pointant son arme sur son entrejambe.

— Au moindre clignement de paupières suspect, je t'explose les couilles.

— Détends-toi, Ned, dit Liam.

Ned ne veut pas se détendre.

Frankie a toujours été un enfoiré prétentieux et manipulateur, songe Danny. Mais ce soir il a surtout l'air effrayé.

— Je peux fumer ?

Ned refuse.

— Non. Ça pourrait être un signal.

— Tu ne peux pas attendre ? lui demande Danny.

— Je vais être obligé, je crois. J'ai appris pour la maladie de ta femme. Je suis désolé.

Danny ne répond pas.

Liam s'adresse à Vecchio :

— Répète-lui ce que tu m'as raconté.

Danny regarde Vecchio, avec l'air de dire : *Vas-y, je t'écoute*. Ce qu'il veut entendre, c'est que Frankie est ici pour négocier la paix.

Il est déçu.

— Héroïne, lâche Vecchio.

— Eh bien, quoi ?

Les Moretti attendent un gros chargement. Quarante kilos en provenance du Triangle d'or. Valeur marchande : 150 000 dollars le kilo, soit 6 millions. Et ça, c'est avant de couper la came et de la balancer dans les rues, où le prix peut doubler, voire tripler. Le plus gros arrivage de tous les temps. De quoi faire planer tous les junkies de la Nouvelle-Angleterre. La marchandise arrive à bord d'un cargo, directement dans le port de Providence, et l'équipe de Vecchio est chargée de la réception et de la distribution.

— La came vous tend les bras, dit Frankie.

— Nom de Dieu, lâche Danny.

Ce type est prêt à leur refiler plusieurs millions ? Dans quel but ? Il regarde Liam et hausse les épaules d'un air dubitatif.

— Laisse-le finir, dit Liam.

Danny se penche vers Vecchio, par-dessus le siège. *Vas-y, raconte-moi une histoire, débite ton baratin.*

— Je crois que Peter veut me faire buter, reprend Frankie. Il me reproche la mort de Sal, alors que j'y suis pour rien. Tout ce que j'ai dit, c'est la vérité.

— Viens-en au fait, dit Danny.

— J'ai besoin de ce fric pour foutre le camp. J'ai des gamins à la fac. Si je disparais, qui va payer les factures ? J'ai un peu d'argent de côté pour les mauvais jours, mais là ça se compte en années. Et j'ai une famille, bordel de merde. Ma mère ne va pas très bien…

Il nous sort le grand jeu, se dit Danny. Les gamins, la famille, une mère malade… Et alors ? On est censés avoir de la peine pour ce métèque ? Qu'il aille se faire foutre, avec toute sa smala.

Frankie continue à parler, mais Danny l'écoute d'une oreille distraite. Le deal est clair : Frankie leur refile les détails de la livraison, ils piquent l'héroïne, Frankie empoche sa part et tout le monde est heureux.

— Pour eux, ce sera le coup de grâce, ajoute Frankie. Cette guerre les a lessivés. Ils sont fauchés. Ils comptent sur ce chargement pour se refaire.

— Si les Moretti ne te font plus confiance, dit Danny, pourquoi ils t'ont mis sur cette cargaison, si importante ?

— Tu crois qu'ils oseraient s'en approcher ? Ils ont trop la trouille. Laissons Frankie V s'en charger, qu'ils se disent. On raflera les bénefs. C'est toujours la même chanson. Eh bien, merde maintenant. Ce vieux Frankie va penser à sa pomme pour une fois.

Danny regarde Liam et déclare :

— Il est en train de nous piéger. Si on essaye de récupérer cette came, on va tomber dans une embuscade.

— Sur la tête de mes enfants, dit Frankie.

— Moi, je le crois, dit Liam.

— Tu es cinglé ou quoi ? Il te montre un bijou en toc, et toi tu te fais sauter sur la banquette arrière immédiatement ?

— On pourrait gagner cette guerre.

— Ils sont au bout du rouleau, affirme Frankie. Ce coup-ci, ils s'en remettront pas. Ils seront obligés de venir négocier avec vous. Vous récupérerez les docks et tout le reste. Pour ce qui est du fric… j'exige seulement dix pour cent… OK, cinq.

Danny n'aime pas ça.

Tout d'abord, il se méfie de Vecchio : il continue à penser que ça pourrait être un piège. Et puis, il n'aime pas l'idée de toucher à la came. C'est une saloperie et, si vous vous faites choper, c'est la taule à vie. Et il sait que Liam ne va pas s'emparer de toute cette marchandise pour la balancer dans la flotte, style Boston Tea Party, uniquement pour priver les Moretti de ce pactole dont ils ont besoin pour survivre. Personne ne balance des millions de dollars, personne. Liam voudra inonder les rues avec la came pour toucher le pactole.

Alors, non, Danny n'aime pas ça. Pas du tout.

Mais il voit bien que ce plan fait triquer Liam.

— Il faut que je réfléchisse, dit-il.

Ned fait descendre Frankie.

— Il y a pas à réfléchir ! s'exclame Liam.

— Tu te fous de moi ?

Danny lui énumère tous les motifs de réflexion, avant d'ajouter :

— Je ne suis pas un dealer.

— Et si c'était notre dernier coup avant la retraite ? Tu n'as plus le cœur à l'ouvrage. Et à vrai dire moi non plus. Tu dois payer les notes d'hôpital, et Dieu sait que ce n'est pas fini. Alors je dis : on fait ce coup, on partage le fric, je refile sa part à mon vieux. Je me barre en Floride. Toi, tu emmènes ta famille en Californie. Et on vit nos vies, loin de Dogtown.

— Je sais pas.

— Pense à Terri. Avec tout ce pognon, tu peux t'offrir les meilleurs médecins du monde, les meilleurs traitements.

Les bonnes sœurs disaient que le diable se présente déguisé en ange. Et que l'on fait toujours les pires choses pour les meilleures raisons. Nos choix les plus détestables sont motivés par ceux qu'on aime le plus.

Alors, Danny demande à Liam de conclure le deal.

Dans l'arrière-salle du Gloc, Bernie Hughes affirme son opposition.

Une tasse de thé à la main, dans laquelle trempe encore le sachet, il se lève, l'air sombre, et déclare sans élever la voix :

— Je participe à cette entreprise depuis le début, à l'époque où il y avait juste John, Martin et moi. Et en cinquante ans jamais on ne s'est sali les mains avec la drogue.

Liam adresse à Danny un regard qui dit : *Ferme ta gueule.*

— On dirige les syndicats, poursuit Bernie, on fait du racket dans l'immobilier, on prête du fric avec intérêt, on gère les jeux d'argent, on détourne des marchandises sur les docks et on braque des camions. Mais jamais on ne s'est abaissés à vendre des femmes comme du bétail ou du poison que les gens s'injectent dans les veines. Pourquoi ? Parce qu'on va à confesse le samedi et qu'on communie le dimanche, et on sait qu'on devra répondre de nos actes devant Dieu.

Il boit une longue gorgée de thé.

— Et également pour des raisons pragmatiques, ajoute-t-il. On a de bonnes relations de travail avec la police, les juges et les politiciens, qui savent comment fonctionne le monde. Mais pour eux la drogue représente une limite à ne pas franchir, et on perdrait ces relations.

— Don Corleone a parlé, murmure Liam.

— Pour toutes ces raisons, poursuit Bernie, je suis fermement opposé à cet accord passé avec Vecchio et j'insiste pour que vous reveniez sur votre décision. Danny, tu me comprends.

— C'est exceptionnel.

— Notre âme n'est pas à louer, dit Bernie. Elle est à vendre.

— Tu es comptable ou prêtre ? demande Liam.

— Il y a des similitudes. (Bernie se tourne vers John.) Qu'est-ce que tu en dis ?

— La drogue, ça me plaît pas non plus, répond John. C'est un sale business qu'on a toujours laissé aux métèques et aux Blacks. Mais on a besoin de cet argent, et c'est le monde dans lequel on vit maintenant. Alors, je dis : allons-y.

— C'est ta décision ? demande Bernie.

— Oui.

Bernie hoche la tête et se rassoit.

Le soir du braquage, Danny est assis dans son lit avec Terri ; ils regardent une sitcom débile à la télé.

Terri est à moitié dans les vapes à cause des antalgiques.

— Faut que je sorte, annonce-t-il.

— Pour quoi faire ?

— Un truc pour le boulot. Cassie est en bas si tu as besoin de quoi que ce soit

Elle lui tend son verre vide.

— Tu peux m'apporter de l'eau avant de partir ?

Danny emporte le verre dans la salle de bains, le remplit et le dépose sur la table de chevet. Puis il se penche vers Terri pour l'embrasser.

— Je t'aime.

— Je t'aime.

Danny va voir Ian.

Il dort à poings fermés. Bien.

Cassie est en train de lire.

— Je ne sais pas à quelle heure je vais rentrer, lui dit Danny.

C'est la vérité. Quand vous partez braquer la plus grosse cargaison d'héroïne de toute l'histoire de la Nouvelle-Angleterre, vous ne savez pas quand vous allez rentrer, ni même si vous allez rentrer.

— Qu'est-ce qui se passe, Danny ?

— Rien.

Cassie rit.

— Je suis cinglée, pas idiote, je te rappelle. Il y a un truc qui flotte dans l'air ce soir. Le parfum des gros coups.

— Pourquoi tu dis ça ?

— Liam est incapable de garder un secret, comme il est incapable de garder sa bite dans son pantalon. On a des âmes, Danny. Et on doit en prendre soin, si on ne veut pas les perdre.

— OK.

— J'ai un mauvais pressentiment. J'ai essayé d'en parler à papa, j'ai essayé d'en parler à Liam. Ils disent que je délire comme d'habitude, mais ce n'est pas ça, Danny, pas du tout.

— Tout ira bien, assure-t-il.

En sachant que c'est faux. En sachant que Cassie a raison. Et Bernie aussi. Il sait qu'il marche vers le bord d'une falaise, et pourtant il ne peut pas empêcher ses pieds d'avancer – droite, gauche, droite, gauche – vers l'abîme. Comme si quelque chose le poussait, une force extérieure, incontrôlable.

— Pat me manque, dit Cassie.

— À moi aussi, dit Danny.

Pour un tas de raisons, et notamment parce que j'aimerais qu'il soit là pour prendre toutes ces décisions à ma place.

— Ne fais pas ça, Danny.

— Je suis obligé.

Parce que je suis Danny Ryan, le bon soldat, pense-t-il en quittant la maison. Ce bon vieux Danny qui fait toujours ce qu'on attend de lui.

Quelques minutes plus tard, Jimmy Mac vient le chercher. Kevin Coombs est assis à l'avant. Ils prennent la direction d'Atwells Avenue, où Frankie V les attend, à bord de sa Cadillac. Jimmy s'installe au volant. Danny et Kevin montent à l'arrière, et ce dernier enfonce le canon de son arme dans le dossier du siège passager, pendant que Danny dit :

— S'il arrive quoi que ce soit, n'importe quoi, il te pulvérise dans toute la bagnole.

Kevin sourit et hoche la tête. Difficile de ne pas penser qu'il voudrait bien que ça dégénère. Kevin aime tellement faire couler le sang qu'il devrait troquer son blouson de cuir contre un imperméable.

Vecchio dit :

— Tout ira bien.

Non, il y a toujours un truc qui cloche, se dit Danny. Toujours. Et ce deal est foireux depuis le début. Et quand quelque chose commence mal ça se termine mal. Logique.

Il ne croit pas une seule seconde que Peter Moretti fasse confiance à Vecchio pour gérer 6 millions de came. Peut-être qu'ils ne veulent pas toucher à l'héroïne – Danny peut le comprendre –, mais ils garderont l'œil dessus. Et leurs flingues aussi.

Par conséquent, il serait idiot de braquer la cargaison sur les docks. Et inutile. L'héroïne est planquée dans des caisses à double fond contenant des outils bas de gamme en provenance d'un pays d'Europe de l'Est. Elles vont être chargées à bord d'un semi-remorque. Les Moretti comptent sur Frankie et sa bande pour récupérer le camion et effectuer le court trajet jusqu'à un garage pour poids lourds situé à Fox Point. Où ils déchargeront la came.

Les hommes des Moretti les attendront là-bas.

Il y a un terrain vague près de Gano Street, juste après la sortie de la Route 195, à une cinquantaine de mètres de la Seekonk River. C'est là qu'ils agiront. Jimmy obligera le camion à quitter la route pour pénétrer sur le terrain vague, et ensuite ils disposeront d'une minute, peut-être, pour le braquer.

Qu'est-ce qui pourrait mal tourner ?

Un tas de choses.

Les Moretti pourraient faire suivre le camion par une voiture ou deux, remplies de types avec des flingues. Ou bien c'est une putain d'embuscade, et une armée les attend sur le terrain vague. Ou bien, les hommes de Vecchio, qui ne sont pas au parfum, ripostent.

Danny l'a interrogé à ce sujet, plus tôt dans la semaine.

— Ils ne feront rien, a dit Frankie.

— Et dans le cas contraire ?

— Tant pis pour eux.

Frankie a fait mine de presser la détente d'un pistolet.

Ce qui ne rassure pas vraiment Danny. Frankie est suffisamment cruel pour liquider ses propres gars.

Alors, non, Danny ne lui fait absolument pas confiance.

Frankie a pris deux types seulement : un pour conduire le camion, l'autre pour voyager à l'arrière avec la came. Il affirme qu'ils ignorent ce qui se trouve sous les outils. Le chauffeur aura un 38 dans un holster, l'autre un fusil à pompe calibre 20.

Peut-être, se dit Danny. Ou peut-être qu'il y aura six types dans le camion, munis d'armes automatiques, et ils nous canarderont dès qu'on ouvrira la porte.

C'est pourquoi il est venu avec l'artillerie. Il a choisi un MAC-10, Jimmy a son propre fusil à pompe calibre 20, et Ned s'en tient à son 38, car c'est son arme fétiche.

— OK, dit Danny, c'est parti.

Danny est assis à l'avant de la voiture arrêtée sur le bas-côté dans Gano Street, au nord du terrain vague.

Une Dodge Charger de 1984, fraîchement volée. Jimmy a installé un scanner sous le tableau de bord pour écouter la police. Il est au volant et Ned à l'arrière.

— Tu crois que ça va marcher ? demande Danny à Jimmy.

— Qui est au volant ?

— Toi.

— Alors, ça va marcher.

C'est un braquage comme un autre, se dit Danny. Tu as fait ça une dizaine de fois, il n'y a rien de différent. C'est la routine.

Non, songe-t-il. Il ne s'agit pas d'un camion transportant des cassettes huit pistes ou des anoraks de ski. Il s'agit de 6 millions d'héroïne. Des gens sont prêts à tuer pour une telle somme, et à mourir. Ça pourrait vite se transformer en carnage.

Ils sont passés plusieurs fois devant le terrain vague, sans rien remarquer. Aucune trace d'embuscade.

Ça ne veut rien dire, pense Danny.

Leur plan prévoit qu'il s'empare du camion et fiche le camp avec, mais ça ne marchera pas si les Moretti suivent cette putain de cargaison. Alors, Danny a un autre plan, dont il n'a pas parlé à Frankie.

Le problème de ce plan alternatif, c'est qu'il repose sur Liam. Il faut que Liam soit là, à l'heure. S'il est bourré, défoncé, ou s'il a la trouille tout simplement – autant d'hypothèses crédibles –, ils sont baisés.

Danny se retourne et voit la voiture de Sean garée vingt mètres plus loin. On peut dire ce qu'on veut des Enfants de chœur – et il y aurait des choses à dire –, mais ils connaissent leur boulot. Il est persuadé qu'ils exécuteront la tâche qu'on leur a confiée.

Il se renverse contre le dossier de son siège. Il n'y a plus qu'à attendre maintenant.

Une heure… une heure et quart… une heure et demie.

Où sont Vecchio et le camion, bordel de merde ?

Soudain, une pensée traverse l'esprit de Danny : les Moretti ont peut-être tendu un piège à Frankie ? Peut-être que ce chargement d'héroïne n'a jamais existé, et que, à l'heure qu'il est, Frankie repose enchaîné au fond de la Providence River.

C'est une possibilité.

Ou alors les agents fédéraux suivaient ce chargement à la trace et ils ont réalisé un coup de filet. Le scanner n'a relevé aucune activité inhabituelle mais, s'il s'agit d'une opération du FBI, ils n'ont pas forcément mis la police locale dans le coup. (Ce qui serait une bonne idée.)

Ou peut-être que Vecchio s'est barré avec le camion. Mais ça ne tient pas debout : si telle était son intention, pourquoi faire appel à nous ?

Ou peut-être…

— Danny.

Jimmy lui donne un coup de coude et montre les phares qui viennent vers eux.

Un camion.

— C'est lui ? demande Danny.

Il enfile un bas noir sur son visage.

— Y a intérêt, répond Jimmy en faisant de même. (Il met le contact et démarre.) Accrochez-vous.

Sans blague ? se dit Danny. Pied au plancher, Jimmy propulse la Charger sur la voie de gauche et fonce droit sur le camion.

Dont le klaxon rugit, couvrant le grondement du moteur.

C'est à celui qui cédera le premier, et ça ne sera pas Jimmy. Il rigole comme un enfoiré, dans le plus pur style kamikaze, et Danny est sur le point de se pisser dessus, tandis que le camion grossit de plus en plus, à tel point qu'il ne voit plus que lui, alors il lève les bras devant son visage et…

Le chauffeur du camion donne un grand coup de volant qui l'expédie dans le terrain vague.

Jimmy s'arrête devant lui pour l'empêcher de repartir.

Danny, Jimmy et Ned jaillissent de la Charger et se précipitent vers la cabine, armes au poing. Ils ont coincé des sacs-poubelle en plastique noir dans leurs ceintures.

Du coin de l'œil, Danny voit Sean s'arrêter en dérapage, en travers de la route, et Kevin sortir le canon de son AR-15 par la portière. Et c'est une bonne chose car ce n'était pas une voiture mais deux qui suivaient le camion, et Kevin ouvre le feu dès qu'elles pénètrent sur le terrain vague.

Des éclairs rouges déchirent l'obscurité.

Des coups de feu jaillissent des deux voitures.

Danny imagine la balle qui surgit de la nuit et s'enfonce en lui. Quand on vous a tiré dessus une fois, ça reste. Même si votre tête oublie, votre corps, lui, se souvient. Il ressent encore le choc, la douleur, le sang qui s'échappe en même temps que la vie. Le corps n'oublie pas. Les nerfs et les muscles de Danny sont tendus à craquer. Il n'y peut rien.

Mais les types qui étaient à bord des deux voitures d'escorte ne s'attendaient pas à essuyer des tirs d'armes automatiques et ils décampent.

Ils n'iront pas bien loin, devine Danny. Ils vont se mettre hors d'atteinte et surveiller le camion. Et dès qu'on voudra repartir ils reviendront. Ils savent qu'on est coincés.

Et les flics vont rappliquer d'une seconde à l'autre.

Alors, bouge.

Il pointe son MAC-10 sur le chauffeur.

— Descends !

Frankie V est assis à la place du passager. Ned fait le tour du véhicule pour braquer son arme sur lui.

Le chauffeur hésite.

— Tu veux crever pour quelques caisses d'outils ? braille Danny.

— Fais ce qu'il dit ! ordonne Frankie.

Le chauffeur descend. Frankie en fait autant de l'autre côté.

Ned le pousse vers l'arrière du camion.

Danny lui dit :

— Demande à ton gars à l'intérieur de poser son arme ou sinon on lui explose la cervelle.

— Tu as entendu, Teddy ? braille Frankie. Fais ce qu'il te dit ! Ça vaut pas le coup !

Couvert par Jimmy, Danny ouvre la porte du camion.

Le dénommé Teddy a les mains en l'air. Le fusil à pompe gît à ses pieds. Danny s'en saisit et le balance dehors, puis il fait signe à Teddy de descendre. Ned couvre Danny et Jimmy pendant qu'ils grimpent à l'intérieur du camion.

Frankie semble surpris : ce n'était pas le plan.

Danny sait qu'il doit agir vite.

Avec l'aide de Jimmy, ils ouvrent les caisses, balancent les outils et s'emparent des briques d'héroïne enveloppées de plastique. Danny les compte à voix haute à mesure qu'ils les fourrent dans les sacs-poubelle.

— Deux minutes déjà ! lance Jimmy.

Danny leur a accordé trois minutes maximum. Tout ce qu'ils n'auront pas raflé en trois minutes, ils le laisseront. Dans ce genre de coup, la discipline s'impose. Mieux vaut s'enfuir léger que de se faire prendre avec les poches pleines.

Vous nc pouvez rien dépenser en prison ni au cimetière.

Mais ils réussissent à tout emporter.

— Quarante ! s'écrie Danny.

— Deux trente-cinq ! répond Jimmy.

Ils sautent du camion.

Danny entend les sirènes qui approchent. La police de Providence a reçu un appel signalant des « coups de feu ». Pensant sans doute qu'il s'agit d'un règlement de comptes entre gangs, les flics ne se pressent pas. Danny pose son MAC-10 par terre, il a besoin de ses deux mains pour transporter les sacs-poubelle.

Mais au lieu de regagner la voiture il traverse le terrain vague, en s'éloignant de la rue.

Sean démarre en trombe.

Ned enfonce le canon de son arme dans le dos de Vecchio.

— Toi, tu viens avec nous.

— Hein ? C'était pas prévu dans…

Remarque stupide.

— Maintenant, si, le coupe Ned. Avance.

Ils marchent vers l'extrémité du terrain vague, escaladent une clôture, traversent une étroite bande d'herbe pour atteindre les rochers qui bordent la rivière. La bretelle de sortie de la 195, au-dessus d'eux, les cache en partie.

Danny se retourne et aperçoit des clignotants. Deux voitures de police pénètrent sur le terrain vague.

Tout repose sur Liam maintenant, se dit-il.

Une pensée qui n'a rien de réconfortant.

— À quoi vous jouez, bordel de merde ? demande Vecchio.

— La ferme.

— C'était pas ce…

— La ferme, je t'ai dit.

Danny scrute la rivière en aval. Allez, Liam, amène-toi. Où tu es, nom de Dieu ? Soudain, il aperçoit le bateau, un vieux Cobia de six mètres, doté d'un moteur hors-bord Yamaha.

Liam est aux commandes.

Le bateau passe sous la bretelle.

— Allons-y, dit Danny.

— Je refuse de monter dans ce machin, déclare Frankie.

Ned pointe l'arme sur sa tête.

Vecchio embarque.

Danny et Jimmy lancent les sacs-poubelle dans le bateau et les rejoignent d'un bond. Danny tend la main vers la rive pour tirer Ned par le bras. Il se retourne ensuite vers Liam.

— Je prends le volant.

Liam s'écarte.

Danny redémarre, exécute un demi-tour et repart vers Narragansett Bay, avant de déboucher dans l'océan.

Jimmy ouvre les sacs avec un couteau. Il plonge un doigt dans la poudre et la goûte.

— C'est de l'héro.

— Y a intérêt, dit Liam. (Il tourne la tête vers Danny et hurle, pour couvrir le bruit du moteur.) On bute Frankie tout de suite ?

— Fous-lui la paix !

— S'ils l'attrapent, il va nous dénoncer !

— Un deal c'est un deal.

Le trajet est plus long qu'il ne l'espérait car ils doivent lutter contre le vent et la houle, mais le bateau finit par franchir l'ouverture dans le brise-lames pour pénétrer dans le Harbor of Refuge. Il ralentit alors et glisse dans le canal jusqu'à une cale à Potter's Wharf, une petite marina située en face de Gilead.

Ils déchargent les sacs et les transportent à l'arrière d'une camionnette. Danny prend cinq briques d'héroïne, les fourre dans un sac et le tend à Vecchio.

Puis il lui remet des clés de voiture et montre d'un mouvement de tête une Chevrolet Nova garée au fond du parking.

— Elle est volée, mais les plaques sont clean. Disparais, Frankie. Ils vont te chercher partout.

Vecchio marche jusqu'à la Nova et s'installe au volant.

— On aurait dû le balancer dans la baie, dit Liam.

— Monte dans la voiture.

Connard sanguinaire, se dit Danny.

Il y a vingt minutes de route jusqu'à Mashanuck Point.

Ils ont loué une maison dans Exit Street, à quelques rues de celle du père de Danny : une habitation passe-partout, en tout point semblable aux dizaines d'autres qui l'entourent. La plupart sont inoccupées en hiver ; on n'y trouve que des ermites comme Marty Ryan ou des étudiants qui les louent pour pas cher.

Réunis à l'intérieur, ils procèdent à la répartition. Danny va laisser son quota – dix kilos – ici. Il partagera les bénéfices avec Jimmy, Ned et les Enfants de chœur, mais il se gardera la part du lion. Liam emporte les vingt-cinq kilos restants pour les rapporter à Providence et en donner une partie à son père.

Ils soulèvent un panneau du faux plafond, y déposent dix sacs et remettent le panneau en place.

— Ils vont rester ici quelque temps, dit Danny. Ils ne vaudront pas moins cher dans un mois ou deux.

Vendre la came tranquillement, pense-t-il, laisser le fric refroidir et s'en servir ensuite pour emmener sa famille loin de Dogtown, et tout recommencer ailleurs. Dans la légalité. Sa part devrait dépasser le million de dollars, de quoi prendre un nouveau départ.

Tu es un hypocrite, se dit-il. Utiliser de l'argent sale pour te laver les mains, tirer profit de la souffrance des autres pour soulager la tienne, commettre un péché mortel pour sauver ton âme.

Mais si c'est ce qu'il faut, tant pis, car Ian ne grandira pas dans cette merde.

Il n'aura jamais besoin de savoir que son père était un trafiquant de drogue.

Mais *toi*, tu sauras, se dit-il.

Il y a autre chose qui le tracasse.

Le braquage s'est trop bien passé.

Ça n'aurait pas dû être aussi facile.

Chris Palumbo roule jusqu'à Hope Valley, où il n'y a que des fermiers et des demeurés, et se gare à côté d'un petit étang, au milieu de nulle part.

C'est plus ou moins le but recherché.

Phillip Jardine le rejoint quelques minutes plus tard, et Chris monte dans la voiture de l'agent fédéral.

— Alors ? demande celui-ci.

— Tout s'est bien passé, dit Chris. Conformément au plan.

— Ryan a la drogue ?

— Oui, avec Liam Murphy.

— Et Vecchio ? Il témoignera devant le tribunal ?

— Frankie sait que ses options sont limitées. Soit il témoigne et il intègre le programme, soit il va en taule. Il peut faire plonger Liam Murphy, John Murphy, Danny Ryan, toute la bande.

Chris a expliqué tout ça à Frankie quelques semaines plus tôt, quand il a eu l'idée de piéger les Murphy. Il lui a fait comprendre qu'il n'était plus en odeur de sainteté depuis l'histoire avec Sal, et que Peter allait mettre sa tête à prix. Heureusement, il y avait une échappatoire.

Va trouver les Murphy et vends-leur le coup du chargement d'héroïne.

Et ces bourricots sont tombés dans le panneau. Y compris Danny Ryan, le plus malin de la bande.

Maintenant, les Irlandais sont foutus.

Car Jardine a utilisé les informations fournies par Vecchio pour obtenir l'autorisation de poser des micros au Glocca Morra. Et il les a enregistrés en train de discuter du braquage. Si en plus de ça ils sont pris la main dans le sac, envoyez c'est pesé.

De trente ans à perpète pour chacun d'eux.

La guerre est terminée.

— J'aurai l'immunité, hein ? demande Chris. Totale ?

— Du moment que vous ne semez plus des cadavres partout, répond Jardine.

— Marché conclu, alors, dit Chris. N'oubliez pas.

— *Vous* n'oubliez pas.

— Hé, vous êtes mon pote.

Ils savent l'un et l'autre comment ça marche.

Une main salit l'autre.

Le lendemain, c'est le calme plat en ville.

On se croirait dans un mauvais western, songe Danny, quand un des acteurs dit : « C'est trop calme », et dans la seconde qui suit il se retrouve truffé de flèches.

D'après les rumeurs… eh bien, il n'y a pas beaucoup de rumeurs, justement. On raconte qu'un camion transportant des outils a été braqué, c'est tout. Même leurs contacts au sein de la police de Providence et de la police d'État ne parlent pas de l'héroïne.

Danny s'attendait à entendre quelques protestations en provenance de Federal Hill. Peter n'avait certainement pas 6 millions en poche pour acheter cette came, quelqu'un les lui a avancés, et maintenant il doit un énorme paquet de fric, sans pouvoir le rembourser.

Alors Danny pensait voir les soldats des Moretti arpenter les rues et secouer les gens pour récolter des infos, et les flics à la solde du clan mettre la pression mais, pour le moment, rien.

Il s'attendait à voir la police débarquer chez lui, car un camion a été braqué et il est connu pour sa participation à ce genre d'actions. En outre, il est en guerre contre les Moretti.

Mais personne ne se manifeste.

Ce qui apporte de l'eau au moulin de Liam, qui insiste pour vendre l'héroïne dès maintenant.

— Pourquoi attendre ? Je vais la distribuer un peu partout. Ici, Boston, New York, DC, et même Miami.

— Pas maintenant, dit Danny. Attendons que la poussière retombe.

S'ils mettent l'héroïne sur le marché trop tôt, tout le monde saura d'où elle vient, et qui a fait le coup.

— Tu t'inquiètes pour rien, dit Liam.

— C'est vrai, je m'inquiète.

— C'est ta nature. Tu es un inquiet. Putains d'Irlandais… toujours à anticiper notre prochaine défaite.

— Pourquoi se précipiter ?

— On a plusieurs millions de dollars de came qui dorment à la cave, répond Liam. Plus vite on les transforme en liquide, mieux ce sera.

Liam aime le fric, se dit Danny. Mais il ne faut surtout pas qu'il se mette à flamber, à claquer son pognon en achetant une nouvelle voiture, des montres, des bijoux pour Pam. Ou une putain de maison sur la plage, car ce serait bien son style. S'il y a pire qu'un Liam avec de la coke dans le nez, c'est un Liam avec du fric dans les poches.

Les gens s'en apercevront et ils se poseront des questions. Du genre : d'où sort ce fric subitement ? Ils feront le rapprochement avec le braquage.

Mauvais.

Surtout que parmi les personnes qui s'interrogeront il y aura les Moretti et les fédéraux. C'est ce que Danny explique à Liam.

— Et même si les Moretti font le rapprochement entre nous et le braquage ? répond Liam. Qu'est-ce qu'ils vont faire ? Nous buter ? C'est pas nouveau.

— Ils essayeront de récupérer la came.

— Raison de plus pour la fourguer maintenant. Tu n'as pas envie de foutre le camp en Californie ?

— C'est quoi, cette histoire ? demande John.

Danny foudroie Liam du regard. *Tu ne peux pas fermer ta gueule, connard ?* Il se tourne vers John et dit :

— J'avais prévu de t'en parler, mais l'occasion ne s'est jamais présentée. C'est vrai, j'ai l'intention d'utiliser ce fric pour partir sur la côte Ouest. À San Diego, peut-être.

— Terri est au courant ?

— On en a parlé. Je crois que le soleil et la chaleur lui feraient du bien.

— Et nos affaires ?

Danny sent monter la colère.

— Eh bien, quoi ?

— Tu ne penses pas que tu as des responsabilités ici ?

Danny regarde Liam de nouveau. *Dis quelque chose, nom de Dieu.*

— Papa, intervient Liam, ça fait longtemps que tu parles de prendre ta retraite. Danny veut aller en Californie. Moi, de mon côté, je pensais aller vivre en Floride…

— Ah oui ?

Le visage de John s'empourpre.

— Pour moi, c'est fini, dit Liam.

— Pas pour moi.

— Tu as peut-être tort. Laisse tomber, achète-toi une belle maison sur la côte, avec un patio où tu pourras jouer avec tes petits-enfants.

John pointe un doigt accusateur sur Danny.

— Il veut emmener mon unique petit-fils en Californie.

— Va avec lui, alors, suggère Liam.

Merci, Liam, songe Danny.

— Tu pourras passer les hivers là-bas. Ou en Floride. Ou les deux. Tu auras les moyens de vivre où tu veux. Maman serait ravie ; elle n'aurait plus peur de se briser la hanche en glissant sur le verglas.

— Et les docks, les syndicats ?

— Laissons-les aux Moretti, répond Liam.

— On vient de faire la guerre…

— Pour quoi ? Un business qui crève à petit feu ? De moins en moins de bateaux accostent ici. Les usines sont toutes parties en Caroline du Nord ou ailleurs. Même si on s'accroche, tout ça va foutre le camp.

— Ton frère a donné sa vie pour protéger Dogtown.

— Dogtown n'existe pas ! s'emporte Liam. Nom de Dieu, papa, regarde autour de toi. Qu'est-ce que tu vois ? Des familles irlandaises qui vont à la messe tous les dimanches ? Des *céilís* ? Des matchs de hurling dans le parc ? C'est du passé. C'est fini. Et mon frère est mort.

John se renfrogne.

Liam se tourne vers Danny.

— Fais ce que tu veux avec ta part. Moi, je vais balancer ma came dans les rues.

— C'est une erreur, Liam.

Bobby Bangs passe la tête par l'entrebâillement de la porte.

— Danny…

— Qu'est-ce que tu veux, bordel ? lance Liam. Tu ne vois pas qu'on est en pleine réunion ?

— J'ai Cassie au téléphone. Elle emmène Terri à l'hôpital. Elle dit que c'est grave, Danny.

# 32

Danny traverse le parking de l'hôpital en marchant dans la neige fondue, comme il le fait depuis trois semaines. Le parking est toujours plein, on dirait, et il a toujours du mal à trouver une place près de l'entrée.

Il tombe de fatigue. Il a quitté cet endroit il y a quelques heures seulement, pour aller voir Ian et essayer de dormir un peu.

Ned l'a ramené chez lui et il a attendu dans la voiture.

Catherine était là, dans son rôle de grand-mère poule.

— Comment elle va ?

— Pas très bien, a répondu Danny.

Après être allé voir Ian, qui dormait paisiblement, il s'est allongé dans leur lit. Il s'est tourné et retourné un long moment et, quand il s'est enfin endormi, il a fait des rêves étranges. Les médecins lui ont expliqué qu'ils ne pouvaient plus rien faire pour Terri, à part soulager ses souffrances. Il les a remerciés, comme on remercie toujours les médecins, même quand ils vous annoncent qu'ils renoncent.

Maintenant, les bottes de chantier de Danny s'enfoncent dans la neige fondue. Ned, chien fidèle, le suit en traînant les pieds. Des amas de neige noircie par les gaz d'échappement ont été repoussés aux quatre coins du parking.

Il croise des gens qui regagnent leurs voitures. À leurs visages, il devine s'ils ont reçu de bonnes ou de mauvaises nouvelles. Certains sourient, ils rient même : peut-être qu'un bébé vient de naître ou que des résultats d'analyses sont bons. D'autres visages, à l'inverse, sont figés par l'inquiétude ou le chagrin, une sombre résignation que seule peut soulager la croyance en la Vierge Marie ou un autre saint. Les parkings d'hôpitaux sont des lieux cruels : les gens remontent dans leurs voitures pour pleurer, frapper le volant à coups de poing ou demeurer assis dans un silence hébété.

Comme lui lorsqu'il a appris la nouvelle.

La jeune mère d'un enfant de moins de deux ans.

Cette vieille question du catéchisme : « Pourquoi Dieu nous a-t-Il créés ? Pour qu'on L'aime et qu'on partage le royaume des cieux. » En résumé, Il nous a créés pour qu'on meure. Nous vivons pour mourir, tout se résume à cela. Pour recevoir les derniers sacrements, réciter un acte de contrition parfait et monter tout droit au ciel afin de vivre éternellement à Ses côtés.

Quand les bonnes sœurs parlaient de l'éternité, elles parlaient généralement de l'enfer. « Imaginez, disaient-elles : vivre au milieu des flammes qui vous brûlent la peau, pour toujours. Le feu ne s'éteint jamais. Approchez une allumette enflammée de votre doigt, les garçons, et sentez la douleur. Maintenant, imaginez une douleur mille fois plus forte, et vous aurez une idée encore très lointaine de ce qu'est l'enfer. » Elles ne parlaient jamais de partager la paix et la gloire des cieux pour l'éternité. Il était toujours question de l'enfer.

Si Dieu nous a créés pour qu'on meure, Il devait être sacrément content de Dogtown ces dernières années. Quarante-huit âmes envoyées au paradis ou en enfer depuis qu'a débuté la « guerre des gangs en Nouvelle-Angleterre », comme l'appellent les journaux. Un chiffre propre à satisfaire Dieu et la presse.

Et aujourd'hui Dieu réclame Terri.

En franchissant la porte à tambour du hall, Danny est assailli par l'odeur. Il fait bon à l'intérieur, mais ça sent le renfermé. Une odeur écœurante. Il n'y a rien à faire : l'hôpital empeste la maladie et la mort.

Les guirlandes lumineuses, le sapin artificiel brillamment décoré et les faux cadeaux dessous paraissent presque ironiques.

Jimmy Mac attend dans le hall.

— Tu as pu te reposer ?

— Un peu, répond Danny. Rentre chez toi, va. Ned est là.

Il monte.

Terri est inconsciente quand il entre dans la chambre. Tant mieux : elle ne souffre pas, au moins. Elle est allongée sur le dos, le drap remonté jusqu'au cou ; son visage autrefois si beau s'est creusé, la peau est grise. Danny approche le fauteuil en plastique et s'assoit près d'elle. Il ne sait pas pourquoi. Elle ignore qu'il est là. Elle évolue dans son propre monde, meilleur que celui-ci, espérons-le. Forcément meilleur.

La guerre est terminée, et Terri se meurt.

Ça n'a plus aucun sens.

Mais tout cela n'en a jamais eu.

Cassie boit un Coca light au bar du Gloc.

L'heure de fermeture est passée depuis longtemps, mais elle n'a nulle part où aller. Son père et quelques autres vieux se racontent des mensonges dans l'arrière-salle en parlant de leur jeunesse, et Bobby Bangs ne semble pas pressé d'abandonner son comptoir.

Cassie sait qu'il a un faible pour elle. Un béguin inoffensif.

Encore un putain de Coca light, alors qu'elle a envie de la chaleur d'un bourbon, qui fait fondre les glaçons.

Non, sois honnête, se dit-elle. Ce que tu veux réellement, c'est un shoot d'héro.

En voilà de la chaleur.

C'est comme être enveloppé dans la plus chaude des couvertures.

Quelqu'un a tenté de décorer le bar pour Noël : quelques ampoules colorées pendent aux murs, dans un coin se dresse un faux sapin orné de guirlandes que Bobby a exhumées de la cave. Pour essayer d'égayer un peu cet endroit, pense-t-elle, mais la seule chose qui pourrait véritablement faire naître la joie dans un bar irlandais, ce serait le spectacle de l'Angleterre s'enfonçant dans la mer.

Noël. La naissance de notre Sauveur, se dit Cassie.

Nous adorons nos martyrs ; leurs photos ornent tous les murs : James Connolly, Pádraic Pearse, etc. Si personne ne les crucifie, ils trouvent le moyen de le faire eux-mêmes.

Le cancer de Terri a atteint le « stade terminal ». C'est affreux et, en même temps, Cassie ne peut s'empêcher d'évoquer le karma parce qu'ils ont choisi de voler cette came, et maintenant l'univers se venge.

— Le Père Noël va être généreux avec toi ? lui demande Bobby.

— J'ai été une gentille fille.

La porte d'entrée vole en éclats.

Les charnières sont arrachées.

Cassie se retourne. Des types casqués et munis de gilets pare-balles surgissent dans l'encadrement. Avec un bélier, nom d'un chien ! L'espace d'une seconde, elle croit que c'est un mauvais rêve ou un film des Monty Python, puis d'autres hommes apparaissent, armes au poing. Ils ordonnent à tout le monde de se mettre à genoux.

Cassie s'accroupit au pied de son tabouret.

Un type braille :

— John Murphy ! FBI ! Sortez les mains en l'air !

Elle ne peut réprimer un ricanement, ça fait tellement cliché.

— Qu'est-ce qu'il y a de drôle ? dit Jardine.

— Vous.

Il l'attrape par les cheveux et l'oblige à se lever.

— Hé ! proteste Bobby Bangs.

Il tente de sauter par-dessus le comptoir pour défendre Cassie, mais un des flics lui assène un coup de matraque sur la poitrine, le plaque sur le bar et lui passe les menottes.

— Elle aussi, dit Jardine en remettant Cassie à un autre flic. Vous êtes Cassandra Murphy, hein ? Où est votre père ?

— Allez vous faire foutre.

— En voilà une façon de se parler.

Le flic la menotte dans le dos.

La porte de l'arrière-salle s'ouvre, et John apparaît.

— C'est quoi, ce bordel ? Qui êtes-vous ? Foutez le camp de chez moi !

Il s'avance vers Jardine comme s'il allait le frapper.

— Non, papa ! hurle Cassie.

Bernie Hughes est juste derrière lui.

— John…

— FBI, monsieur Murphy. Agent spécial Jardine. Vous êtes en état d'arrestation.

— Pour quelle raison ? Parce que je suis irlandais ?

— Association de malfaiteurs et trafic de drogue.

— Vous devriez avoir honte. Faire irruption de cette manière dans un commerce. Combien Peter Moretti vous paye-t-il, sale poulet ?

— John, intervient Bernie, laisse les avocats régler ça.

— Tournez-vous, je vous prie, monsieur Murphy, dit Jardine. Les mains dans le dos.

John obéit.

— J'espère que le Père Noël chiera dans vos chaussures.

— Votre fils Liam est ici ?

— Mon fils *survivant,* vous voulez dire ? Celui que votre employeur n'a pas assassiné ? Non, il n'est pas là, Dieu soit loué.

Jardine désigne l'arrière-salle d'un mouvement du menton, et un groupe d'agents s'y précipite.

— Vous savez où il est ? demande-t-il.

— Connaissant mon fils, je dirais qu'il est en train de baiser votre femme.

Jardine regarde Cassie.

— Vous avez de qui tenir.

— Jardine, dit John. C'est français ? C'est vous qui devriez vous rendre plutôt, non ?

— Vous rirez moins après trente ans de taule.

— Je serai mort dans moins de dix ans. Tel est pris qui croyait prendre.

— C'est peut-être le moment de garder le silence, John, suggère Bernie.

— Vous êtes Bernard Hughes ? demande Jardine. Il n'y a pas de mandat contre vous. Pour le moment.

— Je vais prévenir nos avocats, John, indique Bernie. Tu seras sorti pour la messe de minuit demain soir. Agent Jardine, pourquoi ces deux autres personnes sont-elles menottées ? Je suppose que vous n'avez pas de mandat, là non plus.

— Refus d'obtempérer. Résistance à un agent fédéral dans l'exercice de son devoir. Et tout ce que vous voulez.

— C'est du pur harcèlement. Veuillez avoir la gentillesse de les libérer.

Jardine hoche la tête.

Le flic ôte les menottes à Bobby, puis à Cassie. Elle secoue les mains, ses poignets commençaient à s'ankyloser. C'est l'héroïne, pense-t-elle. Sa pire prémonition se réalise. Comme pour le confirmer, un des flics s'écrie dans l'arrière-salle :

— Bingo !

Il réapparaît en brandissant deux briques d'héroïne.

— Il y en a dix autres au sous-sol.

Jardine sourit à John.

— Maintenant, on va saisir votre bar aussi.

Cassie regarde les flics emmener son père menotté. Elle le suit dehors. Les journalistes sont déjà là, ce qui veut dire que

Jardine les a prévenus. Les agents obligent John à baisser la tête avant de le pousser à l'arrière d'une voiture de patrouille.

Il a la mine défaite.

Un vieux manteau oublié sous la pluie.

Cassie a le cœur brisé.

Danny est assis dans le fauteuil, au chevet de Terri. Au cours de cette nuit interminable, il finit par s'endormir et il rêve de Pat.

— Fous le camp d'ici, lui dit Pat. Prends ta famille et tire-toi.

— Terri va mourir.

— Je sais. Je prendrai soin d'elle quand elle arrivera ici, ne t'inquiète pas.

— Merci, Pat.

Mais Pat ne semble pas en état de s'occuper de quiconque. La moitié de son visage est arrachée ; la peau est noircie et brûlée par les gaz d'échappement de la voiture de Sal. Il a l'air exténué ; à croire qu'on ne dort pas au paradis. Si c'est bien là que se trouve Pat. Peut-être est-il en enfer ?

— Danny.

Il se réveille en sursaut. La main de Jimmy Mac est posée sur son épaule.

— Il faut foutre le camp. Ils nous ont tapés.

Il est encore dans son rêve. Il demande :

— Qui ? Quoi ?

— Les fédéraux ont tapé le Gloc.

Danny est groggy.

— Réveille-toi ! dit Jimmy. Le FBI a envahi tout Dogtown avec des mandats. Je ne sais pas combien de gars ils ont arrêtés déjà. Il faut que tu décampes, Danny. *Immédiatement.*

— Je ne peux pas laisser Terri.

Jimmy se retourne vers le lit.

— Tu ne peux plus rien faire.

— Je peux rester près d'elle.

— Elle ne sait même pas qui tu es.

— Moi, je sais qui elle est.

Jimmy l'agrippe par les épaules.

— Tu as un gamin, Danny. Que va devenir Ian sans sa mère *et* sans son père ?

— Rien ne prouve qu'ils ont un mandat contre moi.

— Rien ne prouve le contraire, répond Jimmy. Nom de Dieu, Danny. Ils ont peut-être des gars qui t'attendent sur le parking, ces enfoirés.

Jimmy lui raconte ce qui s'est passé. Ces fils de pute d'agents fédéraux sont partout avec leurs saloperies de casquettes marquées FBI, DEA… Il y a même des marshals. Ils ont embarqué John. Pour Liam, il ne sait pas encore.

— Et Kevin ? interroge Danny. Et Sean ?

Jimmy ne les a pas vus.

— Et Ned ?

— Il est en bas dans le hall. Il refuse de bouger.

Danny prend le téléphone et tire le fil jusqu'au mur pour s'éloigner de Terri, puis il se souvient qu'elle ne peut rien entendre. Dieu soit loué, il parvient à joindre Bernie Hughes chez lui.

— Qu'est-ce que tu sais ?

— Ça sent mauvais, dit Bernie. J'ai essayé de joindre nos gars… les inspecteurs, la brigade des stups, les flics en uniforme… personne ne veut me parler. Idem pour la police d'État. C'est une opération fédérale, alors tous nos contacts habituels font profil bas.

— Fous le camp, Bernie.

Car, maintenant, Dogtown se retrouve livrée à elle-même. Il n'y a plus aucune protection. Tous nos gars sont en taule ou en cavale.

Le moment idéal pour les Moretti s'ils veulent passer à l'offensive.

Ils pourchassent Liam.

Jardine dirige une descente chez les Murphy, mais Liam n'y est pas.

Jardine lance un avis de recherche général, il envoie des agents dans les aéroports, les gares et les terminaux routiers.

Pas de Liam.

Les Moretti ne restent pas les bras croisés. Ils envoient leurs hommes dans les rues, les bars, les hôtels, les motels ; ils interrogent les putes, les macs et les dealers, et font passer le même message : si vous voyez Liam Murphy, vous avez intérêt à nous rancarder car on le retrouvera tôt ou tard, et ce jour-là il vaudra mieux être dans le bon camp.

Les flics à leur solde sont réquisitionnés eux aussi : Noël approche, et il y aura un joli cadeau sous le sapin pour celui qui leur livrera Liam.

Personne ne se soucie véritablement de Danny Ryan. Ils savent parfaitement où il est – au Rhode Island Hospital, auprès de sa femme mourante – et ils peuvent aller le chercher à tout moment.

— Attendez que sa femme décède, dit Peter à Jardine. Danny est un raté, mais c'est un gars bien.

Jardine accepte d'attendre.

C'est Liam Murphy qu'ils cherchent.

Et nul n'y met plus de détermination que Paulie Moretti.

— Au diable Liam Murphy, lance Peter. Ce que je veux savoir, c'est où est ma came.

— C'est Liam qui a gardé ce qui n'était pas au Gloc, dit Paulie. Crois-moi : si on retrouve Liam, on retrouve la came.

Peter se tourne vers Chris.

Celui-ci hausse les épaules et dit :

— Il a raison. Mais il faut voir le bon côté des choses. La guerre est terminée, on a gagné. Les Irlandais sont finis.

— C'est *nous* qui sommes finis si on ne récupère pas la marchandise ! rétorque Peter.

Un chargement d'héroïne d'une valeur de 6 millions, avancés par des individus qui ne comprendront pas qu'on vienne leur raconter que la marchandise a d'abord été détournée, puis saisie par la police.

— Quand vas-tu enfin apprendre à me faire confiance ? demande Chris. Est-ce que tout ne s'est pas passé comme je l'avais prévu jusqu'à maintenant ? On va récupérer la came.

— Moins douze kilos, souligne Peter.

— Ce n'est pas cher payé. Quand on aura coupé le reste, ça compensera largement.

— Mais pour ça il faut récupérer le reste, insiste Peter.

— Il faut retrouver cet enfoiré de Liam, répète Paulie.

En pensant : si on a Liam, on aura la came.

Et Pam.

Danny rappelle Bernie.

Le comptable a passé plusieurs coups de fil d'une cabine située dans le New Hampshire, il a contacté les rares personnes qui ont bien voulu prendre son appel. Un flic à la retraite, un législateur et un ancien maire. Grâce à eux, et aux rumeurs, il a commencé à y voir plus clair. C'est pire qu'ils ne l'imaginaient. Les fédéraux ont une taupe à l'intérieur de la famille Moretti, qu'ils essayent de protéger. Cette taupe – il pourrait s'agir de Vecchio ou de quelqu'un d'autre – a piégé les Murphy avec le chargement d'héroïne.

— C'est mauvais, dit Bernie. D'après un réceptionniste du bureau fédéral, le Glocca Morra était sur écoute. En toute légalité, grâce à un mandat. Il paraît qu'on vous entend, John, Liam et toi, parler du braquage et de l'héroïne. D'où la descente de Jardine au Gloc.

Cela signifie que les fédéraux ont un mandat d'arrêt contre moi aussi.

Et peut-être contre nous tous.

— Et Liam ? demande Danny.

— Ils le cherchent pour l'arrêter, mais il a disparu des radars.

— Et toi ?

— Le FBI a débarqué chez moi, explique Bernie. J'ai décidé de les laisser m'interroger par contumace.

— Et Vecchio ?

— Rien pour l'instant.

— Alors c'est lui le mouchard, conclut Danny.

— Oui, on dirait bien. Mais toi non plus tu n'es pas inculpé, Danny.

— Comment est-ce possible ? S'ils ont l'enregistrement, plus le témoignage de Vecchio…

— Je ne sais pas, avoue Bernie. Quoi qu'il en soit, tu dois foutre le camp.

— Impossible. Tu es au courant pour Terri, non ?

— Oui. Je suis désolé.

— Je ne peux pas la laisser.

— Tu n'as pas le choix, fiston. Si les fédéraux ne t'attrapent pas maintenant, les Moretti vont s'en charger. Tu n'as plus aucun soldat dans les rues, et tout le monde sait où tu es. Tu fais une cible facile.

— Je ne la laisserai pas, répond Danny. Jusqu'à ce que…

Il n'achève pas sa phrase.

— Tire-toi, dit Danny à Jimmy, quelques minutes plus tard, après lui avoir rapporté ce qu'il a appris. Ne t'arrête même pas chez toi. Tu appelleras Angie plus tard, quand tu auras quitté l'État.

— Non, dit Jimmy. Pas sans toi.

— Je ne peux pas partir, Jimmy.

— Alors je reste aussi.

Jimmy descend pour jeter un coup d'œil et remonte informer Danny qu'il y a des gars de la famille Moretti sur le parking et des bagnoles qui ressemblent fort à des bagnoles de fédéraux.

— Qu'est-ce qu'ils attendent ? demande-t-il.

— Que Terri meure.

C'est peut-être la seule bonne action qu'ait jamais commise Peter Moretti, se dit-il. Quant à Jardine, j'aurais dû l'écouter. J'aurais dû accepter son offre. Je l'ai envoyé paître, alors il a recruté Frank Vecchio à la place.

Terri est toujours dans les vapes. La morphine coule dans ses veines.

Danny lève les yeux vers la télé allumée.

Comme on pouvait s'y attendre, les infos du soir montrent un Jardine tout sourire, posant à côté d'une pile de briques d'héroïne, fier d'annoncer que ces douze kilos représentent la plus grosse saisie jamais réalisée dans le Rhode Island. Cela va porter un coup fatal au trafic de drogue en Nouvelle-Angleterre, annonce-t-il, avant d'évoquer l'arrestation de John Murphy et les mandats d'arrêt visant plusieurs « autres gros trafiquants ».

— Je suis certain qu'ils seront bientôt derrière les verrous, déclare-t-il. Ils peuvent fuir, mais ils ne peuvent pas se cacher.

Danny ne sait pas quoi faire.

Il aimerait que Pat soit là ; Pat saurait.

Hélas, il n'est pas là, se dit-il.

Alors, réfléchis.

Réfléchis en chef.

Vecchio était un mouchard. Il est venu te proposer le coup du chargement d'héroïne car il avait besoin de ce fric pour échapper à Chris Palumbo et aux Moretti, alors…

Non.

C'était un traquenard depuis le début. Vecchio nous a piégés.

Et tu n'as rien vu venir, pauvre bourricot. Tu redoutais tellement une embuscade à l'intérieur du camion que tu n'as pas compris que le camion *était* l'embuscade et que la *came* était l'arme. Les Moretti ont envoyé Vecchio pour te piéger. C'était un appât, et tu l'as avalé en entier. Comme ils ne pouvaient pas gagner la guerre contre toi, ils ont laissé les fédéraux la gagner pour eux.

Et maintenant on est baisés.

Le téléphone de la chambre sonne. Danny suppose que c'est encore Bernie qui lui apporte de mauvaises nouvelles, mais non.

— Danny ?

C'est sa mère.

— Comment tu as eu ce numéro ?

— Je suis navrée pour Terri. Je l'aime beaucoup.

— Qu'est-ce que tu veux ?

— Te tirer de là.

— Comment tu es au courant ?

— Disons que je te suis de loin, répond Madeleine. Comme tu me l'as demandé. Tu as exigé que je reste en dehors de ta vie, et jusqu'à présent j'ai respecté ton souhait. Mais qu'est-ce que tu comptes faire maintenant ?

— Je ne sais pas.

— Mauvaise réponse, Danny. Tu as une femme et un enfant : tu ne peux pas t'offrir le luxe d'être indécis. Tu dois filer. Si tu n'es pas encore inculpé, ça ne va pas tarder. Ou bien les Moretti te tueront.

— Terri va bientôt mourir.

— Raison de plus pour t'enfuir, répond Madeleine. Ton fils n'aura plus de mère…

— Comme moi ?

Madeleine accuse le coup et poursuit :

— Si tu restes là, paralysé, si tu te comportes comme un enfant toi aussi, Ian n'aura plus de père non plus. Parce que tu seras mort ou en prison. Tu aimes ton fils, Danny ?

— Évidemment.

— Alors tu dois filer. Pour lui.

— Je ne peux pas laisser Terri.

— C'est ce qu'elle voudrait.

— Comment tu sais ce qu'elle voudrait ?

— Je suis une mère.

Danny raccroche.

Et descend à la chapelle.

Jardine tient les couilles de Ron Laframboise dans un étau.

Pas au sens propre, mais c'est tout comme, vu la manière dont Ron s'agite et se trémousse, pendant que son cerveau en ébullition cherche une échappatoire.

Il est assis sur un vieux canapé, dans l'appartement où il s'est fait pincer avec deux grammes de coke et une arme à feu non déclarée, un menu entrée-plat facturé trente ans de taule, service non compris.

— Il n'y a qu'une seule issue, Ron, dit Jardine. Je veux savoir où Liam a planqué le reste de la came.

— J'en sais rien.

— Mais tu sais où il est. Tu es un de ses gardes du corps et, pour garder son corps, tu es obligé de savoir où il est.

— À l'instant même ? demande Ron.

— Tu veux jouer à ça ? Très bien, dit Jardine. On va jouer, alors. Moi, mon jeu préféré s'appelle : envoyer un abruti dans une prison de haute sécurité, la pire que je connaisse, et veiller à ce qu'il soit enfermé avec les latinos, où il deviendra un garage à bites.

Ron s'agite et se trémousse de plus belle.

— Laisse-moi te poser la question autrement, reprend Jardine. Si Liam risquait de finir sa vie en taule, et si, pour y échapper, il devait te dénoncer, qu'est-ce qu'il ferait à ton avis ?

Ron connaît la réponse.

Alors il parle à Jardine de la planque à Lincoln.

Pam fourre quelques affaires dans un sac.

Car Liam l'exhorte à se dépêcher.

— Ils peuvent débarquer d'une seconde à l'autre.

— Qui ?

— Les Moretti ou les fédéraux. Peu importe. Magne-toi, bordel !

Liam est dans tous ses états depuis que Bernie l'a appelé pour l'informer de la descente au Gloc. Il est complètement coké par-dessus le marché et quand, en allumant la télé, il a vu la police emmener son père il est devenu dingue.

Il récupère les trois briques d'héroïne sous le lit et les balance dans une valise.

— Heureusement, Dieu merci, j'ai eu la bonne idée de prendre ça pour les vendre, pour qu'on ait *quelque chose*. Cet enfoiré de Danny Ryan avec ses « On attend ». Regarde ce que ça donne. Personne n'écoute jamais Liam.

Il arrache le sac de voyage des mains de Pam et le ferme.

— Ça suffit. On se tire.

— Où on va ?

— Tu sais quoi, Pam ? Si on s'asseyait pour discuter tranquillement de notre avenir ? On pourrait échanger nos réflexions jusqu'à ce qu'ils enfoncent la porte. Qu'est-ce que tu en penses ?

— Tu disais qu'on irait à Boca. Dans une jolie maison, loin du business.

— Boca, pauvre conne ? Je suis inculpé pour trafic de drogue par le FBI ! On doit quitter le pays. Le Mexique, peut-être. Le Venezuela. Peut-être même plus loin, je ne sais pas.

— Je ne veux pas partir. (Pam s'assoit sur le lit.) Ni au Mexique ni ailleurs. Si tu veux fuir, vas-y. Mais sans moi. Je ne veux pas vivre comme une fugitive.

— Tu crois que tu es innocente ? Tu es mouillée jusqu'à ton joli petit cul. Tu as dépensé le fric de la coke pendant deux ans. Tu crois que les fédéraux vont te faire une fleur parce que tu es mignonne ? En taule, les grosses gouinasses te trouveront mignonne elles aussi, trésor.

— Liam, ça fait un moment que ça ne va plus entre nous.

Il est pathétique. Effrayé, transpirant, les pupilles rétrécies par la coke.

— Comment ça ?

— On se dispute en permanence. On ne fait même plus l'amour. Tu ne m'as pas baisée depuis… je ne pourrais même pas dire quand.

Il la gifle.

Il n'a pas fermé le poing, mais ça fait mal quand même, et sa tête pivote sous le choc. Liam se met alors à la rouer de coups, en prenant soin d'éviter le visage ; ses poings s'abattent sur les côtes, les cuisses…

— Tu crois que tu vas me quitter comme ça, salope ? Après tout ce que j'ai fait pour toi ? J'ai risqué ma peau pour toi. J'ai tué pour toi. Mon frère est mort pour toi. Jamais je te laisserai partir. Je te tuerai d'abord. Je vais même te tuer *maintenant* et après je me ferai sauter la cervelle. C'est ce que tu veux ?

— Non, je t'en supplie. Je partirai avec toi.

Pam est terrorisée.

— Dis-moi que tu m'aimes.

— Je t'aime.

— Tu mens.

— Non. Je t'aime, Liam. De tout mon cœur.

Il la laisse tranquille.

— Monte dans la bagnole.

Danny descend à la chapelle, s'agenouille devant l'autel et allume un cierge.

Et il prie :

— Seigneur, Marie mère de Dieu, saint Antoine et Jésus, je sais que je ne m'adresse pas à Vous aussi souvent que je le devrais, et sans doute même que je ne devrais pas être ici, mais je ne sais pas quoi faire d'autre.

» … Je Vous en supplie, accueillez l'âme de Terri quand elle viendra à Vous et protégez-la. C'est une personne bien ; elle n'a rien à voir avec toutes les mauvaises choses que j'ai faites. C'est une passante innocente. Pourquoi a-t-il fallu que ce soit elle et non pas moi ? Je ne le saurai jamais. Mais Vous l'avez choisie, et maintenant je dois m'occuper d'un fils, d'un vieux père malade et d'une poignée de personnes qui ont besoin de moi ; et pour cela je vais devoir commettre un acte grave. Un péché mortel. Je ne réclame pas Votre pardon ; je réclame Votre aide pour faire ce que je dois faire.

Il se signe et se lève.

En arrivant à la planque, Jardine constate que Liam est parti en toute hâte. Il reste des vêtements dans l'armoire, des provisions sur la table de la cuisine. Putain, un des brûleurs de la gazinière est encore chaud.

Il l'a loupé de peu.

Liam roule vers le nord sur la Route 95. Il ne dit pas un mot à Pam pendant une heure, jusque dans le Massachusetts, puis il demande :

— Pourquoi tu m'obliges à te faire du mal ?

Pam ne répond pas.

— On a pour 450 000 dollars d'héroïne. On va s'en tirer. Je la vendrai au Canada, je nous trouverai de nouvelles identités et ensuite, direction le Mexique pour reprendre le business.

Pam reste muette.

— Qu'est-ce que tu as, tu es en colère ? Tu boudes ? Je t'ai dit que j'étais désolé.

— Non, tu ne l'as pas dit.

— Je suis désolé.

— Super.

À l'approche de Lowell, Liam se sent fatigué.

Il s'arrête dans un Motel 6 et prend soin de garer la voiture derrière pour que personne ne la voie de la route.

Pam se rend à la réception. Elle prend une chambre sous un faux nom et paye en liquide. Mais avant de regagner la voiture elle se dirige vers la cabine téléphonique dans le hall.

Jardine reçoit l'appel.

Il entend une voix de femme dire :

— Motel 6, Lowell. Chambre 138.

La femme raccroche.

Il sait qui c'est.

Pamela Murphy.

Il appelle Paulie Moretti et quitte son bureau.

Danny se demande s'il a raison de partir. De laisser Terri au bord du gouffre poursuivre seule le chemin vers l'inconnu.

Mais il sait que sa mère a raison.

Dieu Lui-même lui conseille de partir.

Pour Ian, bien sûr, mais pas seulement. Je suis le chef maintenant, je dois prendre soin des miens, se dit-il.

Je dois nous sortir de là.

Et trouver un point de chute.

Il se penche vers Terri et dépose un baiser sur sa joue.

On dirait qu'elle est déjà partie : ce n'est plus la femme qu'il a connue, la femme qu'il aimait. C'est curieux : il sent l'odeur de la vanille sur sa peau et sous ses doigts les petits poils noirs qu'il aimait caresser du dos de la main quand ils étaient couchés côte à côte après avoir fait l'amour. Ces bras maintenant encombrés de pansements, d'aiguilles et de tubes. Il la revoit lorsqu'elle était plus jeune, de manière très nette ; il sent son corps chaud, endormi contre lui dans leur lit ; il la voit marcher sur la plage. Il entend sa respiration paisible, comme quand elle dormait à poings fermés, et non ces râles mécaniques qui sortent du respirateur artificiel ; il entend sa voix – aguicheuse, moqueuse, amoureuse, à la fois dure et tendre –, même si elle est devenue muette, noyée dans un océan de morphine, qui l'emporte vers le large.

Terri a disparu, et il ne retrouve pas la femme qu'il a connue.

Il ne saurait dire si c'est la réalité ou son imagination, mais il jurerait que, l'espace d'une seconde, elle ouvre les yeux et lui dit :

— Prends soin de notre fils.

— Oui.

— Promets-le-moi.

— Je te le promets… Je le jure.

Il se redresse.

Et maintenant ? songe-t-il.

D'abord, sortir d'ici, de ce piège.

Admettons que tu y parviennes. Et après ?

L'argent. Il en faudra beaucoup pour disparaître. De l'argent pour toi et pour Ian, et pour les autres.

L'argent que peuvent rapporter dix kilos d'héroïne.

Oui, il faut que tu sortes d'ici pour récupérer la came.

— Où tu vas ? demande Liam.

Il est étendu sur le lit, la main posée sur son revolver.

— Prendre une douche, dit Pam. Tu y vois un inconvénient ?

— Laisse tes fringues ici, sur le lit.

— Liam…

— Fais ce que je te dis.

Pam se déshabille et entre dans la salle de bains. Elle attend que l'eau soit très chaude avant de se placer sous le jet. Les hématomes sont apparus sur son corps, violets et rouges ; ses côtes la font souffrir, et elle se demande si l'une d'elles n'est pas fêlée. Elle se retourne pour faire couler l'eau sur sa nuque encore endolorie à cause de la gifle.

Et elle se laisse glisser le long du mur.

Assise là, elle pleure, encore et encore.

Elle n'entend pas la porte de la chambre s'ouvrir, mais elle entend un homme s'écrier :

— Ne fais pas ça, Murphy ! Lâche ton arme !

Pam reste assise dans la douche.

Elle entend Liam hurler :

— Salope ! Sale petite pute ! Tu m'as tué, Pam ! Tu m'as tué ! Je t'aimais !

Elle entend la porte claquer.

Danny sort dans le couloir, où l'attend Jimmy.

— Dis à Ned d'aller chez moi pour récupérer Ian et de retourner chez mon père pour attendre. Dis à Kevin et à Sean de foncer là-bas eux aussi et de rester dans les parages, sans entrer dans la maison. Qu'ils me guettent au bord de la route.

— Et moi ?

— Toi, tu vas m'aider à sortir d'ici.

Jimmy descend, pendant que Danny cherche et emprunte l'escalier qui mène au toit. En marchant jusqu'au bord, il voit tout Dogtown, le vieux quartier, le Gloc, les terrains de basket, la maison où il a grandi, celle où il vit maintenant.

Où il vivait, plus exactement.

Tout ça est terminé.

Dogtown n'existe plus.

Il scrute les voitures sur le parking. L'une d'elles, au moins, abrite des gars du clan Moretti ; une autre, au moins, des agents fédéraux. Il va bientôt être fixé. Il entend un moteur rugir et voit la Charger de Jimmy démarrer en trombe.

Aussitôt, une voiture se lance à sa poursuite.

Puis une deuxième.

Parfait, se dit Danny. Si quelqu'un peut les semer, c'est Jimmy Mac, et s'il n'y arrive pas… Jimmy est un bon soldat. Et il sait que je veillerai sur Angie.

Danny regagne l'autre extrémité du toit et descend par l'escalier de secours.

Cinq minutes plus tard, il est sur la route et il roule en direction de Mashanuck et de l'héroïne.

Faites que j'arrive avant Jardine.

Jardine pousse Liam à bord de la voiture de celui-ci, sur le siège du passager, et ouvre le coffre.

Il y trouve une valise. Qui contient trois briques d'héroïne. Il referme le coffre et s'installe au volant.

— Vous êtes foutu.

— Pourquoi vous prenez ma voiture ?

— Votre véhicule est confisqué. Il appartient désormais au gouvernement des États-Unis. Je m'en sers pour vous arrêter.

Liam devine que c'est son unique chance. Il parle vite.

— Vous laissez filer dix kilos. Il y avait quarante kilos de came dans la cargaison qu'on a fauchée. Dix kilos se baladent dans la nature. Je peux vous les donner. Je peux vous livrer Danny Ryan aussi. C'est lui le boss maintenant, c'est lui qui a monté le coup. C'est lui que vous voulez. Je témoignerai contre lui, contre mon père, mais j'exige l'immunité. L'immunité totale face à toutes les poursuites. J'intégrerai le programme et je commencerai une nouvelle vie.

— Et Pam Davies ?

— Qu'elle crève. Elle a déjà conclu un arrangement de son côté, non ?

— Si je vous promets que vous ne ferez pas un seul jour de prison, vous me direz où sont ces dix kilos de poudre ?

— Je peux vous dire où ils *étaient*. Je ne sais pas si Danny les a récupérés.

— OK. Si on retrouve la came, marché conclu.

Liam lui indique l'adresse. Jardine continue à rouler, puis soudain il s'arrête sur un parking derrière une rangée d'entrepôts.

— Qu'est-ce qu'on fout là ?

Liam prend peur soudain.

— Je suis un homme de parole.

Jardine prend le revolver de Liam et lui tire une balle dans la tête. Après quoi, il glisse l'arme dans la main du mort.

Il va chercher les trois briques d'héroïne dans le coffre.

Une voiture l'attend.

Pam est couchée sur le lit, enveloppée dans une serviette, lorsque la porte s'ouvre.

— Hello, salope.

Paulie pointe son arme sur elle.

Danny roule.

Il a fait ce trajet mille fois, mais aujourd'hui c'est différent. Il n'y aura pas de trajet retour. Il va récupérer cette putain d'héroïne – mon Dieu, faites qu'elle soit toujours là –, son père et son fils, et il ne reviendra pas.

Vendre la dope à Baltimore ou à Washington, et puis bifurquer vers l'ouest.

Et continuer à rouler jusqu'à ce qu'il atteigne l'océan.

La Californie.

Utiliser cet argent pour mettre toute la bande au chaud, attendre quelques années, puis recommencer, en toute légalité.

Danny roule.

Il s'arrête dans une station-service pour téléphoner.

— Du nouveau ? demande-t-il à Bernie.

— Ils ont eu Liam.

— Qui ça ?

— Le FBI. Jardine. Pam m'a appelé, en larmes. Elle a dit que Jardine avait débarqué dans leur chambre de motel et embarqué Liam. J'ai appelé nos avocats, mais les fédéraux prétendent qu'il n'apparaît pas dans leurs fichiers, putains de baratineurs.

Danny raccroche.

C'est terminé.

Liam va indiquer à Jardine où est planquée la came pour essayer de négocier. Sans doute sont-ils déjà sur place.

Mais il doit courir le risque, il doit en avoir le cœur net.

Il continue à rouler en direction du nord, tourne à gauche vers la plage et voit deux phares lui faire de l'œil.

Jimmy Mac.

Il s'arrête sur le bas-côté et descend de voiture.

— Liam est mort, déclare Jimmy. Je viens de l'entendre à la radio. Ils l'ont retrouvé dans sa bagnole, près de Lowell. Ils parlent d'un suicide.

— Ça ne tient pas debout, répond Danny.

Il répète à Jimmy ce que lui a dit Bernie, au sujet de l'arrestation de Liam.

Il se serait suicidé ensuite ? Impossible.

Liam n'a jamais aimé qu'une seule personne : lui-même.

Danny a la tête qui tourne ; il essaye d'y voir clair. Jardine arrête Liam, puis on retrouve Liam mort ? Qu'a raconté Pam à Bernie ? Jardine a débarqué au motel…

Ça non plus, ça ne tient pas debout.

Quand les fédéraux font une descente, ils débarquent en nombre. C'est un vrai son et lumière.

Aucun agent n'intervient en solo.

Mais Jardine est venu arrêter Liam, seul, il l'a emmené et…

Il l'a tué.

Nom de Dieu.

Réfléchis, se dit Danny. Réfléchis en chef.

Sers-toi de ta tête pour une fois.

Tu as cru que les Moretti avaient organisé tout ça pour t'éliminer, mais Peter ne peut pas se permettre de perdre 6 millions de dollars, même pour remporter cette putain de guerre. Une telle perte financière impliquerait qu'il a perdu la guerre, même s'il l'a gagnée.

Alors, pourquoi…

Réfléchis, se répète-t-il. Pourquoi Peter dépenserait-il de l'argent qu'il ne peut pas se permettre de perdre ?

Parce qu'il compte le récupérer. Peter fournit les quarante kilos d'héroïne, il manigance pour te convaincre de les faucher, puis il envoie Vecchio te dénoncer aux fédéraux. Du coup, l'héroïne est confisquée par le FBI et…

Putain de merde.

Combien de kilos Jardine affirmait-il avoir saisis à la télé ?

Douze ?

Tu as filé cinq kilos à Vecchio, tu en as gardé dix. Liam a emporté vingt-cinq kilos au Gloc, mais il en a pris trois pour les vendre. Il restait donc vingt-deux kilos d'héroïne lors de la descente, pas douze comme l'a affirmé Jardine devant la presse.

Ça veut dire qu'il en a empoché dix.

Plus les cinq kilos de Vecchio, probablement.

Quinze kilos de came détournés. Supposons qu'il partage avec Peter ; les Moretti auront récupéré la moitié de leur investissement après avoir coupé l'héroïne.

Non, se dit Danny.

Peter n'acceptera pas de s'asseoir sur 3 millions.

Il sait qu'il reste dix kilos dans la nature. Jardine a confisqué douze kilos. S'ils se gardent vingt-huit kilos, c'est bon pour eux. Même en partageant avec Jardine, ça leur fera un petit bénef.

Jardine et Peter sont associés.

Et l'un ou l'autre va partir à la chasse aux dix kilos restants.

Le vieil homme dort dans son fauteuil, enveloppé d'une couverture rouge élimée. La télévision projette une lueur terne sur son visage.

Vic Scalese, un des soldats de Peter Moretti, se tourne vers son partenaire, Dave Cousineau.

— Cet enfoiré de Marty Ryan. Regarde-le.

Cousineau s'approche de Marty et le gifle.

Marty se réveille, hébété.

— Où est Danny ? demande Scalese. Où est ton fils ?

— Je sais qui est mon fils.

— Où il est ? répète Scalese.

Il allume une cigarette.

— J'en sais foutre rien, répond le vieux. Pourquoi ?

— Il a piqué dix kilos de came à mon boss. Voilà pourquoi.

— Demandez à Liam Murphy.

— On voudrait bien, mais il est mort. Il ne reste que Danny et toi, et Danny n'est pas là. Alors dis-nous où il est. Ou bien dis-nous où est la came.

— Je suis au courant de rien.

Marty se demande où est Ned.

— J'espère pour toi que tu sais des choses, dit Scalese. Sinon on va être obligés de te faire mal.

Il ôte la cigarette de sa bouche, s'approche à son tour et l'écrase sur la joue du vieil homme.

Marty tire à travers la couverture.

Touché au ventre, Scalese recule en titubant. La flamme met le feu à la couverture. Marty tente de l'éteindre, tout en braquant son arme sur Cousineau, mais le tissu se prend dans le pontet et l'empêche de tirer.

Alors, « cet enfoiré de Marty Ryan » jaillit de son fauteuil pour sauter à la gorge de Cousineau. Celui-ci, plus jeune et plus costaud, le repousse sans peine et l'expédie au tapis. Il pointe son arme sur le visage de Marty.

— Dernière chance, vieux schnock. Où est la came ?

La tête de Cousineau explose dans une gerbe écarlate.

Posté sur le seuil, Ned baisse son arme. Il s'approche de la couverture qui se consume et la piétine pour éteindre les dernières flammes. Cela étant fait, il se dirige vers Scalese, affalé contre le mur. Il le saisit par le menton et par l'arrière du crâne et, d'un mouvement de rotation brutal, il lui brise la nuque.

Après quoi, il aide Marty à se relever.

— Tu as pris ton temps, nom de Dieu.

— Désolé, monsieur Ryan.

Des phares balayent la fenêtre.

— Où est Ian ? demande Danny.

— Il dort dans la voiture, dit Ned. Je voulais pas le réveiller.

Danny reconnaît les corps : deux types de la famille Moretti.

— Ils voulaient savoir où est la came, dit Marty.

— Quoi ?

— Tu es sourd ? Ils voulaient savoir où est la came. Et où tu étais toi.

Peter Moretti sait déjà où est l'héroïne, songe Danny. Jardine a dû le lui dire.

Ou alors…

Nom de Dieu, Jardine veut arnaquer Peter aussi ? Il s'est servi de lui pour importer quarante kilos de poudre, il fait voler la came en promettant de la lui rendre plus tard, pour mettre le grappin dessus finalement.

Oui, c'est ça… presque.

Il manque une pièce, se dit Danny.

C'est Vecchio qui est venu te parler de l'héroïne, qui t'a piégé. Mais Frankie V était sous les ordres de Chris ; il n'aurait jamais osé se moucher sans lui demander l'autorisation. C'est donc Chris qui a tout organisé, et qui est de mèche avec Jardine.

Chris Palumbo a tout orchestré, pour chasser Peter du trône et prendre sa place.

C'est un coup de génie.

Les Enfants de chœur débarquent une minute plus tard. En voyant les deux cadavres, Kevin lâche :

— C'est la fête ici !

— Vous voulez qu'on vide les ordures, boss ? propose Sean.

— Oui.

— On reviendra après pour nettoyer.

— Pas la peine, répond Danny. On s'en va.

Tous le regardent, ils attendent les ordres.

Parce que c'est toi le chef maintenant, se dit Danny. Tout est détruit, il n'y a plus rien, les gars sont paumés, et ils comptent sur toi pour les sauver.

Alors, sauve-les.

# 33

Danny est assis dans la planque.

Dehors, les phares de plusieurs voitures éclairent la nuit.

Des moteurs s'arrêtent.

Il appelle Bernie Hughes.

— Déclenche le chrono.

Et il raccroche.

La porte de la maison s'ouvre.

C'est Chris.

Danny ne se lève pas ; il se contente de pointer son arme sur la poitrine de Chris et lui fait signe de s'asseoir.

Chris obéit, tout sourire.

— Tu as gagné la guerre, dit Danny. Je pars avec les quelques hommes qu'il me reste. Pour de bon.

— Tu ne partiras pas avec la came, répond Chris. Elle est là ?

Danny montre le plafond.

— Je t'ai toujours bien aimé, dit Chris, alors je vais te faire une fleur. Je vais te laisser filer. Sans la came, mais vivant.

Deux ans plus tôt, deux mois plus tôt… deux heures même… Danny aurait accepté ce marché.

Mais ce n'est plus le même Danny.

Celui-ci doit prendre soin d'un père, élever un enfant et veiller sur plusieurs personnes. De plus, il a fait une promesse à sa femme. Alors il répond :

— Non.

— Tu crois que je suis venu seul ? J'ai cinq gars dehors. Si tu presses la détente, tu es mort. Si tu sors sans que je donne le feu vert, tu es mort. Soyons adultes, comportons-nous en hommes.

— Laisse-moi te poser une question, Chris. Tu aimes ta femme et tes enfants ? Tu aimes ta famille ?

— De quoi tu me parles ?

— En ce moment même, Sean South attend dans une cabine téléphonique près de la maison de ton frère à Cranston. Kevin Coombs est dans une autre cabine, en face de l'appartement de ton fils à Federal Hill. Et Ned Egan est tout près de chez toi, là où vivent ta femme et ta fille. Si je n'appelle pas Bernie Hughes dans un quart d'heure pour lui annoncer que je suis sain et sauf – en employant certains mots bien précis –, il les contactera, et ils entreront pour tuer tout le monde. Les hommes, les femmes, les enfants, les chats, les chiens. Et même les poissons rouges.

Chris blêmit. Sans se départir de son sourire toutefois.

— Tu ne ferais pas ça, Danny. On ne touche pas aux familles.

— Tu es prêt à parier leurs vies ?

— Non, pas Danny Ryan. Tu es un gars bien. Tu n'es pas assez dur.

— Je ne ferai rien, moi. Mais Kevin et Sean tueraient leurs propres mères. Quant à Ned Egan ? Il ne se posera pas de questions.

Le regard de Chris indique qu'il sait que c'est la vérité. Néanmoins, fidèle à lui-même, il tente une autre approche.

— J'ai cet agent fédéral sur le dos, Jardine. Qu'est-ce que je peux faire ?

— Laisse-le-moi, répond Danny. Par contre, tu as voulu éliminer Peter et tu as manqué ta cible. Alors, à ta place, je décamperais.

Danny sent que Chris réfléchit, intensément. Il essaye d'évaluer si c'est du bluff, ou s'il a le temps d'envoyer ses gars protéger sa famille. Comme il a besoin d'un petit coup de pouce, Danny ajoute :

— Ne traîne pas trop. L'heure tourne. Et tu sais quoi, Chris ? Si je te revois, ou si je croise un de tes gars, toute ta famille y passe. Sans exception. Sois gentil, ne me mets pas à l'épreuve.

Chris se lève.

— Je te retrouverai, fils de pute. Un jour, je retrouverai ta trace, et ce sera un autre refrain.

Oui, « un jour », songe Danny.

Chris s'en va. Danny rappelle Bernie.

— Dis-leur de ne pas bouger.

— Dieu soit loué.

Danny raccroche et contacte Jardine sur son bipeur. Celui-ci l'appelle quelques minutes plus tard.

Danny lui fixe un rendez-vous.

Il récupère l'héroïne cachée dans le faux plafond et la charge dans sa voiture.

Marty a retrouvé son fauteuil, il regarde la télé.

Ian dort sur le canapé, sous une couverture roussie, serrant dans ses bras son chiot en peluche.

— Je vais te préparer quelques affaires, dit Danny à son père. On fiche le camp.

— J'irai nulle part.

Danny soupire.

— Ils ont sûrement un mandat contre toi aussi, papa. Et même si ce n'est pas le cas tu crois que les Moretti vont te laisser en vie ?

— Je veux mourir.

— Putain, papa.

— C'est la vérité, dit Marty d'une voix tremblante. Depuis des années, je suis un vieillard inutile. Je ne sers plus à rien, ni à personne. Pas même à moi. Peter Moretti veut me tuer ? Que Dieu le bénisse.

Tu parles, se dit Danny. C'est pour ça que tu as buté un des gars qu'il a envoyés.

— Papa, je n'ai pas le temps de discuter avec…

— Pars ! s'emporte Marty. Qui te retient ? Pas moi.

— Ils vont te tuer.

— Je m'en fous.

— Tu te fous de ton petit-fils ?

— Quel rapport avec…

— Ian a besoin de sa famille. Il a besoin de toi. Moi aussi, j'ai besoin de toi.

Les larmes apparaissent dans les yeux du vieil homme et roulent sur ses joues aussi sèches et friables que du vieux papier.

— N'oublie pas d'emporter mon autre chemise en flanelle.

Lorsque Danny prend Ian sur le canapé, l'enfant se réveille. Il a les yeux bleus et les cheveux bruns de Terri, tout emmêlés à cause du coussin. Il semble effrayé et désorienté.

— Où est maman ? Je veux maman.

— Maman est au ciel.

Danny l'enveloppe dans la couverture, le transporte jusqu'à la voiture de Jimmy et l'installe sur la banquette arrière.

— Attendez-moi ici, dit-il. Je reviens tout de suite.

Il part rejoindre Jardine.

Arrêté sur la plage, devant la maison de Pasco, Danny contemple l'océan.

Alimentée par le vent, la houle hivernale est féroce ; des vagues gigantesques s'écrasent sur le rivage telles des bombes qui explosent. Il fait un froid glacial, et cette journée d'été où tout a commencé semble appartenir à une autre vie.

Le soleil se prépare à apparaître à l'horizon, dans le ciel gris ardoise.

Danny se revoit allongé sur le sable chaud, à côté de Terri ; il regarde cette femme qui sort de l'eau.

En sachant qu'elle est synonyme d'ennuis.

Mais ce n'est pas elle qu'il aperçoit dans l'océan à cet instant, c'est Terri, et il sait, il sent, comme les époux sentent des choses, qu'elle a quitté ce monde pour un autre. Il sait également qu'il lui a fait une promesse : bâtir une vie pour leur fils.

Une nouvelle vie.

Il est convaincu maintenant d'avoir fait le bon choix.

Danny voit Jardine avancer sur la plage, les mains enfoncées dans les poches de sa doudoune pour se protéger du froid.

Ou peut-être cache-t-il une arme ?

— Qu'est-ce qu'on fait ici ? demande l'agent fédéral.

— Chris Palumbo ne vous apportera pas votre came.

Jardine ne laisse paraître aucun étonnement.

— Pour quelle raison ?

— C'est moi qui l'ai.

— Palumbo est vivant ?

— Il l'était la dernière fois que je l'ai vu.

Jardine passe aisément d'une loyauté à une autre, comme il changerait de voiture.

— Dans ce cas, dit-il, peut-être qu'on pourrait conclure un arrangement, vous et moi.

— L'arrangement, le voici, répond Danny. Vous gardez le fric que vous avez déjà empoché. Et moi, je fous le camp. Tous les mandats, contre moi ou mes hommes, toutes les preuves, la paperasse… tout ça doit disparaître… Vous êtes un gars intelligent, vous saurez vous y prendre.

— Ou alors je vous arrête.

— Si c'était votre intention, vous ne seriez pas venu seul. Car vous savez que je peux dénoncer vos relations avec Palumbo. Je peux dire quelle quantité de drogue il y avait au Gloc.

— Personne ne vous croira.

— Vous voulez courir le risque ? réplique Danny.

Il s'avère que non.

— Où est la came ? demande Jardine.

— Je l'ai balancée dans l'océan.

— *Quoi ?!*

— Je l'ai balancée dans l'océan.

— Pourquoi, nom de Dieu ?

— Parce que vous l'auriez récupérée, avant de me tuer. Maintenant, vous n'avez plus aucun intérêt à le faire.

C'était une des raisons, en effet. Cette drogue ne leur avait apporté que souffrance et chagrin. C'était un péché mortel dès le départ ; jamais il n'aurait dû y toucher. Elle était maudite.

Mais la véritable raison…

Si vous voulez construire une nouvelle vie, une vie propre, vous ne pouvez pas la bâtir sur le péché.

— Espèce de demeuré, crache Jardine. Sale bourricot d'Irlandais. Je ne vais pas vous envoyer au trou, mais *dans* le trou, je…

— Faites ce que vous voulez. Pour moi, c'est terminé.

Danny s'éloigne sur la plage.

En sachant qu'il peut recevoir une balle dans le dos.

Et puis merde.

Il fait encore deux pas et se retourne. Comme on pouvait s'y attendre, Jardine a sorti son arme et il la pointe sur lui.

Le vacarme des vagues couvre la détonation.

Danny lance son pistolet dans l'océan et abandonne le corps de Jardine sur la plage.

Je t'ai laissé une chance, se dit-il.

Tu aurais dû me laisser partir.

*

Danny remonte la rue de la plage en voiture.

Pour la dernière fois.

Ian dort à l'arrière, ses cheveux noirs sont plaqués sur son front où perle la sueur, car le chauffage fonctionne à fond. Une petite bulle de salive apparaît au coin de sa bouche, puis éclate.

— Je pensais pas que c'était possible, dit Marty.

— Quoi donc ?

— Que tu sois aussi con que tu en as l'air. J'ai un fils, un seul, et il balance 2 millions de dollars dans l'estuaire de Block Island !

— C'est toi qui m'as élevé.

— Ta salope de mère m'a affirmé que tu étais de moi, mais j'ai toujours eu des doutes.

— Que Dieu t'entende.

— Comment tu vas trouver du fric maintenant, petit génie ?

— Je ne sais pas.

Il n'en a pas la moindre idée.

Il doit fuir la pègre et le gouvernement. Il n'a pas un sou, aucune ressource, aucune relation ; il ne sait pas très bien où il va aller, ni ce qui l'attend « là-bas ».

Mais il se sent intègre pour la première fois depuis longtemps.

Marty entonne une vieille chanson irlandaise que Danny a entendue mille fois au Gloc.

*Farewell to Prince's Landing stage,*
*River Mersey fare thee well,*
*I'm bound for California…*

Le soleil s'est levé dans un ciel argent, teinté de bleu, un de ces ciels d'hiver clairs et vifs.

*It's not the leaving of Liverpool that grieves me,*
*But my darlin', when I think of thee…*

Danny Ryan roule sur la route de la plage pour la dernière fois, tournant le dos à la mer glacée, face à des rivages plus chauds.

# Remerciements

En cette période de pandémie, ne pas remercier tout le personnel soignant qui a travaillé avec abnégation et a consenti tant de sacrifices pour que des personnes comme moi puissent continuer à écrire des livres serait une preuve d'ingratitude. Je vous estime plus que je ne peux l'exprimer.

Et, puisqu'il est question d'estime, je remercie tout particulièrement mon agent, Shane Salerno, ami et complice. Sans lui, ces livres n'existent pas.

Aux personnes de The Story Factory – Deborah Randall et Ryan Coleman –, j'adresse ma plus profonde reconnaissance, pour tout ce que vous faites.

Mes remerciements les plus humbles à Liate Stehlik de chez William Morrow.

Merci, bien évidemment, à Jennifer Brehl pour son travail d'édition soigné qui a grandement amélioré ce livre.

Mon estime et ma sympathie vont à ma correctrice Laura Cherkas.

Ainsi qu'à Brian Murray, Chantal Restivo-Alessi, David Wolfson, Julianna Wojcik, Carolyn Bodkin, Jennifer Hart, Kaitlin Harri, Danielle Bartlett, Frank Albanese, Christine Edwards, Andy LeCount, Nate Lanman, Andrea Molitor, Andrew DiCecco, Pam Barricklow et Kyle O'Brien.

J'ai également une immense dette envers les héroïnes et les héros méconnus des ventes, du marketing et de la publicité de HarperCollins/William Morrow.

Toute ma reconnaissance va aussi à Richard Heller, avocat extraordinaire.

Et à Matt Snyder et Joe Cohen de chez CAA pour ces années de formidable représentation.

Merci à Steve Hamilton pour son soutien et ses conseils avisés.

Pour leur soutien et leur inspiration, j'adresse mes plus humbles remerciements à Nils Lofgren, Jon Landau et Bruce Springsteen.

À tous les libraires et lecteurs… sans vous, je suis au chômage.

Et à tous ces amis, et ces endroits, qui m'ont apporté un soutien qu'ils ne peuvent imaginer : David Nedwidek et Katy Allen, Pete et Linda Maslowski, Jim Basker et Angela Vallot, Teressa Palozzi, Drew Goodwin, Tony et Kathy Sousa, John et Theresa Culver, Scott Svoboda et Jan Enstrom, Jim et Melinda Fuller, Stephen et Cindy Gilliland, Ted Tarbet, Thom Walla, Mark Clodfelter, Roger Barbee, Bill et Ruth McEneaney, Andrew Walsh, Jeff et Rita Parker, Bruce Riordan, Jeff Weber, Don Young, Mark Rubinsky, Cameron Pierce Hughes, Mark Rubenstein, Jon Land, Rob Jones, David et Tammy Tanner, Ty et Dani Jones, Deron et Becky Bisset, Jesse McQuery, la Flipper Eddie Crew, Drift Surf, Quecho, Java Madness, Jim's Dock, Colt's Burger Bar, Wynola Pizza, Tavern on Main, Cap'n Jack's, le Charlestown Rathskeller et Kingston Pizza.

Merci à mon fils, Thomas Winslow, pour son soutien sans faille.

Et à ma femme, Jean, pour ton soutien éprouvé, patient, et toujours enthousiaste. ILYM[1].

1. I Love You More : « Je t'aime encore plus fort. »

Composé et édité par HarperCollins France.

Imprimé en avril 2022
par CPI Black Print (Barcelone)
en utilisant 100% d'électricité renouvelable.
Dépôt légal : mai 2022.

MIXTE
Papier issu de
sources responsables
FSC® C159065
FSC
www.fsc.org

Pour limiter l'empreinte environnementale de ses livres, HarperCollins France s'engage à n'utiliser que du papier fabriqué à partir de bois provenant de forêts gérées durablement et de manière responsable.

*Imprimé en Espagne*